KB199942

부활

부활 상

Воскресение

레프 똘스또이 장편소설

이대우 옮김

VOSKRESENIE
by LEV TOLSTOI (1898~1899)

일러두기
러시아어의 로마자 표기와 우리말 표기는 〈열린책들〉에서 정한 표기안을 따르되,
관행적으로 굳어진 일부 용어만 예외로 하였습니다.

그때에 베드로가 예수께 와서 〈주님, 제 형제가 저에게 잘 못을 저지르면 몇 번이나 용서해 주어야 합니까? 일곱 번이 면 되겠습니까?〉 하고 묻자 예수께서는 이렇게 대답하셨다. 「일곱 번뿐 아니라 일곱 번씩 일흔 번이라도 용서하여라.」

「마태오의 복음서」 18장 21~22절

　어찌하여 너는 형제의 눈 속에 있는 티는 보면서 제 눈 속 에 들어 있는 들보는 깨닫지 못하느냐?

「마태오의 복음서」 7장 3절

　〈너희 중에 누구든지 죄 없는 사람이 먼저 저 여자를 돌로 쳐라〉 하시고

「요한의 복음서」 8장 7절

　제자가 스승보다 더 높을 수는 없다. 제자는 다 배우고 나 도 스승만큼밖에는 되지 못한다.

「루가의 복음서」 6장 40절

제1부

제1부

1

어느 비좁은 장소에 모여 사는 수십만에 달하는 인간들은 불만스러운 그 땅을 어떻게든 흉물스럽게 바꾸려 애쓰고, 그곳에 아무것도 자라지 못하도록 포석(鋪石)을 깔기도 하고, 틈새를 비집고 자라나는 풀을 깨끗이 제거하기도 하고, 석탄과 석유로 그을리기도 하고, 나무를 베어 버리고 또 짐승들과 새들을 모두 내쫓아 버리기도 하지만, 도시에서도 봄은 역시 봄이었다. 햇볕이 내리쬐자 활기를 되찾은 풀은 통째로 뽑혀나가지 않은 곳이라면 어디에서나, 예를 들면 가로수 아래의 풀밭이나 포석 틈새에서 싹을 내밀어 파랗게 자랐으며, 자작나무와 미루나무와 체리 나무는 끈적끈적하고 향기로운 새 잎사귀를 내밀었고, 보리수는 이제 막 움트기 시작한 새싹을 터뜨렸다. 갈까마귀와 참새와 비둘기는 봄을 맞아 벌써 즐겁게 둥지를 틀기 시작했으며, 파리는 햇살 가득한 따뜻한 벽 주위에서 윙윙거렸다. 이렇게 초목도, 새도, 곤충도 그리고 아이들까지도 즐거워했다. 그러나 많은 사람들은, 특히 어른들은 자기 자신은 물론 상대까지 서로 속이고 괴롭히는 일을 멈추지 않았다. 그들은 이 봄날의 아침이나 만물의 행

11

복을 위해 신이 창조한 세계의 아름다움, 즉 평화와 조화와 사랑으로 인도하는 아름다움이 신성하고 중요하다고 생각하지 않았다. 그들이 신성하고 중요하게 여긴 것은 서로가 서로를 지배하기 위해 저마다 머리를 쥐어짜는 일이었다.

이렇듯 어느 현의 교도소 사무실에서도 신성하고 중요한 것은, 봄의 감격과 즐거움이 모든 짐승과 사람에게 베풀어졌다는 사실이 아니라 구속 중인 세 명의 죄수, 즉 여자 죄수 두 명과 남자 죄수 한 명을 4월 28일 오늘 오전 9시에 출두시키라는, 직인이 찍히고 머리글이 적힌 서류가 어젯밤에 접수되었다는 사실이다. 이 여자 죄수들 가운데 한 명은 특히 중죄인으로서 개별 송치를 해야 했다. 그래서 이 명령서에 따라 4월 28일 오전 8시경, 음침하고 고약한 냄새가 진동하는 여자 죄수 감방의 복도로 교위(矯衛)가 들어섰다. 그 뒤를 이어 얼굴은 온통 피로에 찌들고, 소맷부리에 금실을 수놓은 정복 차림에 파란색 테두리의 허리띠를 졸라맨 잿빛 고수머리의 여자가 감방 복도로 들어왔다. 여자 교도관이었다.

「마슬로바?」 당직 교도를 대동한 채 복도로 난 여러 감방 문들 가운데 한 문으로 다가서며 그녀가 물었다.

당직 교도가 열쇠 꾸러미를 철거덕거리며 자물쇠를 풀어 감방 문을 열자, 복도에서보다 더 지독한 악취가 진동했다. 그는 큰 소리로 외쳤다.

「마슬로바, 출정!」 그는 다시 문을 닫은 채 기다렸다.

들판에서 도시로 불어오는 신선하고 상쾌한 바람이 교도소 마당에도 밀려왔다. 그러나 복도에는 이곳을 찾은 사람을 당장에 질색하고 우울하게 만들, 배설물과 타르와 곰팡이 냄새가 뒤섞이고 티푸스균이 가득한 무거운 공기가 깔려 있었다. 지금 마당에서 들어선 여자 교도관조차 비록 이런 악취에 익숙해 있다곤 해도 역시 그런 느낌을 받지 않을 수 없었다. 그녀는 복도에 들어서자 갑자기 피곤해지고 졸음이 밀려오기 시작하는 것을 느꼈다.

감방 안에서는 시끄러운 소음이 들려왔다. 그것은 여자 죄수들이 고함치고 맨발을 구르는 소리였다.

「일어나! 대체 뭐하는 거야! 몸을 돌려 봐, 마슬로바. 듣고 있나!」 교위가 감방 문을 향해 소리쳤다.

약 2분쯤 지나자 흰 상의와 흰 스커트 위에 잿빛 수의를 입은, 자그마하고 가슴이 풍만한 여자 죄수가 씩씩한 걸음걸이로 감방 문을 나오더니 별안간 몸을 돌려 교위 옆에 멈춰 섰다. 그녀의 발에는 목이 긴 옥양목 양말과 죄수용 장화가 신겨 있었고 머리는 흰 수건에 싸여 있었는데, 그 밑으로는 일부러 꾸미려고 한 것처럼 보이는 검은 고수머리 몇 올이 흘러 내려와 있었다. 여자 죄수의 얼굴은 오랫동안 햇빛을 보지 못하고 격리된 사람의 얼굴에서 흔히 볼 수 있는, 지하 저장고의 감자 싹을 생각나게 하는 유난히 창백한 그런 얼굴이었다. 조그맣고 평평한 손이나 수의의 커다란 옷깃 사이로 드러난 희고 탐스러운 목덜미도 얼굴과 마찬가지로 창백했다. 그녀의 얼굴, 그 거칠고 창백한 얼굴에서는 약간 부어 있기는 하지만 까맣게 빛나며 생기에 넘치는, 한쪽이 약간 사팔눈인 눈동자가 시선을 끌었다. 그녀는 풍만한 가슴을 앞으로 내민 채 차려 자세로 서 있었다. 복도로 나오자 그녀는 고개를 약간 젖혀 교위의 눈을 똑바로 응시했는데 자기에게 내려질 명령이라면 무엇에든 복종할 준비가 되었다는 자세였다. 교위가 문을 잠그려고 하자, 안에서 하얗게 센 머리카락을 산발한 노파가 창백하고 군은 표정의 주름투성이 얼굴을 내밀었다. 노파는 마슬로바에게 무언가 이야기하기 시작했다. 그러나 교위가 문 안쪽으로 노파의 머리를 떠밀자, 노파의 머리는 더 이상 보이지 않았다. 감방 안에서 여자들의 웃음소리가 터져 나왔다. 마슬로바도 미소를 지으며 감방 문에 달린 조그만 쇠창살을 향해 고개를 돌렸다. 노파는 창문 저편에 매달려 쉰 목소리로 말했다.

「무엇보다도 말이야, 쓸데없는 말은 할 것 없어. 딱 한 마디만 하라고. 그걸로 족해.」

「딱 한 마디만 하지요. 뭐, 지금보다 상황이 더 나빠지기야 하겠어요.」 마슬로바는 고개를 끄덕이며 대답했다.

「물론이지, 한 마디면 돼. 두말할 필요가 없지.」 교위는 자신의 발언이 지극히 현명하다는 관료주의적인 확신을 가지고 이렇게 말했다. 「따라와, 어서!」

창문을 통해 내다보던 노파의 눈이 사라졌고, 마슬로바는 복도 중앙으로 들어서서 잰걸음으로 교위의 뒤를 따라갔다. 그들은 돌계단을 내려와 여자 죄수 감방보다 훨씬 지독한 악취를 풍기며 훨씬 소란스러운 남자 죄수 감방을 지났다. 감방의 쪽창에서 남자 죄수들의 뜨거운 시선이 뒤따랐다. 이윽고 사무실에 도착하자, 그곳에는 총을 든 호위병 두 사람이 벌써 대기하고 있었다. 사무실에 앉아 있던 서기는 여자 죄수를 가리키면서 담배 연기가 밴 서류를 병사에게 건넸다.

「자, 받게!」

니즈니 노브고로트[1] 농민 출신인, 얼굴이 불그스름한 곰보 병사는 서류를 외투 소매에 집어넣은 후 씩 하고 웃더니 광대뼈가 불거진 추바쉬족[2] 출신의 동료에게 눈짓을 했다. 두 병사와 여자 죄수는 계단을 내려가 정문으로 걸어갔다.

정문에는 쪽문이 열려 있었다. 두 병사와 여자 죄수는 쪽문 문턱을 넘어 야외로 들어섰고, 영내를 벗어나 자갈로 포장된 도회지의 도로 한복판을 따라 걸어갔다.

---

1 Nizhny Novgorod. 러시아 중부 볼가 강 근처의 대도시.
2 Chuvashia. 러시아에 거주하는 터키계 소수 민족.

마부, 상점 주인, 하녀, 노동자, 관리들이 걸음을 멈추고 호기심에 찬 눈초리로 여자 죄수를 바라보았다. 그들 가운데 몇몇 사람은 고개를 저으며, 〈우리와는 전혀 다른, 못된 행실을 해서 저런 꼴이 되는 거야〉라고 생각했다. 어린애들은 겁먹은 표정으로 흉악범을 바라보면서도, 병사들이 그녀를 호위하므로 이제 아무 짓도 하지 못할 것이라는 생각에 안도했다. 여인숙에서 차를 마시던 숯 파는 시골 농부는 그녀에게 다가가 성호를 그은 후 1꼬뻬이까[3]짜리 동전 한 닢을 쥐여 주었다. 얼굴이 붉어진 여자 죄수는 고개를 숙인 채 무슨 말인가 중얼거렸다.

　모든 시선이 자신에게 집중되어 있음을 느낀 여자 죄수는 고개를 가만히 숙인 채 자신을 쳐다보는 사람들을 곁눈질로 훔쳐보았다. 자신에게 쏟아지는 사람들의 시선은 그녀를 즐겁게 만들었고, 감옥에서보다 한결 신선한 봄날의 공기 역시 그녀를 기쁘게 했다. 그러나 한동안 걷지 못했을 뿐 아니라 죄수용 장화가 익숙하지 않았기 때문에 자갈로 포장된 도로를 걷는 것이 고통스러웠다. 그래서 그녀는 발밑을 내려다보며 될 수 있는 대로 가볍게 걸음을 내디디려고 애썼다. 곡물 가게 옆을 지날 때는 누구에게도 해를 끼치지 않는 비둘기 몇 마리가 뒤뚱뒤뚱 걷거나 곡식을 쪼아 먹고 있었는데, 그녀는 하마터면 회색 비둘기 한 마리를 발로 밟을 뻔했다. 그러자 비둘기는 날개를 퍼덕거리며 솟구치더니 바람을 일으키면서 그녀의 귓전을 스치고 날아갔다. 여자 죄수는 미소를 지었지만 곧 자신의 처지를 생각하고는 깊은 한숨을 몰아쉬었다.

---

3 러시아의 화폐 단위로, 1백 꼬뻬이까는 1루블이다.

2

여자 죄수 마슬로바의 삶에서 특이한 이력은 전혀 찾을 수 없었다. 마슬로바는 어느 지주 자매의 영지에서 가축을 치는 늙은 어머니와 함께 살던 미혼 여자 농노의 사생아였다. 결혼도 하지 않은 그 여자 농노는 해마다 애를 낳았는데, 시골에서 흔히 그러하듯 아기에게 영세를 받게 한 다음에는 원치 않은 상황에서 태어난 성가신 존재일 뿐 아니라 일하는 데 방해만 된다는 이유로 젖을 물리지 않았고 그래서 아기들은 곧 굶어 죽곤 했다.

다섯 명의 어린애가 그런 식으로 죽어 갔다. 모두 영세를 받았지만 젖을 얻어먹지 못해 죽어 버린 것이다. 여섯 번째 아이는 떠돌이 집시와의 사이에서 태어난 계집애였고, 그 계집애의 운명도 역시 별다를 것이 없었다. 그런데 마침 늙은 지주 자매 가운데 한 여자가 크림에서 소 비린내가 난다며 가축 치는 노파를 꾸짖기 위해 외양간을 찾게 되었다. 그때 외양간에는 귀엽고 건강한 갓난애를 품은 산모가 누워 있었다. 지주는 크림의 소 비린내에 대해서, 그리고 산모를 외양간에 뉘어 놓은 사실에 대해서 한차례 호통을 치고는 돌아서다가 갓난애를 보고는 그만 측은한 마음이 들어서 그 애의 대모가 되겠다고 나섰다. 아기에게 영세를 받게 한 그녀는 대녀가 안쓰러워서 산모에게 종종 우유와 돈을 주었고, 그 아기는 결국 살아남을 수 있었다. 그래서 늙은 지주 자매는 그 아이를 〈구원받은 아기〉라고 부르곤 했다.

어린애가 세 살이 되던 해에 그 애의 어머니는 병을 앓다가 죽고 말았다. 가축을 치던 할머니에게 손녀딸은 힘에 부쳤다. 결국 어린애는 지주 자매가 데려가게 되었다. 까만 눈동자를 가진 그 아이가 유난히 생기발랄하고 귀엽게 자라자,

늙은 지주 자매는 그 아이에게서 마음의 위안을 얻었다.

늙은 지주 자매 가운데 동생인 소피야 이바노브나는 마음씨가 착한 편으로 계집애에게 영세를 받게 했던 것도 그녀였다. 언니인 마리야 이바노브나는 다소 엄격한 여자였다. 소피야 이바노브나는 계집애에게 좋은 옷을 입히기도 하고 책읽는 법도 가르쳤다. 계집애를 양녀로 키우고 싶어 했던 것이다. 하지만 마리야 이바노브나는 계집애를 일 잘하는 훌륭한 하녀로 만들어야 한다고 수선을 떨면서 계집애에게 까다롭게 굴거나 벌을 세우기도 했고 마음에 들지 않을 때면 회초리를 들기도 했다. 이렇게 계집애는 두 자매의 영향을 받으며 반은 하녀로 또 반은 양녀로 성장했다. 그녀는 애칭인 까찌까도 비칭인 까쩬까도 아닌 그 중간 호칭인 까쮸샤로 불렸다. 그녀는 자수를 놓거나 방 청소를 하기도 하고, 백묵으로 성상을 칠하기도 하고, 커피를 볶고 빻아서 끓이기도 하고, 자질구레한 빨래도 하고, 때로는 지주 자매 곁에 앉아서 책을 읽어 주기도 했다.

사방에서 청혼이 들어왔지만 그녀는 누구에게도 시집갈 생각이 없었다. 그녀에게 청혼하는 사람들 모두가 노동자들이었는데, 유복한 귀족 생활에 젖어 버린 그녀로서는 그런 사람들과의 결혼 생활을 견디기 어려울 거라고 생각했기 때문이었다.

어느덧 그녀는 열여섯 살이 되었다. 그녀가 열여섯 살이 되던 바로 그해에, 지주 자매의 조카이며 대학생이기도 한 부유한 공작이 지주 자매의 집을 방문하게 되었다. 그런데 까쮸샤는 공작에게는 물론 자기 자신에게도 감히 고백하지 못한 채 그를 사모하게 되었다. 그로부터 2년 후, 그 조카는 전쟁터로 출정하는 길에 아주머니 댁을 방문하여 나흘간 머물게 되었다. 그런데 떠나기 전날 밤 그는 까쮸샤를 유혹했고, 다음 날 1백 루블짜리 지폐를 그녀에게 쥐여 주고는 떠나가 버렸다. 그녀는 그가 떠난 후 다섯 달이 지나서야 자신이 임신했다는 사실을 깨닫게 되었다.

그때부터 그녀는 만사가 귀찮아졌으며 자신에게 다가올 치욕을 어떻게 하면 모면할 수 있을까 하는 생각에만 골몰하게 되었다. 그녀는 점차 지주 자매의 시중을 드는 일조차 마지못해 처리했을 뿐만 아니라, 자신도 모르는 사이에 화를 내는 경우가 빈번해졌다. 그녀는 지주 자매에게 시간이 지나면 후회할 그런 무례한 언행을 되풀이했고 집에서 내보내 달라고 애원하기도 했다.

그래서 지주 자매는 그녀가 매우 못마땅했고, 결국 그녀를 집에서 내보냈다. 그 집에서 나온 그녀는 경찰서장 집에서 하녀 생활을 했지만 그곳에서도 겨우 석 달밖에 견디지 못했다. 50대의 늙은 경찰서장이 그녀를 괴롭혔기 때문인데, 하루는 경찰서장이 치근덕거리자 그녀는 화를 못 참고 순간적으로 〈바보 같은 놈, 늙은 도깨비 같은 놈〉이라고 소리치며 그의 가슴을 떠밀어 넘어뜨렸다가 결국 무례하다는 이유로 쫓겨나고 말았다. 다른 일자리를 구하지 못한 채 해산할 날짜는 점점 다가왔기 때문에 그녀는 술장사를 하는 과부이자 마을 산파이기도 한 어느 여인의 집에 머물러야 했다. 해산은 순조로웠다. 그러나 그 무렵 산파는 마을의 한 병든 여자를 치료하다가 그녀에게서 전염된 산욕열을 까쮸샤에게 옮겼으며, 갓난아이는 고아원으로 보내졌으나 아기를 데리다 준 노파의 말에 따르면, 아기가 고아원에 도착하자마자 곧 죽어 버렸다고 했다.

까쮸샤가 산파의 집으로 들어갔을 당시 그녀가 가지고 있던 전 재산은 127루블이었다. 그 돈은 그녀가 번 돈 27루블과 그녀를 유혹했던 공작이 주고 간 돈 1백 루블을 합친 것이었다. 그러나 그녀가 산파의 집에서 나왔을 때 그녀의 수중에는 겨우 6루블이 남아 있었다. 돈을 아낄 줄 모르고 펑펑 써댔고, 또 꾸어 달라는 사람들에게 선뜻 내주기도 했던 것이다. 식비와 찻값 등 두 달 치 생활비로 산파가 40루블을 받아 챙겼고 아이를 고아원으로 보내는 경비가 25루블, 누군가 암소를 산다고 꾸어 간 돈이 40루블이었으며, 그녀 자신의 옷과 군것질 비용으로 약 20루블가량이 흐지부지 날아가 버렸다. 그러다 보니 건강을 회복했을 때 까쮸샤의 수중에는 한 푼도 남아 있지 않았고, 그래서 그녀는 할 수 없이 일자리를 구해야만 했다. 까쮸샤가 구한 일자리란 다름 아닌 삼림 감독관 집의 하녀였다. 삼림 감독관은 유부남이었지만 지난번의 경찰서장과 조금도 다를 바가 없었고 첫날부터 까쮸샤를 괴롭히기 시작했다. 까쮸샤는 그를 혐오해서 무진 애를 쓰며 피했다. 그러나 그는 까쮸샤보다 경험이 많고 교활했을 뿐 아니라, 기회를 노렸다가 원하는 곳으로 그녀를 끌어내 자신의 욕정을 채울 수 있는 주인이었다. 그의 아내도 그런 사실을 눈치챘고, 어느 날 자기 남편이 까쮸샤와 함께 한 방에 있는 것을 목격하자 그녀에게 달려들어 주먹질을 했다. 그러나 까쮸샤도 얌전히 맞고 있지만은 않아서 싸움은 결국 크게 번지고 말았다. 그런 이유로 그녀는 월급 한 푼 받지 못한 채 그 집에서 쫓겨났다. 할 수 없이 까쮸샤는 도회지에 사는 아주머니를 찾아갔다. 아주머니의 남편은 제본업자였는데, 과거에는 잘사는 편이었지만 지금은 고객들을 모두 잃어 버려 손에 닿는 것은 모조리 팔아서 그 돈으로 술이나 사 마시는 주정뱅이로 전락해 있었다.

아주머니는 작은 세탁소를 운영하면서 그것으로 아이들을 양육하고 폐인이 된 남편의 뒷바라지를 하고 있었다. 아주머니는 마슬로바에게 세탁부로 일하라고 권했다. 그러나 마슬로바는 아주머니 집에서 지내는 세탁부 여인들의 힘든 생활을 목격하고 망설이다가 하녀 자리를 구하기 위해 직업 소개소를 찾았다. 그녀는 중학교에 다니는 두 아들을 둔 어느 귀부인의 집에서 일하게 되었다. 그러나 그녀가 취직한 지 일주일도 지나지 않았을 때부터, 이제 막 콧수염이 나기 시작한 중학교 6학년짜리 맏아들 녀석이 공부는 아예 제쳐 놓고 그녀를 쫓아다니며 치근거렸다. 중학생의 어머니는 마슬로바에게 모든 책임을 덮어씌워서 그녀를 내쫓았다. 새로운 일자리를 얻기란 쉬운 일이 아니었지만, 어느 날 그녀는 하인을 소개하는 직업 소개소에 들렀다가 우연히 통통한 손에 보석 반지와 팔찌를 낀 귀부인과 만나게 되었다. 일자리를 찾는 마슬로바의 입장을 전해 들은 귀부인은 자신의 주소를 적어 주며 자기 집으로 찾아오라고 말했다. 그래서 마슬로바는 그녀를 찾아갔다. 귀부인은 마슬로바를 반갑게 맞으며 케이크와 달콤한 포도주를 내놓았고, 자신의 하녀에게 쪽지를 건네주며 어디론가 심부름을 보냈다. 그날 저녁이 되자 긴 머리카락은 물론 턱수염까지 하얗게 센, 키 큰 사내가 방으로 들어왔다. 그 노인은 곧바로 마슬로바 곁에 자리를 잡고 앉더니 씩 웃으며 번뜩이는 두 눈으로 그녀를 이리저리 훑어본 후에 농담을 걸기 시작했다. 잠시 후 여주인은 노인을 옆방으로 불러냈다. 마슬로바는 〈새로 온 애예요, 시골뜨기죠〉라고 설명하는 여주인의 목소리를 들을 수 있었다. 잠시 후 여주인은 마슬로바를 불러내서, 그 노인은 소설가인데 돈이 매우 많아서 그의 마음에 들기만 하면 무엇이든지 아끼지 않고 사줄 거라고 구슬렸다. 마슬로바가 마음에 들었는지, 소설가는 25루블을 주면서 앞으로 종종 만나자고 약속했다. 아주머니에게 생활비를 지불하고 새 옷과 새 모자, 리본 등을 사자 돈은 곧 다 떨어지고 말았다. 며칠 후 소설가는 다시 그녀를

불러냈다. 그녀는 그를 만났다. 그는 다시 25루블을 주면서
혼자 살 만한 아파트로 옮기라고 말했다.

소설가가 얻어 준 아파트에 살면서 마슬로바는 같은 건물
에 사는 활달한 점원을 좋아하게 되었다. 그녀는 소설가에게
사실대로 모두 고백한 후 조그만 셋방으로 이사했다. 그러나
결혼을 약속했던 점원은 그녀에게 한마디 말도 없이 니즈니
시로 떠나 버렸고 그녀는 다시 홀로 남고 말았다. 그녀는 혼
자서라도 그 집에 살아 보려고 했지만 그럴 수 없었다. 경찰
관이 찾아와서는 황색 허가증[4]을 받고 정기적으로 건강 진단
을 받은 후라야 그런 식으로 살 수 있다고 경고한 것이다. 그
녀는 다시 아주머니를 찾아갔다. 아주머니는 최신 유행복에
망토와 모자까지 쓴 그녀를 존경스러운 눈초리로 바라보았
고, 이젠 그녀가 잘살게 된 거라고 믿었는지 세탁소에서 일
하라는 말은 아예 꺼내지도 않았다. 하지만 세탁부로 일할지
말지의 문제는 당시의 마슬로바에겐 이미 고려의 대상이 아
니었다. 여름이나 겨울이나 창문을 열어젖힌 채 30도가 넘는
비누 거품 속에서 뼈만 남은 앙상한 팔로 빨래하고 다림질하
다가 얼굴이 백지장처럼 창백해지기도 하고 또 그중 몇 사람
은 이미 결핵까지 걸려 있는 세탁부 여인들의 삶을 이제 그
녀는 동정 어린 눈초리로 바라보았다. 어쩌면 그녀 자신 역
시 그런 힘든 노동에서 헤어나지 못했을지도 모른다는 생각
에 섬뜩했을 수도 있다.

후원자가 전혀 없어서 마슬로바가 매우 힘들어하던 바로
그 무렵, 처녀들을 사창가로 넘기는 뚜쟁이 여인이 접근했다.

이미 오래전부터 담배를 피워 왔지만, 최근 점원과 동거하
는 동안이나 점원이 떠나 버린 후부터 마슬로바는 점점 술까

4 제정 러시아 시대에 매춘부로서의 영업 활동을 공식적으로 인정하는
관인 증서.

지 손을 대기 시작했다. 그 맛도 맛이었지만 술은 이제까지 겪은 모든 괴로움을 잊게 했으며, 술기운이 아니면 느낄 수 없는 자신감과 확신과 자존심을 세워 주었기 때문에 그녀는 술에 빠져들었다. 술을 마시지 않으면 그녀는 항상 우울에 빠져 있거나 창피스러워했다.

뚜쟁이 여인은 아주머니에게 식사 대접을 하는 한편 마슬로바에게도 실컷 술을 마시게 한 다음, 그런 생활의 수입과 특권에 대해 떠벌리며 도회지의 화려하고 멋진 저택에 가서 살자고 꾀었다. 마슬로바는 주인 남자의 강압에 못 이겨 남의 시선을 피해 가며 간음하는 비천한 하녀의 처지에 빠질 것인지, 아니면 생활도 안정되고 잡음도 없으며 법적으로도 허용되어 있는 데다 수입도 짭짤한 지속적인 매춘부 생활을 할 것인지 선택해야 했고, 결국 후자를 택했다. 게다가 그녀는 그 선택이 자신을 유혹했던 공작과 점원은 물론 그동안 못살게 굴었던 모든 사람들에게 복수할 수 있는 길이라고 생각했다. 그녀를 현혹하고 마지막 결심을 하게 만든 것 가운데 하나는, 그녀가 원하기만 하면 우단이나 공단이나 비단 등으로 만들어진 어깨 없는 민소매 야회복을 주문해서 입을 수도 있다는 뚜쟁이 여인의 설득이었다. 검은 우단으로 장식한 연노랑 비단 데콜테[5]를 입고 있는 자신의 모습을 상상하자 그녀는 더 이상 고집을 부리지 못하고 신분증을 넘겨주고 말았다.[6] 그날 저녁 뚜쟁이 여인은 마차를 타고 와서 끼따예바라는 유명한 포주에게 그녀를 데려갔다.

그때부터 마슬로바는 수십, 수백만 명의 여자들이 그러하듯 국민들의 행복을 배려하는 정부 당국의 허가와 비호를 받

---

5 *décolleté*. 가슴 위를 노출시킨 드레스.
6 황색 허가증으로 교환하기 위해 신분증을 반납한 것으로, 매춘부 생활을 허락했다는 의미이다.

으면서 살아가다가 결국 십중팔구는 쉬 늙어 버리거나 죽음
으로 이끄는 고약한 병에 걸려 버리는, 신과 인간의 계율을
깨뜨리는 상습적 죄악으로 물든 생활을 시작했다.

광란의 밤을 보내고 나면 아침과 낮에는 깊은 잠에 빠져들
었다. 그리고 오후 2~3시가 지나서야 더러운 침대에서 지친
몸을 일으켜 숙취용 셀처 탄산수[7]와 커피를 마시고 화장복이
나 잠옷 혹은 실내복 따위를 걸친 채 방 안을 꾸물거리며 돌
아다니거나, 커튼 너머로 창밖을 내다보거나, 아니면 서로 실
없이 언성을 높이곤 했다. 그러다 목욕도 하고 화장도 하고
머리와 온몸에 향수를 뿌리다가 옷 치수를 재어 보기도 하고
옷을 가봉할 때면 여주인과 말싸움을 벌이기도 했다. 이어서
거울에 자기 몸을 비춰 본 다음 얼굴과 눈썹 화장을 하고, 달
콤하고 기름진 음식으로 식사를 했다. 그다음엔 몸을 드러내
는 화사한 비단옷을 걸쳐 입고 화려하게 장식된 밝은 홀로 나
갔다. 사내 손님들이 몰려들면 음악과 춤과 과자와 술과 담배
가 여기저기 넘쳐 났으며 젊은이, 중년 사내, 애송이, 늙은이,
독신자, 기혼자, 장사꾼, 점원, 아르메니아인, 유대인, 따따르
인, 부자, 가난뱅이, 건강한 사내, 병약한 사내, 주정뱅이, 술
못 마시는 사내, 난폭한 사내, 얌전한 사내, 군인, 민간인, 대
학생, 중학생 등 갖가지 계층과 연령과 성격의 사내들과 음란
한 행위를 벌였다. 고함 소리와 농담, 욕지거리와 음악이 뒤
범벅되고 담배와 술, 또 술과 담배가 거듭되며 음악은 저녁부
터 새벽까지 밤새도록 연주되었다. 그러고는 아침이 되어서
야 겨우 속박에서 풀려나 깊은 잠에 빠져들었다. 이런 생활은
일주일 내내 반복되었다. 그러다가 주말이 되면 공무원으로
서의 소임을 다하려는 의사가 때로는 심각하고 준엄한 표정

7 프러시아 젤테르 산의 광천수.

을 지으며 또 때로는 장난기 어린 명랑한 태도를 보이며 자연이 인간은 물론 동물에게까지 부여한 수치심 따위는 범죄를 막는다는 명분으로 무시하며 여자들을 진찰하고는, 이들이 남자들과 함께 계속해 온 죄악에 가득 찬 행위를 지속해도 괜찮다고 허가하는 지방 관공서, 즉 경찰서를 방문했다. 일주일이 그런 식이었다. 하루하루가 그러했고 여름이든 겨울이든, 평일이든 휴일이든 마찬가지였다.

마슬로바는 7년을 그렇게 살았다. 그동안 그녀는 거처를 두 번 옮겼고 병원에 한 번 입원했다. 창녀촌에서 생활한 지 7년이 지나고 최초로 타락의 길을 걸었던 때로부터 8년째가 되던 스물여섯 살의 그녀에게 돌발적인 사건이 벌어지고 말았다. 이 사건으로 인해 그녀는 유치장에 갇혔고 살인범이나 강도들과 함께 무려 6개월 동안이나 감옥살이를 한 끝에 이제 법정으로 불려 나가게 된 것이다.

3

길고 긴 호송 길을 참아 가며 마슬로바가 호송병들과 함께 지방 재판소 건물을 향해 걸어가던 바로 그 시각에, 이전 지주 자매의 조카이자 그녀를 유혹했던 드미뜨리 이바노비치 네흘류도프 공작은 깃털 방석으로 덮여 쿠션이 좋고 푹신푹신한 두툼한 침대에 아무렇게나 누워 있었다. 그는 앞가슴을 곱게 주름 잡은 깨끗한 네덜란드식 잠옷의 옷깃을 풀어 헤친 채 담배를 피우고 있었다. 정면을 응시하며 오늘은 무엇을 할 것인지 또 어제는 어떤 일이 있었는지 곰곰이 생각하는 중이었다.

그는 대단한 부호이자 저명인사인 꼬르차긴의 집에서 지

낸 어젯밤의 일을 회상하며 숨을 몰아쉬었다. 모두가 그와 그 집 딸이 결혼할 것이라 여기고 있었다. 그는 담배꽁초를 버린 후 다시 은제 담뱃갑에서 새 담배를 꺼내려다가 무슨 생각이 들었는지 마음을 바꾸어 하얗고 윤기 있는 발을 뻗어 슬리퍼를 찾아 신고는 벌어진 어깨에 비단 가운을 황급히 걸쳐 입으며 엘릭시르, 오드콜로뉴, 머릿기름, 향수 등의 인공 향료 냄새가 진동하는 화장실로 급히 들어갔다. 거기서 그는 군데군데 치료받은 적이 있는 이빨을 특제 치분으로 깨끗이 닦고 향료를 탄 물로 입안을 헹구고 나서 온몸을 구석구석 씻어 낸 후 수건 여러 장으로 물기를 닦아 내기 시작했다. 이 어서 향기로운 비누로 손을 씻고 길게 자란 손톱을 브러시로 조심스럽게 다듬은 다음, 대형 대리석 세면대에서 얼굴과 굵은 목덜미를 씻었다. 그다음에 샤워 준비가 되어 있는 침실 옆 세 번째 방으로 들어갔다. 그곳에서 그는 살이 오른 새하얀 몸뚱이를 찬물로 씻은 후 보들보들한 털이 달린 수건으로 다시 물기를 닦고, 곱게 다림질된 깨끗한 내복을 입고 거울처럼 광이 나도록 닦아 놓은 구두를 신었다. 그리고 화장대 앞에 앉아 빗 두 개를 양손에 쥐고 짧고 곱슬곱슬한 검은 턱수염과 이마 쪽이 약간 빠지기 시작한 고수머리를 빗어 올렸다.

그가 화장실에 쌓아 놓고 사용하는 모든 물건 즉 내복, 양복, 구두, 넥타이, 넥타이핀, 커프스단추 등 사소하고 간단한 물건부터 견고하고 귀한 물건까지 모두가 값비싼 최고급품이었다.

네흘류도프는 열 가지나 되는 넥타이와 핀 가운데(이것들은 모두 한때 그를 새롭고 유쾌한 기분으로 만들어 주는 물건들이었지만 지금은 별로 그런 생각이 들지 않았다) 손에 잡히는 대로 아무거나 집어 든 다음 미리 다림질되어 의자

위에 걸려 있는 옷을 입은 후, 부족하긴 해도 그런대로 산뜻하게 차린, 깨끗하고 향긋한 냄새가 풍기는 기다란 식당으로 들어갔다. 어제 하인 세 명이 나무 마루를 반질반질하게 닦아 놓은 식당 내부에는 참나무로 만든 커다란 찬장과 떡갈나무로 만든 식탁이 놓여 있었다. 사자의 발 모양으로 조각된 식탁 다리는 널찍이 자리 잡아 웅장한 분위기를 연출했다. 이름의 첫 글자를 커다랗게 새기고 빳빳하게 풀을 먹인 테이블보가 덮인 식탁 위에는 향긋한 커피가 들어 있는 은제 커피 주전자와 역시 은으로 만든 설탕 그릇, 끓인 크림이 들어 있는 단지와 갓 구워 낸 흰 빵과 작은 건빵, 그리고 비스킷이 담긴 바구니가 놓여 있었다. 그리고 식기 옆에는 편지와 신문과 함께 잡지 『두 세계의 평론』[8] 최신호가 놓여 있었다.

네흘류도프가 편지를 집어 드는 순간, 복도로 통하는 문에 상복을 입은 뚱뚱한 중년 부인이 모습을 드러냈다. 레이스가 달린 모자를 눌러써서 가르마를 가린 그녀는 얼마 전에 이 집에서 돌아가신 네흘류도프 어머니의 하녀로, 여전히 가정부 일을 맡아 하고 있는 아그라페나 뻬뜨로브나라는 온순한 여자였다.

아그라페나 뻬뜨로브나는 네흘류도프의 어머니와 함께 10년 동안 여러 차례에 걸쳐 외국에 살았기 때문에 귀부인의 용모와 예의범절을 갖추고 있었다. 그녀는 네흘류도프가 어렸을 때부터 이 집에 살았으므로 드미뜨리 이바노비치가 미쩬까로 불리던 어린 시절부터 그를 잘 알고 있었다.

「안녕히 주무셨어요, 드미뜨리 이바노비치!」

「잘 주무셨소, 아그라페나 뻬뜨로브나! 뭐 새로운 소식이라도 있습니까?」 네흘류도프가 농담조로 물었다.

---

8 1829년부터 프랑스 파리에서 발행되던 문학·정치 잡지.

「공작님께서 보내셨는지, 아가씨께서 보내셨는지는 모르지만 편지가 와 있습니다. 하녀가 일찌감치 가져왔기에 제 방에서 기다리게 했습니다.」 아그라페나 뻬뜨로브나는 그에게 편지를 건네며 의미심장한 미소를 지어 보였다.

「좋아요, 지금 당장 읽어 보죠.」 네흘류도프는 아그라페나 뻬뜨로브나가 미소 짓는 이유를 눈치채고 편지를 받으며 얼굴을 찌푸렸다.

아그라페나 뻬뜨로브나의 미소로 봐서 이 편지는 공작 영애 꼬르차기나가 보낸 것이 틀림없었다. 네흘류도프가 그녀와 결혼하기로 결심했다고 아그라페나 뻬뜨로브나는 믿고 있었다. 이런 추측을 보여 주는 그녀의 미소는 네흘류도프를 적잖이 언짢게 만들었다.

「그럼 기다리라고 전하겠습니다.」 아그라페나 뻬뜨로브나는 식탁 위에 삐딱하게 놓인 빵 부스러기용 솔을 제자리에 고쳐 놓은 후 식당을 나갔다.

네흘류도프는 아그라페나 뻬뜨로브나가 건넨, 향수 냄새가 진동하는 편지를 뜯어서 읽기 시작했다.

당신의 기억을 환기시키는 일이 제 의무를 이행하는 길이겠지요.

가장자리가 볼록볼록한 두꺼운 회색 편지지에는 날카롭지만 성긴 필체로 이렇게 적혀 있었다.

4월 28일 오늘, 당신은 배심원 자격으로 법정에 가셔야 해요. 그러니 어제 당신이 저와 꼴로소프 부부에게 미술 전시회에 함께 가자고 한 경솔한 약속은 지키실 수 없을 거예요. 만일 당신이 시간에 맞춰 법정에 나가시지 않으면 말을 사려던 3백 루블은 지방 재판소에 벌금으로 물어야 한답니다. 어제 당신이 떠난 직후에 이런 생각이 들었거든요. 부디 잊지 마시기를……

공작 영애 M. 꼬르차기나

편지 뒷면에는 프랑스어로 된 추신이 덧붙어 있었다.

어머니께서는 밤이 늦더라도 저녁 식사를 준비해 놓고 기다리시겠답니다. 몇 시가 되어도 좋으니, 꼭 와주세요.

네흘류도프는 얼굴을 찡그렸다. 이런 편지는 공작 영애 꼬르차기나가 벌써 두 달에 걸쳐 일방적으로 계속해 온, 보이지 않는 실로 그를 옭아매려는 교묘한 수법 가운데 하나였다. 그러나 새파란 젊은이도, 열렬한 사랑에 빠진 것도 아닌 사람들이 결혼 문제에 대해 흔히 망설이는 이유 말고도, 네흘류도프에게는 비록 그가 결혼을 결심했다 하더라도 당장 실행에 옮길 수 없는 중요한 이유가 있었다. 이미 10년 전에 까쮸샤를 유혹한 후 그녀를 버렸기 때문은 아니었다. 그는 그런 일은 완전히 잊었을 뿐만 아니라 그것이 자신의 결혼을 방해하는 장애물이 되리라고는 꿈에도 생각해 본 적이 없었다. 그 이유란 것은, 그 무렵 네흘류도프가 어느 유부녀와 관계를 맺고 있었는데, 자신은 이제 그 관계가 깨졌다고 믿었으나 유부녀 쪽에서는 결코 그렇게 생각하지 않는다는 점이었다.

네흘류도프는 여자들 앞에서 매우 수줍음을 타는 성격이었는데, 바로 그런 수줍음이 그 유부녀로 하여금 그를 정복하려는 욕망을 품게 했다. 그 부인은 네흘류도프가 선거 때마다 찾아다니던 지방 귀족 회의 의장의 아내였다. 그녀는 네흘류도프를 자신과의 관계 속에 끌어들였으며 날이 갈수록 점점 더 관계를 강요했고 그럴수록 네흘류도프는 더욱더 싫증이 났다. 하지만 네흘류도프는 유혹을 물리치지 못했고 그녀에게 죄책감을 느꼈으며 그녀가 동의하지 않는 한 일방적으로 그 관계를 깨뜨리지도 못했다. 그것이 바로 네흘류도프가 공작 영애 꼬르차기나에게 구혼하고 싶어도 자신에게는 그럴 자격이 없다고 생각하는 이유였다.

때마침 식탁 위에는 부인의 남편으로부터 온 편지가 놓여 있었다. 편지의 필체와 소인을 보자 네흘류도프는 얼굴이 붉어졌고, 위험이 닥쳐온다고 느낄 때면 언제나 경험하는 긴장감을 느꼈다. 그러나 그의 흥분은 공연한 것이었다. 편지는 네흘류도프의 영지 대부분이 소속된 군(郡) 지역의 귀족 회의 의장인 그 남편이 5월 말에 임시 젬스뜨보[9]를 개최한다고 통보한 것에 지나지 않았다. 편지에서 그녀의 남편은 네흘류도프에게 꼭 참석해 줄 것을 요청했는데, 젬스뜨보의 중요한 안건인 학교 설립과 철도 부설 문제에 대해 반동 정당의 강력한 저항이 예상되었기 때문이었다.

자유주의자인 귀족 회의 의장은 알렉산드르 3세[10]의 통치 아래 등장한 반동 세력에 몇몇 동지들과 함께 대항하고 있었고, 이 투쟁에 열중한 나머지 자신의 불행한 가정생활에 대해서는 전혀 아는 바가 없었다.

네흘류도프는 그와의 관계로 인해 겪었던 온갖 괴로운 순간이 떠올랐다. 언젠가 그는 만일 그녀의 남편이 모든 사실을 눈치채고 결투 신청을 하면 자신은 허공을 향해 총을 쏠 계획을 세우기도 했으며, 또 절망하여 자살하려고 공원 연못

9 제정 러시아 시대의 지역 선거 위원회.
10 1881년 즉위하여 범슬라브주의를 추진하고 자유사상을 탄압한 제정 러시아의 황제.

으로 뛰쳐나간 부인을 찾아다니는 그런 끔찍한 장면을 상상하기도 했다. 그래서 네흘류도프는 〈그녀가 답장을 보내지 않는 한, 어디에도 갈 수 없고 아무 일도 할 수 없다〉고 생각하고 있었다. 그는 자신이 저지른 잘못을 인정하고 있으며 그 대가로 어떠한 처벌이라도 달게 받을 마음의 준비가 되었으니, 그녀의 행복을 위해 서로의 관계를 영원히 끊어 버리자는 결정적인 내용의 편지를 바로 일주일 전에 그녀에게 보낸 바 있었다. 그는 편지에 대한 답장이 오기를 기다렸으나 지금까지 아무런 소식도 받지 못했다. 달리 생각하면 답장이 오지 않는 것이 차라리 좋은 징조일 수도 있다. 만일 그녀가 결별에 동의할 생각이 없었다면 벌써 답장을 써 보냈거나 예전처럼 직접 찾아왔을 것이다. 최근 네흘류도프는 그녀의 꽁무니를 열심히 따라다니는 장교가 있다는 소문을 듣기도 했다. 그런 소문은 질투심을 불러와 그는 서운한 감정이 들기도 했지만, 동시에 역겨운 위선으로부터 해방될 수 있다는 희망에 몹시 기쁘기도 했다.

다른 편지는 영지 관리인으로부터 온 것이었다. 상속권을 확정 짓기 위해서, 그리고 작고하신 공작 부인의 지시이기도 하고 또 현재의 젊은 공작에게도 권한 바 있는 경영 방법, 즉 가축을 늘리고 농민들에게 임대했던 모든 토지를 환수하여 직접 경작하는 문제를 결정하기 위해서 직접 방문해 달라고 관리인은 적었다. 관리인의 편지에 따르면, 그렇게 경영하는 편이 훨씬 많은 수익을 얻을 수 있다는 것이었다. 또한 관리인은 당초 계획대로라면 초하루에 보내야 했던 3천 루블이 약간 늦어지게 되었다고 사과하기도 했다. 그리고 송금은 다음 기회에 할 예정이며, 이렇게 송금이 지체된 이유는 농민들이 상당히 불량해져서 당국의 행정력을 요청하여 강제로 징수하지 않으면 돈을 거두기가 어렵기 때문이라고 했다. 네홀류도프에게 이 편지는 즐겁고도 불쾌한 것이었다. 막대한 재산을 소유하게 되었다는 사실은 즐거운 일이 틀림없지만, 젊은 시절에 허버트 스펜서[11]의 열렬한 숭배자였으며 특히 정의는 개인의 토지 사유를 용납하지 않는다는 내용의 저서 『사회 역학』에 깊이 감동했던 자신이 대지주가 되었다는 사실만큼은 불쾌했다. 청년 시절의 솔직함과 결단성 때문에 당시 그는 토지란 사유 재산의 대상이 될 수 없다고 주장했을 뿐만 아니라 대학에 다닐 때는 그에 관한 논문을 쓰기도 했고, 실제로 자신의 신념을 위해 토지의 일부(그 토지는 어머니 명의로 된 것이 아니라 아버지로부터 상속받은 자신의 몫이었다)를 농민들에게 나누어 준 적도 있었다. 유산을 상속받아 대지주가 된 지금, 그는 10년 전 아버지의 유산인 2백여 제샤찌나[12]에 대해 단행했던 것과 마찬가지로 이번에도 자신의 사유 재산을 단념할 것인지 아니면 지난날의 자기 생각이 모두 잘못되고 가식에 찬 것이었다는 점을 인정하고 침묵을 지킬 것인지 선택해야만 했다.

그러나 토지를 제외하고는 생계 수단이 없었으므로 전자를 택할 수는 없었다. 그는 관청에서 일하는 것이 싫었을 뿐만 아니라 이미 몸에 밴 화려한 생활 습관을 도저히 그만둘 수 없다고 생각했다. 그래서 청년 시절에 품었던 굳은 신념과 결단도, 세상 사람들을 깜짝 놀라게 만들려는 야심이나 욕망도 품지 않았다. 하지만 한때는 스펜서의 『사회 역학』을 받아들였고 나중에는 헨리 조지[13]의 저서에서 훌륭한 논거를

11 Herbert Spencer(1820~1903). 성운의 생성에서부터 인간 사회의 도덕 원리 전개에 이르기까지 모든 것을 진화의 원리에 따라 조직적으로 서술한 영국의 사회학자이자 철학자. 1850년대 톨스또이는 그의 저서에 많은 관심을 가졌다.

12 미터법 이전 러시아의 면적 단위. 1제샤찌나는 1.092헥타르, 즉 10,920평방미터에 해당한다.

발견했던 네흘류도프로서는 토지 사유가 부당하다는 명백한
사실을 쉽사리 부정할 수도 없었다.

관리인의 편지가 그를 불쾌하게 만든 것은 바로 이런 이유
때문이었다.

4

커피를 다 마신 네흘류도프는 몇 시까지 법정에 출두해야
하는지 알아보기 위해 통지서도 찾고 공작 영애에게 답장도
쓸 생각으로 서재로 발길을 옮겼다. 서재로 가자면 화실을
지나야 했다. 화실에는 그리다 만 그림을 거꾸로 세워 둔 이
젤이 놓여 있었고 온갖 데생이 벽에 걸려 있었다. 2년 동안
어렵사리 그린 그림과 여러 데생 작품들, 화실이 만드는 풍
경은 미술에 별다른 재능을 갖지 못했다는 최근의 서글픈 감
정을 끓어오르게 할 뿐이었다. 자신의 미적 감각이 너무나
섬세하게 발달해서 이런 감정이 드는 것이라고 자위하면서
도 그의 마음은 여전히 편치 않았다.

7년 전 그는 자신이 그림에 뛰어난 재능을 가졌다는 믿음
을 가지고 군대에서 제대했고, 고상한 예술가적 관점에서 일
체의 다른 직업을 약간 경멸스러운 시선으로 바라보기도 했
다. 그러나 이제 그는 자신이 그림을 그릴 자격조차 갖추지
못했다는 사실을 깨닫고 있었다. 그래서 그런 생각을 부추기
는 일이라면 모두 불쾌하게 여겼다. 그는 우울한 마음으로

13 Henry George(1839~1897). 저서 『진보와 빈곤Progress and Poverty』
에서 토지 공유의 필요성을 설파하고, 모든 지대를 조세로 징수하여 사회 복
지 등의 지출에 충당해야 한다고 역설한 미국의 경제학자이자 사회 사상가.
똘스또이는 1885년 『진보와 빈곤』을 읽었다.

화실에 있는 모든 사치스러운 비품을 둘러본 뒤 불쾌한 기분으로 서재에 들어섰다. 서재는 매우 넓었고 천장도 높았으며 온갖 장식과 비품과 편의 시설이 갖추어져 있었다.

〈긴급〉이라고 써 붙인, 커다란 책상 서랍 속에서 찾아낸 통지서에는 11시까지 재판소로 출두하라고 적혀 있었다. 네흘류도프는 자리에 앉아서 공작 영애에게 초대에 감사하며 식사 때까지는 도착하도록 노력하겠다는 내용의 답장을 썼다. 그러나 다 쓰고 나자 내용이 너무 다정다감한 것 같아 찢어 버렸다. 그러고는 곧바로 다시 썼으나 이번에는 지나치게 냉정하여 모욕을 주는 것 같았다. 그는 다시 편지를 찢어 버리고 벽에 붙은 작은 벨을 눌렀다. 회색 옥양목 앞치마를 두른 하인이 문으로 들어섰다. 중년을 넘어선 그는 구레나룻만 남긴 채 말끔하게 면도질한 얼굴에 무뚝뚝한 표정을 짓고 있었다.

「마차를 불러 주게.」

「알겠습니다.」

「그리고 꼬르차긴 댁에서 온 사람이 저쪽에서 기다리고 있으니, 가서 고맙다고 하고 오늘 밤 가능하면 들르겠다고 전하게.」

「알겠습니다.」

〈실례가 되는 줄은 알지만 편지가 써지지 않으니 할 수 없지. 어차피 오늘 밤이면 그녀를 만나게 될 테니까.〉 네흘류도프는 이렇게 생각하며 옷을 입으러 갔다.

그가 옷을 입고 현관으로 나서자, 그 앞에는 고무바퀴가 달린 낯익은 마차가 벌써 대기하고 있었다.

「어제 공작님께서 꼬르차긴 공작 댁을 막 떠나시고 난 후에 제가 도착했습죠. 그랬더니 문지기가 방금 떠나셨다고 하더군요.」

마부는 셔츠 깃 속의, 햇볕에 까맣게 그을린 단단한 목을
갸웃거리며 말했다.

〈마부까지도 나와 꼬르차긴 집안의 관계를 알고 있군.〉 네
흘류도프는 이런 생각을 하며 최근 끊임없이 그의 마음을 괴
롭히는 문제, 즉 꼬르차긴 공작 영애와 결혼할 것인지 말 것
인지 하는 문제로 생각을 옮겨 갔다. 그 무렵 그는 자신에게
제기된 대부분의 다른 문제와 마찬가지로 결혼 문제에 대해
서도 어떻게 할지 결심할 수 없었다.

대체로 결혼의 장점이라면, 첫째로 가정생활의 즐거움 말
고도, 불규칙적인 성생활을 끝내고 도덕적인 생활을 할 가능
성이 주어진다는 점이다. 둘째로는 네흘류도프가 결혼을 희
망하는 매우 중요한 이유이기도 한데, 가정과 아이들이 현재
자신의 무의미한 생활에 의미를 부여할 것이라는 점이다. 일
반적으로 바로 이런 점 때문에 결혼을 하는 것이다. 결혼에
반대하는 일반적인 이유라면, 첫째로 혼기를 놓친 독신자들
이 공통적으로 느끼는 자유의 상실에 대한 두려움, 둘째로
여자의 비밀스러운 본질에 대한 막연한 두려움이다.

특히 미시(꼬르차기나의 이름은 마리야였지만, 명문가에
서 흔히 그렇듯이 그녀는 애칭으로 불리고 있었다)와 결혼하
여 얻을 수 있는 장점이라면, 첫째로 그녀는 명문가에서 태
어났으므로 외모에서부터 말하고 걷고 웃는 예절에 이르기
까지 모든 것이 평민들보다 돋보인다. 그것은 뛰어나기 때문
이 아니라 〈단정〉하기 때문이며, 그는 달리 표현하지는 않았
지만 그녀의 이런 특성을 매우 높이 평가했다. 둘째로 그녀
는 어떤 사람들보다도 네흘류도프를 높이 평가했는데, 그는
이러한 점에서 그녀가 자신을 잘 이해하는 거라고 판단하고
있었다. 그를 이해하는 것, 즉 그녀가 그의 우수한 장점을 인
식한다는 사실은 바로 그녀 자신의 총명함과 깊은 판단력을

입증하는 것이라고 네흘류도프는 생각했다. 한편 미시와 결혼하지 않으려는 이유라면, 첫째로 미시보다 훨씬 훌륭한 품성을 지닌 처녀를 찾을 가능성이 너무 많다는 점이며, 둘째로 벌써 스물일곱 살인 그녀의 과거에 여러 차례 연애 경험이 있었을지도 모른다는 생각이 들었기 때문이다. 바로 이런 생각이 네흘류도프를 괴롭혔다. 비록 과거의 일이라고 해도, 다른 남자를 사랑했을 가능성을 그의 자존심은 용납하지 않았다. 물론 그녀가 자신을 만나리라고 예측하지 못했다 하더라도, 과거에 누군가를 사랑했을 수도 있다는 생각은 그로 하여금 심한 모욕감을 느끼게 했다.

이처럼 긍정적인 면과 부정적인 면이 양립해 있었다. 그리고 이렇게 상반된 면에 모두 일리가 있다고 생각되자, 네흘류도프는 스스로를 비웃으며 자기 자신을 두 다발의 건초 중에서 어느 것부터 먹어야 할지 모르는 〈뷔리당의 노새〉[14]라고 생각했다.

〈아무튼 마리야 바실리예브나로부터 답신을 받고 그 문제를 마무리 짓지 못한다면, 나는 아무 일에도 손댈 수가 없어〉라고 그는 생각했다.

그 일에 대한 결정을 뒤로 미루어야 하며 또 미루지 않을 수 없음을 깨닫자, 그는 마음이 한결 가벼워졌다.

〈어쨌든 이 모든 문제는 나중에 생각해야지.〉 그가 이렇게 생각하는 동안 마차는 아스팔트로 포장된 재판소 앞에 소리 없이 도착했다.

〈이제 나는 평소대로 당연한 것이라 여겨 온 사회적 의무를 정직하게 수행해야지. 게다가 이런 일에는 종종 재미있는

---

14 프랑스의 스콜라 철학자 뷔리당Jean Buridan이 전한 우화로, 양쪽에 같은 양의 먹이를 놓아 두면 당나귀가 어느 쪽 먹이를 먹을지 결정하지 못하고 굶어 죽는다는 이야기이다.

사건도 많이 생기잖아.〉 수위 옆을 지나 재판소 입구로 들어
서면서 그는 이렇게 생각했다.

5

네흘류도프가 재판소 복도에 들어섰을 때 실내는 벌써 부
산스러운 움직임으로 혼잡했다.

위임장과 서류를 든 수위들은 숨을 몰아쉬며 발이 거의 보
이지 않을 정도로 빠르게 이리저리 뛰어다녔다. 정리와 변호
사와 재판관들도 여기저기 돌아다녔고 원고들과 감시가 뜸
한 피고들은 풀죽은 모습으로 담장 주위를 서성거리거나 근
처에 앉아 자신의 차례를 기다렸다.

「지방 법원 법정이 어디죠?」 네흘류도프가 한 수위에게 물
었다.

「어떤 법정 말씀입니까? 민사 법정과 형사 법정이 있습니
다만.」

「나는 배심원입니다.」

「그럼 형사 법정으로 가셔야겠군요. 진작 그렇게 말씀하셨
어야죠. 여기서 오른쪽으로 가시다가 왼쪽으로 돌아서 두 번
째 문입니다.」

네흘류도프는 그가 일러 준 방향으로 걸어갔다. 문 옆에는
두 사내가 서서 개정을 기다리고 있었다. 한 사내는 키가 크
고 뚱뚱한 상인으로 인정 많게 생겼으며, 벌써 술과 안주를
해치웠는지 무척 즐거운 표정이었다. 다른 한 사내는 유대인
혈통의 점원이었다. 그들은 양털 시세에 대해서 떠들고 있었
다. 네흘류도프는 그들에게 다가가 이곳이 배심원실인지 물
었다.

「예, 여깁니다, 선생님! 선생님께서도 배심원이신가요?」 인자해 보이는 상인이 눈을 깜박거리며 물었다. 「그러면 저희들과 함께 수고하시겠군요.」 네흘류도프가 고개를 끄덕여 그렇다고 대답하자 상인은 말을 이어 갔다. 「제 이름은 바끌라쇼프입니다. 2급 상인[15]이죠.」 그는 한 손으로는 도저히 잡을 수 없을 만큼 커다란 손을 내밀며 말했다. 「수고해 주셔야겠습니다. 그런데 성함이 어떻게 되시는지요?」

네흘류도프는 자기 이름을 가르쳐 주고는 배심원실로 들어갔다.

조그마한 배심원실에는 여러 계층의 사람들 열 명가량이 모여 있었다. 모두 도착한 지 얼마 되지 않은 듯 보였는데, 몇 사람은 앉아 있었고 또 몇 사람은 서로 눈치를 살피거나 통성명을 하면서 방 안을 거닐었다. 군복 차림의 예비역 장교도 한 사람 있었다. 나머지는 모두 프록코트 아니면 양복을 입고 있었는데, 단 한 사람만이 허리춤이 긴 민소매 농민복을 입고 있었다.

모두 자기 일을 제쳐 두고 온 것이 마음에 걸린다고 말하면서도 사회적으로 중요한 일을 수행한다는 생각에 매우 만족해하고 있었다.

배심원들은 서로 인사를 나누기도 하고 상대의 신분을 대충 짐작해 보기도 하면서 날씨와 일찍 찾아온 봄에 대해, 그리고 자기들이 처리해야 할 사건에 대해 이야기를 주고받았다. 네흘류도프와 미처 인사를 나누지 못한 사람들은 앞을 다투어 자신을 소개했는데, 그렇게 하는 것이 무척이나 영광스러운 일이라고 생각하는 것 같았다. 초면인 사람들과 만날 때면 언제나 그렇듯이, 네흘류도프도 사람들의 그러한 태도

15 제정 러시아 시대에는 세금의 납입 액수에 따라 상인을 구분했다.

를 너무나 당연한 일로 받아들였다. 만일 누군가가 그에게 어째서 스스로를 다른 사람들보다 우월하게 생각하느냐고 묻는다면, 지금까지 살아오는 동안 별다른 재능을 발휘한 적이 없는 그로서는 아마 아무 대답도 하지 못할 것이다. 영어와 프랑스어와 독일어를 유창하게 구사한다거나, 그가 입고 있는 내복, 셔츠, 넥타이, 커프스단추 따위가 일류 상점에서 사들인 물건이라는 점이 결코 그를 우월하게 만들 수는 없다는 사실을 그는 잘 알고 있었다. 그럼에도 불구하고 그는 자신의 우월함에 대해 확신을 가졌고 다른 사람들이 존경심을 표하는 것을 당연하게 받아들였으며 그렇지 않을 때는 오히려 모욕감을 느꼈다. 그래서 배심원실에서 만족스러울 만큼 예우를 받지 못하자 그는 몹시 불쾌해졌다. 배심원들 사이에서 네흘류도프는 낯익은 사람을 발견했다. 그는 뾰뜨르 게라시모비치(네흘류도프는 그의 성이 무엇인지 몰랐지만 오히려 그것을 은근히 자랑스럽게 생각했다)라는 사람으로, 언젠가 그의 누님 댁 아이들의 가정 교사로 일한 적이 있었다. 뾰뜨르 게라시모비치는 학업을 마친 후 현재 어느 중학교 선생으로 근무하고 있었다. 네흘류도프는 그의 무례한 태도나 거만함이 흐르는 너털웃음, 그리고 누님의 표현을 빌리자면 〈공산주의자인 척〉하는 언행 따위가 언제나 비위에 거슬렸다.

「아니, 당신도 불려 나오셨나요?」 뾰뜨르 게라시모비치는 너털웃음을 터뜨리며 네흘류도프에게 알은척했다.

「피할 수 없었던 모양이죠?」

「피할 생각은 전혀 없었소.」 네흘류도프는 무뚝뚝하고도 우울한 어투로 대답했다.

「그렇지요, 그것이 바로 시민의 미덕이죠. 하지만 배가 고파 오고 졸음까지 쏟아지면 생각이 달라질 겁니다.」 뾰뜨르 게라시모비치는 더욱 큰 소리로 웃으며 말했다.

〈잘못하다간 이런 불한당 같은 녀석한테마저 《자네》 소리를 듣겠군!〉 하고 네흘류도프는 생각했다. 그는 가족이 모두 횡사했다는 소식을 들을 때나 지을 법한 그런 침통한 표정을 지으며 중학교 선생의 곁을 떠났다. 그러고는 큰 키에 풍채도 좋으며 수염을 말쑥하게 깎은 한 신사가 여러 사람들 사이에서 무언가 열심히 떠들어 대는 쪽으로 다가갔다. 그 신사는 현지 민사 법정에서 심의되는 사건에 대해 아주 잘 알고 있는 것처럼 떠벌리며 재판관과 유명한 변호사들을 이름과 부칭으로 불러 댔다.[16] 어느 유명한 변호사가 뛰어난 수완으로 사건을 뒤집는 바람에 정말 결백한 상대방 노부인이 막대한 금액을 지불하지 않을 수 없었다는 이야기였다.

〈그야말로 천재적인 변호사랍니다!〉라고 그가 말했다.

사람들은 존경스럽다는 표정으로 그의 말을 경청했다. 그러나 누군가 자신의 의견을 제시하려고 하면, 그는 자신만이 모든 사실을 정확하게 알고 있다는 듯 다른 사람들의 말을 가로막아 버렸다.

늦게 도착했어도 네흘류도프는 오랫동안 기다려야 했다. 판사 한 사람이 아직 도착하지 않았기 때문에 개정이 지연되고 있었다.

6

재판장은 재판소에 일찍 나와 있었다. 키가 크고 몸이 비대한 재판장은 잿빛 구레나룻을 길게 기르고 있었다. 그는 기혼이었으나 무절제한 생활을 즐겼고 그런 점은 그의 아내도 마

---

16 러시아에서는 이름과 부칭만 부름으로써 존경의 뜻을 표한다.

찬가지였다. 그들은 서로의 일에 간섭하지 않았다. 오늘 아침 그는 지난여름 자기 집 가정 교사로 있었던 스위스 여자로부터 편지를 받았다. 그녀는 지금 남러시아에서 뻬쩨르부르그로 오는 길이고 오늘 시내에 도착할 예정이며 오후 3시부터 6시 사이에 시내의 호텔 〈이탈리아〉에서 기다리겠다고 했다. 그는 지난여름 별장에서 로맨스를 가졌던 빨간 머리의 끌라라를 6시 이전에 만날 생각으로 오늘 재판을 일찍 시작해서 일찍 끝내고 싶었다.

그는 재판장실로 들어가 문을 안에서 걸어 잠근 후 서류함의 맨 아래 칸에서 아령 두 개를 꺼냈다. 그는 아령을 상하, 전후, 좌우로 스무 번씩 들고 나서 이번에는 머리 위로 들어 올린 채 무릎을 세 번 가볍게 구부렸다.

〈냉수마찰과 체조만큼 건강에 좋은 것도 없지.〉 그는 무명지에 금반지를 낀 왼손으로 탱탱한 오른팔 이두박근을 어루만지며 생각했다. 마지막으로 그는 펜싱 자세로 몸을 풀 작정이었는데(법정에 나가 오랫동안 앉아 있어야 할 때면 언제나 이 두 가지 운동을 끝내고 나갔다) 갑자기 문이 덜컹거렸다. 누군가 문을 열려고 했던 것이다. 재판장은 얼른 아령을 제자리에 넣고 문을 열었다.

「미안합니다.」 그가 말했다.

금테 안경을 낀 키 작은 배석 판사가 어깨를 한 번 으쓱하더니 인상을 쓰며 방으로 들어왔다.

「마뜨베이 니끼찌치가 이 방에 들르지 않았나요?」 배석 판사가 불만스러운 표정으로 말했다.

「아직 안 왔소.」 재판장은 법의를 입으며 대답했다. 「그 친구는 언제나 늦는단 말이야.」

「얼마나 염치없는 사람인지, 기가 막힐 노릇입니다.」 판사는 화를 내며 의자에 앉아 담배를 꺼냈다.

매우 꼼꼼한 성격의 판사는 오늘 아침에 아내와 기분 나쁜 말다툼을 한바탕 벌였다. 아내가 한 달 치 생활비를 벌써 다 써버렸던 것이다. 아내는 생활비를 미리 달라고 했지만 그는 그럴 수 없다고 잘라 말했고, 결국 부부 싸움이 벌어졌다. 아내는 생활비를 주지 않으면 자기도 저녁 식사를 준비하지 않겠으니 집에서 식사할 생각은 하지도 말라며 대들었다. 그런 상황에서 출근한 것인데, 아내는 마음먹은 일은 꼭 하고 마는 여자였기 때문에 그는 그녀가 그 협박을 정말 실행할 것 같다는 생각에 잔뜩 겁을 집어먹고 있었다.

　〈저분처럼 훌륭하고 도덕적인 생활을 해야 할 텐데.〉 그는 건강하고 명랑하며 인자해 보이는 재판장을 바라보며 생각에 잠겼다. 재판장은 두 팔꿈치를 넓게 벌린 채, 금실로 수놓은 양쪽 옷깃 위의 숱 많고 희끗희끗한 구레나룻을 희고 고운 손으로 매만지고 있었다. 〈저분은 언제나 만족스럽고 즐거운 표정인데, 나는 왜 이렇게 괴로운 생활을 해야 할까?〉

　서기가 들어와 서류를 건네주었다.

　「수고했네.」 재판장은 담배를 피우기 시작했다. 「어느 사건부터 처리하면 좋을까?」

　「글쎄요, 독살 사건이 좋을 듯싶습니다만.」 아무래도 괜찮다는 투로 서기가 대답했다.

　「그래, 좋아! 독살 사건, 독살 사건부터 하지.」 재판장은 그런 사건이라면 4시까지는 끝내고 퇴정할 수 있을 거라고 생각하며 말했다. 「그런데 마뜨베이 니끼찌치는 아직도 안 왔나?」

　「아직 안 나오셨습니다.」

　「브레베는 나왔겠지?」

　「나오셨습니다.」

　「그럼 그 사람을 만나거든 독살 사건부터 시작하기로 했다고 전하게.」

브레베는 오늘 법정에서 논고를 맡은 검사보였다.

복도로 나오다가 서기는 브레베를 만났다. 그는 제복 단추도 채우지 못한 채 어깨를 으쓱거리며 손가방을 옆에 끼고 한 손을 수직으로 흔들면서 발소리 요란하게 바쁜 걸음으로 복도를 걸어오는 중이었다.

「미하일 뻬뜨로비치께서 준비가 끝나셨는지 여쭤 보라고 하시던데요.」 서기가 그에게 말했다.

「물론이지, 난 언제나 준비되어 있다네.」 검사보가 말했다. 「그런데 어떤 사건부터 다루기로 했나?」

「독살 사건입니다.」

「아주 잘됐군.」 검사보는 이렇게 말했지만 사실 어젯밤 한숨도 자지 못했기 때문에 그리 달갑지만은 않았다. 친구의 송별회에서 술을 잔뜩 퍼마신 다음 새벽 2시까지 도박을 하다가 마슬로바가 6개월 전까지 있던 바로 그 창녀촌으로 갔었다. 그러느라 독살 사건에 관한 서류를 읽을 틈이 없었기 때문에 이제야 대강 읽으려던 참이었던 것이다. 사실 서기는 그가 독살 사건에 관한 서류를 읽지 못했다는 사실을 너무 잘 알았기 때문에 일부러 그 사건을 먼저 처리하자고 재판장에게 권한 것이었다. 서기는 자유주의자인 동시에 급진적인 사상을 가진 반면에, 브레베는 보수주의자였으며 러시아에서 근무하는 거의 대부분의 독일인들이 그렇듯 러시아 정교에 귀의해 있었다. 그래서 서기는 그를 몹시 싫어했고 그의 지위를 시기하고 있었다.

「그러면 스꼬뻬쯔 교인[17] 사건은 어떻게 할까요?」 서기가 물었다.

17 남성과 여성을 거세함으로써 육체적 욕망의 탈피와 영혼의 구원을 추구하는 그리스도교의 일파로 18세기 말 러시아에서 일어났다.

「그건 못 하겠다고 말했잖아.」 검사보가 말했다. 「증인이 없지 않나. 재판부에도 그렇게 말하겠네.」

「하지만, 어차피…….」

「난 할 수 없다니까!」 이렇게 대답한 후 검사보는 계속 팔을 흔들며 자기 방으로 급히 가버렸다.

사건 심리에 전혀 중요하지도, 필요하지도 않은 증인 문제 때문에 그가 스꼬뻬쯔 교인 사건을 미루는 이유는 배심원이 대부분 지식인으로 구성된 그 재판에서 사건을 다뤄 봐야 무죄로 판결될 것이 틀림없기 때문이었다. 그래서 재판장과 합의하여 이 사건을 군 소재의 하급 재판소로 넘기기로 한 바 있었다. 그곳 배심원들은 대부분 농민들뿐이어서 유죄로 판결된 가능성이 높았던 것이다.

복도는 점점 더 혼잡스러워졌다. 그중에서도 가장 붐비는 곳은 민사 법정 근처였는데, 그곳에서는 소송 사건이라면 광적인 관심을 보이는 아까 그 풍채 좋은 신사가 말하던 바로 그 사건의 심리가 진행되고 있었다.

휴정이 선포되자 법정에서 한 노부인이 나왔는데, 그녀는 바로 천재적인 변호사의 수완 때문에 아무 권리도 없는 원고에게 재산을 빼앗기게 된 당사자였다. 이러한 사실은 재판관들은 물론 원고와 그 변호사가 더 잘 알고 있었다. 그러나 재판부는 노부인의 재산을 몰수하여 원고에게 넘겨주지 않을 수 없었다. 변호사가 거의 완벽하게 일을 꾸몄기 때문이다. 화려한 옷차림에 커다란 꽃을 꽂은 모자를 쓴 뚱뚱한 노부인은 문을 나와 복도에서 멈춰 서더니, 통통하고 짤막한 팔로 어이없다는 동작을 취하며 자기 변호사를 향해 〈대체 어떻게 돌아가는 겁니까? 세상에 이런 일이 있을 수 있습니까?〉 하고 같은 말만 계속 되풀이했다. 변호사는 그녀의 모자에 꽂힌 꽃만 바라보면서 그녀의 말에는 귀 기울이지 않은 채 골똑히 어떤 생각에 잠겨 있었다.

노부인의 뒤를 이어 민사 법정의 문에서는 그 유명한 변호사가 넓게 파인 조끼 사이로 가슴을 내밀고 만족스러운 표정을 지으며 빠른 걸음으로 걸어 나왔다. 바로 그의 수완 때문에 꽃을 꽂은 모자를 쓴 노부인은 빈털터리가 되었고, 변호사에게 1만 루블을 사례하기로 한 원고는 10만 루블 이상의 돈을 벌게 된 것이다. 모든 사람들의 시선이 그 변호사에게 집중되었다. 그것을 의식한 변호사는 〈뭐 그렇게까지 존경스러운 눈초리로 바라볼 건 없잖아〉라는 듯 기고만장한 태도로 사람들 사이를 서둘러 빠져나갔다.

7

마침내 마뜨베이 니끼찌치가 도착했다. 그리고 곧이어 비쩍 마른 정리 한 사람이 배심원실로 들어갔다. 목이 길고 옆쪽으로 걷는 버릇이 있는 정리의 아랫입술은 한쪽으로 일그러져 있었다. 그는 대학 교육까지 받은 정직한 사내였지만 술을 너무 좋아해서 어떤 직장에도 오래 붙어 있지 못했다. 석 달 전에 그의 아내를 후원하는 어느 백작 부인이 지금의 직장에 취직시켜 주었는데 아직까지 아무 탈 없이 다닌다는 사실에 그 자신도 매우 기뻐하고 있었다.

「자, 여러분, 이제 다 모이셨습니까?」 그는 코안경을 꺼내 쓴 후 안경 너머로 사방을 둘러보며 말했다.

「그런 것 같소.」 인자한 상인이 대답했다.

「그러면 확인하겠습니다.」 정리는 이렇게 말하고 나서 주머니에서 명단을 꺼내더니 코안경을 통해, 혹은 코안경 너머로 한 사람씩 호명하며 대조하기 시작했다.

「5등관, I. M. 니끼포로프 씨!」

「네.」 재판소 일이라면 훤히 꿰뚫고 있는 풍채 좋은 신사가 대답했다.

「예비역 육군 대령, 이반 세묘노비치 이바노프 씨!」

「여기 있소.」 예비역 장교복을 입은 야윈 사내가 대답했다.

「2급 상인, 뾰뜨르 바끌라쇼프 씨!」

「네, 준비됐습니다.」 인자한 상인이 만면에 미소를 머금으며 대답했다.

「근위대 중위, 드미뜨리 네홀류도프 공작!」

「네.」 네홀류도프가 대답했다.

정리는 코안경 너머로 그를 바라보더니 다른 사람들과 차별을 두려는 듯 공손히 고개 숙여 인사했다.

「육군 대위, 유리 드미뜨리예비치 단첸꼬 씨! 상인, 그리고리 예피모비치 끌레쇼프 씨!」 등등……

두 사람을 제외하고는 전원이 다 모였다.

「그러면 여러분, 법정으로 가시죠.」 정리는 공손히 문을 가리키며 말했다.

모두 움직이기 시작했다. 사람들은 문 앞에서 서로 길을 양보하며 복도로 나와 법정으로 향했다.

법정은 크고 긴 홀이었다. 한쪽 면에는 세 개의 계단으로 된 단상이 마련되어 있었고, 단상의 한복판에는 검푸르고 긴 술이 달린 보로 덮인 테이블이 놓여 있었다. 테이블 뒤에는 참나무를 깎아서 만든 커다란 등받이 안락의자 세 개가 놓여 있었고, 안락의자 뒤에는 황제의 전신을 그린 그림을 넣은 금빛 액자가 걸려 있었다. 황제는 장군 복장에 휘장을 두르고 한 발을 뒤로 비스듬히 디딘 채 한 손을 군도 위에 얹은 모습이었다. 오른쪽 구석에는 가시 면류관을 쓴 그리스도상을 모신 액자가 걸려 있었고 그 밑에는 선서대가 하나 놓여 있었다. 바로 그 오른쪽에 검사석이 마련되어 있었고 검사석 정면 왼쪽 구석 자리에는 서기용 책상이 자리 잡고 있었다. 방청석 가까이에는 참나무 창살로 된 칸막이가 세워져 있었고 그 뒤에는 아직 비어 있는 피고석이 있었다. 단상의 오른쪽에는 역시 높은 등받이가 달린 배심원들의 의자가 두 줄로 배열되어 있었고 그 아래로 변호사의 책상이 놓여 있었다. 이것들은 모두 참나무 칸막이로 구분된 법정의 앞자리에 배치되어 있었다. 법정 뒷자리는 한 줄에 한 칸씩 높아지는 계단식으로 방청객용 장의자가 뒷벽까지 빼곡히 들어차 있었다. 방청석의 앞줄에는 여직공이나 하녀처럼 보이는 여자 네 명과 노동자 차림의 남자 두 명이 앉아 있었는데, 그들은 법정의 웅장한 장식에 위축되어 자기들끼리 조심스럽게 속삭이고 있었다.

배심원들이 들어오자 정리는 곧 옆쪽으로 걸어 중앙에 나가 그 자리에 모인 사람들을 압도하려는 듯 큰 소리로 외쳤다.

「개정!」

모든 사람들이 일어서자 재판관들이 법정 단상에 모습을 드러냈다. 맨 앞에는 건장하고 멋진 구레나룻을 기른 재판장이, 그 뒤로는 침울한 표정의 배석 판사가 뒤따라 들어왔다. 그는 아까보다 훨씬 침통해 보였는데, 개정하기 직전에 판사 보인 처남으로부터 그의 아내가 절대로 저녁 준비를 하지 않겠다고 했다는 말을 전해 들었던 것이다.

「일이 이렇게 됐으니, 선술집에나 함께 가도록 합시다.」 처남은 웃으며 말했다.

「웃을 일이 아니야.」 배석 판사는 이렇게 대답하면서 더욱 침통한 표정으로 변했다.

맨 나중에 입장한 판사는 늘 지각만 하는 마뜨베이 니끼찌치였다. 그는 위염으로 고생하고 있던 탓에 의사의 권고대로 오늘 아침부터 새로운 치료법을 시작했는데, 바로 그 새로운 치료법 때문에 집에서 더욱 늑장을 부렸던 것이다. 단상 위에 올라갈 때 그는 무엇엔가 정신을 집중한 얼굴이었다. 스스로 제기한 여러 문제에 대해 온갖 방법으로 점을 치는 습관이 있기 때문이었다. 만일 판사실 문에서부터 법정 안 자기 좌석까지의 걸음 수가 셋으로 나누어진다면 새로운 치료법으로 위염을 고칠 수 있을 것이고, 나누어지지 않는다면 병을 고치기는 힘들 것이라고 그는 생각했다. 거리는 스물여섯 걸음가량 되었지만 그는 보폭을 줄여서 꼭 스물일곱 걸음에 자기 자리에 닿을 수 있게 조정했다.

옷깃을 금실로 수놓은 법의를 입고 단상에 모습을 드러낸 재판장과 판사들은 매우 위엄 있어 보였다. 그들 자신도 이 점을 느꼈는지 아니면 자신들의 위엄이 어색했는지 얼른 눈을 얌전히 내리깔고는 녹색 보가 덮인 테이블 앞 안락의자에 앉았다. 테이블 위에는 독수리 문장(紋章)이 새겨진 삼각형의 문진[18]과 식당에서 과자 따위를 담을 때 사용하는 유리그릇과 잉크병, 펜, 고급 백지, 새로 뾰족하게 깎은 크고 작은 연필 따위가 놓여 있었다. 판사들과 함께 검사보도 들어왔다. 그는 변함없이 옆구리에 서류 가방을 낀 채 한 손을 휘저으며 창가에 있는 자기 자리로 급히 가더니, 단 1분이라도 아껴서 재판 준비를 하려는 듯 서류를 읽고 검토하는 데 몰두하기 시작했다. 이 검사에게 이번 사건은 겨우 네 번째 사건이었다. 매우 야심만만한 사내인 그는 반드시 출세하겠다는 결심을 세워 놓았고, 그렇기 때문에 자기가 논고를 맡은 사건은 모두 유죄 판결이 내려져야 한다고 생각했다. 독살 사건의 윤곽에 대해서는 그도 어느 정도 알고 있었고 논고 초

18 준법의 상징물로 제정 러시아 시대 모든 법원에 비치되었다.

안도 이미 작성해 놓았지만, 좀 더 자료를 보충할 필요가 있다는 생각에 지금 서둘러 서류를 조사하는 중이었다.

서기는 단상 반대쪽 구석에 앉아서 낭독할 필요가 있어 보이는 서류를 준비한 다음, 어제 입수해 읽었던 판매 금지된 논문을 다시 훑어보았다. 그는 자신과 항상 견해가 일치하는 멋진 턱수염을 기른 판사와 그 논문에 대해서 토론하고 싶었기 때문에 우선 그 내용을 철저히 알아 두어야 했다.

8

재판장은 서류를 대충 훑어보더니 정리와 서기에게 몇 마디 질문을 던졌다. 그리고 별 이상이 없다는 보고를 받자, 피고를 데려오라고 지시했다. 잠시 후 칸막이 뒤에 있는 문이 활짝 열리고 모자를 쓴 헌병 두 사람이 군도를 찬 채 입장했다. 이어서 주근깨투성이의 붉은 머리 사내가 앞장서 들어왔고 두 여자가 따라 들어왔다. 사내는 품이 크고 기장도 긴 옷을 입고 있었는데, 법정에 들어서면서 바지춤이 흘러내리지 않게 하려고 양손 엄지손가락을 펴서 바지 솔기를 누르고 있었다. 그는 재판장이나 방청객 쪽으로는 눈길을 돌리지 않고 피고석만 주시하면서 그 앞을 돌아 구석 자리로 가더니 다른 두 사람의 자리를 남긴 채 단정히 앉고서는 재판장 쪽을 뚫어질 듯 바라보며 무언가 중얼거리는 것처럼 두 볼의 근육을 씰룩거리기 시작했다. 그 뒤로 역시 죄수복을 입은 중년 여자가 들어왔다. 머릿수건을 썼으며 창백한 잿빛 얼굴에는 눈썹도 속눈썹도 없었고 눈동자는 빨갛게 충혈되어 있었다. 그녀는 매우 태연자약한 모습이었다. 자신의 좌석으로 향하는 도중에 죄수복이 무언가에 걸리자, 서두르는 기색 없이 천천히 옷자락을 빼낸 다음 자리에 앉았다.

세 번째 피고는 마슬로바였다.

그녀가 들어서자 법정 안에 있던 모든 사내들의 시선이 집중되었다. 그들은 모두 까만 눈동자가 반짝거리는 그녀의 하얀 얼굴과 죄수복 아래 터질 듯이 솟아오른 앞가슴을 한동안 멍하니 바라보았다. 헌병들까지도 그녀가 곁을 지나갈 때부터 쳐다보기 시작하여 자리에 앉을 때까지 눈을 떼지 못했다. 그녀가 자리에 앉자 그제서야 그들은 마치 죄라도 지은 것처럼 얼른 고개를 돌려 몸을 한 번 움찔하고는 곧장 정면에 있는 창문을 응시했다.

재판장은 피고들이 자리에 앉기를 기다렸다가 마슬로바까지 앉는 것을 보고 서기를 향해 몸을 돌렸다.

판에 박힌 공판 절차가 시작되었다. 배심원 점검, 결석 배심원 문제 협의, 그들에 대한 벌금 부과, 사퇴자 결정, 결원의 보충 등이 진행되었다. 재판장은 쪽지 몇 장을 접어 유리그릇에 넣은 후 금술이 달린 법의 소매를 약간 걷어 올려 징그러울 정도로 털이 많이 난 팔을 드러내면서 마법사 같은 몸짓으로 쪽지를 한 장씩 꺼냈고, 이어서 쪽지를 펴 읽었다. 재판장은 소매를 내리며 배심원 선서를 진행하라고 사제를 재촉했다. 부어서 누렇다 못해 창백하기까지 한 얼굴에 갈색 제의를 입고 가슴에 걸린 금빛 십자가 옆에 조그만 훈장을 단 늙은 사제는 제의 자락 밑으로 부은 발을 한 걸음 한 걸음 옮기면서 성상 아래 놓인 선서대로 다가갔다.

배심원들은 자리에서 일어서더니 선서대 쪽으로 우르르 몰려나왔다.

「이리 오십시오.」 사제는 부은 손가락으로 가슴 위의 십자가를 만지작거리면서 배심원들이 자리에서 나오기를 기다렸다가 말했다.

사제는 이 직책을 46년 동안이나 맡아 왔으며 이제 3년만
지나면 얼마 전에 대사원의 주교가 그랬던 것처럼 재직 50주
년 기념식을 거행할 작정이었다. 이 지방 재판소가 설립될 때[19]
부터 줄곧 근무해 온 그는 자기가 선서시킨 사람들이 수만 명
에 달할 뿐 아니라 고령임에도 불구하고 교회와 조국과 가족
의 안녕을 위해 계속 일하고 있다는 것, 가족들에게 현재 살고
있는 집 말고도 3만 루블에 달하는 유가 증권을 남겨 줄 수 있
다는 사실 등을 커다란 긍지로 삼고 있었다. 그러나 법정에서
의 그의 직무, 즉 성경에 손을 얹고 선서한다는 사실 때문에
양심의 가책을 느껴 본 적은 없었다. 오히려 자기 직무로 인해
저명인사들과 접촉할 기회가 종종 생겼으므로, 그는 숙달된
그 일에 오히려 애착을 느끼고 있었다. 지금도 그는 모자에 커
다란 꽃을 꽂은 노부인 사건 하나로 1만 루블이라는 사례금을
받았다는 이유로 존경심을 품게 된 그 유명한 변호사와 친교
를 맺은 사실에 매우 만족스러워하고 있었다.

　배심원들이 계단을 밟고 단상에 오르자, 사제는 흰 머리카
락이 군데군데 남아 있는 대머리를 갸우뚱거리며 더러운 견
대를 뒤집어쓰고는 희끗희끗한 머리카락을 한 번 쓰다듬더
니 배심원들을 향해 앞으로 나갔다.

　「오른손을 들어 손가락을 이렇게 모으시오.」 그는 노인 특
유의 탁한 음성으로 거드름을 피우며 주름 잡힌 손을 들어
물건을 집을 때처럼 손가락을 모았다. 「지금부터 내가 하는
대로 따라 하십시오.」 그는 선서를 읽기 시작했다. 「거룩한
성서와 생명의 근원인 주님의 십자가 앞에서 전지전능하신
하느님께 맹세하나이다. 이번 사건을……」 그는 쉬엄쉬엄

<hr>

19 사법 개혁이 시행된 1864년 이후를 가리킨다. 사법 개혁으로 법관의
독립성과 직위 보장, 재판 절차의 공개와 증거주의 등이 선포되고 신분 재판
이 철폐되었다. 이때부터 배심원과 변호사가 배석하게 된다.

말을 끊어 가며 말했다. 「손을 내리지 마십시오. 아직 들고 계셔야 합니다.」 그는 손을 내리는 젊은 배심원을 향해 주의를 주었다. 「이번 사건을……」

구레나룻을 기른 위풍당당한 신사와 육군 대령, 상인 그리고 몇몇 배심원들은 몹시 만족스럽다는 듯이 사제가 시키는 대로 손가락을 모은 손을 높이 쳐들었다. 그러나 다른 배심원들은 마지못해 적당히 손을 들었고 한 배심원은 마치 화가 난 듯 〈어쨌든 난 시키는 대로 선서하고 있잖소〉라는 투로 큰소리로 사제를 따라했다. 혼자 중얼거리다가 사제보다 처지면 당황하여 엉뚱한 대목을 따라하는 배심원도 있었고, 손에서 무언가 떨어뜨리지 않을까 염려하는 듯 손가락을 힘껏 모아 높이 쳐들고 있는 배심원도 있는가 하면, 손가락을 벌렸다 오므렸다 하는 배심원도 있었다. 모두 거북한 표정이었지만 늙은 사제만은 매우 유익하고 중요한 일을 집행한다는 확신을 가지고 있었다. 선서가 끝나자 재판장은 배심원들에게 배심원 대표를 선출하도록 제안했다. 배심원들은 자리에서 일어나 서로 밀치며 배심원실로 들어갔다. 방에 들어서자 거의 모든 배심원들이 담배를 꺼내 피우기 시작했다. 누군가 풍채 좋은 신사를 배심원 대표로 추천하자 모두 찬성했고, 그들은 피우던 담배를 비벼 끄고는 법정으로 돌아왔다. 선출된 배심원 대표는 자신이 선출되었다고 재판장에게 보고했고, 배심원들은 다시 높은 등받이가 달린 의자에 두 줄로 나란히 앉았다.

모든 일이 순조롭고 신속하면서도 엄숙하게 진행되었다. 이와 같은 정확함과 일관성과 엄숙함은 모든 참석자들로 하여금 자신들이 진실하고 중대한 공무를 수행한다는 생각을 갖게 하여 스스로 만족하도록 만들었다. 네흘류도프도 이런 기분에 빠져들었다.

배심원들이 자리에 앉자, 재판장은 그들에게 배심원의 권리와 의무와 책임에 대해 말하기 시작했다. 설명하는 동안 재판장은 끊임없이 자세를 뒤틀었다. 왼쪽 팔꿈치와 오른쪽 팔꿈치를 번갈아 가면서 괴었다가 의자 등받이에 몸을 기대기도 하고 서류 끝을 가지런히 정리하는가 하면 종이 자르는 칼을 어루만지기도 하고 연필을 만지작거리기도 했다.

재판장의 말에 따르면, 배심원의 권리란 재판장을 통해서 피고를 심문할 수 있고 종이와 연필을 지닐 수 있고 물적 증거를 검사할 수도 있는 것이며, 배심원의 의무란 거짓 없이 공정하게 판단해야 하는 것이었다. 또한 그들에게는 책임도 뒤따라서, 협의된 사항을 발설하거나 외부 사람들과 내통하는 경우에는 처벌을 받는다고 했다.

모두 엄숙한 자세로 설명을 들었다. 상인은 술 냄새를 풍기면서 억지로 트림을 참았고, 재판장의 말 한마디 한마디가 지당하다는 듯 연방 고개를 끄덕였다.

9

주의 사항에 대한 설명을 끝마친 재판장은 피고석으로 고개를 돌렸다.

「시몬 까르쩐낀, 일어서!」 그가 말했다.

시몬은 신경질적으로 벌떡 일어섰다. 볼의 근육이 더욱 심하게 씰룩거렸다.

「이름은?」

「시몬 뻬뜨로프 까르쩐낀입니다.」 대답할 내용을 미리 연습한 것처럼 그는 쩌렁쩌렁한 목소리로 재빨리 대답했다.

「신분은?」

「농민입니다.」

「출신 현과 군은?」

「뚤라 현, 끄라삐벤스크 군, 꾸빤스까야 면, 보르끼 마을입니다.」

「나이는?」

「서른셋입니다. 태어난 해는 일천팔백…….」

「종교는?」

「러시아 정교입니다.」

「결혼은?」

「미혼입니다.」

「직업은?」

「마브리따냐 여관에서 하인으로 일하고 있습니다.」

「전과는 있는가?」

「전혀 없습니다. 여태까지 살아오는 동안에 저는——」

「전과가 없다는 말인가?」

「맹세코 없습니다.」

「기소장 사본은 받았나?」

「네, 받았습니다.」

「앉아! 예브피미야 이바노바 보치꼬바!」 재판장은 다음 피고를 향해 고개를 돌렸다.

그러나 시몬은 버티고 서서 보치꼬바를 가로막았다.

「까르쩐긴, 앉아!」

까르쩐긴은 여전히 서 있었다.

「까르쩐긴, 자리에 앉으란 말이야!」

그래도 까르쩐긴이 버티고 서 있자, 정리가 달려가 고개를 가로저으며 눈을 부라리고 〈앉아, 앉으란 말이야!〉라고 애걸하듯 나지막이 말했다. 그제야 그는 자리에 앉았다.

까르쩐긴은 죄수복을 여미며 일어설 때처럼 재빠르게 앉

았다. 그러고는 다시 아무 말 없이 양쪽 볼을 씰룩거리기 시작했다.

「이름은?」재판장은 진저리가 나는지 한숨을 내쉬더니, 피고는 거들떠보지도 않고 앞에 놓인 서류를 뒤적거려서 무언가 확인하며 그녀에게 물었다. 그는 이런 사건에 너무나 익숙했기 때문에 심리를 신속하게 처리하려고만 들면 동시에 두 가지 사건도 다룰 수 있었다.

보치꼬바의 나이는 마흔셋, 신분은 꼴롬나 출신의 평민, 직업은 역시 마브리따냐 여관의 하녀였다. 그녀도 전과는 없었고, 기소장 사본을 수령했다. 보치꼬바는 매우 당당하게 대답했으며, 대답할 때마다 마치 주장하듯 〈네, 제 이름은 예브피미야이고 성은 보치꼬바입니다, 사본은 받았습니다, 그건 자랑스러운 일이죠, 아무도 날 비웃지는 못할 겁니다〉라고 또박또박 대답했다. 심문이 끝나자 보치꼬바는 자리에 앉으라는 말을 하기도 전에 털썩 주저앉았다.

「이름은?」여자라면 사족을 못 쓰는 재판장이 유난히 부드러운 말투로 세 번째 피고를 향해 물었다. 「일어서야지.」마슬로바가 자리에 앉아 있는 모습을 보고, 그는 부드럽고 상냥하게 덧붙였다.

마슬로바는 빠른 몸놀림으로 일어서서 모든 것을 감수할 각오가 되어 있다는 표정으로 풍만한 가슴을 내밀며, 미소를 머금은 까만 사팔눈으로 재판장의 얼굴을 말없이 똑바로 쳐다보았다.

「이름이 뭔가?」

「류보피예요.」그녀가 얼른 대답했다.

한편 네흘류도프는 코안경을 낀 채 심문받는 피고들을 바라보고 있었다. 〈아니야, 절대 그럴 리가 없어.〉그는 세 번째 피고를 응시하며 생각에 잠겼다. 〈이상하다, 그런데 류보피라니?〉 그녀의 대답을 들으며 그는 이렇게 생각했다.

재판장은 심문을 계속하려고 했으나 안경을 낀 배석 판사가 성난 얼굴로 무엇인가 속삭이며 그를 제지했다. 재판장은 일리가 있다는 듯 고개를 끄덕인 다음 피고 쪽을 돌아보았다.

「류보피라니?」 그가 말했다. 「여기 적힌 이름과 다르잖아?」

피고는 아무 말도 하지 않았다.

「지금 피고의 본명에 대해서 묻고 있어.」

「세례명이 뭐요?」 약이 오른 판사가 물었다.

「전에는 까쩨리나라고 불렸습니다.」

〈그럴 리가 없어.〉 네흘류도프는 혼자 계속 생각했으나, 의심할 여지 없이 바로 그 여자임을 깨달았다. 바로 그 처녀였다. 한때 그가 사랑에 빠져 광적인 정열로 유혹하고 내팽개쳤던, 고모 집의 양녀로 자란 바로 그 하녀가 틀림없었다. 그후로 그는 한 번도 그녀를 생각해 보지 않았는데, 그것은 그 추억이 자신에게 너무나 고통스러운 것이며 스스로의 비열한 모습을 생생히 드러내는 일이기 때문이었고, 고상한 인격을 긍지로 삼는 자신이 그 여자에게 고상하기는커녕 비열하기 짝이 없는 태도를 취했음이 확실히 입증된다는 점에서 정말 괴로운 일이었기 때문이다.

그렇다, 그녀가 틀림없다. 그는 다른 사람들의 모습과 구별되는, 독특한 개성의 고유하고 신비스러운 그녀만의 특징을 지금 목격하고 있었다. 건강이 좋지 않은 것처럼 얼굴이 창백하고 부어 있었지만 그 특징은, 다시 말해서 그녀만이 지닌 사랑스러운 특징은 그 얼굴에, 입술에, 약간 사팔눈인 눈동자에, 특히 순박한 미소를 담고 있는 눈매에, 또한 얼굴만이 아니라 몸 전체에서 풍기는 스스럼없는 자태에 나타났다.

「진작 그렇게 말할 것이지.」 재판장은 매우 부드러운 목소리로 다시 물었다.

「아버지의 이름은?」

「전 사생아입니다.」 마슬로바가 말했다.

「그러면 대부(代父)의 이름이라도 말해야지.」

「미하일로바입니다.」

〈그녀는 대체 무슨 죄를 저지른 걸까?〉 네흘류도프는 배심원들 사이에서 괴로운 숨을 몰아쉬며 끊임없이 이런저런 생각에 빠져들었다.

「성은?」 재판장은 심문을 계속했다.

「어머니의 성을 따서 마슬로바라고 합니다.」

「신분은?」

「평민입니다.」

「종교는 정교인가?」

「네, 정교입니다.」

「직업은? 어떤 일을 해왔지?」

마슬로바는 입을 다물고 있었다.

「어떤 일을 해왔느냐니까?」 재판장이 되풀이해서 물었다.

「가게에 있었습니다.」

「어떤 가게지?」 안경을 낀 배석 판사가 잔인하게 물었다.

「어떤 가게인지는 잘 아시면서.」 마슬로바는 미소를 지으며 말했다. 그러나 곧 주위를 둘러보고는 다시 재판장을 똑바로 쳐다보았다.

그녀의 얼굴에 무엇인가 이상한 기운이 스치고 그녀가 방금 내뱉은 말에도, 그 미소에도, 법정을 훑어보는 재빠른 눈초리에도 처절하고 애처로운 빛이 역력히 나타나자 재판장은 눈을 내리깔았고 법정 안은 한동안 쥐 죽은 듯 조용해졌다. 어느 방청객의 웃음소리로 인해 정적은 깨졌지만 누군가가 쉿 하고 주의를 주었다. 재판장은 고개를 쳐들고 심문을 계속했다.

「전과는 있나?」

「없습니다.」 마슬로바는 한숨을 내쉬며 나지막한 목소리로 대답했다.

「기소장 사본은 받았나?」

「네, 받았습니다.」

「앉아도 좋아.」 재판장이 말했다.

마치 정장 차림의 귀부인이 옷자락을 여미듯 치마 뒷자락을 살짝 쳐들고 앉은 후, 그녀는 희고 자그마한 두 손을 죄수복 소매에 포개 넣으며 재판장의 얼굴만 주시했다.

증인의 호출과 퇴정, 그리고 감정을 의뢰할 의사에 대한 결정과 소환이 연달아 이어졌다. 곧이어 서기가 일어나 기소장을 읽기 시작했다. 그는 또랑또랑하고 큼지막한 목소리로 읽어 댔으나 속도가 너무 빨라서 〈엘л〉과 〈에르p〉 발음이 분명치 못하고 단조롭게 이어졌기 때문에 마치 졸음을 부르는 웅웅거리는 소리처럼 들렸다. 재판관들은 안락의자 이쪽 팔걸이에 팔꿈치를 기댔다가 저쪽 팔걸이에 팔꿈치를 기대기도 했고, 탁상에 팔꿈치를 세우기도 하고 등받이에 몸을 기대어 보기도 했으며, 눈을 감았다 떴다 하면서 자기들끼리 귓속말을 나눴다. 한 헌병은 벌써 몇 번째 나오려는 하품을 억지로 참았다.

피고석에서는 까르찐낀이 여전히 볼을 썰룩거렸다. 보치꼬바는 매우 침착하고 꼿꼿한 자세로 앉아서 간혹 손가락을 스카프 속에 넣어 머리를 긁적거렸다. 마슬로바는 얌전히 앉아서 낭독자를 바라보았는데 이따금 할 말이 있다는 듯 몸을 부르르 떨며 얼굴을 붉히곤 했다. 그러나 이내 괴로운 한숨을 내쉬고 두 주먹을 쥐었다 폈다 하며 주위를 둘러본 후, 다시 낭독자를 바라보았다.

네흘류도프는 배심원석 맨 앞줄 끝에서 두 번째 의자에 앉아 코안경을 벗은 채 마슬로바를 지켜보았다. 그의 마음속에서는 복잡하고 고통스러운 갈등이 일기 시작했다.

10

기소장의 내용은 이러했다.

188×년 1월 17일, 마브리따냐 여관에서 시베리아 출신 숙박객인 2급 상인 페라뽄뜨 예멜리야노비치 스멜리꼬프가 급사했다.

제4관구의 검시관은 스멜리꼬프의 사인이 알코올성 음료의 과다 섭취로 인한 심장 파열이라고 확인했으며 스멜리꼬프의 시신은 사흘 만에 매장되었다. 그러던 어느 날 스멜리꼬프의 고향 친구인 찌모힌이란 장사꾼이 뻬쩨르부르그에서 돌아와 스멜리꼬프가 죽었다는 소식과 마지막 순간에 벌어졌던 상황을 전해 듣고는, 돈을 강탈하려는 자가 그를 독살한 것인지도 모른다는 의혹을 제기했다.

이런 의혹은 예심에서 재심되었고, 결국 다음과 같은 사실이 밝혀졌다. 첫째, 스멜리꼬프는 사망 직전 은행에서 은화 3천8백 루블을 인출하여 지니고 있었다. 그러나 그의 소지품 속에는 현금이 겨우 322루블 16꼬뻬이까만 남아 있었다.

둘째, 스멜리꼬프는 사망하기 바로 전날 밤과 사망 당일 하루 종일 창녀 류브까(본명 예까쩨리나 마슬로바)와 함께 창녀촌과 마브리따냐 여관에서 지냈는데, 그녀는 스멜리꼬프가 시킨 대로 창녀촌에서 여관으로 돈을 가지러 가서 마브리따냐 여관의 종업원 보치꼬바와 시몬 까르찐낀이 지켜보는 가운데 스멜리꼬프가 준 열쇠로 그의 트렁크에서 돈을 꺼냈다. 그런데 마슬로바가 스멜리꼬프의 트렁크를 열었을 때 옆에 있던 보치꼬바와 까르쩐긴은 그 속에 1백 루블짜리 지폐 뭉치가 들어 있는 것을 보았다.

셋째, 스멜리꼬프는 창녀촌에서 창녀 류브까와 함께 마브리따냐 여관으로 돌아왔는데, 류브까는 종업원 까르쩐긴이 시키는 대로 그가 건네준 하얀 가루약을 코냑 잔에 타서 스멜리꼬프에게 마시게 했다.

넷째, 다음 날 아침 류브까는 스멜리꼬프로부터 선물로 받았다며 다이아몬드 반지를 창녀촌 포주인 증인 끼따예바에게 팔았다.

다섯째, 마브리따냐 여관의 하녀 예브피미야 보치꼬바는 스멜리꼬프가 사망한 다음날 상업 은행 지점에 은화 1천8백 루블을 당좌 예금으로 예치했다.

게다가 스멜리꼬프의 시체를 해부하고 내장 기관을 과학적으로 분석한 법의학적 조사 결과는 시신에서 확실한 독극물의 존재를 밝혀냈으며, 이를 근거로 사망 원인은 독극물 중독에 의한 것이라는 결론을 내리고 있었다.

용의자로 기소된 마슬로바, 보치꼬바, 그리고 까르쩐긴은 모두 자신의 죄를 부인하면서 다음과 같이 진술했다. 마슬로바의 진술서에 따르면, 자신이 일하는 창녀촌에서 마브리따냐 여관으로 보내 돈을 가져오라고 시킨 사람은 상인 스멜리꼬프이고, 자신은 그가 준 열쇠로 트렁크를 열고 시킨 대로 은화 40루블만을 꺼냈을 뿐 그 이상은 절대로 손대지 않았으며, 그런 사실은 가방을 열고 돈을 꺼낼 때 옆에 서 있던 보치꼬바와 까르쩐긴이 증언해 줄 수 있다고 했다. 또한 마슬로바는 다시 상인 스멜리꼬프의 방에 갔을 때 시몬 까르쩐긴의 권고대로 코냑에 어떤 가루약을 섞어 스멜리꼬프에게 마시게 한 것은 사실이지만, 자신은 그 약을 수면제라고 알고 있었으며 상인이 빨리 곯아떨어지면 자유로워질 거라고 생각하여 그런 것이고, 반지는 스멜리꼬프에게 얻어맞고서 자신이 울며 뛰쳐나가려 하자 그가 직접 선물로 준 것이라고 진술했다.

한편 예브피미야 보치꼬바의 경우, 자신은 없어진 돈에 대해 전혀 아는 바가 없을 뿐 아니라 상인의 방에는 들어간 적도 없으며 류브까만이 그곳을 드나들었고, 만일 상인의 돈이 없어졌다면 그것은 상인의 열쇠를 갖고 돈을 가지러 갔을 때 류브까가 훔친 것이 틀림없다고 진술되어 있었다. 이 대목이 낭독될 때 마슬로바는 입을 벌린 채 몸을 부르르 떨며 보치꼬바를 돌아보았다. 계속되는 서기의 낭독에서 은화 1천8백 루블이 입금된 예브피미야 보치꼬바의 은행 구좌가 제시되었고, 이어진 돈의 출처에 대한 심문에서 보치꼬바는 시몬 까르쪤긴과 결혼하기 위해 함께 12년 동안 모은 것이라고 답변하고 있었다. 한편 시몬 까르쪤긴은 첫 번째 진술에서 자신은 열쇠를 가져온 마슬로바의 꾐에 빠져 보치꼬바와 돈을 훔쳤으며, 돈은 마슬로바와 보치꼬바와 함께 나누어 가졌다고 자백했다. 여기서 마슬로바는 다시 몸을 부르르 떨며 얼굴이 빨갛게 변하더니 자리에서 벌떡 일어나 무언가 항의하려고 했지만 정리가 곧바로 그녀를 제지시켰다.

「마침내……」 서기는 낭독을 계속했다. 「까르쪤긴은 상인을 재우기 위해 마슬로바에게 가루약을 주었다는 사실도 인정했다. 그러나 두 번째 진술에서 그는 돈을 훔친 사건과는 무관하며 마슬로바에게 가루약을 건넨 사실도 부인하고 모든 죄를 마슬로바 한 사람에게 돌리고 있다. 보치꼬바가 은행에 예치한 돈에 대해서는 보치꼬바와 마찬가지로 1년 동안 여관에서 일하면서 손님들로부터 받은 팁을 모은 것이라고 주장하고 있다.」

그리고 기소장에는 대질 심문 기록, 증인들의 증언, 감정인의 소견 등이 이어졌다.

기소장의 결론은 다음과 같았다.

〈위의 진술 내용을 고려할 때, 보르끼 마을의 농민 시몬 뻬뜨로프 까르쩐낀 33세, 평민 예브피미야 이바노바 보치꼬바 43세, 평민 예까쩨리나 미하일로바 마슬로바 27세는 188×년 1월 17일, 사전에 공모하여 총액 은화 2천5백 루블에 해당하는 스멜리꼬프의 돈과 반지를 훔치고 범행을 숨기기 위해 계획적으로 상인 스멜리꼬프에게 독약을 먹여 살해한 죄가 인정된다.

이러한 범죄는 형법 제1453항, 1454항 및 1455항에 저촉된다. 따라서 형사 소송법 제201조에 의거하여 농민 시몬 까르쩐낀, 평민 예브피미야 보치꼬바, 평민 예까쩨리나 마슬로바를 배심원들이 참석한 지방 재판소 법정에 회부하는 바이다.」

서기는 이처럼 장문의 기소장을 낭독하고는 서류를 접은 후, 두 손으로 긴 머리카락을 쓰다듬으며 자리에 앉았다. 사람들은 이제 심리가 시작되면 모든 사실이 명확하게 밝혀지고 정의는 반드시 승리할 것이라는 유쾌한 생각에 긴장을 풀고 숨을 몰아쉬었다. 그러나 네흘류도프만은 그런 기분을 느낄 수 없었다. 10년 전 순결하고 매혹적인 소녀였던 마슬로바가 그런 죄를 저질렀다는 사실에 그는 전율하지 않을 수 없었던 것이다.

11

기소장 낭독이 끝나자, 재판장은 배석 판사들과 의견을 주고받은 다음, 이제 모든 진실을 가장 정확한 방법으로 밝혀내고야 말겠다는 얼굴로 까르쩐낀을 돌아보았다.

「농민 시몬 까르찐낀!」 그는 왼쪽으로 몸을 기울이며 말했다.

시몬 까르찐낀은 차려 자세를 취하며 몸을 앞으로 굽혀 일어섰다. 그는 여전히 입을 다문 채 볼을 실룩거리고 있었다.

「피고는 188×년 1월 17일 예브피미야 보치꼬바 및 예까쩨리나 마슬로바와 공모하여 상인 스멜리꼬프의 트렁크에서 돈을 훔친 뒤, 비소를 가져와 예까쩨리나 마슬로바를 사주하여 독약을 탄 술을 스멜리꼬프에게 마시게 함으로써 스멜리꼬프를 살해한 죄로 기소되었다. 이 사실을 피고는 인정하는가?」 그는 오른쪽으로 몸을 기울이며 물었다.

「천만의 말씀입니다. 저희들이 하는 일이란 다만 손님들의 시중을——」

「피고는 할 말이 있으면 나중에 하도록. 기소된 내용을 인정하는가?」

「결코 그렇지 않습니다. 저는 다만——」

「하고 싶은 말이 있으면 나중에 하라니까. 피고는 자신이 유죄임을 인정하는가?」 재판장은 나직하면서도 단호한 어조로 반복해서 물었다.

「저는 절대 그런 짓을 저지르지 못합니다. 왜냐하면……」

다시 정리가 시몬 까르찐낀에게 달려가 엄숙한 목소리로 주의를 주었다. 재판장은 이것으로 하나의 절차가 처리되었다는 표정으로 서류를 든 팔의 팔꿈치를 다른 쪽으로 옮기며 예브피미야 보치꼬바를 향해 고개를 돌렸다.

「예브피미야 보치꼬바! 피고는 188×년 1월 17일 마브리따냐 여관에서 시몬 까르찐낀 및 예까쩨리나 마슬로바와 공모하여 상인 스멜리꼬프의 트렁크에서 돈과 다이아몬드 반지 한 개를 훔쳐 서로 나누어 가진 다음, 자신의 범행을 숨기기 위해 스멜리꼬프를 독살한 죄로 기소되었다. 피고는 이러한 자신의 죄를 인정하는가?」

「저는 결백합니다.」그녀는 카랑카랑하고 강경한 어조로 말하기 시작했다. 「저는 방에 들어간 적도 없습니다. 저년만 들어갔으니, 저년이 저지른 일이 틀림없습니다.」

「피고는 하고 싶은 말이 있으면 나중에 하도록.」재판장은 다시 부드러우면서도 강경하게 말했다. 「피고는 자신의 죄를 인정하는가?」

「저는 돈을 훔치지도 않았고, 독약을 타지도 않았습니다. 방에 들어간 적이 없으니까요. 만일 제가 방에 들어갔다면, 저년을 밖으로 쫓아냈을 겁니다.」

「그렇다면 피고는 자신이 유죄임을 인정하지 않는다는 말인가?」

「네, 그렇습니다.」

「좋아.」

재판장은 세 번째 피고를 향해 심문을 시작했다. 「예까쩨리나 마슬로바! 피고는 열쇠를 가지고 창녀촌에서 마브리따냐 여관으로 가서는 상인 스멜리꼬프의 트렁크에서 돈과 다이아몬드 반지 한 개를 훔쳤으며……」그는 마치 교과서를 암송하듯 말하면서, 그 와중에도 증거품 목록 가운데 약병이 누락되었다는 왼쪽 판사의 보고를 받느라 그쪽으로 귀를 기울였다. 「트렁크에서 돈과 다이아몬드 반지 한 개를 훔쳤으며……」재판장은 다시 반복했다. 「훔친 물건을 나누어 가지고, 또 상인 스멜리꼬프와 함께 다시 마브리따냐 여관으로 갔을 때 독약을 탄 술을 스멜리꼬프에게 마시게 하여 독살한 죄로 기소되었다. 이 사실을 피고는 인정하는가?」

「전 아무 죄도 없습니다.」그녀는 숨이 넘어갈 듯이 대답했다. 「처음에 말씀드린 그대로예요. 절대로 훔치지 않았단 말이에요. 아무것도 훔치지 않았어요. 반지는 그 사람이 내게 직접 준 거라니까요.」

「피고는 2천5백 루블을 훔쳤다는 것을 인정하지 못하겠다는 말인가?」

「40루블 이외에는 손대지 않았다고 말씀드렸잖아요.」

「그러면 스멜리꼬프에게 가루약을 탄 술을 마시게 한 사실은 인정하는가?」

「그건 인정해요. 그러나 수면제이니 아무 탈도 없을 거라는 말을 들었기 때문에 그렇게 믿었던 겁니다. 살인은 꿈도 꿔본 적이 없고, 원치도 않았어요. 하느님 앞에 맹세합니다. 그런 건 생각할 수도 없는 일이에요.」그녀가 말했다.

「그렇다면 피고는 상인 스멜리꼬프의 돈과 반지를 훔친 사실에 대해서는 인정할 수 없지만……」재판장이 말했다.「가루약을 타서 마시게 한 사실은 인정한다는 말인가?」

「그건 사실이지만, 저는 다만 수면제라고 생각했을 뿐입니다. 그를 재우려고 마시게 한 거예요.」

「좋아……」재판장은 심문 결과에 만족한 듯 말했다.「그렇다면 어디 그때의 상황을 이야기할 수 있겠나?」그는 등받이에 몸을 기대며 책상 위에 두 손을 올려놓았다.「솔직하게 대답하면 죄가 가벼워질 수도 있을 테니까.」

마슬로바는 아무 말도 하지 못하고 재판장의 얼굴을 물끄러미 바라보았다.

「어서 그때의 상황을 말해 보라니까.」

「그 일 말이에요?」마슬로바는 갑자기 서두르며 이야기하기 시작했다.「여관에 도착해서 저는 방으로 안내되었어요. 그곳에 그 사람이 있었는데, 이미 매우 취해 있었죠.」그녀는 겁에 질린 표정으로 눈을 동그랗게 뜨고 〈그 사람〉이라고 말했다.「저는 돌아가려고 했지만 그 사람은 보내 주지 않았어요.」

갑자기 다음 이야기를 잊었는지, 아니면 딴 생각이 떠올랐는지 그녀는 입을 꼭 다물었다.

「그래서, 그다음은 어떻게 됐나?」

「그다음 말이에요? 그다음엔 잠깐 머물렀다가 집으로 돌아왔어요.」

이때 검사보가 한쪽 팔꿈치로 탁상을 어색하게 짚으며 몸을 반쯤 일으켰다.

「무슨 질문이라도 있습니까?」재판장이 묻자, 검사보는 그렇다고 대답했다. 재판장은 심문해도 좋다는 뜻으로 수신호를 보냈다.

「피고에게 질문하려는 것은 다름이 아니라, 피고가 시몬 까르찐긴을 전부터 알고 있었는가 하는 점입니다.」검사보는 마슬로바를 거들떠보지도 않은 채 질문을 던졌다.

그리고 질문을 마치자, 그는 입술을 깨물며 눈살을 찌푸렸다.

재판장이 질문을 되풀이하자 마슬로바는 깜짝 놀라며 검사보를 응시했다.

「시몬이오? 전부터 알고 있었어요.」그녀가 대답했다.

「본관이 여기서 알고 싶은 점은 피고와 까르찐긴과의 관계가 어느 정도로 가까운 사이였는가 하는 것입니다. 서로 자주 만나는 사이였습니까?」

「어떤 사이였느냐고요? 손님이 있을 때 몇 번인가 저를 불러 줬어요. 하지만 그 이상은 모릅니다.」마슬로바는 불안한 눈초리로 검사보와 재판장을 번갈아 쳐다보며 말했다.

「본관이 알고 싶은 것은 까르찐긴이 다른 여자들 말고 왜 하필이면 마슬로바를 손님들에게 불러 주었는가 하는 점입니다.」검사보는 눈을 가늘게 뜨며 악마처럼 음흉한 미소를 지었다.

「저는 모릅니다. 제가 알고 있는 것은……」마슬로바는 당황해서 주위를 둘러보며 대답했다. 그 순간 네흘류도프 쪽에 그녀의 시선이 잠시 멈추었다. 「손님들이 불러 달라고 했을 것이고, 그래서 데려다 주었겠지요.」

〈혹시 나를 알아본 것일까?〉 뜨끔한 마음에 네흘류도프는 갑자기 얼굴이 달아오르는 것을 느꼈다. 그러나 마슬로바는 여러 사람들 속에서 그를 알아보지 못한 것 같았다. 이내 고개를 돌려 다시 겁먹은 표정으로 검사보를 바라보았던 것이다.

「그렇다면 피고는 까르쩐낀과 친밀한 관계였다는 사실을 부인한다는 말입니까? 좋습니다, 더 이상 질문은 없습니다.」

검사보는 곧 책상에서 팔꿈치를 떼고는 무언가 쓰기 시작했다. 그러나 사실 그는 아무것도 적지 않았다. 검사나 변호사들이 교묘한 질문을 던지고 나서 상대편을 꼼짝 못 하게 할 구절을 적어 두듯, 수첩 속에 적힌 글자를 펜으로 끼적거렸을 뿐이었다.

재판장은 피고를 곧바로 돌아보지는 않았다. 왜냐하면 그 순간 미리 준비하여 기록해 둔 심문 내용에 대해 안경을 낀 배석 판사에게 동의를 구하고 있었기 때문이다.

「그래서 그다음은 어떻게 되었나?」 재판장은 심문을 계속했다.

「집으로 돌아갔어요.」 마슬로바는 재판장을 좀 더 대담하게 응시하면서 대답했다. 「그리고 주인마님께 돈을 건네주고는 잠자리에 들었습니다. 그런데 잠자리에 들자마자 동료 베르따가 절 깨웠어요. 〈어서 가봐, 그 상인이 다시 찾아왔어〉라고 하더군요. 저는 나가기 싫었습니다. 하지만 마님께서 가보라고 하셔서 할 수 없이 나갔더니, 그 사람이 와 있었어요.」〈그 사람〉이라고 언급하는 순간 그녀는 다시 두려운 기색을 드러냈다.「그 사람은 창녀촌 여자들을 모두 부르더니 술을 주문했어요. 하지만 돈은 다 써버려서 한 푼도 없었습니다. 주인마님이 외상을 주지 않자, 그 사람은 저더러 자기 방에 가서 돈을 가져오라고 시켰어요. 그래서 심부름을 다녀온 겁니다.」

재판장은 그때 왼쪽에 앉은 배석 판사와 귓속말을 하느라 마슬로바가 하는 이야기를 듣지 못했다. 그러나 그녀의 이야기를 다 들은 것처럼 그녀의 마지막 말을 반복했다.

「피고가 다녀왔단 말이지. 그래서?」그가 말했다.

「가서 그 사람이 시킨 대로 먼저 방에 들어갔어요. 시몬 미하일로비치와 저 여자를 불러서 같이 들어갔어요.」그녀는 보치꼬바를 가리키며 말했다.

「거짓말입니다. 저는 방에 들어간 적이 없어요……」보치꼬바가 입을 열고 말하기 시작했지만, 곧 제지당하고 말았다.

「그리고 그들이 보는 자리에서 10루블짜리 지폐 넉 장을 꺼냈어요.」마슬로바는 보치꼬바 쪽은 돌아보지도 않은 채 눈살을 찌푸리며 말을 이어 갔다.

「그러면 피고는 40루블을 꺼냈을 때 그 속에 돈이 얼마쯤 있었는지 몰랐다는 말이오?」검사보가 다시 물었다.

검사보가 질문을 던지자, 마슬로바는 다시 몸을 부르르 떨었다. 그녀는 무슨 영문인지는 몰라도 검사보가 자신에게 악의를 품고 있는 것 같다고 생각했다.

「세어 보지는 않았지만, 1백 루블짜리 지폐 뭉치가 있는 것은 보았어요.」

「피고는 1백 루블짜리 지폐 뭉치를 보았단 말이죠……. 본관의 질문은 이것으로 마치겠습니다.」

「그래서 돈을 가져왔다는 말인가?」재판장은 시계를 들여다보면서 심문을 계속했다.

「네, 가져왔습니다.」

「그리고 그다음은?」 재판장은 계속 질문을 던졌다.

「그다음, 그 사람은 저를 데리고 여관으로 갔어요.」 마슬로바가 말했다.

「그러면 피고는 가루약을 상인에게 어떻게 주었나?」 재판장이 물었다.

「어떻게 주다니요? 술에 타서 먹였죠.」

「왜 먹였나?」

그녀는 대답을 하지 못하고 괴로운 한숨을 내쉬었다.

「그 사람은 저를 돌려보내지 않았어요.」 그녀는 이야기를 멈추었다가 다시 이어 갔다. 「그 사람은 저를 진이 빠질 정도로 괴롭혔습니다. 저는 잠시 복도로 나가서 시몬 미하일로비치에게 이렇게 말했죠. 〈이제 돌아가고 싶어요. 피곤해 죽겠어요.〉 그러자 시몬 미하일로비치가 말했어요. 〈그자 때문에 우리도 몸살이 날 지경이야. 그래서 그자에게 수면제를 먹일까 하는데 말이야. 그러면 그자는 곯아떨어질 거고, 그때 돌아가면 돼.〉 그래서 저는 〈참 좋은 생각이에요〉라고 대답했죠. 몸에 해롭지 않은 가루약이라고만 생각했으니까요. 그랬더니 제게 약봉지를 주더군요. 제가 방으로 들어오자, 그 사람은 칸막이 뒤에 누워 있다가 어서 코냑을 가져오라고 재촉했어요. 저는 테이블 위에 놓인 고급 샴페인 병을 집어서 그 사람의 잔과 내 잔에 술을 따랐죠. 그리고 그 사람의 잔에는 가루약을 타서 건넸어요. 정말입니다. 독약인 줄 알았다면 제가 어떻게 그것을 건넸겠습니까?」

「그렇다면 반지는 어떻게 된 거지?」 재판장이 물었다.

「반지는 그 사람이 제게 직접 준 겁니다.」

「언제 반지를 피고에게 주었나?」

「그 사람과 함께 여관방으로 들어갔을 때 제가 돌아가고

싶다고 했어요. 그러자 그 사람이 제 머리를 주먹으로 내려
쳐서 머리에 꽂은 핀을 부러뜨렸어요. 저는 화를 내면서 돌
아가겠다고 했죠. 그러자 그 사람은 손가락에 끼고 있던 반
지를 빼서 제게 주며 돌아가지 말라고 애원했어요.」 그녀가
말했다.

이때 검사보가 다시 몸을 일으키더니, 여전히 어색하고 고
지식한 태도로 몇 가지 보충 질문을 하겠다고 나섰다. 허락
을 받자 그는 금실로 수놓은 깃 위로 턱을 약간 기울이며 말
했다.

「본관이 알고 싶은 점은 피고가 스멜리꼬프와 함께 그 방
에 얼마나 머물렀는가 하는 점입니다.」

마슬로바는 다시 겁에 질려서 검사보와 재판장을 향해 불
안하게 눈동자를 굴리더니 얼른 대답했다.

「얼마 동안이었는지 모르겠어요.」

「그러면 피고는 상인 스멜리꼬프의 방에서 나왔을 때 여관
의 다른 방에 들렀던 일은 생각나시오?」

마슬로바는 곰곰이 생각하기 시작했다.

「옆방에 들어갔어요. 빈방이었죠.」 그녀가 대답했다.

「그 방엔 왜 들어갔소?」 검사보는 그 문제에 초점을 맞추
며 자신도 모르게 그녀에게 직접 물었다.

「옷을 고쳐 입기도 하고 또 마차가 도착하기를 기다리기
위해서였습니다.」

「그때 까르찐긴이 피고와 함께 그 방에 있지 않았소?」

「그도 들르긴 했어요.」

「그가 그 방에 들른 이유가 뭐죠?」

「상인이 마시던 고급 샴페인이 남아서 함께 마셨어요.」

「흠, 함께 술을 마셨단 말이지. 좋소! 그렇다면 피고와 시
몬은 어떤 대화를 나누었소?」

마슬로바는 갑자기 빨갛게 상기되더니 얼굴을 찡그리며 서둘러 대답했다.

「어떻게 대답해야 하나요? 전 아무 이야기도 하지 않았거든요. 그때 있었던 일은 이미 모두 말씀드렸기 때문에 더 이상 무슨 말씀을 드려야 할지 모르겠어요. 마음대로 하세요. 전 결백해요.」

「심문은 이것으로 마칩니다.」검사보는 재판장에게 이렇게 말한 후, 어깨를 부자연스럽게 으쓱하더니 피고가 시몬과 함께 빈방에 들어갔었다는 진술 내용을 자신의 수첩에 재빨리 적기 시작했다.

침묵이 흘렀다.

「피고는 더 이상 할 말이 없나?」

「저는 모두 말씀드렸어요.」그녀는 이렇게 대답한 후 숨을 몰아쉬며 자리에 앉았다.

그러자 재판장은 서류에 무언가 적기 시작했다가, 왼쪽에 앉은 배석 판사가 귓속말로 뭐라고 속삭이자 10분간 휴정을 선언하고 재빨리 일어서서 법정을 나가 버렸다. 큰 키에 턱수염을 기르고, 커다랗고 선량한 눈을 가진 판사가 재판장에게 한 이야기는 다름이 아니라 가벼운 위경련이 일어나 마사지를 하고 물약도 좀 먹어야겠다는 것이었다. 그가 이렇게 속삭이자 재판장은 그의 부탁대로 휴정을 선언했던 것이다.

재판관들에 이어 배심원들, 변호사, 증인들도 자리에서 일어나 사건의 중요한 문제가 일단락되었다는 안도감을 가지고 뿔뿔이 흩어지기 시작했다.

네흘류도프는 배심원실로 들어가 창가에 앉았다.

12

그렇다, 그녀는 틀림없는 까쮸샤였다.

네흘류도프와 까쮸샤와의 관계는 다음과 같았다.

네흘류도프가 처음 까쮸샤를 만난 것은 대학교 3학년 시절 토지 소유권에 관한 논문을 준비하기 위해 고모 집에 머물렀던 여름의 일이었다. 평소 같았으면 그는 어머니와 누나와 함께 모스크바 근교에 있는 어머니의 드넓은 영지에서 여름을 보냈을 것이다. 그러나 그해에는 누나가 결혼했고 어머니는 휴양차 외국 온천지로 떠나 버렸으며 네흘류도프는 논문을 써야 했으므로 고모 집에서 여름을 보내기로 했던 것이다. 고모들이 사는 시골은 조용해서 즐길 만한 일이라곤 없었다. 고모들은 조카이자 자신들의 상속인인 그를 매우 아꼈으며, 그 역시 고모들을 사랑했고 그들의 단조로운 구식 생활까지 좋아했다.

그해 여름 네흘류도프는 고모 집에서 커다란 감동을 맛보았다. 청년으로서 그는 처음으로 남의 간섭에 의해서가 아니라 주체적으로 인생의 아름다움과 의미를 인식했고 인간에게 주어진 노동의 의의를 깨달았으며 자신과 온 세계를 무한히 확장하고 완성시킬 가능성을 발견했던 것이다. 그에게 그 완성이란 단지 가능성으로 끝나는 것이 아니라, 완성에 몰두할 수 있는 확고부동한 신념을 갖는 것이었다. 그해 대학에서 그는 이미 스펜서의 『사회 역학』을 읽었는데, 토지 소유에 관한 내용은 특히 대지주의 아들인 그에게 커다란 감명을 주었다. 그의 아버지는 그리 부유한 편이 아니었지만 어머니는 결혼 지참금으로 약 1만 제샤찌나의 토지를 소유하고 있었다. 그때 처음으로 그는 토지 사유 제도의 잔학성과 부당성을 깨달았고, 도덕적 요구라는 명분 아래 희생을 최고의 정신적 기쁨으로 여기는 사람들 가운데 한 사람으로서 토지 사유라는 권리를 행사하지 않겠다고 결심하고는 당시 아버지의 유산으로 물려받은 토지를 농민들에게 나누어 주었다. 그리고 바로 그러한 주제로 논문을 쓰고 있었다.

그해 여름, 고모네 마을에서 보낸 그의 생활은 이런 것이었다. 아침에는 매우 일찍 일어났는데, 때로는 새벽 3시쯤 일어나 해가 뜨기 전에, 어떤 때는 아침 안개가 자욱할 무렵 산기슭에 있는 강으로 목욕을 하러 가서는 아직 풀과 꽃에 맺힌 밤이슬이 사라지기도 전에 돌아오곤 했다. 아침마다 커피를 마신 다음에는 보통 책상에 앉아서 논문을 쓰거나 논문 자료를 읽었다. 가끔은 논문을 쓰거나 독서를 하는 대신에 집에서 나와 들판과 숲 속을 거닐기도 했다. 점심 식사 전에는 정원 한구석에서 낮잠을 잤고 식사 때에는 유쾌한 말솜씨로 고모들을 즐겁게 하기도 하고 웃기기도 했다. 말을 타거나 보트 놀이를 즐기기도 했고, 밤이 되면 다시 독서를 하거나 고모들과 앉아서 카드 점을 쳤다. 그러나 밤이면 때때로, 특히 달 밝은 밤이면 억누를 수 없는 커다란 삶의 기쁨으로 잠을 이루지 못했다. 그래서 가끔은 잠자리에 들지 않고 공상과 사색에 잠긴 채 먼동이 틀 때까지 정원을 배회하곤 했다.

이처럼 그는 고모 집에서의 첫 한 달 동안은 반은 하녀이고 반은 양녀인, 날렵하고 까만 눈동자를 가진 까쮸샤에게 아무런 관심도 보이지 않으며 행복하고 조용하게 지냈다.

당시만 해도 네흘류도프는 어머니 품에서 곱게 자란 열아홉 살의 매우 순진한 청년이었으므로 마음속에 아내로서의 여자만을 그리고 있었다. 그에게 있어 아내가 될 수 없는 여자는 모두 여자가 아니라 그저 평범한 사람에 지나지 않았다. 그런데 그해 여름 승천절[20]에 우연히 이웃에 사는 여지주가 과년한 두 딸과 중학생 한 명과 그 집 식객인 농민 출신의 젊은 화가를 데리고 고모 집에 찾아왔다.

그들은 차를 마시고 난 뒤 이미 풀베기가 끝난 집 앞 풀밭에서 술래잡기를 하며 놀았다. 까쮸샤도 함께 어울렸다. 몇 번인가 술래가 바뀌어 네흘류도프는 까쮸샤와 함께 도망치게 되었다. 까쮸샤를 바라볼 때면 네흘류도프는 언제나 기분이 좋았지만 그녀와 어떤 특별한 관계가 만들어지리라고는 꿈에도 생각하지 못했다.

「저런, 저 두 사람은 좀처럼 잡을 수 없겠는걸.」 술래가 된 쾌활한 화가는 짧고 휘긴 했지만 튼실한 농민의 다리로 매우 빠르게 뛰어다니면서 이렇게 말했다. 「그러다가 넘어지는 때도 있겠지.」

「이봐요, 어디 잡을 테면 잡아 봐요!」

「하나, 둘, 셋!」

모두 손뼉을 세 번 쳤다. 까쮸샤는 터져 나오는 웃음을 참으며 네흘류도프와 얼른 자리를 바꿨다. 그러고는 거칠고 조그만 손으로 그의 커다란 손을 잡고 왼쪽으로 달아났다. 풀먹인 그녀의 치맛자락에서 바스락거리는 소리가 났다.

네흘류도프는 화가에게 잡히지 않으려고 기를 쓰고 달려가다가 뒤를 돌아보고 까쮸샤를 쫓아가는 화가의 모습을 보았다. 그러나 그녀는 탄력 있고 싱싱한 다리를 민첩하게 움직여서 화가에게 잡히지 않고 왼쪽으로 달아났다. 앞에는 라일락이 무성하게 자란 화단이 있었는데, 아무도 그쪽으로 가지 않자 까쮸샤는 네흘류도프를 돌아보며 화단 뒤에서 만나자는 신호로 고개를 끄덕였다. 그는 그녀의 뜻을 알아차리고 화단 뒤로 달려갔지만 그곳에 도랑과 쐐기풀이 있다는 사실은 몰랐다. 그는 도랑으로 넘어져 쐐기풀에 손을 찔리고 벌

20 그리스도의 승천을 기념하는 행사로 부활절 뒤 40일에 행한다.

써 내리기 시작한 초저녁 이슬을 흠뻑 뒤집어쓰고 말았다. 그러나 곧 벌떡 일어나 자기 모습에 웃음을 터뜨리며 깨끗한 평지로 뛰어나갔다.

까쮸샤는 미소를 지었고 젖은 포도송이 같은 까만 눈동자를 반짝이며 그에게로 달려갔다. 그들은 서로에게 달려가 손을 잡았다.

「어머나, 찔리셨군요.」 그녀는 다른 손으로 헝클어진 머리카락을 매만졌다. 그녀는 거칠게 숨을 몰아쉬면서도 미소를 지으며 그의 얼굴을 똑바로 쳐다보았다.

「도랑이 저기에 있을 줄은 몰랐어.」 그도 미소를 지으며 그녀의 손을 꼭 쥔 채 말했다.

까쮸샤가 그에게 다가갔다. 그리고 마치 우연한 사건이 벌어지듯 네흘류도프는 자신도 모르게 그녀에게 얼굴을 내밀었다. 까쮸샤는 피하지 않았다. 그는 그녀의 손을 더욱 힘껏 쥐며 입술에 키스했다.

「어머나!」 그녀는 재빨리 손을 빼면서 그에게서 멀리 달아났다.

그녀는 라일락 수풀로 달려가서 시들어 가는 하얀 라일락의 조그만 가지 두 개를 꺾어 빨갛게 물든 얼굴을 토닥거렸다. 그녀는 그를 향해 돌아서서 두 손을 높이 흔들고는 함께 놀던 사람들에게로 달려갔다.

그때부터 네흘류도프와 까쮸샤 사이의 관계에는 변화가 생겼고 서로 마음이 끌리는 순진한 젊은이와 역시 순결한 처녀 사이에서 흔히 볼 수 있는 특별한 관계가 이루어지게 되었다.

까쮸샤가 방으로 들어오거나 혹은 저 멀리 그녀의 하얀 앞치마가 눈에 어른거리기만 해도, 따사로운 햇살이라도 비치듯 네흘류도프는 모든 일이 훨씬 더 흥미롭고 즐겁고 의미

있으며 그래서 삶은 더욱 즐거운 것이라고 생각하게 되었다. 그녀도 똑같은 감정을 맛보고 있었다. 그러나 까쮸샤와 함께 있다거나 그녀가 가까이 있을 때만 네흘류도프가 그런 반응을 일으킨 것은 아니었다. 그에게는 까쮸샤라는 존재가, 그리고 그녀에게는 네흘류도프라는 존재가 있다는 생각만으로도 그런 반응은 일어났다. 어머니로부터 불쾌한 편지를 받거나 논문이 잘 써지지 않거나 아니면 청년의 이유 없는 고민에 빠져들 때도, 까쮸샤라는 존재를 머리에 떠올리고 또 그녀의 모습을 볼 수 있다고 생각하면 모든 불쾌한 감정은 깨끗이 사라져 버렸다.

집에 일거리가 많았지만 까쮸샤는 모든 일을 얼른 해치우고 짬을 내서 책을 읽곤 했다. 네흘류도프는 자기가 읽은 도스또예프스끼나 뚜르게녜프의 작품을 빌려 주었다. 그중에서 가장 그녀의 마음에 든 작품은 뚜르게녜프의 『정적』이었다.[21] 그들 사이에 오고가는 대화라고 해봐야 복도나 베란다나 정원에서, 혹은 고모 집의 늙은 하녀인 마뜨료나 빠블로브나의 방에서 잠깐씩 나누는 정도였다. 까쮸샤는 그 하녀와 함께 지내고 있었는데 네흘류도프는 이따금씩 그 방을 방문해 차 대접을 받곤 했다. 그에게는 마뜨료나 빠블로브나가 곁에 있을 때 주고받는 대화가 무엇보다 즐거웠다. 그러나 단둘이 있을 때면 어쩐지 말하기가 어색했다. 그들의 눈동자는 입으로 말하는 것보다 훨씬 중요한 그 무엇을 이야기하면서도 입술은 이내 굳어 버렸고, 쑥스러움에 서로 황급히 자리를 피하곤 했다.

네흘류도프와 까쮸샤 사이의 이런 관계는 그가 처음으로 고모 집을 방문한 기간 내내 지속되었다. 고모들도 그들의

---

21 초판본에는 〈당시 도스또예프스끼를 특히 좋아했던 네흘류도프는 그녀에게 『죄와 벌』을 빌려 주었다〉라고 되어 있다.

관계를 눈치채고 당황하여 네흘류도프의 어머니인 엘레나 이바노브나에게 편지를 써서 이 사실을 알렸다. 고모인 마리야 이바노브나는 드미뜨리가 까쮸샤와 불륜 관계를 맺지나 않을까 걱정했던 것이다. 그러나 그녀의 걱정은 부질없는 것이었다. 네흘류도프는 순수한 사람들이 자신도 모르는 사이에 사랑에 빠지듯 까쮸샤를 사랑했고 이런 그의 사랑은 그나 그녀의 타락을 막아 주는 중요한 방패 구실을 했다. 그는 육체적으로 그녀를 소유하고 싶다는 욕망을 품지 않았을 뿐 아니라, 그녀와의 사이에 그런 관계가 맺어질 수 있다는 생각조차 두려워했다. 시인의 기질을 지닌 고모 소피야 이바노브나는 순수하고 결단력 있는 성격의 드미뜨리가 일단 젊은 처녀를 사랑하게 되면 상대방의 출신이나 신분 따위는 고려하지 않고 결혼하겠다고 덤비지나 않을까 걱정했는데, 이는 불륜 관계보다 더 근본적인 고민이었다.

만일 네흘류도프가 까쮸샤에 대한 자신의 사랑을 분명히 인식했다면, 더욱이 누군가가 그는 운명적으로 그 처녀와 결혼을 할 수도 없거니와 해서도 안 된다고 설득했더라면, 만사를 고지식하게 처리하는 그로서는 자신이 사랑하는 이상 어떤 신분의 처녀와도 결혼하지 못할 이유가 없다고 결심했을지도 모른다. 그러나 고모들이 조카에게는 자신들의 우려를 입 밖에도 꺼내지 않았기 때문에, 그는 까쮸샤에 대한 자신의 사랑을 깨닫지 못한 채 그대로 떠나고 말았다.

그는 까쮸샤에 대한 자신의 감정이 자기 존재를 충족시키는 삶의 즐거운 감정 가운데 하나라고 생각했으며, 그런 점에서 사랑스럽고 명랑한 아가씨와 공감했던 거라고 믿었다. 마침내 그가 떠나는 날 까쮸샤가 고모들과 함께 현관 계단 위에서 까맣고 약간 사팔인 눈에 눈물을 글썽이며 전송하자, 그는 다시는 돌이킬 수 없는 아름답고 소중한 무엇인가를 남기고 떠나는 것 같은 심정이었다. 그래서 그는 마음속으로 무척 슬퍼했다.

「잘 있어, 까쮸샤. 여러 가지로 고마웠어.」그는 마차에 올라타면서 소피야 이바노브나의 모자 너머로 작별 인사를 했다.

「안녕히 가세요, 드미뜨리 이바노비치.」그녀는 눈물이 솟구치는 것을 참으며 명랑하고 정답게 인사하고는 혼자서 실컷 울기 위해 현관 안으로 뛰어 들어갔다.

13

그로부터 3년이라는 시간이 흐르는 동안 네흘류도프는 까쮸샤를 만나지 못했다. 그녀와의 재회는 네흘류도프가 장교로 임관하여 부대로 부임하던 길에 고모 집을 방문하면서 이루어졌다. 그러나 그는 3년 전 이곳에서 여름을 보낼 때와는 전혀 다른 인간으로 변해 있었다.

과거에 그는 의로운 일을 위해서라면 자신의 모든 것을 다 바칠 만큼 정직하고 희생 정신이 강한 청년이었으나, 이제는 향락만을 좇는 교활하고 타락한 이기주의자로 변해 있었다. 과거에 그는 즐겁고 감격스러운 마음으로 조물주가 창조한 세계의 신비를 풀어 보려고 무척 노력했으나, 이제 그에게 인생의 모든 것은 단순하고 확고해서 그를 에워싼 생활의 모든 조건에 의해 결정되었다. 자연과 교감하거나 자기보다 먼저 생활하고 사색하고 영감을 받은 사람들(즉 철학자나 시인)과 정신적으로 교류하는 것이 과거에는 필요하고 또 의미 있는 일이었지만, 지금은 인간이 만든 제도나 친구들과의 교제가 더욱 절실하고 중요했다. 뿐만 아니라 과거에 여자는 신비롭고 매력적인 존재였지만(신비롭기 때문에 매력적으로 보였지만), 이제는 자기 가족과 친구들의 아내를 제외한 여자라는 존재는 이미 경험한 여러 쾌락 가운데서도 가장 좋은 것을 위한 도구에 불과했다. 또 과거에 그는 많은 돈이 필요 없었고 어머니가 주신 용돈도 3분의 1이나 남길 정도였으며 아버지의 유산으로 상속받게 될 토지도 사양하고 농민들에게 나누어 주었지만, 이제는 어머니가 매달 부쳐 주는 1천5백 루블의 용돈도 모자라서 돈 문제로 이미 여러 차례 어머니와 말다툼을 벌였다. 더구나 과거에 그는 정신적인 존재를 참된 자아라고 생각했으나 이제는 건강하고 용감한 동물적 자아가 자신의 참된 모습이라고 믿었다.

이러한 무서운 변화는 자신을 신뢰하기보다는 타인을 신뢰하고 맹종한 데서 비롯되었다. 자신을 신뢰하기보다 타인을 맹종하게 된 까닭은 자신을 신뢰하며 사는 것이 너무 힘들었기 때문이다. 자신을 신뢰하려면 모든 일에 있어서 항상 값싼 쾌락을 좇는 자신의 동물적 자아를 버리고, 오히려 그것과 거의 반대되는 방식으로 해결해야 했다. 그러나 타인을 신뢰하면 따로 결심할 일도 없으며 이미 모든 일이 해결되어 있는 데다가, 언제나 정신적 자아에 비해 동물적 자아에 유리한 방향으로 해결될 수 있었다. 뿐만 아니라 자신을 신뢰하면 항상 사람들의 질책을 받지만 타인을 신뢰하면 사람들로부터 지지를 받았다.

이를테면 네흘류도프가 신이나 진리나 빈부에 대해 생각하거나 책을 읽거나 이야기를 꺼내면 주변 사람들은 모두 쓸데없는 이야기나 웃음거리로 여겼고, 어머니나 고모까지도 악의는 없지만 빈정거리며 〈친애하는 우리 철학자〉라고 놀려댔다. 그러나 그가 천박한 소설을 읽거나 음란한 이야기를 하거나 프랑스 극장에서 구경한 저질 희극을 재미있게 들려

주면 사람들의 칭찬과 격려가 뒤따랐다. 절약할 필요가 있다는 생각에 낡은 외투를 입거나 술을 마시지 않으면 사람들은 그것이 괴팍스러운 성격과 교만 때문이라고 생각했고, 사냥을 하거나 서재를 특별히 화려한 장식으로 꾸미느라 돈을 헤프게 쓰면 그의 취향에 찬사를 보내고 비싼 선물까지 가져다주었다. 결혼하기 전까지 동정을 지키겠다고 했을 때 친척들은 그의 건강을 염려했었고, 그래서 그가 진정한 사내로서 친구로부터 어떤 프랑스 부인을 빼앗았다고 하자 그의 어머니는 괴로워하기는커녕 오히려 기뻐하기도 했다. 그가 까쮸샤와 결혼하겠다고 고집 피우게 됐을지도 모르는 에피소드는 어머니인 공작 부인에게는 생각만 해도 몸서리쳐지는 일이었다.

같은 차원에서 네흘류도프가 성년이 되어 토지 사유는 부당한 일이라고 생각하고 아버지로부터 상속받은 약간의 토지를 농민들에게 나누어 주었을 때, 그의 이런 행위는 어머니와 친척들을 두려움에 떨게 했으며 친척들의 비난과 조소의 대상이 되었다. 뿐만 아니라 그들은 끊임없이 그에게 대고, 토지를 나누어 받은 농민들의 생활이 나아지기는커녕 마을에 술집을 세 군데나 만들고 일을 전혀 하지 않아서 더욱 가난해졌다는 이야기를 했다. 네흘류도프가 근위대에 입대한 후 상류층 친구들과 함께 놀러 다니거나 도박을 하느라 어머니 엘레나 이바노브나가 은행에서 재산 일부를 찾아야했을 때에도, 어머니는 슬퍼하기는커녕 그것이 천연두 예방주사를 맞는 것처럼 상류 사회의 젊은이에게 당연히 있을 법한 일이며 차라리 좋은 징조라고 생각했다.

처음에는 네흘류도프도 이에 맞서 보았지만 그 싸움은 너무 힘겨웠다. 왜냐하면 그가 선한 것으로 믿었던 모든 것이 다른 사람에게는 그렇지 않았고, 반대로 그가 악한 것으로 믿었던 것은 주위 사람들에게 선한 것으로 여겨졌기 때문이었다. 그래서 마침내 네흘류도프는 자신을 신뢰하기보다는 타인을 믿게 되었다. 한동안은 자신의 신념을 단념한다는 것이 불쾌하기도 했지만 이런 불쾌감은 이내 사라졌고, 곧 술과 담배를 배움으로써 불쾌한 감정은커녕 오히려 홀가분한 기분에 젖을 수 있었다.

그래서 네흘류도프는 타고난 열정을 다 바쳐 주변의 전혀 다른 생활 방식 모두를 받아들였고 다른 무언가를 갈구하는 양심의 소리를 완전히 억눌러 버렸다. 이런 생활은 네흘류도프가 뻬쩨르부르그로 이사한 다음 시작되어서 군에 입대한 후에 절정에 달했다.

일반적으로 군 복무란 사람들을 타락시킨다. 입대한 사람들을 일반인들의 의무에서 해방시키는 대신 그들에게 연대와 군복과 군기라는 제한된 명예만을 강요하며, 한편으로는 타인에 대한 무제한의 권력을 부여하고 다른 한편으로는 상관에 대한 노예적 복종을 요구하는 무위, 즉 이성적이고 유익한 행동이 결여된 상태로 완전히 빠뜨리는 것이다.

이런 타락상 말고도 군대에서는 군복과 군기에 대한 절대적 숭배와 폭력과 살인이 공인되는 데다가, 부유한 명문가의 자제들만 근무할 수 있는 근위 연대의 선택받은 일부 군인들에게서 보듯이, 금권이나 황족과의 친분 따위가 뒤얽혀서 또 다른 타락에 빠져든 사람들을 이기주의의 완전한 광란 상태에 이르게 한다. 네흘류도프도 입대하여 동료들과 어울리는 동안 이런 이기주의의 광란에 빠져들었다.

자기 손으로 직접 하는 일이라곤 아무것도 없었다. 남의 손으로 훌륭하게 만들어지고 손질된 군복을 입고 멋진 모자까지 쓰고는 역시 남의 손으로 만들어지고 손질된 무기를 지니고 역시 남의 손으로 사육되고 훈련된 말을 타고 다니면서, 동료들과 함께 훈련하거나 사열을 하거나 질주하며 장검을 휘두르거나 총을 쏘거나 그런 것을 다른 사람에게 가르치는 일 이외에는 할 일이 없었다. 고위층 인사들은 젊은이나 늙은이를 막론하고 심지어는 황제와 황족들까지도 이런 일에 대해 찬성하고 찬양하며 경의를 표했다. 이런 훈련이 끝나고 나면 장교 클럽이나 최고급 레스토랑에 모여 식사하느라, 특히 술을 마시느라 어디에서 생긴 것인지도 모르는 돈을 뿌리는 것이 훌륭하고 의미 있는 일이라고 생각했다. 그후에는 극장과 무도회와 여자를 찾고, 그리고 다시 말을 타고 장검을 휘두르거나 질주하고, 또다시 돈을 뿌리고 술과 도박과 여자를 찾는 생활을 반복했다.

그런 생활은 특히 군인들의 타락을 부추겼는데, 민간인들이라면 수치심 없이 이런 생활을 지속할 수 없기 때문이었다. 그러나 군인들에게 그것은 당연하고 자랑스러운 일이었으며 자신감을 불어넣어 주기까지 했고, 특히 터키와의 전쟁[22]이 선포된 후인 네흘류도프의 복무 기간에는 더욱더 그랬다. 〈우리는 전투에서 목숨을 바칠 각오가 되어 있으니 그처럼 안락하고 즐거운 생활을 하는 것은 당연하고도 필요한 일이며, 그래서 우리들은 그런 생활을 하는 것〉이라는 식이다.

그 시절 네흘류도프도 막연히 그런 식으로 생각하고 있었다. 그때 그는 과거에 자신이 만들었던 모든 도덕적 장벽으로부터 해방되었다는 쾌감을 느끼며 광적인 이기주의의 만성적 상태에 계속 빠져들었다.

3년 만에 그가 고모 집을 찾았을 때 그는 이러한 상태에 놓여 있었다.

22 1877~1878년에 벌어진 러시아와 터키의 전쟁.

14

　네흘류도프가 고모 집에 들른 까닭은 진격 중인 연대에 합류하러 가는 길에 고모의 영지가 있기도 했고 고모들도 그가 한 번 방문해 주기를 원했기 때문이기도 했으나, 그보다 중요한 것은 고모 집을 방문함으로써 까쮸샤를 만날 수 있기 때문이었다. 어쩌면 그때부터 그는 이미 고삐 풀린 동물적 자아가 부추기는 대로 마음속 깊은 곳에 까쮸샤에 대해 나쁜 의도를 품었던 것인지도 모르지만 자신도 그런 사실을 미처 깨닫지는 못했다. 단지 그는 너무나 좋았던 그 장소를 방문하여 사랑과 기쁨의 분위기로 언제나 눈에 띄지 않게 자신을 감싸 주던 약간 우습기도 하고 다정다감하며 착한 고모들을 만나고, 자신에게 즐거운 추억을 남겨 준 까쮸샤도 만나고 싶다는 생각뿐이었다.

　그가 고모 집에 도착한 것은 3월 말 수난 주간의 금요일[23]이었다. 억수같이 쏟아지는 비를 맞으며 질퍽거리는 거리를 지나오느라 온몸이 오슬오슬 떨려 왔지만, 그 나이 또래라면 누구나 그렇듯이 그는 즐거운 마음에 한껏 들떠 있었다. 〈아직도 그녀가 있을까?〉 구식 저택의 지붕에서 떨어진 눈에 덮인 지저분한 벽돌담이 빙 둘러싸고 있는 마당을 향해 그는 마차를 몰았다. 까쮸샤가 말방울 소리를 듣고 뛰어나올 것이라고 그는 기대했으나 하녀 방 앞 층계로 나온 사람은 물동이를 든 다른 두 하녀였다. 마루를 청소하고 있었는지 맨발에 옷자락을 걷어 올린 채였다. 현관 계단에도 까쮸샤의 모습은 보이지 않았다. 그쪽에서도 역시 청소를 하던 하인 찌혼만이 앞치마를 두른 채 마중을 나왔다. 응접실로 들어가자

----

　23 부활절 이전의 마지막 주간으로, 이 한 주 동안 예수는 십자가에서 수난을 겪었다.

비단옷 차림에 실내모를 쓴 소피야 이바노브나가 나왔다.

「참 잘 왔다!」 소피야 이바노브나는 그에게 입을 맞추며 말했다. 「마리야 고모는 교회 일로 무리했는지 몸이 좀 불편하단다. 우린 성찬식에 참석했거든.」

「축복받으세요, 소피야 고모!」 네흘류도프는 소피야 이바노브나의 손에 입을 맞추며 말했다. 「고모 옷까지 젖게 해서 죄송해요.」

「네 방으로 올라가거라. 옷이 흠뻑 젖었구나. 벌써 턱수염을 다 기르다니……. 까쮸샤! 까쮸샤! 어서 커피를 끓여야겠다.」

「곧 가져갑니다.」 귀에 익은 명랑한 목소리가 복도에서 들려왔다.

네흘류도프의 가슴은 기쁨으로 두근거리기 시작했다. 〈아직도 있구나!〉 그건 구름 사이로 태양이 모습을 드러내는 순간처럼 반가운 일이었다. 네흘류도프는 옷을 갈아입기 위해서 찌혼과 함께 옛날 자기 방으로 올라갔다.

네흘류도프는 찌혼에게 까쮸샤는 요새 무얼 하는지, 어떻게 살고 있는지, 결혼은 했는지 등을 묻고 싶었다. 그러나 점잖고 엄격한 찌혼이 직접 세숫물을 세면기에 부어 주겠다고 고집을 피우는 통에 네흘류도프는 까쮸샤 이야기는 벙긋도 하지 못하고 찌혼의 손자들이나 〈형님〉이라는 별명을 가진 종마나 뽈깐이라는 집 지키는 개에 대해서만 묻고 말았다. 지난해에 광견병으로 죽은 뽈깐을 제외하고는 모두가 예전과 다름없이 건강하게 지내고 있었다.

네흘류도프가 젖은 옷을 벗어 버리고 새 옷을 갈아입을 때 빠른 발소리가 들리더니 문 두드리는 소리가 났다. 네흘류도프에게는 발소리와 문 두드리는 소리 모두 익숙했다. 그런 식으로 걸어다니고 문을 두드릴 사람은 그녀뿐이었다.

「들어오시오.」

틀림없는 까쮸샤였다. 예전보다 훨씬 매력적인 모습으로 변한 것만 빼면, 바로 그 까쮸샤가 틀림없었다. 미소를 지으며 순박하고 약간 사팔눈인 검은 눈을 아래에서 위로 치켜뜨는 모습은 예전과 다를 바가 없었다. 희고 깨끗한 앞치마를 두른 모습도 예전 그대로였다. 그녀는 고모가 보낸, 막 포장을 푼 향기로운 비누와 커다란 러시아식 수건과 부드러운 털이 달린 수건을 가져왔다. 문자가 새겨진, 아무도 사용하지 않은 새 비누와 수건, 그리고 그녀. 이 모두가 깨끗하고 신선하고 때 묻지 않은 상쾌한 것이었다. 예전에 자기를 바라볼 때처럼 기쁨을 가누지 못하고 꼭 다문, 귀엽고 빨간 그녀의 입술 부근에 새겨진 잔주름도 변함없었다.

「와주셔서 기뻐요, 드미뜨리 이바노비치!」 그녀는 겨우 입을 열며 얼굴을 붉혔다.

「잘 있었소……?」 그는 그녀에게 〈너〉라고 해야 좋을지, 아니면 〈당신〉이라고 해야 좋을지 몰라 그녀와 마찬가지로 얼굴만 붉혔다. 「그동안 잘 지냈소?」

「덕분에요……. 이건 도련님이 좋아하시는 장미 향 비누예요. 고모님께서 갖다 드리라고 하셨어요.」 그녀는 비누를 탁자 위에, 그리고 수건은 안락의자 팔걸이에 올려놓았다.

「그런 물건은 도련님께서도 다 가져오셨어.」 찌혼은 손님의 고상한 취향을 존중한다는 듯 이렇게 말하며 뚜껑이 열린 네흘류도프의 커다란 은제 화장품 상자를 자랑스럽게 가리켰다. 그 속에는 갖가지 크기의 유리병과 솔, 머릿기름, 향수 그리고 온갖 화장 도구가 들어 있었다.

「고모님께 고맙다고 말씀드려 줘요. 아, 정말 오기를 잘한 것 같소.」 네흘류도프는 과거에 곧잘 그랬던 것처럼 기분이 상쾌하고 포근해지는 것을 느끼며 말했다.

이 말에 그녀는 단지 미소로 응답하고는 밖으로 나갔다. 네흘류도프를 아끼던 고모들은 그의 이번 방문을 여느 때보다 한층 반갑게 생각했다. 부상을 당하거나 전사할 수도 있는 전쟁에 출정하는 길이라는 점이 고모들의 마음에 걸렸던 것이다.

네흘류도프는 고모 집에서 하룻밤만 묵을 예정이었지만 까쮸샤를 보자 이틀 후에 다가올 부활절까지 그곳에서 보내기로 마음을 바꿨다. 그래서 오뎃사에서 만나기로 약속한 절친한 동료 쉔보크에게 고모 집으로 들러 달라는 내용의 전보를 보냈다.

네흘류도프는 까쮸샤를 다시 만난 첫날부터 옛날에 그녀에게 가졌던 것과 똑같은 감정을 느꼈다. 까쮸샤의 하얀 앞치마를 보면 옛날처럼 지금도 가슴이 두근거렸고 그녀의 발소리나 목소리나 웃음소리만 들어도 기뻤으며, 젖은 포도 알 같은 그녀의 검은 눈, 특히 미소 지을 때의 그 눈동자를 보면 가슴이 벅차올랐다. 그러나 무엇보다도 그녀가 자기와 마주칠 때 얼굴을 새빨갛게 붉히는 모습이 그의 마음을 더없이 흔들어 놓았다. 그는 자신이 사랑에 빠졌다는 사실을 알았다. 그러나 그에게 그 사랑은 예전처럼 신비로운 것이 아니었다. 그 자신 또한 일생에 단 한 번만 사랑할 수 있다고 믿었던 시절의 그런 사랑을 한다고 인정할 수 없었다. 그는 그런 사실을 잘 알면서도 기쁨을 느꼈고 그 사랑이 어떤 것인지, 또 그녀에게 어떤 결과를 가져올지 어렴풋이 예감하면서도 스스로에게 감춘 채 사랑에 빠져들었다.

모든 사람들과 마찬가지로 네흘류도프의 마음속에도 두 종류의 자아가 있었다. 하나는 타인에게 행복이 되고자 하는, 그런 행복만을 추구하는 정신적 자아였고 다른 하나는 오직 자기 자신만을 위해 행복을 추구하고 그 행복을 위해서라면 전 세계의 행복까지도 희생시키려는 동물적 자아였다. 뻬쩨르부르그에서의 생활과 군 복무를 하는 동안 생긴 그의 광적인 이기주의는 그 무렵 그의 마음을 지배하고 정신적 자아를 완전히 압도하고 있었다. 그러나 까쮸샤를 만나고 예전에 그녀로부터 경험했던 그런 감정을 느끼게 되면서, 정신적 자아는 다시 고개를 들고 권리를 내세우기 시작했다. 그래서 부활절까지의 이틀 동안 네흘류도프의 마음속에서는 자신도 모르는 내적 갈등이 끊임없이 계속되었다.

그는 이곳을 떠나야 하며 더 이상 고모 집에 머무를 이유가 없다는 것을 마음 깊이 잘 알고 있었고, 이렇게 머물러 봐야 신통한 결과가 나오지 않는다는 것도 잘 알고 있었다. 그러나 그 시간이 매우 즐겁고 유쾌했기 때문에, 그는 그런 사실을 인정하지 않고 그대로 머물렀다.

성스러운 그리스도의 부활절 전날인 토요일 밤에, 사제가 부제와 보제를 데리고 새벽 미사를 드리러 왔다. 그들은 교회에서 고모 집까지 3킬로미터나 되는 흙탕물 속을 지나 온갖 고초를 겪으며 찾아왔다고 했다.

네흘류도프는 고모들 그리고 하인들과 함께 미사에 참석했지만, 문 옆에서 향로를 나르는 까쮸샤 쪽으로 눈길을 돌린 채 줄곧 그녀를 지켜보았다. 그는 고모들과 사제에게 부활절 축복 인사를 하고 침실로 돌아가려다가, 복도에서 큰고모 마리야 이바노브나의 늙은 하녀인 마뜨료나 빠블로브나가 까쮸샤와 함께 꿀리치[24]와 빠스하[25]를 성스럽게 하기 위해 교회로 가져갈 준비를 하며 나누는 이야기를 엿들었다. 〈나도 가볼까?〉 그는 속으로 생각했다.

고모 집을 자기 집처럼 훤하게 알고 있는 네흘류도프는

24 부활절 의식용으로 만든 케이크.
25 부활절에 먹는 음식으로 버터와 우유, 건포도를 혼합하여 만든다.

〈형님〉이라고 불리는 늙은 종마에 안장을 얹으라고 명령했다. 마차나 썰매로는 교회에 갈 수 없기 때문이었다. 그는 침실로 가는 대신 번쩍거리는 군복 차림에 승마용 바지를 입고 그 위에 외투를 걸쳤다. 살이 쪄서 둔중하고 끊임없이 울어대는 늙은 종마에 올라탄 그는 진흙과 눈으로 엉망진창인 어두운 새벽길을 따라 교회로 향했다.

15

그날 새벽 미사는 네흘류도프에게 한평생 가장 즐겁고 강렬한 추억의 하나가 되었다.

여기저기 눈빛이 하얗게 반사되는 어두운 밤길을 지나 진창 속으로 미끄러지면서도 교회 주위에 켜진 등불을 바라보며 귀를 쫑긋거리는 말을 몰고 교회 마당으로 들어섰을 때 미사는 이미 시작된 후였다. 농부들은 그가 마리야 이바노브나의 조카임을 알아보고는 말에서 내릴 수 있도록 마른 땅으로 데려가 말을 매고 교회 안으로 안내했다. 교회는 부활절을 찬양하러 온 사람들로 가득 차 있었다.

오른쪽 좌석에는 남자 농민들이 자리 잡고 있었다. 늙은이들은 집에서 만든 소매 긴 상의를 입고 나막신을 신었으며 깨끗하고 하얀 각반을 차고 있었다. 젊은이들은 새 비단옷 차림에 허리에는 멋진 띠를 두르고 가죽 장화를 신고 있었다. 왼쪽 좌석에는 시골 여인들이 자리 잡았는데 모두 머리에 붉은 비단 미사포를 두르고 짧은 외투 안에는 새빨간 소매가 드러난 블라우스에 푸른색과 연두색으로 알록달록한 치마를 입었으며 징을 박은 장화를 신고 있었다. 하얀 미사포를 머리에 쓰고 잿빛 상의와 구식 치마 차림에 구두나 새

나막신을 신은 수줍음 많은 노파들은 젊은 여자들 뒤에, 젊은 여자들과 노파들 사이에는 머릿기름을 바르고 단정하게 차려입은 아이들이 서 있었다. 남자들은 성호를 긋고 머리카락을 늘어뜨리며 고개를 숙였다. 여자들, 특히 노파들은 수많은 촛불이 켜진 성상에 희미한 눈동자를 고정시킨 채, 수건으로 감싼 얼굴에서부터 어깨 양편과 가슴 위를 오므린 손가락으로 차례차례 힘주어 눌러 성호를 긋고 무언가 중얼거리며 일어선 채로 혹은 무릎을 꿇은 채로 머리를 조아렸다. 아이들은 사람들의 시선을 의식하고 어른들 흉내를 내며 열심히 기도했다. 성단과 신도 좌석을 분리해 놓은 황금빛 칸막이는 황금 테를 두른 커다란 양초를 에워싼 수많은 작은 양초들의 불빛에 반사되어 찬란하게 빛나고 있었다. 샹들리에에도 많은 초들이 가지런히 꽂혀 있었고, 성가대석에서는 묵직한 저음과 소년들의 날카로운 고음이 어우러진 성가대 자원자들의 유쾌한 목소리가 들려왔다.

네흘류도프는 앞 좌석으로 나갔다. 교회의 가운데 자리는 귀족석으로, 아내와 해군복을 입은 아들을 데려온 지주와 경찰서장, 우체국장, 두툼한 펠트 장화를 신은 상인, 훈장을 단 촌장이 앉아 있었고, 강단 오른쪽 여러 여지주들 뒤편에는 마뜨료나 빠블로브나가 번쩍거리는 연보라색 옷을 입고 가장자리에 수를 놓은 흰 숄을 걸친 채 앉아 있었다. 그리고 그 옆에 허리 주름을 넣은 흰 옷에 푸른 띠를 두르고 검은 머리에 빨간 리본을 단 까쮸샤가 있었다.

모든 것이 축제 분위기였으며 장엄하면서도 즐겁고 아름다웠다. 금빛 십자가가 아로새겨진 은빛 제의를 입은 사제는 물론 축일에 입는 금빛과 은빛의 제의를 입은 부제나 보제들, 그리고 머릿기름을 바르고 옷을 단정하게 차려입은 성가대, 즐거운 무용곡처럼 들리는 부활절 찬송가, 꽃으로 장식된 양초 세 개가 꽂힌 촛대를 손에 든 사제들이 끊임없이 〈예수 부활하셨네! 예수 부활하셨네!〉를 되풀이하며 사람들에게 내리는 축복의 소리 등등, 모든 것이 아름다웠다. 그러나 그중에서도 가장 아름다운 것은 흰 옷에 푸른 띠를 두르고 검은 머리에 빨간 리본을 단, 환희에 찬 눈망울을 반짝이는 까쮸샤였다.

네흘류도프는 그녀가 고개를 돌리지는 않았지만 자신을 의식하고 있음을 느낄 수 있었다. 성단 앞으로 나가며 그녀 곁을 지날 때 눈치챈 것이다. 무슨 생각에서였는지, 그는 아무 할 말도 없으면서 그녀 옆을 지날 때 느닷없이 이렇게 속삭였다.

「마지막 미사가 끝나면 다시 맛있는 고기 음식을 차리시겠다고 고모님께서 말씀하시더군.」

그를 바라볼 때면 언제나 그렇듯, 젊은 피가 그녀의 사랑스러운 얼굴을 화끈 달아오르게 만들었다. 그녀는 희열에 들뜬 미소를 담은 까만 눈동자를 아래위로 굴리다가 네흘류도프의 얼굴을 향해 멈추더니 뚫어질 듯 그를 바라보았다.

「저도 알고 있어요.」 그녀는 미소를 지으며 대답했다.

그때 구리 주전자를 들고 사람들 사이를 빠져나가던 보제가 까쮸샤 쪽을 무시하고 지나가다가 제의로 그녀를 스쳤다. 네흘류도프에게 경의를 표하기 위해 돌아가려다가 까쮸샤를 스친 것이다. 그러나 이곳에 존재하는 모든 것, 아니 세상에 존재하는 모든 것이 오로지 까쮸샤만을 위해 존재하며, 따라서 세상에 존재하는 모든 것은 무시할지라도 모든 것의 중심인 그녀만은 무시해서는 안 된다는 사실을 보제가 모르고 있다는 생각에 네흘류도프는 매우 불쾌했다. 네흘류도프에게는 성단 앞의 황금 칸막이가 빛나는 것이나 샹들리에와 촛대의 모든 촛불이 타오르는 것도 그녀를 위해서였고, 〈주 예수 부활하셨으니 만백성들아 기뻐하라!〉라는 환희에 찬 곡조도 그녀를 위한 것으로 여겨졌다. 세상의 모든 아름다운 존재들은 그녀를 위한 것이었다. 그는 까쮸샤도 이 모든 것이 그녀 자신을 위해 존재한다는 사실을 알고 있으리라고 생각했다.

주름진 흰 옷을 입은 그녀의 날씬한 몸매와 진지하면서도 환희에 찬 얼굴을 보았을 때, 네흘류도프는 자신의 영혼 속에서 울리는 것과 똑같은 노래가 그녀의 영혼 속에서도 울리고 있다고 생각했다.

1부 미사가 끝나고 2부 미사가 시작되려는 틈을 타 네흘류도프는 교회를 빠져나왔다. 사람들이 그가 나가는 길을 비켜 주며 인사했다. 어떤 사람들은 그를 알아보았고 어떤 사람들은 〈뉘 집 도련님이야?〉 하고 묻기도 했다. 그가 교회 입구로 나와 걸음을 멈추자 거지들이 그를 둘러쌌다. 그는 지갑에서 잔돈을 꺼내 나눠 준 다음 계단을 내려갔다.

사물을 분간할 수 있을 정도로 어둠은 물러갔지만 해는 아직 솟아오르지 않았다. 사람들은 교회 주변에 있는 묘지에 제각기 흩어져 있었다. 까쮸샤는 교회 안에 남아 있었다. 네흘류도프는 그녀를 기다리며 서 있었다. 사람들이 줄지어 나왔다. 사람들은 징 박힌 구두로 바닥을 울리면서 계단을 내려와 교회의 뜰과 묘지 쪽으로 흩어졌다.

마리야 이바노브나가 자주 들르는 제과점의 꼬부랑 노인이 네흘류도프를 불러 세우더니 부활절 축복 키스를 했다. 주름투성이 목에 비단 목도리를 두른 그의 늙은 아내는 손수건에서 노랗게 물들인 달걀을 꺼내 그에게 건네주었다. 그때 새 코트에 녹색 띠를 두른 젊고 우락부락한 농부가 미소를 지으며 다가왔다.

「예수 부활하셨네!」 그는 미소를 지으며 네흘류도프에게 다가와 말했다. 그러고는 농부 특유의 기분 좋은 냄새를 풍기면서 자신의 곱슬곱슬한 턱수염으로 네흘류도프를 간질이며 거칠고 싱싱한 입술로 그의 입술 가운데 세 번 입맞춤했다.

네흘류도프가 농부와 입맞춤을 나누고 그에게서 다갈색으로 물들인 달걀을 선사받을 무렵, 마뜨료나 빠블로브나의 반짝이는 옷과 빨간 리본을 단 까쮸샤의 귀여운 검은 머리가 눈에 띄었다.

그녀는 앞을 지나가는 사람들의 머리 너머로 그를 알아보았다. 그는 그녀가 매우 기뻐하는 모습을 볼 수 있었다.

그녀는 마뜨료나 빠블로브나와 함께 교회 입구를 나와 거지들에게 적선을 하기 위해 잠깐 걸음을 멈추었다. 문드러진 코에 붉은 딱지가 앉은 거지가 까쮸샤에게 다가왔다. 그녀는 손수건에서 무언가 꺼내 거지에게 건네주더니 언짢은 기색 없이, 오히려 마냥 즐거운 표정으로 눈망울을 반짝이며 그에게 몸을 기울여 세 번 입맞춤을 했다. 거지와 입맞춤을 하는 동안 그녀의 시선이 네흘류도프의 시선과 마주쳤다. 그녀는 마치 〈이렇게 하는 것이 나쁜 일은 아니겠죠?〉 하고 묻는 것 같았다. 〈물론 좋은 일이지, 귀여운 아가씨. 훌륭하고 아름다운 일이야. 그 모습을 나는 사랑해.〉

그들이 교회 입구의 계단을 내려오자 그는 그녀에게 다가갔다. 부활절 축복 키스를 하려는 생각보다는, 그저 그녀 가까이에 서 있고 싶었던 것이다.

「예수 부활하셨네!」 마뜨료나 빠블로브나가 미소 띤 얼굴로 인사하며 말했다. 오늘만큼은 모든 사람들이 평등하다고 말하는 듯한 목소리였다. 그녀는 돌돌 만 손수건으로 입술을 닦더니 그에게 입술을 내밀었다.

「예수 부활하셨네!」 네흘류도프는 이렇게 응답하고 입을 맞추었다.

그는 까쮸샤 쪽으로 몸을 돌렸다. 그녀는 얼굴을 붉혔지만 곧 그에게로 다가섰다.

「예수 부활하셨네, 드미뜨리 이바노비치!」

「예수 부활하셨네!」 그가 말했다. 그들은 두 번 입맞춤을 교환한 다음 더 할 필요가 있을까 주저하다가 한 번 더 하기로 결심한 것처럼 서로 방긋 웃으며 세 번째 입맞춤을 나누었다.

「사제한테 가보지 않겠소?」 네흘류도프가 물었다.

「아니에요. 우린 여기 잠깐 앉아 있겠어요, 드미뜨리 이바노비치.」 까쭈샤는 기쁜 일이 지나간 직후처럼 깊은 숨을 몰아쉬더니 상냥하고 매력적인 약간의 사팔눈으로 그를 똑바로 쳐다보며 대답했다.

남녀 간의 사랑에는 언제나 그 사랑이 절정에 달하는 순간이 있는데, 그 순간에는 의식과 이성과 감각마저 상실되고 만다. 성스러운 부활절의 밤은 네흘류도프에게 있어서 바로 그런 순간이었다.

지금 까쭈샤를 돌이켜 생각해 봐도, 그 순간은 그녀를 보아 온 여러 순간들 가운데 가장 강한 인상을 남겨서 다른 모든 기억을 희미하게 만들고 있었다. 윤기가 흐르는 귀여운 검은 머리, 날씬한 몸매와 자그마한 앞가슴을 정숙하게 감싼 주름진 흰 옷, 화색이 도는 두 뺨, 온순하며 졸린 듯 반짝이는 약간 사팔눈인 검은 눈동자 그리고 그녀의 존재 전체에 흐르는 두 가지 중요한 특징, 즉 그에 대한 사랑의 청초한 순결함(그는 이런 사실을 알고 있었다)과, 모든 사물과 이 세상에 존재하는 훌륭한 사람뿐 아니라 그녀가 입을 맞춘 거지까지 포함한 모든 사람에 대한 사랑이 그것이었다.

그녀의 마음속에 사랑이 넘친다는 사실을 그는 알고 있었다. 왜냐하면 그 자신도 그날 밤과 아침에 그 사랑을 느꼈으며, 그런 사랑 속에서 그녀와의 일체감을 느낄 수 있었기 때문이다.

아, 만일 모든 것이 그날 밤의 그런 감정에 머물러 있었다면! 〈그렇다, 그 무서운 사건은 바로 성스러운 부활절 밤이 지난 직후에 벌어졌던 것이다!〉 그는 배심원실 창가에 앉아 이런 생각에 잠겼다.

16

교회에서 돌아온 네흘류도프는 사순절을 보낸 기념으로 고모들과 함께 맛있는 음식을 먹고, 군대에서 몸에 밴 습관대로 원기를 돋우기 위해 보드까와 포도주를 마신 후 자기 방으로 돌아가 옷을 입은 채 잠이 들었다. 그러나 문을 두드리는 소리에 잠에서 깨었다. 문 두드리는 소리로 미루어 그녀라는 사실을 알 수 있었다. 그는 눈을 비비고 기지개를 켜며 몸을 일으켰다.

「까쮸샤? 들어와요.」 그는 자리에서 일어나며 말했다.

그녀는 살그머니 문을 밀었다.

「식사하세요.」 그녀가 말했다.

그녀는 여전히 하얀 옷을 입고 있었으나 리본은 떼어 냈는지 보이지 않았다. 그녀는 그의 눈을 흘끔 쳐다보더니 마치 무슨 반가운 소식이라도 전하러 온 사람처럼 기쁜 표정으로 변했다.

「곧 가지.」 그는 머리를 빗기 위해 빗을 집으며 대답했다.

그녀는 잠시 머뭇거리며 서 있었다. 이 모습에 그는 빗을 내려놓고 그녀에게 다가갔다. 그 순간 그녀는 재빨리 돌아서더니 가볍고 날랜 걸음으로 복도 양탄자 위로 달아나 버렸다.

〈난 왜 이렇게 멍청하지!〉 네흘류도프는 생각했다. 〈어째

서 그녀를 붙잡지 못했을까?〉

그는 그녀를 쫓아 복도로 달려갔다.

그녀에게 무엇을 바라는지는 그 자신도 몰랐다. 그러나 그녀가 자기 방으로 들어왔을 때, 그런 경우라면 누구라도 취했을 법한 행동을 자신은 취하지 못했다는 생각이 들었던 것이다.

「까쮸샤, 잠깐만.」 그가 말했다.

그녀가 뒤를 돌아보았다.

「왜 그러시죠?」 그녀는 멈칫하며 말했다.

「아무것도 아니오. 다만……」

그는 용기를 내서 그런 경우 대부분의 사람들이 보통 어떻게 처신하는지를 머릿속에 그리며 까쮸샤의 허리를 껴안았다.

그녀는 제자리에 멈춰 서서 그의 눈을 바라보았다.

「이러시면 안 돼요, 드미뜨리 이바노비치, 이러시면 안 돼요.」 그녀는 금방이라도 눈물을 뚝뚝 흘릴 듯 얼굴을 붉히며 이렇게 말하고는 거칠고 억센 손으로 자신을 포옹한 그의 손을 뿌리쳤다.

네흘류도프는 그녀를 놓아주었다. 그 순간 그는 자신의 행동에 쑥스럽고 부끄러워졌을 뿐 아니라 추악한 짓을 했다는 생각이 들었다. 그때 그는 스스로를 믿었어야 했으나, 이러한 쑥스러움과 부끄러움이야말로 표면으로 솟구치는 영혼의 가장 고귀한 감정이라는 사실을 깨닫지 못했다. 오히려 그와 반대로, 이런 감정은 자신의 어리석음을 입증할 뿐이니 다른 사람들이 하는 방식을 따라야 한다는 생각이 스쳐 갔다.

그는 다시 그녀를 쫓아가 끌어안고는 그녀의 목에 키스를 퍼부었다.

그 키스는 예전에 라일락 수풀에서 엉겁결에 했던 키스나 오늘 아침 교회에서 했던 키스와는 완전히 다른 것이었다.

그것은 무서울 정도로 열정적인 키스였고 그녀도 그것을 느낄 수 있었다.

「어쩌자고 이러세요?」 그녀는 마치 그가 자신의 한없이 소중한 그 무엇을 다시는 돌이킬 수 없게 부서뜨린 것처럼 소리치며 그의 가슴을 밀치고 그대로 도망쳐 버렸다.

그는 식당으로 들어갔다. 화려한 옷차림을 한 두 고모와 의사와 이웃 마을의 부인이 전채를 차린 테이블 주위에 서 있었다. 모든 것이 평상시와 다를 바 없었지만 네흘류도프의 가슴속에는 회오리바람이 일고 있었다. 다른 사람들이 그에게 질문이라도 하면 무슨 말인지 이해하지 못하고 엉뚱하게 대답하기 일쑤였다. 그는 복도로 쫓아가서 그녀의 입술을 빼앗은 조금 전의 그 감촉만을 머릿속에 그렸다. 다른 것에 신경을 쓸 만한 여유가 없었던 것이다. 그녀가 식당으로 들어왔을 때 그는 쳐다보지 않고도 육감으로 그녀의 존재를 느꼈지만 그 쪽으로 고개를 돌리지 않으려고 애썼다.

식사가 끝나자 그는 곧장 자기 방으로 돌아갔다. 그리고 억누르기 힘든 거센 격정에 사로잡힌 채 집 안에서 나는 모든 소리에 오랫동안 귀를 기울이며 그녀의 발소리가 들리기를 기대했다. 그때 그의 마음속에 도사리고 있던 동물적 자아가 고개를 쳐들며, 처음 고모 집을 방문했을 때는 물론 오늘 아침 교회에서도 고개를 내밀었던 정신적 자아를 마구 짓밟아 버렸다. 지금 그의 마음속에는 단 하나, 저 무서운 동물적 자아만이 활개를 치고 있었다. 그는 끈질기게 그녀의 동정을 살폈지만 단둘이 마주칠 기회는 한 번도 없었다. 아마 그녀가 그를 피했는지도 모른다. 그런데 해질 무렵 네흘류도프의 옆방으로 갈 일이 그녀에게 생기고 말았다. 의사가 하룻밤 머물게 되어서 그의 잠자리를 준비해야 했던 것이다. 그녀의 발소리를 들은 네흘류도프는 마치 무슨 범죄라도 저지르듯 발소리와 숨소리를 죽여 가며 살그머니 그녀의 뒤를 따라 들어갔다.

깨끗한 베갯잇에 두 손을 넣고 베개 양끝을 매만지던 그녀는 그를 돌아보고 미소를 지었지만, 그것은 예전처럼 즐겁거나 기쁜 미소가 아니라 두려움에 떠는 애처로운 미소였다. 그녀의 미소는 지금 그가 하려는 행동이 어리석은 짓이라고 말하는 것 같았다. 그는 잠시 우두커니 서 있었다. 그의 마음이 아직 갈등을 일으키고 있었던 것이다. 비록 미약하긴 하지만 그녀에 대해, 그녀의 감정에 대해 그리고 그녀의 인생에 대해 스스로에게 말하는 진실한 사랑의 소리가 여전히 울리고 있었다. 그러나 또 하나의 소리는, 자칫하면 너는 너 자신의 향락과 너 스스로의 행복을 충족시킬 기회를 놓칠지도 모른다는 속삭임이었다. 두 번째 소리가 첫 번째 소리를 완전히 억눌러 버렸다. 그는 과감하게 그녀에게 접근했다. 그러자 억누르기 힘든 무서운 동물적 감정이 그를 사로잡았다.

네흘류도프는 그녀를 끌어안고 침대 위에 앉혔다. 그러고는 이어서 무언가 행동을 취해야 한다고 느끼며 그녀의 곁에 나란히 앉았다.

「드미뜨리 이바노비치, 오, 제발 절 놓아주세요.」 그녀는 애처로운 목소리로 말했다. 「마뜨료나 빠블로브나가 올 거예요!」 그녀는 몸부림치며 외쳤다. 정말 누군가가 문 쪽으로 다가오고 있었다.

「그러면 오늘 밤에 찾아가겠어.」 네흘류도프가 말했다. 「혼자 있겠지?」

「무슨 말씀이세요? 절대로 안 돼요! 오지 마세요.」

문 앞에 다가온 사람은 정말 마뜨료나 빠블로브나였다. 팔에 담요를 안고 들어온 그녀는 꾸중하는 눈초리로 네흘류도프를 흘겨보더니 담요를 두고 온 것에 대해 까쮸샤를 나무랐다.

네흘류도프는 아무 말 없이 방에서 나갔다. 이제 그에게 부끄러운 기색이라곤 조금도 없었다. 그는 마뜨료나 빠블로브나의 표정에서 그녀가 자기를 비난하고 있다는 사실을 알아차렸다. 또한 그녀가 자기를 비난하는 것은 당연한 일이며 자기가 저지른 짓이 비난받아 마땅하다는 사실도 스스로 잘 알고 있었다. 그러나 예전처럼 순수한 애정에서 벗어나 동물적 감정에 완전히 사로잡혀 지배당하기 시작한 그로서는 다른 것은 조금도 인정하고 싶지 않았다. 그는 지금 욕구 충족을 위해서 무엇인가를 해야 했으며, 그것을 실현하기 위한 방법을 모색할 뿐이었다.

저녁 내내 그는 이성을 잃은 채였다. 고모들의 방에 찾아가기도 하고 자기 방과 복도에서 서성거리며 어떻게 하면 그녀와 은밀히 만날 수 있을까 궁리했다. 그러나 그녀는 그를 피했으며 마뜨료나 빠블로브나도 까쮸샤의 일거수일투족을 놓치지 않으려고 신경을 곤두세우고 있었다.

17

어느덧 초저녁이 지나고 밤이 찾아왔다. 의사는 침실로 돌아갔다. 고모들도 잠자리에 들 준비를 했다. 네흘류도프는 마뜨료나 빠블로브나가 자기 침실로 갔으므로 까쮸샤만 하녀 방에 혼자 남아 있으리란 것을 알고 있었다. 그는 다시 계단 앞으로 나왔다. 마당은 캄캄하고 습기 때문에 눅눅했지만 포근했다. 다가오는 봄기운으로 인해 잔설이 녹아내렸고, 녹아내리는 눈 때문에 더욱 짙어진 흰 안개가 대기에 두껍게 깔렸다. 집에서 1백 보가량 떨어진 강에서 이상한 소리가 들려왔다. 얼음이 갈라지는 소리였다.

네흘류도프는 계단을 내려와 도랑을 건너고 얼어붙은 눈을 밟으며 하녀 방 창가로 다가갔다. 자기 귀에도 들릴 만큼 그의 심장은 뛰고 있었다. 그는 턱턱 막히는 숨을 무겁게 토해 냈다. 조그만 램프가 켜져 있는 하녀 방 안에서 까쮸샤가 탁자에 혼자 앉아 앞을 바라보며 골똘히 생각에 잠겨 있었다. 혼자 있을 때에는 그녀가 무엇을 하는지 궁금해져서, 네흘류도프는 인기척을 내지 않고 오랫동안 그녀를 바라보았다. 2분가량이 지나도록 꼼짝 않던 그녀는 눈을 들어 빙그레 미소를 지으며 스스로를 나무라듯 좌우로 고개를 젓더니 몸을 돌렸다. 그러다가 갑자기 양손을 책상 위에 올려놓고 다시 물끄러미 앞을 바라보았다.

그는 제자리에 선 채 그녀의 모습을 바라보면서 동시에 자신의 심장이 뛰는 소리와 강에서 들려오는 이상한 소리에 무의식적으로 귀를 기울였다. 안개로 뒤덮인 강에서는 어떤 변화가 느리게, 그러나 끊임없이 지속되고 있었다. 무언가 씩씩거리기도 하고 탁탁 터지는 소리를 내는가 하면 갈라지는 소리를 내기도 했으며 마치 유리가 깨지는 것 같은 얇은 얼음 소리도 났다.

그는 상념에 빠져든 채 시름에 잠긴 까쮸샤의 괴로운 표정을 지켜보다가 문득 그녀가 가엾다는 생각이 들었다. 그러나 이상한 일이었다. 그런 연민은 단지 그녀에 대한 욕망을 강하게 만들 뿐이었다.

그는 점점 더 욕정의 늪에 빠져들었다.

그는 창문을 두드렸다. 그녀는 마치 전기에 감전이라도 된 듯 온몸을 바들바들 떨기 시작했고 얼굴은 겁에 질려 파랗게 변했다. 그녀는 의자에서 벌떡 일어나더니 창문으로 다가가서 유리창에 얼굴을 들이댔다. 마치 말에게 눈가리개를 씌우듯 양손을 눈가에 대고 그를 확인한 그녀의 얼굴에서는 공포의 빛이 사라지지 않았다. 그는 지금까지 그토록 심각한 그녀의 얼굴을 본 적이 없었다. 그가 미소를 짓자 그녀도 어쩔 수 없이 따라 웃었으나, 그녀의 마음은 웃음이 아니라 공포로 가득 차 있었다. 그는 자신이 서 있는 마당으로 나오라고 손짓했다. 그러나 그녀는 그럴 수 없으며 그래서도 안 된다는 의미로 고개를 가로저은 후, 창가에 그대로 서 있었다. 그가 다시 유리창에 얼굴을 들이대고 바깥으로 나오라고 소리쳐 부르려는 순간 그녀가 문 쪽으로 고개를 돌렸다. 아마 누군가가 그녀를 부르는 모양이었다. 네흘류도프는 창문에서 떨어져 섰다. 건물에서 다섯 발자국 정도 물러서자 짙은 안개 때문에 벌써 창문은 보이지 않았고, 시커먼 물체에 붉고 커다란 램프의 불빛만이 아른거릴 뿐이었다. 강 쪽에서는 여전히 이상하게 흐느끼는 소리와 바스락거리는 소리와 얼음 깨지는 소리가 들려왔다. 마당 부근의 안개 속에서 수탉 한 마리가 홰를 치며 울자 다른 수탉이 따라 울었다. 그러자 가까운 마을에서도 닭들이 제각기 울어 대기 시작했고, 잠시 후엔 홰치는 소리가 하모니를 이루었다. 얼마 후 강변을 제외한 주변은 완전한 정적에 휩싸였다. 벌써 두 번째 홰치는 소리가 들려오기 시작했다.

집 모퉁이를 두어 번 서성거리다가 몇 번이나 물웅덩이에 빠진 네흘류도프는 다시 하녀 방 창문으로 다가갔다. 램프는 여전히 켜져 있었고, 까쮸샤도 다시 책상에 앉아 있었다. 그녀는 아직도 무언가 망설이는 눈치였다. 그가 창가로 다가가는 순간, 그녀가 그를 흘끗 쳐다보았다. 그는 창문을 두드렸다. 그러자 창문을 두드린 사람이 누군지 확인하지도 않고 그녀는 방에서 쏜살같이 뛰쳐나갔다. 그는 현관이 삐걱거리며 열리는 소리를 들었다. 이미 문 옆에 서서 기다리던 그는 말없이 덥석 그녀를 끌어안았다. 그녀는 그에게 몸을 의지하고 고개를 들어 그의 키스를 받아들였다. 그들은 현관 한쪽 구석의 마른 땅 위에 서 있었고, 그의 온몸은 채우지 못한 고통스러운 욕정으로 달아올랐다. 갑자기 현관이 삐걱거리는 소리가 다시 들리더니, 마뜨료나 빠블로브나의 성난 목소리가 뒤를 이었다.

「까쮸샤!」

그녀는 네흘류도프의 품에서 빠져나와 하녀 방으로 돌아갔다. 안에서 자물쇠 채우는 소리가 들려왔다. 그리고 사방이 고요해지더니 잠시 후 창문의 빨간 등불은 꺼졌고 안개와 강가의 바스락거리는 소리만이 계속되었다.

네흘류도프는 창가로 다가갔지만 아무것도 보이지 않았다. 창문을 두드려 보아도 아무 반응이 없었다. 네흘류도프는 바깥 현관의 층계를 통해 방으로 돌아갔으나 잠을 이룰 수 없었다. 그는 장화를 벗고 복도를 따라 마뜨료나 빠블로브나의 침실 옆에 나란히 붙은 그녀의 방문 쪽으로 살금살금 다가갔다. 마뜨료나 빠블로브나의 코 고는 소리를 확인하고 까쮸샤의 방으로 들어가려고 했지만 갑자기 그녀의 기침 소리와 침대에서 돌아눕는 소리가 들려왔다. 그는 온몸이 얼어붙어서 5분가량 그대로 서 있었다. 다시 잠잠해지고 이어서 코고는 소리가 들리자, 그는 삐걱거리지 않는 마룻바닥을 골라 발을 내디디며 한 걸음 한 걸음 그녀의 방문으로 다가갔다. 아무런 기척도 없었다. 숨소리가 들리지 않는 것으로 보아 그녀는 잠들지 않은 것이 분명했다. 하지만 그가 〈까쮸샤!〉 하고 나직이 부르자마자, 그녀는 벌떡 일어나 문 앞으로 다가와 성난 듯한 목소리로 돌아가 달라고 애원하기 시작했다.

「이게 무슨 짓이에요? 이런 일이 가능하다고 생각하세요? 이러다간 고모님들 귀에 들리고 말아요……」 입으로만 이렇게 말할 뿐, 그녀는 온몸으로 〈저의 모든 것은 당신 거예요〉

라고 말하는 듯했다.

네흘류도프도 그것만은 알 수 있었다.

「자, 잠깐만 문을 열어 봐. 이렇게 부탁하잖아.」그는 아무 의미 없는 말을 지껄였다.

그녀는 잠시 침묵을 지켰고, 곧이어 문을 더듬어 문고리를 벗기는 소리가 들려왔다. 찰칵하고 쇳소리가 나자, 그는 열린 문으로 조심스럽게 들어갔다.

빳빳한 민소매 잠옷만 걸친 까쭈샤를 그는 다짜고짜 번쩍 안아 올려 문밖으로 나왔다.

「어머나! 왜 이러세요.」그녀가 속삭였다.

그러나 그는 듣지 못한 척 그녀를 자기 방으로 데려갔다.

「아, 안 돼요. 절 내버려 두세요.」이렇게 말하고 있었으나 그녀의 몸은 그에게 더욱 매달렸다.

입을 꼭 다문 채 바들바들 떨던 까쭈샤가 그의 말에 아무 대답도 하지 않은 채 방에서 나가자, 그는 현관 밖으로 난 계단으로 나와 제자리에 서서 지금 벌어진 모든 일들의 의미를 찾아 보려 애썼다.

마당 주위는 벌써 더욱 밝아져 있었다. 강 아래쪽에서는 얼음이 갈라지고 깨지는 소리가 점점 크게 들려왔고, 콸콸거리는 물소리도 한결 드높아졌다. 안개가 점차 아래로 가라앉자 가렸던 그믐달이 모습을 드러내며 무언가 시커멓고 무시무시한 것을 음산하게 비추기 시작했다.

〈대체 뭘까? 내게 일어난 일은 커다란 행복일까, 아니면 커다란 불행일까?〉그는 자신에게 물었다. 〈누구에게나 있을 수 있는 일이야. 또 누구나 그렇게 하고 있어.〉그는 이렇게 생각하며 침실로 돌아갔다.

18

멋지게 차려입은 쾌활한 쉔보크가 네흘류도프를 만나기
위해 고모 집으로 찾아왔다. 그의 우아함, 상냥함, 명랑함, 대
범함 그리고 드미뜨리에 대한 우정은 고모들을 완전히 사로
잡았다. 고모들은 그의 대범함을 무척 마음에 들어 했지만
그의 허풍에 당혹스러워하기도 했다. 그는 구걸하는 장님에
게 1루블을 선뜻 적선하기도 했고 하인들에게 팁으로 15루
블을 건네기도 했으며, 소피야 이바노브나의 볼로네즈[26] 애
완견인 슈제뜨까가 다리를 다쳐 피를 흘리자 자기가 붕대를
감아 주겠노라며 조금도 망설이지 않고 가장자리를 수놓은
고급 삼베 손수건(소피야 이바노브나는 그런 손수건이 한 다
스에 적어도 15루블은 넘는다는 사실을 알고 있었다)을 찢어
슈제뜨까에게 매주었다. 고모들은 그런 사람을 지금까지 본
적이 없었거니와, 갚을 길이 막막한 빚이 20만 루블에 이르
는 쉔보크에게 15루블 정도의 돈은 어차피 아무것도 아니라
는 사실을 알 까닭이 없었다.

쉔보크는 하룻밤을 묵은 후, 다음 날 저녁 네흘류도프와
함께 길을 떠났다. 귀대 날짜가 임박해서 더 이상 머무를 수
없었던 것이다.

고모 집에서 보낸 마지막 날 네흘류도프의 마음속에는 전
날 밤의 기억이 생생히 남아 있었고, 두 가지 감정이 그를 심
란하게 만들었다. 그 하나는 기대만큼 만족스럽진 않았지만
동물적 애욕의 정열적이고 육감적인 추억이었으며, 다른 하
나는 나쁜 짓을 저질렀다는 죄의식이었다. 그는 그녀를 위해
서가 아니라, 자기 자신을 위해 이런 나쁜 짓을 바로잡아야

26 12세기 이탈리아의 볼로냐 지방에서 귀족들이 애호하던 지중해산(産)
개의 종류.

한다고 생각했다.

당시 이기주의의 광란 상태에 빠진 네흘류도프는 그녀가 어떤 고통을 겪는지, 그녀의 장래는 어떻게 될 것인지에 아무 관심도 없었고, 단지 자신이 그녀에게 취한 행동을 세상 사람들이 알게 되면 과연 비난할 것인지, 또 비난하면 어느 정도나 비난할 것인지에 대해서만 신경을 곤두세웠다.

네흘류도프는 쉔보크가 자신과 까쮸샤 사이의 관계를 눈치챘다고 생각했는데, 그것은 오히려 그의 자존심을 세우는 일이기도 했다.

「자네가 갑작스레 고모들을 그토록 좋아하게 된 이유를 알 것 같군.」 까쮸샤를 바라보며 쉔보크는 네흘류도프에게 이렇게 말했었다. 「그래서 일주일이나 여기에 머물렀군. 내가 자네였어도 떠나지 않았을 걸세. 정말 매력적인 처녀야!」

네흘류도프는 그녀와의 사랑을 충분히 즐기지 못한 채 떠나는 것이 못내 아쉬웠지만, 오래 지속되지 못할 관계라면 당장 청산하는 편이 낫다고 줄곧 생각하고 있었다. 또한 그녀에게 돈을 줄 필요가 있다고도 생각했다. 그것은 그녀를 위해서도 아니고 그녀에게 돈이 필요할 수도 있기 때문이 아니라 사람들이 모두 그렇게 하기 때문이며, 그녀를 농락하고도 그 대가를 치르지 않는다면 사람들에게 비열한 인간으로 비칠지 모른다는 생각이 들었기 때문이었다. 그래서 그는 자신과 그녀의 입장에서 적당하다고 판단되는 돈을 그녀에게 건네주었다.

떠나는 날, 그는 점심 식사를 한 후에 현관에서 그녀를 기다렸다. 그녀는 그를 보자 얼굴을 붉혔고, 문이 열려 있는 하녀 방 쪽으로 시선을 돌린 채 그의 곁을 지나가려 했다. 그러나 그는 그녀의 길을 가로막았다.

「작별 인사를 하고 싶어.」 그는 1백 루블짜리 지폐 한 장이 들어 있는 봉투를 손에 말아 쥔 채 입을 열었다. 「이건 내가……」

그의 의도를 알아차린 그녀는 눈살을 찌푸리고 고개를 가로저으며 그의 손을 뿌리쳤다.

「아니야, 받아 둬.」 이렇게 중얼거리며 그는 그녀의 품에 돈을 떠안겼다. 그러고는 마치 불에 데기라도 한 것처럼 얼굴을 찡그리고 신음 소리를 내면서 자기 방으로 뛰어갔다.

그 후로도 오랫동안 그는 그 장면이 머릿속에 떠오를 때마다 방 안을 서성거리기도 하고 껑충껑충 뛰어도 보고 마치 육체적 통증을 느끼듯 신음 소리를 내기도 했다.

〈하지만 어쩔 수 없잖아? 세상일이란 다 그런 거야. 쉔보크에게 듣기로는 그와 여자 가정 교사와의 사이에도 그런 일이 있었다고 했고, 그리샤 삼촌도 마찬가지였어. 아버지도 한때 시골에 사는 동안 시골 처녀와의 사이에서 미쩬까라는 사생아를 낳았지만 그들은 지금까지 잘 살고 있잖아. 모든 사람들이 그렇게 하고 있으니, 나도 그렇게 할 수밖에.〉

그는 이런 식으로 자신을 위로했지만 결코 위안이 되지는 못했다. 그 기억이 그의 양심을 화끈거리게 했던 것이다.

그는 자신이 추악하고 비열하고 무자비한 짓을 저질렀다는 사실을, 또한 자신의 행위를 생각하면 누구도 비난할 수 없을 뿐 아니라 사람들의 눈을 쳐다볼 수도 없으며 스스로 평가해 왔듯이 훌륭하고 고결하고 인정 많은 젊은이라고 말할 수도 없다는 사실을 마음속 깊이 너무 잘 알고 있었다. 그러나 활기차고 유쾌한 생활을 계속해 나가기 위해 자신을 합리화하지 않을 수 없었다. 그러기 위해서는 그 기억을 지우는 방법밖에 없었고, 그래서 그는 그렇게 했다.

그가 생활을 시작한 새로운 장소와 새로운 동료들, 그리고 전쟁이 그것을 실천하는 데 도움이 주었다. 그런 생활에 빠져들면서 점차 그는 지난 일을 잊어 갔고, 마침내 완전히 잊고 말았다.

전쟁이 끝난 후 그가 까쮸샤를 만날 희망에 부풀어 한 번 더 고모 집을 찾았을 때 그녀는 이미 거기에 없었다. 그가 떠나고 얼마 지나지 않아 그녀는 해산을 하기 위해 집을 나가 어디에선가 해산을 했고, 고모들이 들은 소문에 따르면 그 후로 그녀는 완전히 타락해 버렸다는 것이다. 그런 이야기를 듣고 그는 몹시 마음이 아팠다. 시기적으로 보아 그녀가 낳았을 아이는 자기 아이일 수도 있고, 아닐 수도 있었다. 고모들은 그녀가 제 어미에게 물려받은 음란한 기질 때문에 타락한 거라고 입을 모았다. 고모들의 이러한 험담이 자신을 두둔하는 것 같아서 그는 듣기 싫지 않았다. 처음에는 까쮸샤와 아이를 찾으려고도 해보았지만, 그 일을 계속 생각하는 것조차 가슴 아프고 창피해서 그녀를 찾으려는 노력을 곧 포기하고 말았다. 그리고 자신의 죄악과 그녀에 대한 걱정 따위는 그의 기억 속에서 점차 희미해졌다.

그러나 바로 지금 이 놀라운 우연은 그의 모든 기억을 되살려 냈고, 양심을 짓누르는 죄를 마음속에 지닌 채 지난 10년 동안 안일하게 살아왔던 자신의 매정함과 잔인함과 비열함을 인정하도록 압박했다. 그러나 그는 인정할 수 없었다. 지금 그는 오직 모든 사실이 세상에 알려지지 않고, 그녀도 그녀의 변호인도 함구함으로써 여러 사람들 앞에서 자신이 창피당하는 일이 없었으면 하는 생각뿐이었다.

19

배심원실에서 나와 법정으로 들어갈 때도 네흘류도프의

심정은 그랬다. 그는 줄담배를 피우면서 주위 사람들이 주고 받는 이야기에 귀를 기울이며 창가에 앉아 있었다.

인자한 상인은 확실히 상인 스멜리꼬프의 호방한 기질에 마음속으로 공감하는 것 같았다.

「거참, 시베리아식으로 멋들어지게 놀아났구먼. 그런 계집을 고른 걸 보면 그 친구도 대단해.」

배심원 대표는 모든 문제가 전문가의 감정 결과에 달렸다는 의견을 내놓았다. 뾰뜨르 게라시모비치는 유대인 점원과 농담을 주고받으면서 크게 웃었다. 네흘류도프는 묻는 말에만 한 마디로 짧게 대답했을 뿐, 마음의 안정을 잃지 않도록 자신을 혼자 내버려 두기만을 바랐다.

옆쪽으로 걷는 정리가 배심원들을 다시 법정으로 부르자, 네흘류도프는 재판을 하러 가는 것이 아니라 재판을 받으러 끌려가는 듯한 공포에 휩싸였다. 그는 마음속으로는 자기가 다른 사람들의 눈을 똑바로 쳐다볼 수도 없는 악당이라고 생각했지만, 평소의 습관처럼 당당한 자세로 단상에 올라가서 배심원 대표 옆자리에 앉아 다리를 꼰 채 코안경을 만지작거렸다.

어디론가 끌려갔던 피고들도 다시 끌려 나왔다.

법정에는 새로운 증인들의 얼굴이 보였다. 네흘류도프는 마슬로바가 비단과 벨벳으로 화려하게 차려입은 어떤 뚱뚱한 부인에게 여러 차례 눈길을 돌리는 것을 목격했다. 그 부인은 커다란 리본이 달린 챙 높은 모자를 쓴 채, 팔꿈치까지 드러낸 팔에 고급 손가방을 걸고 칸막이 앞 첫째 줄에 앉아 있었다. 뒤늦게 안 사실이지만 그녀는 마슬로바가 살던 창녀촌의 여주인이며 증인으로 출두한 것이었다.

증인들에 대한 심문이 시작되고, 이름과 종교 등을 묻는 질문이 이어졌다. 그런 다음 증인들에게 선서를 시킬 것인가 하는 문제가 논의되었고, 이어 늙은 사제가 다시 힘겹게 다리를 끌며 들어왔다. 그는 비단 제의 앞가슴에 드리운 금빛 십자가를 어루만지면서 자기가 행하는 일이 유익하고 중요한 것이라고 확신하듯 침착한 태도로 증인들과 전문가들에게 선서를 주문했다. 선서가 끝나자 다른 증인들은 모두 퇴장하고 창녀촌 주인인 끼따예바만 남았다. 그녀는 그 사건에 대해 아는 내용을 심문받았다. 끼따예바는 한 마디 한 마디 할 때마다 억지 미소를 지으며 모자 쓴 머리를 끄덕였고, 독일식 억양이 섞인 발음으로 상세하고 논리 정연하게 진술했다.

사건의 발단은 평소 알고 지내는 여관 종업원인 시몬이 돈 많은 시베리아 상인의 부탁을 받고 그녀의 집을 찾아온 일이었다. 그래서 그녀는 류바샤[27]를 보냈고, 몇 시간 후에 류바샤는 그 상인과 함께 돌아왔다.

「그 상인은 벌써 넋이 빠진 상태였어요.」끼따예바는 살며시 미소를 지으며 말했다. 「우리 집에서 계속 술을 마셔 대고 다른 애들한테도 한턱냈지요. 하지만 돈이 부족해지자, 그 사람은 자기가 특별히 좋아하는 류바샤를 여관방으로 보냈어요.」그러면서 그녀는 피고 쪽을 돌아보았다. 네흘류도프는 마슬로바가 그 순간 미소를 지었다고 생각했다. 그 미소는 그에게 혐오감을 불러일으켰다. 동정이 뒤섞인 이상야릇한 혐오감이 그의 가슴속에서 솟구쳤다.

「그렇다면 증인은 마슬로바에 대해 어떤 의견을 가지고 계시오?」마슬로바의 변호인으로 지정된 판사보가 얼굴을 붉히며 더듬더듬 물었다.

「굉장히 착한 아이입니다.」끼따예바가 대답했다. 「교양 있고 멋도 아는 애지요. 좋은 가정에서 성장했기 때문에 프랑스

27 창녀촌에서 까쮸샤를 부르던 이름 류보비의 비칭.

어도 읽을 줄 알고요. 어쩌다 술을 지나치게 마시는 일은 있
어도 정신까지 잃은 적은 없거든요. 정말 좋은 애랍니다.」

까쮸샤는 여주인을 바라보다가 갑자기 배심원석으로 시선
을 돌려 네흘류도프 쪽을 응시했다. 그녀의 표정은 심각하면
서도 험악하게 일그러졌다. 험악한 시선으로 노려보는 그녀
의 한쪽 눈은 사팔눈이었다. 그녀의 두 눈이 이상하리만치
오랫동안 네흘류도프를 응시하자 그는 덜컥 겁이 나면서도
반짝거리는 사팔눈의 흰자위에서 시선을 돌릴 수가 없었다.
그에게는 얼음 부서지는 소리와 안개, 특히 새벽녘에 시커먼
것을 비추던 그믐달과 더불어 무시무시한 그날 밤의 기억이
다시 되살아났다. 네흘류도프를 바라보는 것 같기도 하고 옆
사람을 바라보는 것 같기도 한 까맣게 빛나는 그녀의 두 눈
이 그에게 다시 그 옛날의 무섭고 어두운 무언가를 연상시켰
던 것이다.

〈알아본 거야!〉 그는 이렇게 생각했다. 네흘류도프는 한
대 얻어맞은 사람처럼 몸을 움츠렸다. 그러나 그녀는 그를
알아보지 못했다. 그녀는 조용히 한숨을 쉬더니 다시 재판장
의 얼굴을 응시하기 시작했다. 네흘류도프도 한숨을 쉬었다.
〈아아, 빨리 재판이 끝났으면!〉 하고 그는 생각했다. 지금 그
는 사냥터에서 상처 입은 새의 숨통을 끊어야 하는 순간처럼
혐오스럽고 안타깝고 불쾌한 감정을 느꼈다. 아직 숨이 끊어
지지 않은 새가 주머니 속에서 꿈틀거리면 불쾌하면서도 반
대로 가엾은 생각이 들어서 죽여서라도 잊고 싶은 심정이 되
는 것이다.

네흘류도프가 지금 증인들의 증언을 들으면서 느낀 감정
은 바로 그런 착잡함이었다.

20

그러나 괴롭게도 사건 심리는 시간을 오래 끌었다. 증인들과 전문가들의 증언이 한 번씩 끝나고 언제나 그렇듯 검사보와 변호인이 거만한 태도로 불필요한 질문을 던지고 나자, 재판장은 배심원들에게 증거물을 살펴볼 것을 제안했다. 그 증거물이란 굵은 집게손가락에 끼었던 것으로 보이는 다이아몬드가 박힌 커다란 장미 무늬 반지와 독극물이 분석되어 담긴 시험관이었다. 봉인된 증거물들에는 조그만 딱지가 붙어 있었다.

배심원들이 증거물을 검사하려고 준비할 때, 검사보가 다시 자리에서 일어나더니 증거물 검사에 앞서 서기로 하여금 의사의 검시 결과 보고서를 낭독하게 해달라고 요청했다.

가능하면 빨리 사건을 마무리 짓고 스위스 여자에게 달려가고 싶었던 재판장은 그런 서류를 낭독하는 것이 따분한 일이며 또 시간만 축낸다는 사실을 잘 알고 있었다. 그리고 검사보가 낭독을 요청한 이유 역시 자기가 그런 권리를 가지고 있다는 사실을 사람들에게 주지시키려는 데 불과하다는 것도 잘 알고 있었다. 그러나 재판장은 이를 거절할 수 없어서 동의하고 말았다. 서기는 서류를 손에 들고 〈엘〉과 〈에르〉의 발음이 분명치 않은 칙칙한 목소리로 읽기 시작했다.

「외부 검시 결과는 다음과 같다.

1. 페라쁜뜨 스멜리꼬프의 신장은 2아르신 12베르쇼끄임.[28]」

「굉장한 거인이로군요.」 상인이 우려 섞인 목소리로 네흘류도프에게 속삭였다.

---

28 러시아의 길이 단위로 1아르신은 약 70센티미터이고, 1베르쇼끄는 4.445센티미터이다. 따라서 스멜리꼬프의 신장은 약 195센티미터에 달한다.

「2. 외모로 추정되는 나이는 약 40세임.

3. 시체는 심하게 부어 있음.

4. 피부는 푸른빛을 띠며 군데군데 검은 반점이 나타남.

5. 피부 표면에는 다양한 크기의 물집이 잡혀 있고, 여러 곳이 터져서 살점이 헝겊 조각처럼 붙어 있음.

6. 머리카락은 암갈색이며, 탈모 현상이 나타남.

7. 안구는 눈구멍에서 빠져 있고, 각막은 이완되었음.

8. 콧구멍, 귀, 입에서 거품 섞인 혈장(血漿)이 흘러나오고 입은 반쯤 벌어짐.

9. 얼굴과 가슴이 부어올라 목을 식별하기가 거의 불가능한 상태임.」 등등.

이런 식으로 장장 4페이지 스물일곱 항목에 걸쳐, 이 도시에서 쾌락을 즐기다가 비참한 최후를 맞아 사지가 붓고 부패하기에 이른, 무섭고 거대한 뚱보 상인의 시체에 대한 외형 검시 결과가 상세하게 보고되었다. 시체 상태에 대한 묘사로 인해 네흘류도프의 막연한 혐오감은 더욱 깊어졌다. 까쮸샤의 생활, 콧구멍에서 흘러나온 혈장, 눈구멍에서 빠져나온 눈알, 그녀에 대한 상인의 행동 등 이 모든 것이 일련의 동일한 맥락에 있다고 생각하자, 그는 사방이 그런 것들로 포위되고 그 속에 빨려드는 것 같은 착각을 일으켰다. 외부 검시 결과의 낭독이 겨우 끝나자, 재판장은 드디어 끝났다는 안도감에 깊은 한숨을 내쉬며 고개를 쳐들었다. 그러나 서기는 곧이어 내부 검시 결과를 읽기 시작했다.

재판장은 다시 팔을 세워 턱을 받치고 눈을 내리깔았다. 네흘류도프의 옆자리에 앉아 있던 상인은 가끔 꾸벅거리면서 겨우 졸음을 참았다. 피고들과 바로 그 뒤에 서 있는 헌병들도 부동자세로 앉아 있었다.

「내부 검시 결과는 다음과 같다.

1. 두개골의 표피는 쉽게 벗겨졌으며, 내출혈의 흔적은 전혀 나타나지 않음.

2. 두개골의 두께는 중간치이며 타박상을 입지 않았음.

3. 견고한 뇌막에 10센티미터가량의 변색된 반점이 두 군데 나타나 있으며, 뇌막 자체는 윤기가 없고 창백한 빛을 띰.」 등등.

그 밖에도 무려 열세 항목이 더 있었다.

이어서 검시관들의 이름과 서명이 확인되었고 끝으로 의사의 소견서가 첨부되었다. 소견서에 따르면, 검시 결과로 드러나 조서에 기록된 위와 장과 신장의 변화는 술에 섞여 위로 흘러든 독극물이 스멜리꼬프의 사인이라는 결정적인 단서를 제공했으며, 어떤 독극물이 위 속에 들어갔는지 단정하기는 힘들지만 위와 장에 나타난 변화로 미루어 볼 때 이 독극물이 술과 함께 위 속으로 들어간 것은 스멜리꼬프의 위에서 다량의 알코올 성분이 검출된 사실로 추정할 수 있었다.

「상당히 술을 잘 마시는 사람인가 봐요.」 문득 정신을 차린 상인이 다시 속삭였다.

약 1시간에 걸쳐 진행된 보고서 낭독에도 검사보는 만족할 줄 몰랐다. 보고서 낭독이 끝나자 재판장은 검사보를 향해 고개를 돌렸다.

「장기 해부 보고서는 낭독할 필요가 없지 않겠소?」

「그 조사 결과의 낭독까지도 요청하는 바입니다.」 재판장을 거들떠보지도 않은 채 검사보는 몸을 약간 일으키면서 강경하게 말했다. 낭독 요청은 자신의 권리이고 그 권리는 절대 양보할 수 없으며 만일 이를 거절한다면 상소라도 하겠다는 말투였다.

커다란 턱수염을 기르고 인자한 얼굴에 눈꼬리가 아래로 쳐진, 위염으로 고생하는 배석 판사는 기력이 떨어졌다고 느끼고는 재판장을 향해 몸을 돌렸다.

「어째서 그런 걸 낭독해야 합니까? 시간만 허비하는 일입니다. 새 빗자루란 더 깨끗하게 쓸리는 것이 아니라, 빗질만 더 오래 하게 만들지 않습니까.」

자기 아내나 생활 속에서 즐거운 일이라곤 도무지 기대할 수 없는, 금테 안경을 낀 배석 판사는 우울하면서도 무언가 결심이 선 눈초리로 말없이 앞만 바라보았다.

보고서 낭독이 시작되었다.

「188×년 2월 15일, 아래 서명한 본관은 법의학부 위임 제638호에 의하여……」 서기는 참석자들을 괴롭히는 졸음을 쫓아내려는 듯 더욱 목청을 높여 단호한 어조로 낭독하기 시작했다.

「검시관보의 입회 아래 시행된 장기 검사의 결과는 다음과 같다.

1. 우측 폐와 심장, 6파운드짜리 유리 시험관에 보관.

2. 위장의 내용물, 6파운드짜리 유리 시험관에 보관.

3. 위장, 6파운드짜리 유리 시험관에 보관.

4. 간장과 비장 및 신장, 3파운드짜리 유리 시험관에 보관.

5. 대장, 6파운드짜리 유리 시험관에 보관.」

보고서 낭독이 진행되는 가운데 재판장은 한 배석 판사에게 고개를 숙여 뭔가 속삭이고 다른 배석 판사에게도 귓속말을 건넨 후에 동의를 얻자 이 대목에서 낭독을 중지시켰다.

「본 법정은 보고서 낭독이 더 이상 필요치 않다고 인정하는 바이다.」 그가 말했다.

서기는 입을 다물고 서류를 정리하기 시작했고 검사보는 화가 난 듯 무언가 끼적거렸다.

「배심원 여러분들께서는 증거물들을 살펴보시기 바랍니다.」 재판장이 말했다.

배심원 대표와 몇몇 배심원들은 일어서서 자기 손을 어디에 두고 어떻게 움직여야 할지 몰라 망설이며 테이블 옆으로 다가가서 반지, 유리병, 시험관 등을 차례대로 살펴보았다. 상인은 자기 손가락에 반지를 끼어 보기도 했다.

「이게 그 반지인가 봅니다.」 그는 자기 자리로 돌아오며 말했다. 「손가락이 오이만큼이나 굵었던 모양이군요.」 그는 이렇게 덧붙이고 독살당한 상인이 자신이 상상하는 전설 속 용사라도 되는 양 즐거워했다.

21

증거물 검사가 끝나자, 재판장은 사건 심리가 끝났다고 선언했다. 그러고는 재판을 빨리 마무리 짓고 싶은 생각에 휴식 시간도 없이 검사의 논고를 진행시켰다. 재판장은 검사보도 인간인 이상 담배도 피우고 싶고 점심 식사도 하고 싶을 테니 다른 사람들의 사정을 봐줄 것이라고 기대했다. 그러나 검사보는 스스로는 물론 다른 사람들의 사정도 봐주지 않았다. 검사보는 매우 우둔한 사람이었는데 불행하게도 중학교를 졸업하면서 금메달을 받고 대학에서는 로마법의 용익권(用益權)[29]에 관한 논문으로 상을 받는 바람에 자만에 빠졌으며, 게다가 부인들 사이에서도 평판이 나쁘지 않자 더욱 교만해지고 자기도취에 빠지게 되었다. 그러다 보니 그는 정말 바보가 되고 말았다. 논고할 기회가 주어지자 그는 금술로 장식된 제복을 입은 자신의 우아한 자태를 뽐내듯 천천히 몸을 일으켜 두 손을 테이블 위에 얹고는 약간 머리를 갸우뚱

---

29 물건을 사용하고 수익할 수 있는 권리를 뜻하는 법률 용어.

거리더니 피고들의 시선을 피해 법정 안을 빙 둘러보고 나서 입을 열었다.

「배심원 여러분, 여러분 앞에 놓인 이번 사건은…….」그는 조서와 보고서가 낭독되는 사이에 준비한 논고를 읽기 시작했다.「이런 표현을 써도 좋을지 모르겠습니다만, 매우 특이한 범죄에 속하는 것입니다.」

검사보의 생각에 자신의 논고는 유명한 변호사들이 해왔던 명변론처럼 사회적 의의를 지녀야만 했다. 사실 방청석에 앉은 사람이라고 해봐야 여자 재봉사, 가정부, 시몬의 여동생 그리고 마부 한 명뿐이었지만 그런 것은 별로 문제되지 않았다. 다른 사람들의 명성도 그런 식으로 시작되지 않았던가. 검사보의 신조는 항상 자기 직업의 정상에 서는 것, 즉 범죄의 심리적 의미를 철저하게 파헤치고 사회적 폐단을 노출시키는 것이었다.

「배심원 여러분, 여러분은 바로 이 자리에서 매우 특이한 범죄, 이런 표현을 써도 좋을지 모르겠습니다만, 세기말적 범죄를 목격하고 계십니다. 다시 말해서 이 같은 사건은 현재 우리 사회가 당면한 비극적 타락의 한 현상이 지닌 특징을 보여 주고 있으며, 그것은 심문 과정에서 타오르는 불빛 아래 명확히 밝혀지고 있습니다…….」

검사보는 한편으로는 자신이 생각한 지혜로운 문구를 모조리 기억하려 애쓰면서, 다른 한편으로는 잠시도 쉬지 않고 청산유수처럼 논고를 계속하는 것이 중대한 의미를 지닌 것이라고 생각하며 무려 1시간 15분 동안이나 장황하게 말꼬리를 이어 갔다. 단 한 번 말문이 막혀 한동안은 침만 삼켰지만, 곧 이를 극복하고 더욱 강력한 달변으로 자신의 실수를 만회했다. 그는 가끔 배심원석으로 눈길을 돌리고 한쪽 발에서 다른 쪽 발로 중심을 옮기며 부드러우면서도 간사한 목소리로 이야기하다가, 때로는 수첩을 들여다보며 침착하면서도 사무적인 말투로 변화를 주기도 하고, 때로는 방청석과 배심원석을 향해 고발조의 커다란 목소리로 떠들기도 했다. 그러나 검사보는 정작 빤히 내려다보이는 피고석으로는 눈길 한 번 주지 않았다. 그의 논고에는 당시 법조계에서 가장 유행하는 최신 과학 용어가 인용되었으며 유전, 선천적 범죄성, 롬브로소,[30] 타르드,[31] 진화론, 생존 경쟁, 최면술, 암시, 샤르코,[32] 데카당스[33] 등의 단어가 등장했다.

검사보의 단정에 의하면, 상인 스멜리꼬프는 너그러운 기질을 가진 성실하고 건강하면서도 때 묻지 않은 전형적인 러시아인으로서, 남을 잘 믿는 너그러운 성품으로 인해 타락한 사람들의 꾐에 빠져 희생된 것이었다.

시몬 까르쩐긴은 농노 제도의 인습적인 산물로 교육도 받지 못하고 생활 철학도 없는 데다 종교도 믿지 않는 천덕꾸러기이며, 그의 정부인 예브피미야는 유전의 희생물이라고 했다. 그녀에게는 타락한 인간의 온갖 특징이 뚜렷하게 나타나고 있으며, 이 범죄에 있어 그보다 중요한 원인은 마슬로바로, 그녀는 데카당스의 가장 저속한 현상을 대표하고 있다고 했다.

「이 여인으로 말하자면……」검사보는 까쮸샤에게 눈길조차 주지 않은 채 말했다. 「교육도 받았다고 합니다. 우리는

---

30 Cesare Lombroso(1836~1909). 형법학에 실증주의적 방법론을 도입한 이탈리아의 정신 의학자이자 법의학자. 범죄 인류학의 창시자.

31 Jean-Gabriel de Tarde(1843~1904). 프랑스 근대 사회학을 대표하는 사회학자.

32 Jean-Martin Charcot(1825~1893). 만성 질환, 신경계 질환, 히스테리 등을 연구한 프랑스의 신경 병리학자.

33 décadence. 퇴폐, 조락을 의미하는 말로 19세기 프랑스와 영국에서 유행한 문예 경향을 일컫는다.

이 같은 사실을 그녀의 여주인인 끼따예바의 증언을 통해 이 자리에서 들은 바 있습니다. 그녀는 읽을 줄도, 쓸 줄도 알 뿐만 아니라 프랑스어까지도 구사할 수 있다고 합니다. 그러나 그녀는 고아였기 때문에 범죄의 싹을 이미 지니고 있었던 것으로 사료됩니다. 지식층의 귀족 집안에서 양육되었으므로 건전한 노동으로 세상을 살아갈 수도 있었습니다만, 그녀는 자신의 욕정을 채우기 위해 은인을 팽개친 채 사창가로 빠져들게 되었습니다. 그리고 거기에서 자신의 교양을 상품으로 삼아 독보적인 존재가 되었습니다. 요컨대 그녀는, 배심원 여러분께서도 여주인의 증언을 들으셨듯이, 최근 과학적으로 연구되고 있으며 특히 샤르코 학파에 의해 암시라는 최면 요법으로 널리 알려진 신비한 힘을 이용해 사내들의 마음을 사로잡는 기술을 가지고 있었습니다. 그녀는 이 기술을 이용해서 러시아의 민화에 등장하는 선량하고 남의 말을 잘 믿는 영웅 사드꼬[34]를 닮은 부유한 손님을 유혹했고, 그의 신임을 교묘히 이용하여 처음에는 돈을 훔쳤으며, 마침내는 무자비하게 그의 생명까지도 빼앗은 것입니다.」

「저런, 저 친구, 쓸데없는 소리를 늘어놓기는.」 재판장은 미소를 지으면서, 심각한 얼굴을 한 배석 판사 쪽으로 몸을 기울여 말했다.

「지독한 멍텅구리군요.」 심각한 얼굴을 한 배석 판사가 말했다.

「배심원 여러분!」 검사보는 날렵한 허리를 품위 있게 굽혀 절하며 말을 이어 갔다. 「이 사람들의 운명도 여러분의 손에 달려 있습니다만, 사회의 운명 역시 어느 정도는 여러분의 손에 달려 있습니다. 그것은 여러분의 판결이 사회에 영향을

34 용궁을 탐험했다는 노브고로드 영웅 서사시의 주인공.

줄 수 있기 때문입니다. 여러분은 이 범죄의 진상과 이른바 마슬로바와 같은 개개의 병원균이 사회에 미치는 위험성을 숙고하셔서 사회가 그들로 인해 전염되는 것을 막아 주시고, 이 사회의 순수하고 건실한 여러 요소가 전염되고 때론 파멸되는 것을 막아 주시기 바랍니다.」

그러고서 검사보는 임박한 판결의 중대성에 숙연해진 듯, 또 이제까지의 자신의 논고에 감격한 듯한 태도로 자리에 앉았다.

수사학적인 요란한 문구를 빼버리면 논고의 골자는 이러했다. 즉 마슬로바는 상인에게 최면술을 걸고 그에게 알랑거려 신임을 얻은 다음 돈을 가지러 그의 방으로 가서 혼자 전부 차지하려 했으나, 시몬과 예브피미아에게 들키자 그들과 나누어 갖지 않을 수 없었고, 그 후 범행 흔적을 감추기 위해 다시 상인과 함께 여관으로 돌아와 거기에서 그를 독살했다는 것이다.

검사보의 논고가 끝나자, 연미복 안에 빳빳하게 풀 먹인 흰 와이셔츠 가운데를 반원형으로 넓게 풀어 헤친 40대 남자가 변호인석에서 일어나 까르찐낀과 보치꼬바를 위해 열띤 어조로 변론하기 시작했다. 그는 3백 루블에 그들에게 고용된 변호사였다. 그는 두 사람이 무죄라고 주장하는 한편 모든 죄를 마슬로바에게 덮어씌웠다.

그는 돈을 가져갈 때 보치꼬바와 시몬이 함께 있었다는 마슬로바의 진술을 부인하면서, 독살이라는 죄상이 드러난 사람의 진술 따위는 믿을 만한 것이 못 된다고 주장했다. 변호인은 2천5백 루블에 해당하는 돈은 근면하고 성실한 두 사람이 숙박객들로부터 받는 하루 3루블 내지 5루블의 팁으로 저축될 수 있다고 말했다. 상인의 돈은 마슬로바가 훔쳐서 누군가에게 주었거나, 아니면 정상적인 상태가 아니었으므로 잃어버렸을지도 모른다고 했다. 어쨌거나 범행은 마슬로바 혼자 저질렀다는 것이다.

이리하여 그는 까르쩬긴과 보치꼬바가 절도죄에 있어서 무죄라는 것을 인정해 달라고 배심원들에게 호소하는 한편, 만일 그들의 절도죄가 인정된다고 하더라도 독살에 가담하거나 사전에 음모를 꾸민 일은 없다고 주장했다.

결론에 이르자 변호인은 검사보에게 화살을 돌려 유전에 관한 검사보의 해박한 의견은, 비록 그것이 유전성의 여러 과학적 설명을 제공하고 있긴 하지만 이번 사건에는 부적절한 내용이라고 주장하고, 그 근거로 보치꼬바는 부모가 분명치 않은 사생아라고 반박했다.

검사보는 화가 나서 물어뜯을 듯한 기세로 서류 위에 무언가 끼적거리고는 경멸스럽다는 듯이 어깨를 움츠렸다.

뒤를 이어 마슬로바의 변호인이 잔뜩 겁을 먹은 듯 자리에서 일어나 더듬거리며 변론을 시작했다. 그는 마슬로바의 절도 가담은 부인하지 않은 채, 그녀는 스멜리꼬프를 독살할 의도가 없었고, 단지 그를 재우기 위해 약을 먹인 것이라고 주장하는 데 그쳤다. 자기도 언변을 자랑하고 싶었는지, 마슬로바는 어떤 남자로 인해 타락했으며 그 남자는 아무런 처벌도 받지 않았고 그녀만이 타락의 모든 짐을 짊어져야 했다는 내용의 전개를 시도하기도 했다. 그러나 심리학적 범주에 속하는 그의 시도는 완전히 실패해서 듣는 사람들이 민망해질 정도였다. 그가 남자들의 무책임과 여자들의 연약함에 대해 우물거리며 말하기 시작하자, 재판장은 마음의 부담을 덜어 주려는 듯 사건의 본질에서 벗어나지 말라며 주의를 주었다.

변론이 끝나자 검사보는 다시 일어서서 첫 번째 변론에 반박하며 유전에 관한 자신의 단정을 옹호하기 시작했다. 그는 비록 보치꼬바가 부모를 모르는 사생아였다고 해도 유전의 법칙은 과학에 의해 설정된 것이기 때문에 유전학의 진리는 조금도 사실 무근이 아니며, 유전에서 범죄성을 추정할 수도 있고 범죄에서 유전성을 추정할 수도 있다고 반박했다. 그리고 마슬로바가 가상의 유혹자(그는 특히 〈가상〉이라는 말을 악의에 찬 어조로 발음했다) 때문에 타락했다는 변호인의 가정에 대해서는, 오히려 바로 그녀야말로 그녀 자신의 손에 희생된 많은 사람들의 유혹자였음이 여러 자료를 통해 입증된다고 주장했다. 이렇게 말을 마치고 나서 그는 기세등등하게 자리에 앉았다.

이어서 피고인들의 자기 변론이 허락되었다. 보치꼬바는 자신은 아무것도 모르며, 그 사건과 아무 관련도 없다는 말만 반복하며 모든 죄는 마슬로바에게 있다고 완강하게 주장했다. 시몬도 다음과 같은 몇 마디 말만 반복했을 뿐이다.

「여러분들 손에 달렸습니다만, 전 결백합니다. 다 엉터리입니다.」

마슬로바는 아무 말도 하지 않았다. 무슨 말이든지 자기 변론을 해보라고 재판장이 권하자, 그녀는 고개를 들어 마치 쫓기는 짐승처럼 사람들을 둘러보다가 이내 고개를 떨어뜨리고 큰 소리로 흐느끼기 시작했다.

「아니, 왜 그러십니까?」 옆자리에 앉아 있던 상인은 네흘류도프가 갑자기 내뱉은 이상한 신음 소리에 놀라서 이렇게 물었다. 그것은 터져 나오는 오열을 억지로 참는 소리였다.

네흘류도프는 현재 자신이 처한 상황이 의미하는 바를 아직도 깨닫지 못한 채, 억지로 참고 있는 오열과 솟구치는 눈물을 모두 쇠약해진 신경 탓으로 돌렸다. 그는 눈물을 감추기 위해 코안경을 끼고 손수건을 꺼내 코를 풀었다.

행여 이 법정 안에 있는 모든 사람들이 과거에 저질렀던 자신의 수치스러운 행위를 알게 되면 어쩌나 하는 두려움이 그의 마음속에 일어난 갈등을 완전히 마비시키고 말았다. 처음에는 이런 두려움이 무엇보다도 강하게 작용했다.

22

피고인들의 마지막 진술이 끝난 후 재판부와 변호인 사이에 질의 내용의 형식에 관한 협의가 오랫동안 이어졌고, 마침내 질의 내용이 결정되자 재판장은 사건의 개요를 설명하기 시작했다.

사건을 설명하기에 앞서 그는 유쾌하고 소박한 말투로 배심원들에게 강탈은 어디까지나 강탈이고, 절도는 어디까지나 절도이며, 문이 닫힌 곳에서의 절도는 문이 닫힌 곳에서의 절도이고, 문이 열린 곳에서의 절도는 문이 열린 곳에서의 절도라고 장황하게 설명했다. 이런 설명을 늘어놓는 동안 그는 특히 네흘류도프를 자주 쳐다보았는데, 이 사람이야말로 자신의 설명에 담긴 중대한 의미를 잘 이해할 뿐만 아니라, 동료들에게도 그것을 충분히 이해시킬 수 있으리라는 희망을 갖는 것 같았다. 그리고 배심원들에게 그 진리가 충분히 전달되었다고 생각했는지, 이번에는 다른 진리를 부연해서 설명하기 시작했다. 즉 살인이란 사람을 죽이는 행위를 일컬으며, 따라서 독살은 살인 행위에 속한다는 것이다. 이 진리도 배심원들이 이해했다고 판단하자, 그는 다시 절도와 살인이 동시에 행해졌다면 그것은 절도 살인죄가 성립된다고 설명했다.

스위스 여자가 이미 그를 기다리고 있을 것이 분명했으므로 재판장은 어서 이 재판을 마무리 짓고 싶었으나, 직업적인 습관 때문에 하던 말을 도중에 멈출 수는 없었다. 그래서 그는 배심원들에게 그들이 피고들을 유죄라고 판단한다면 유죄로 인정할 권리가 있고, 만일 무죄라고 판단한다면 무죄로 인정할 수도 있으며, 어떤 면에서는 유죄라고 판단하지만 또 어떤 면에서는 무죄라고 판단한다면 그렇게 할 수도 있다고 상세히 설명했다. 그리고 배심원들은 자신들에게 부여된 권리를 이성적으로 행사하지 않으면 안 된다고 부연해서 설명했다. 그 밖에도 그는 만일 배심원들이 제시된 질의에 긍정적인 대답을 한다면 그 질의에 포함된 모든 것을 인정하는 것이지만, 제시된 질의를 인정할 수 없다면 그 점을 분명히 밝혀야 한다고 설명하고 싶었다. 그러나 시계를 들여다보니 벌써 3시 5분 전이었다. 그는 사건 개요로 들어가기로 결심했다.

「이번 사건의 진상은 다음과 같습니다.」 그는 변호사와 검사보, 그리고 증인들이 여러 차례 증언한 내용을 다시 반복하기 시작했다.

재판장이 말하는 동안 양옆에 앉아 있던 배석 판사들은 심각한 표정으로 귀를 기울이며, 그의 요약은 매우 훌륭하고 갖출 것은 다 갖추었지만 너무 장황한 것이 흠이라고 생각하며 이따금씩 시계를 들여다보았다. 법관들을 비롯한 법정의 다른 모든 사람들도 같은 심정이었다. 재판장은 사건 개요를 끝마쳤다.

해야 할 말은 모두 해버린 것 같은 기분이었으나 재판장은 좀처럼 자신의 발언권을 포기하고 싶지 않았다. 자신의 목소리에 귀를 기울이고 있노라면 그 목소리가 위엄 있게 들려 매우 만족스러웠기 때문이다. 재판장은 배심원들에게 부여된 권리가 대단히 중요한 의미를 갖고 있으므로 그 권리를 사려 깊고 신중하게 행사해야 하고 절대 남용해서는 안 되며, 더욱이 그들은 선서까지 했다는 사실과 그들은 사회의 양심이라는 것, 그리고 배심원실의 비밀은 신성하게 지켜져야 한다는 것 등에 관해 몇 마디 더 주의시킬 필요가 있다고 생각했다.

재판장이 사건 개요를 설명할 때부터 마슬로바는 한 마디도 놓치지 않으려는 듯 잠시도 눈을 떼지 않고 그를 뚫어지게 바라보았다. 덕분에 네흘류도프는 그녀의 시선과 마주칠 염려 없이 줄곧 그녀를 지켜볼 수 있었다. 그사이에 네흘류도프의 마음속에서는 오랫동안 사랑하는 사람의 얼굴을 보지 못하다가 다시 만나면 처음에는 그간의 외적 변화에 당황하지만, 어느 정도 시간이 흐르면 기억에서 잊혀 갔던 몇 년 전의 모습이 점차 되살아나 변한 모습은 희미해지고 마음의 눈 앞에 그 사람만이 지닌 독특한 정신적 개성의 면면이 떠오르는, 바로 그런 현상이 일어나고 있었다.

그렇다. 비록 죄수복을 입고 몸이 불어 가슴은 더 풍만해지고 턱에 살이 오르고 이마와 관자놀이에 잔주름이 생기고 눈두덩이 부어 있긴 했지만, 그녀는 성스러운 부활절 아침에 기쁨과 생명력이 충만한 눈동자로 미소를 지으며 사모하는 남자를 바라보던 그 까쮸샤가 틀림없었다.

〈아아, 얼마나 놀라운 우연인가! 내가 배심원으로 출정한 날 이 사건이 심리되다니! 그리고 10년 동안이나 만날 수 없었던 그녀를 오늘에야 피고석에서 보게 되다니! 과연 이 사건은 어떻게 끝날까? 아아, 빨리, 빨리만 끝나 다오!〉

그러나 아직도 그는 마음 한구석에서 꿈틀거리는 후회의 감정에 굴복하지 않았다. 이 우연한 사건이 곧 지나가 버리면 그것이 자신의 생활을 깨뜨리는 일은 없을 거라고 생각할 뿐이었다. 그는 방 안에 똥을 싸놓고 주인에게 덜미를 잡혀서 자기가 싼 더러운 똥에 코를 틀어박히는 강아지 신세가 된 것 같다고 생각했다. 강아지는 엉덩이를 잔뜩 빼고 자기가 싸놓은 똥에서 될 수 있으면 멀리 달아나 그것을 잊으려고 하지만, 주인은 쉽사리 놓아주지 않는 법이다. 이와 마찬가지로 네흘류도프도 이미 자신이 저지른 모든 비열한 행위를 감지했으며 주인의 억센 손아귀에 붙잡혔음을 느꼈지만, 자신이 저지른 행위가 어떤 의미를 가졌는지는 아직 전혀 이해하지 못했고 주인의 존재마저 인정하려 들지 않았다. 그는 눈앞에서 벌어지는 일이 자신의 소행이라는 사실을 아직도 믿고 싶지 않았다. 하지만 자신이 보이지 않는 억센 손아귀에 붙잡혀 있으며 이를 피할 수 없다는 점은 이미 예감하고 있었다. 그래도 그는 몸에 밴 습관대로 다리를 꼰 채 태연히 코안경을 만지작거리면서 허세를 부렸으며, 당당한 자세로 배심원석 맨 앞줄의 두 번째 자리에 앉아 있었다. 그러면서도 자기 자신이 게으르고 타락했으며 잔인하면서도 자만에 빠져 있을 뿐만 아니라 행동조차 냉혹하고 비열하고 저속했음을 뼈저리게 느꼈다. 무려 10년이 넘는 시간 동안 자신이 저지른 죄와 그 후의 모든 생활을 기적적으로 숨겨 주었던 무시무시한 장막이 이제 무너져 내리기 시작하여, 이제 그는 그 장막의 이면을 조금씩 엿보는 듯한 기분이 들었다.

23

마침내 사건의 개요를 끝마친 재판장이 우아한 몸놀림으로 질의서를 집어서 자신에게 다가온 배심원 대표에게 건네주었다. 배심원들은 이제 퇴정할 수 있다는 기쁨에 어쩔 줄 몰라 하면서도 쑥스럽게 자리에서 일어나 배심원실을 향해 줄지어 나갔다. 그들이 배심원실로 들어가고 문이 닫히자마자, 헌병 한 사람이 문 앞으로 다가가 칼집에서 장검을 뽑아 어깨에 메고 보초를 섰다. 판사들도 자리에서 일어나 퇴정했다. 피고들은 다시 끌려 나갔다.

배심원실로 들어간 배심원들은 아까처럼 우선 담배부터 꺼내 피우기 시작했다. 담뱃불을 붙인 그들은 배심원석에 앉았던 잠시 동안 겪었던 부자연스러움과 위선은 말끔히 지운 채 마음의 부담을 털어 버리고 활기찬 대화를 주고받기 시작했다.

「그 여자에게는 죄가 없습니다. 사건에 말려든 거죠.」인자한 상인이 말했다.「관용을 베풀어야 합니다.」

「우리는 이 사건을 평결하려는 겁니다.」배심원 대표가 말했다.「개인적인 감정을 앞세워서는 안 됩니다.」

「재판장의 사건 개요는 정말 훌륭하더군.」대령이 말했다.

「정말이지, 훌륭합니다. 약간 잠이 왔지만 말입니다.」

「중요한 문제는, 마슬로바가 공모하지 않았다면 어떻게 그 두 사람이 돈의 소재를 알 수 있었느냐 하는 점입니다.」유대계 점원이 말했다.

「그렇다면 당신 의견은, 그 여자가 돈을 훔쳤다는 말인가요?」배심원 가운데 한 사람이 물었다.

「난 결코 그렇게 생각하지 않습니다.」인자한 상인이 말했다.「이 모두가 빨간 눈을 가진 그 몹쓸 계집의 농간입니다.」

「다 똑같은 작자들이야.」대령이 말했다.

「하지만 그녀는 방에 들어간 적이 없다고 하지 않습니까.」

「당신은 그 여자의 말을 믿고 계시는군요. 나는 평생 그런 짐승 같은 년의 말은 믿어 본 적이 없습니다.」

「대체 무슨 말인지 모르겠군. 당신이 믿고 안 믿고는 중요한 문제가 아닙니다.」점원이 말했다.

「열쇠는 그녀만 가지고 있었습니다.」

「그게 어쨌다는 겁니까?」상인이 반박했다.

「그럼 반지는요?」

「그녀가 모두 밝히지 않았습니까?」 상인이 다시 목청을 높여 말했다. 「그 상인은 몹시 거친 데다 만취한 상태에서 그녀를 때렸습니다. 그래 봤으니, 아시다시피 불쌍하다는 생각이 든 거지요. 그래서 〈이봐, 그만 울음을 그쳐〉라고 했겠지요. 내가 들은 바로는, 그 사내는 성기의 길이가 12베르쇼끄에 체중은 8뿌드[35]에 달하는 거한입니다!」

「그런 건 별로 중요하지 않습니다.」 뾰뜨르 게라시모비치가 말을 가로막았다. 「문제는 그녀가 모든 음모를 꾸미고 교사한 것이냐, 아니면 그 하녀가 한 짓이냐 하는 겁니다.」

「그 하녀 혼자서는 도저히 범행을 저지를 수 없어요. 열쇠는 그녀가 가지고 있었으니까.」

대화가 횡설수설 오랫동안 계속되었다.

「자, 여러분!」 배심원 대표가 입을 열었다. 「자리에 앉아서 차분히 상의하기로 합시다. 어서 앉으세요.」 그는 의자에 자리를 잡으며 말했다.

「그런 부류의 여자들이란 하나같이 추악합니다.」 점원이 이렇게 입을 열더니 마슬로바가 주범이라는 자신의 주장을 증명하기 위해 어떤 창녀가 대로에서 자기 친구의 시계를 훔친 이야기를 늘어놓았다.

이걸 기회 삼아 대령은 은제 사모바르[36] 도난 사건에 대한 더욱 기묘한 이야기를 꺼냈다.

「여러분, 질의 내용에 대해서만 토론하도록 합시다.」 배심원 대표가 연필로 책상을 두드리며 말했다.

모두 침묵했다. 질의 내용은 다음과 같았다.

35 러시아의 옛 중량 단위. 1뿌드는 16.38킬로그램으로, 상인 스멜리꼬프의 체중은 약 131킬로그램에 이른다.
36 러시아의 전통 찻주전자.

1. 끄라피벤스끼 군 보르끼 마을의 농민 시몬 뻬뜨로프 까르쩐긴 33세, 188×년 1월 17일 N 시에서 돈을 훔칠 목적으로 다른 두 사람과 공모하여 상인 스멜리꼬프를 살해할 계획을 세우고 독약을 탄 코냑을 마시게 하여 스멜리꼬프를 살해한 후, 약 2천5백 루블의 돈과 다이아몬드 반지 한 개를 훔쳤다고 보는가?

2. 평민 예브피미야 이바노바 보치꼬바 43세, 제1항에 기재된 범죄 사실에 대해 유죄인가?

3. 평민 예까쩨리나 미하일로바 마슬로바 27세, 제1항에 기재된 범죄 사실에 대해 유죄인가?

4. 피고 예브피미야 보치꼬바가 제1항에 대해 무죄라면, 동 피고는 188×년 1월 17일, N 시의 마브리따야 여관에 근무하던 중 자신이 가져온 열쇠로 동 여관의 숙박객인 상인 스멜리꼬프의 방에 있는 닫힌 가방 속에서 2천5백 루블의 돈을 몰래 훔친 혐의에 대해서도 무죄인가?

배심원 대표는 질의서의 제1항을 읽었다.

「어떻게 생각하십니까, 여러분?」

이 문제에 대해서는 곧 평결이 내려졌다. 〈물론, 유죄입니다.〉 모든 배심원들은 까르쩐긴이 독살과 절도에 가담한 사실을 인정한다는 데 입을 모았다. 까르쩐긴이 유죄라고 인정하는 데 동의하지 않은 사람은 늙은 직공 한 사람뿐이었는데, 그는 전 항목에 걸쳐 피고들을 두둔하는 의견을 냈다.

배심원 대표는 그가 사건의 진상을 이해하지 못한다고 판단했는지 까르쩐긴과 보치꼬바는 어느 모로 보나 틀림없이 유죄라고 설명해 주었다. 그러나 직공은 자신도 그 점을 잘 알고 있지만 자비를 베푸는 것이 더 좋지 않겠느냐고 대답했다. 그는 〈우리 자신도 결코 성인이 아닙니다〉라고 하면서 자기 의견을 고집했다.

보치꼬바에 관한 질의서 제2항에 대해서는 장시간에 걸친 격론 끝에 무죄라는 평결이 내려졌다. 독살 사건에 그녀가 가담했다는 증거가 명확하지 않고 그녀의 변호사 역시 그 점을 강조했던 것이다.

마슬로바에게 무죄 판결이 내려지기를 바라는 상인은 보치꼬바가 모든 일의 주모자라는 자신의 주장을 고집했다. 대다수의 배심원들도 그의 주장에 동의했지만, 공정한 입장에 서려는 배심원 대표는 보치꼬바가 독살 사건에 가담했다는 것을 인정할 만한 증거가 아무것도 나타나지 않았다고 말했다. 오랜 논의를 거친 끝에 배심원 대표의 의견이 받아들여졌다.

보치꼬바에 관한 질의서 제4항에 대해서는 유죄라는 평결이 내려졌으나 늙은 직공의 요청대로 〈단, 정상 참작을 할 것〉이라는 단서가 추가되었다.

마슬로바에 관한 질의서 제3항은 격렬한 논쟁을 불러일으켰다. 배심원 대표는 독살은 물론 절도에 있어서도 그녀가 유죄라고 고집했다. 반면에 상인은 그에 반하는 의사를 표명했고, 대령과 점원과 늙은 직공 등이 상인의 의견을 지지했다. 나머지 배심원들은 어느 편에도 서지 못한 채 주저했으나, 점차 배심원 대표의 의견이 우세해지기 시작했다. 그 이유는 피곤해진 대부분의 배심원들이 쉽게 합의를 이루고 자신들을 어서 자유롭게 놓아줄 만한 의견을 따르는 편이 더 낫다고 생각했기 때문이다.

법정에서의 모든 심문 과정이나 또 자신이 알고 있는 마슬로바의 성격을 통해 보더라도 네흘류도프는 마슬로바가 독살이나 절도에 있어 결백하다는 것을 확신했고, 처음에는 다른 배심원들도 그렇게 인정해 주리라고 믿었다. 그러나 마슬로바를 육체적으로 좋아하며 자신도 그것을 굳이 부정하지 않는다는 상인의 졸렬한 변호와 그의 본심을 꿰뚫어본 배심원 대표의 반박 때문에, 그리고 더욱 중요한 것은 배심원 전원이 매우 피로한 상태였기 때문에 판결은 유죄 쪽으로 기울었다. 그 순간 그는 반론을 내세우고 싶었으나 자칫하면 마슬로바와의 관계가 드러날지도 모른다는 생각이 들자 그녀를 두둔하는 것이 두려웠다. 동시에 도저히 이대로 내버려 둘 수는 없으며 반박하지 않으면 안 될 상황이라는 것도 느꼈다. 그가 붉으락푸르락한 얼굴로 막 입을 열려는 순간, 지금까지 침묵을 지키던 뾰뜨르 게라시모비치가 배심원 대표의 위압적인 말투에 핏대를 세우고 이의를 제기하면서 네흘류도프가 하고 싶었던 바로 그 말을 내뱉었다.

「말씀 도중에 실례인 줄 압니다만……」 그가 말했다. 「여러분은 그녀가 열쇠를 가지고 있었으니 돈을 훔친 게 틀림없다고 말씀하시지만, 그녀가 돌아간 후에 종업원들이 다른 열쇠로 가방을 열었을 수도 있다고 생각합니다.」

「그래, 그렇고말고.」 상인이 맞장구쳤다.

「그녀는 절대 돈을 훔칠 수 없었다고 생각합니다. 왜냐하면 그녀의 입장에서는 돈을 감출 만한 장소가 없었으니까요.」

「제 말이 그 말입니다.」 상인이 다시 맞장구쳤다.

「그녀가 방으로 들어가는 것을 본 종업원들의 머리에 어떤 음모가 떠올랐고, 그 기회를 이용한 후 결국 모든 죄를 그녀에게 뒤집어씌웠을 가능성이 높습니다.」

뾰뜨르 게라시모비치는 격앙된 목소리로 말했다. 그의 흥분은 배심원 대표에게도 영향을 미쳤고, 그로 인해 자신의 반대 의견을 강경하게 고집하게 되는 결과를 낳았다. 그러나 뾰뜨르 게라시모비치의 이야기는 설득력이 있었으므로 대다수의 배심원들은 그의 의견에 동조하여 마슬로바는 돈과 반지를 훔친 사건에는 가담하지 않았으며 그 반지는 상인이 그녀에게 준 것이라는 점을 인정하게 되었다. 마슬로바가 독살 사건에 가담했는가 하는 문제로 논점이 옮겨지자, 그녀의 열렬한 옹호자인 상인은 그녀가 그를 독살해야 할 아무 이유가 없으니 그녀가 결백하다는 것을 인정해야 한다고 주장했다. 배심원 대표는 그녀 자신이 독약을 먹인 사실을 인정했으니 절대 무죄가 될 수 없다고 고집했다.

「약을 탄 것은 사실이지만 아편 정도라고 생각했던 거겠죠.」 상인이 말했다.

「아편으로도 생명을 빼앗을 수 있는 법입니다.」 종종 문제의 핵심에서 벗어나곤 하는 대령이 이렇게 입을 열더니, 자기 형수가 아편으로 자살을 하려고 했는데 마침 가까이 있던 의사가 응급 치료를 했기에 망정이지 자칫 그냥 죽었을지도 모른다는 이야기를 늘어놓았다. 대령은 감정에 호소하는 확신에 찬 목소리로 품위 있게 이야기를 엮어 갔기 때문에 아무도 그의 이야기를 중단시킬 엄두를 내지 못했다. 하지만 조금 전의 분위기에 젖어 있던 점원만은 자기도 한마디 거들고 싶어서 그의 말을 가로챘다.

「그러다가 어떤 사람들은 습관이 되어······.」 그는 말을 시작했다. 「마흔 방울이나 복용하게 되는 경우도 있지요. 우리 친척 중에는······.」

하지만 대령도 하던 이야기를 중단할 의사가 없었는지 자기 형수에게 나타난 아편 중독의 여러 증세에 대해 이야기를 계속했다.

「저런, 벌써 4시입니다, 여러분.」 배심원 가운데 한 사람이 말했다.

「그렇다면 여러분······.」 배심원 대표가 입을 열었다. 「〈절도할 의사도 없었고 사실 금품을 훔친 바도 없으나, 유죄임에는 틀림없다〉라고 하는 것이 어떨까요?」

뾰뜨르 게라시모비치는 승리감에 도취되어 동의했다.

「그러나 정상은 참작되어야 합니다.」상인이 덧붙였다.

모든 배심원들이 이에 찬성했으나 늙은 직공만은 그녀가 무죄라고 고집했다.

「결국 마찬가지 이야기입니다.」배심원 대표가 설명했다. 「절도할 의사도 없었고 사실 금품을 훔친 바도 없으니, 무죄인 셈입니다.」

「정상 참작을 하라는 정도로 해둡시다. 뒷일이 어떻게 될지 모르니 완벽을 기하는 게 좋을 것 같군요.」상인이 유쾌한 기분으로 말했다.

배심원들은 모두 매우 지쳐 있었고 토론에 정신이 팔려 있었으므로, 답변서에 〈유죄이나 살해할 의도는 없었음〉이라는 단서를 붙여야 한다는 데 주의를 기울인 사람은 아무도 없었다.

네흘류도프 역시 몹시 흥분해 있어서 미처 그것까지는 깨닫지 못했다. 답변서는 이런 형식으로 작성되어 법정에 제출되었다.

라블레[37]는 한때 이런 글을 쓴 적이 있다. 즉, 사람들이 어떤 법률가에게 소송을 의뢰하자, 그는 무의미한 라틴어 법전을 무려 20페이지나 읽어 준 후에, 원고와 피고에게 홀수가 나오는지 짝수가 나오는지 주사위를 던져 보라고 권하더니, 만일 짝수가 나오면 원고가 이기고 반대로 홀수가 나오면 피고가 이긴다고 했다는 것이다.

여기서 벌어지는 일도 이와 조금도 다를 바가 없었다. 이런 답변서가 작성된 것은 배심원들 모두가 이에 동의했기 때문이 아니라 첫째, 재판장이 장시간에 걸쳐 사건의 개요를

37 François Rabelais(1483~1553). 프랑스 르네상스 시기의 풍자 작가. 여기서는 그의 작품 『가르강튀아와 팡타그뤼엘』의 내용을 언급하고 있다.

설명하면서도 이번 사건에서는 평소처럼 배심원들이 질의서에 대해 〈유죄이나 살해할 의도는 없었음〉이라고 평결을 내릴 수도 있다고 알려 주는 것을 잊어버렸기 때문이며, 둘째로 대령이 자기 형수에 관한 지루한 이야기를 너무 오랫동안 떠들어 댔기 때문이며, 셋째로는 네흘류도프가 흥분하여 〈살해할 의도는 없었음〉이라는 단서가 빠진 사실을 깨닫지 못하고 〈절도할 의사는 없었음〉이라는 단서만으로도 기소 유예라는 판결이 내려질 것이라고 착각했기 때문이며, 넷째로 배심원 대표가 질의와 답변을 다시 낭독하고 있을 때 뾰뜨르 게라시모비치가 자리를 비운 채 밖에 나가 있었기 때문이며, 마지막으로 무엇보다 중요한 이유는 대부분의 배심원들이 지쳐서 어서 사건을 마무리 짓고 해방감에 젖으려는 심정으로 빨리 종결될 만한 평결에 동의했기 때문이다.

배심원들은 벨을 눌렀다. 문 앞에서 장검을 들고 보초를 서던 헌병은 다시 장검을 칼집에 꽂더니 옆으로 비켜섰다. 재판관들이 의자에 앉자, 곧이어 배심원들이 차례대로 들어왔다.

배심원 대표는 엄숙한 표정으로 답변서를 들고 재판장에게 다가가 건네주었다. 재판장은 답변서를 대충 훑어보다가 무척 놀랐는지 양팔을 벌리고 판사들을 쳐다보며 무언가 의논하기 시작했다. 재판장은 배심원들이 〈절도할 의사는 없었음〉이라는 첫 번째 단서를 기입했으나 〈살해할 의사는 없었음〉이라는 단서를 빼놓은 사실에 놀랐던 것이다. 배심원들의 평결에 따르면 결국 마슬로바는 훔친 것도, 빼앗은 것도 없으나 이유 없이 사람을 독살한 것이 되고 만다.

「이것 좀 보세요, 정말 엉터리 평결을 해놓았군요.」 왼쪽에 앉아 있던 배석 판사가 말했다. 「이건 유형을 선고해야 할 판이니. 하지만 그녀는 결백하지 않습니까?」

「아니, 그녀가 결백하다고요?」 준엄한 표정을 짓고 있던 판사가 말했다.

「물론, 그녀는 결백하지요. 내 생각에, 이런 경우에는 제818조를 적용해야 합니다(제818조에는 재판부가 배심원들의 유죄 평결이 부당하다고 인정했을 경우에 그 평결을 파기할 수도 있다고 명시되어 있었다).」

「당신 생각은 어떻습니까?」 재판장은 인자한 얼굴의 판사에게 질문을 던졌다.

인자한 얼굴의 판사는 즉시 대답하지 않고 서류 번호를 힐끔 쳐다보았다. 그는 숫자를 더해 보았으나 셋으로 나누어지지 않았다. 처음에 그는 숫자가 셋으로 나누어져야만 동의하려고 마음먹었지만, 나누어지지 않았음에도 호의적으로 동의했다.

「제 생각에도 그래야 할 것 같습니다.」 그가 말했다.

「그럼 당신은 어떻습니까?」 재판장은 화가 나 있는 배석판사를 향해 고개를 돌렸다.

「절대 동의할 수 없습니다.」 그는 단호하게 대답했다. 「안 그래도 배심원들이 범죄자들에게 무죄 판결을 내린다고 신문마다 떠들어 대는 판인데, 재판관들까지 무죄 판결을 내린다면 그땐 무슨 소릴 들을지 모릅니다. 나는 절대 동의할 수 없습니다.」

재판장은 시계를 들여다보았다.

「가엾은 일이지만 어쩔 도리가 없군.」 재판장은 이렇게 말하며 배심원 대표가 답변서를 낭독할 수 있도록 돌려주었다.

모두 일어섰다. 배심원 대표가 한쪽에서 다른 쪽으로 무게 중심을 옮기며 잔기침을 하더니 질의서와 답변서를 낭독했다. 서기와 변호사는 물론 검사보까지 깜짝 놀라는 표정이었다.

피고들은 답변서 내용이 의미하는 바를 이해하지 못했는지 덤덤하게 앉아 있었다. 다시 모두 자리에 앉았다. 재판장은 검사보를 바라보며 피고들에게 어떤 구형을 내릴지 물었다.

검사보는 마슬로바 문제에서 의외의 성공을 거두자 내심 몹시 기뻐하며 이 모든 게 자신의 뛰어난 논고 덕분이라고 생각했다. 그는 잠시 법전을 뒤적거린 후 엉거주춤한 자세로 일어서며 입을 열었다.

「시몬 까르쩐낀은 형법 제1452조 및 제1453조에 의해, 예브피미야 보치꼬바는 형법 제1659조에 의해, 예까쩨리나 마슬로바는 형법 제1454조에 의해 각각 처벌되어야 마땅하다고 생각합니다.」

모두 처벌 가능한 범위 내에서 가장 무거운 형벌이었다.

「재판부는 형의 결정을 위해 잠시 휴정한다.」재판장은 자리에서 일어서며 이렇게 말했다.

재판장에 이어 모든 사람들이 자리에서 일어났다. 모두들 훌륭한 임무를 해냈다는 홀가분하고 흐뭇한 마음으로 법정을 나서거나 법정 안을 서성거렸다.

「이런, 우리가 정말 큰 실수를 저지르고 말았소.」배심원 대표와 네홀류도프가 무언가 이야기를 나누고 있는데, 뾰뜨르 게라시모비치가 그에게 다가서며 말했다.「우리가 그녀를 유형지로 보내고 말았습니다.」

「뭐라고요?」네홀류도프가 깜짝 놀라며 소리쳤다. 이 순간만큼은 그 교사를 알고 있다는 사실이 조금도 불쾌하지 않았다.

「말한 그대롭니다.」그가 말했다.「우리는 답변서에 〈유죄이나 살해할 의도는 없었음〉이라는 단서를 기입하지 못하고 말았습니다. 지금 서기가 하는 말이, 검사보가 그녀에게 유형 15년을 구형했다고 하더군요.」

「배심원들 모두가 그렇게 평결하지 않았습니까.」배심원 대표가 말했다.

뽀뜨르 게라시모비치는 그녀가 돈을 훔친 일도 없고, 따라서 살해할 의도도 전혀 없었다며 언성을 높였다.

「나는 분명 배심원실을 나오기 전에 답변서를 낭독해 드렸습니다.」 배심원 대표가 변명했다. 「그때는 아무도 이의를 제기하지 않았잖아요.」

「난 그때 밖에 나가 있었습니다만……..」 뽀뜨르 게라시모비치가 말했다. 「당신은 어째서 그걸 모르신 거죠?」

「그런 줄은 미처 몰랐습니다.」 네흘류도프가 대답했다.

「나 참, 미처 몰랐다고요?」

「하지만 정정할 수 있을 겁니다.」 네흘류도프가 말했다.

「아뇨, 안 됩니다. 이미 끝난 일이죠.」

네흘류도프는 피고들을 쳐다보았다. 이미 운명이 결정된 그들은 칸막이 건너편에서 헌병들의 감시를 받으며 꼼짝 않고 앉아 있었다. 마슬로바는 누군가에게 미소를 보냈다. 그러자 네흘류도프의 마음속에는 사악한 감정이 일어났다. 조금 전까지만 해도 그는 그녀가 무죄로 풀려나 이 도시에 남을 거라고 예상하고, 그녀에게 어떤 태도를 취해야 할지 생각하고 있었다. 사실 그녀와의 관계는 곤혹스러운 것이었다. 그런데 유형과 시베리아가 그와 그녀 사이에 생길지도 모를 어떤 관계의 가능성을 단숨에 깨뜨리고 말았다. 주머니에 담긴 상처 입은 새의 존재 때문에 더 이상 가슴 아파 하지 않아도 괜찮게 된 것이다.

24

뽀뜨르 게라시모비치의 예상은 적중했다. 재판장은 회의실에서 돌아오자 판결문을 들고 읽기 시작했다.

「188×년 4월 28일, 황제 폐하의 칙명을 받들어 N 시 지방 법원 형사부는 배심원들의 평결에 따라 형법 제771조 제3항 및 제776조 제3항, 제777조를 적용하여 다음과 같이 선고하는 바이다. 농민 시몬 까르쩐긴(33세)과 평민 예까쩨리나 마슬로바(27세)는 모든 공민권을 박탈하고 강제 노동형에 처하며, 형법 제28조를 적용해 까르쩐긴은 8년, 마슬로바는 4년의 유형에 각각 처한다. 평민 예브피미야 보치꼬바(43세)는 그녀에게 속한 개인 및 신분상의 모든 권리와 재산권을 박탈하며, 형법 제49조에 따라 3년의 징역형에 처한다. 본 사건의 재판 비용 일체는 각 피고들이 공평하게 부담하기로 하나 피고가 지불 능력이 없을 경우에는 국고로 부담한다. 그리고 본 사건의 증거물은 매각 처분하며 반지는 반환하고 모든 시험관은 파기한다.」

까르쩐긴은 손가락을 펴서 바지 솔기에 댄 채 여전히 볼을 씰룩거리며 몸을 꼿꼿하게 세우고 서 있었다. 보치꼬바는 아무렇지도 않은 듯했다. 마슬로바는 재판관의 선고를 듣고 얼굴이 사색으로 변했다.

「난 죄가 없어요, 결백하단 말이에요!」 그녀는 갑자기 법정 안에 있는 사람들을 향해 큰 소리로 외쳤다. 「이건 너무 억울해요. 난 결백하단 말이에요. 그런 짓은 꿈에도 생각해 본 적이 없어요. 믿어 주세요. 정말입니다.」 이렇게 말하고 그녀는 긴 의자에 털썩 주저앉아 큰 소리로 울음을 터뜨렸다. 까르쩐긴과 보치꼬바가 퇴정한 후에도 그녀는 자리에 앉아 울고 있었으므로, 헌병은 그녀의 죄수복 소매를 잡아당기지 않을 수 없었다.

「안 돼, 이대로 내버려 둘 수는 없어.」 네흘류도프는 조금 전에 했던 못된 생각은 까맣게 잊어버리고 혼자 중얼거렸다. 그는 자기도 모르는 사이에 다시 한 번 그녀의 모습을 보려고 복도로 뛰어나갔다. 문 앞에는 재판이 끝났다는 만족감에 젖은 배심원들과 변호사들이 서로 먼저 나가려고 밀치고 있었기 때문에 몹시 혼잡스러웠다. 그는 문 앞에서 오랫동안 지체하지 않을 수 없었다. 간신히 복도로 빠져나왔을 때 그녀는 벌써 멀어져 있었다. 주위를 돌아볼 겨를도 없이 그는 빠른 걸음으로 그녀를 쫓아가 앞지른 후 걸음을 멈췄다. 그녀는 더 이상 울지 않았으나 머릿수건 끝으로 빨갛게 상기된 얼굴의 눈물 자국을 닦으면서 간헐적으로 흐느꼈다. 그러나 주위를 둘러보지는 않고 그냥 그의 곁을 스쳐갔다. 그녀가 옆을 지나가자 그는 재판장을 만나기 위해 급히 되돌아갔으나 재판장은 이미 가고 없었다.

네흘류도프는 급히 뒤를 쫓아가 수위실 앞에서 가까스로 그를 붙잡았다.

「재판장님!」 수위가 건네는 은제 손잡이가 달린 지팡이를 재판장이 막 받아든 순간 네흘류도프가 그를 불렀다. 「방금 판결이 끝난 사건에 대해 드릴 말씀이 있습니다. 저는 배심원입니다.」

「네, 알고 있습니다. 네흘류도프 공작이시죠? 만나 뵙게 되어서 무척 반갑습니다.」 재판장은 네흘류도프와 함께 참석했던 어느 날 밤의 무도회에서 그가 많은 젊은이들 가운데 월등히 훌륭한 솜씨로 즐겁게 춤추던 일을 기억하면서 매우 흡족한 표정으로 악수를 청했다. 「그런데 어떤 용무로……?」

「마슬로바에 관한 답변서에 뭔가 착오가 생겼습니다. 그녀는 사실 독살 사건에 있어서도 무죄입니다만, 그것 때문에 유형을 선고받게 되었습니다.」 네흘류도프는 몹시 우울한 표정으로 말했다.

「재판부에서는 여러분께서 제출하신 답변서에 근거를 두고 그런 판결을 내린 것입니다.」 재판장은 입구를 향해 걸어

가면서 말했다. 「물론 재판부도 부당한 처사라고 생각하지 않은 것은 아닙니다만……」

만일 살해할 의도를 부정하지 않은 채 〈유죄〉라고 기록하면 살해할 의도가 있었다는 것을 인정하는 셈이라고 배심원들에게 주의를 주고 싶었으나, 빨리 끝마치려고 급히 서두르는 바람에 그 말을 생략했던 일이 그의 머릿속에 떠올랐다.

「잘 알고 있습니다. 하지만 잘못을 시정할 수는 없습니까?」

「상고의 이유는 충분한 것 같으니 변호사와 의논해 보시지요.」 재판장은 모자를 약간 비스듬히 고쳐 쓰고 출입구로 다가가며 말했다.

「하지만 이건 정말 끔찍한 일입니다.」

「잘 알고 계실 줄로 믿습니다만, 마슬로바에게는 두 가지 길밖에 없었습니다.」 재판장은 네흘류도프에게 더욱 유쾌하고 정중한 태도를 취하려는 기색으로 외투 깃 위로 구레나룻을 곧게 펴서 올리며 말했다. 그러고는 출입구 쪽으로 그의 팔꿈치를 잡아끌며 말을 이어 갔다. 「당신도 나가시는 길인가요?」

「네, 그렇습니다.」 네흘류도프는 급히 외투를 입으며 그와 함께 걷기 시작했다.

그들은 따스한 햇살이 내리쬐는 바깥으로 나왔다. 곧 아스팔트 위를 달리는 마차 바퀴 소리 때문에 목소리를 높여야 했다.

「아시다시피 일이 묘하게 꼬이고 말았죠.」 재판장은 소리높여 말했다. 「어쨌든 마슬로바에겐 두 가지 길밖에 없었던겁니다. 즉 거의 무죄나 다름없는 판결을 받아 수감 기간까지 포함한 짧은 금고형이나 구류 처분을 받거나, 아니면 유형을 선고받는 것이었죠. 어정쩡한 형벌이란 있을 수 없는 일이었습니다. 만일 여러분들이 〈살해할 의도는 없었음〉이라는 단서만 붙였더라도, 그녀는 무죄가 되었을 겁니다.」

「우린 돌이킬 수 없는 실수를 저지르고 말았군요.」네흘류도프가 말했다.

「사건의 핵심은 바로 거기에 있었던 겁니다.」재판장은 미소를 지은 후 시계를 들여다보았다.

끌라라가 지정한 시각까지는 겨우 45분밖에 남지 않았다.

「원하신다면 지금 변호사와 의논해 보시죠. 상고 사유를 찾아야 할 테니까요. 그건 언제나 찾아낼 수 있거든요. 드보랸스까야 거리로 가지!」그는 마부에게 말했다. 「30꼬뻬이까를 주겠네. 그 이상은 절대 안 돼.」

「알겠습니다, 나리.」

「이만 실례하겠습니다. 혹시라도 용무가 있으시면 드보랸스까야 거리에 있는 드보르니꼬프 저택으로 찾아오십시오. 기억하시기 쉬울 겁니다.」

그는 친절하게 인사를 건네고 떠나 버렸다.

25

재판장과의 대화와 맑은 바깥 공기가 네흘류도프의 마음을 다소 진정시켰다. 그는 조금 전까지 느꼈던 감정을 아침 내내 불쾌한 분위기에 시달린 탓에 생긴, 너무 과장된 것이라고 생각했다.

〈정말 놀랍고 기묘한 우연이야! 어쨌든 나는 그녀의 가혹한 운명을 덜어 주기 위해서 어떤 일이라도 해야만 해. 그것도 한시바삐 말이야. 지금 당장! 그렇지, 재판소로 가서 파나린이나 미끼쉰의 주소를 알아봐야겠어!〉그는 유명한 변호사 두 사람을 떠올렸다.

네흘류도프는 재판소로 돌아와 외투를 맡기고 2층으로 올라갔다. 첫 번째 복도에서 파나린을 만난 네흘류도프는 그를 불러 세우고 볼일이 있다고 이야기했다. 파나린은 네흘류도프의 얼굴과 이름을 알고 있었기 때문에 기꺼이 협조하겠다고 대답했다.

「피곤하긴 합니다만…… 오래 걸리는 일이 아니라면 어서 말씀하십시오. 우선 이리 오시죠.」

이렇게 말한 후 파나린은 네흘류도프를 어떤 판사의 사무실로 보이는 방으로 안내했다. 그들은 책상을 마주 보고 앉았다.

「그런데 무슨 일이십니까?」

「우선 부탁드리고 싶은 게 있는데…….」 네흘류도프가 입을 열었다. 「제가 이번 사건에 관여한다는 걸 일체 비밀로 해 주셨으면 합니다.」

「물론이지요, 그런데 무슨…….」

「저는 오늘 배심을 맡았습니다. 그런데 우리 배심원들이 어떤 여자에게 유형 평결을 내리고 말았습니다. 무죄인데도 말입니다. 그 문제가 저를 괴롭히고 있습니다.」

설명하는 동안 네흘류도프는 무슨 까닭에서인지 얼굴을 새빨갛게 붉히며 우물거렸다.

파나린은 그의 말을 들으며 눈동자를 번뜩이다가 다시 눈을 내리깔았다.

「그런데요?」 그는 계속 묻기만 했다.

「죄 없는 사람이 유죄 판결을 받게 되었으니, 그 사건을 상급 법원에 상소하려고 합니다.」

「원로원 말씀이군요.」 파나린이 정정해 주었다.

「그래서 이 사건을 맡아 주십사 부탁드리는 것입니다.」

네흘류도프는 이 불편한 문제에서 조금이라도 빨리 벗어

나고 싶어서 이렇게 말했다.「이번 일의 보수와 경비는 모두 제가 부담하겠습니다. 얼마가 들더라도 말입니다.」그는 얼굴을 붉히면서 말했다.

「그건 차후에 계약하기로 합시다.」변호사는 경험이 부족한 고객을 향해 인자한 미소를 지으며 말했다.

「어떤 사건이었나요?」

네흘류도프는 모두 설명했다.

「알겠습니다. 내일 재판 기록을 가져다 조사해 보지요. 그러니까 내일모레, 아니 목요일 저녁 6시쯤 제게 들러 주시면 그때 답변해 드리겠습니다. 그러면 되겠죠? 그럼 그렇게 알고 돌아가십시오. 전 아직 여기서 조사할 게 있어서…….」

네흘류도프는 그와 헤어진 후 밖으로 나왔다.

마슬로바의 변호를 위한 조치로 변호사와 상담했다는 사실이 그의 마음을 한층 진정시켜 주었다. 그는 거리로 나왔다. 쾌청한 날씨였다. 그는 기쁜 마음으로 봄 공기를 들이마셨다. 마부들이 서로 자기 마차에 타라고 권했지만 그는 혼자 걷고 싶었다. 그러자 까쮸사에 대한 온갖 상념과 추억, 그리고 그녀에게 저질렀던 자신의 비행이 머릿속에서 되살아나기 시작했다. 그는 곧 우울해졌고 만사가 암담하게 여겨졌다.〈아니, 그건 나중에 두고두고 생각할 문제야.〉그는 생각했다.〈오히려 쓰라린 과거를 잊기 위해서라도 지금은 바람을 쐬어야 해.〉

그는 꼬르차긴 댁의 저녁 식사에 초대받았던 일이 생각나서 시계를 들여다보았다. 아직은 늦지 않았으므로 저녁 식사 때까지는 도착할 수 있을 것 같았다. 때마침 마차가 말방울을 울리며 그의 곁을 지나갔다. 그는 달려가서 마차에 올라탔다. 광장에 이르러 마차에서 내린 뒤, 그는 다시 멋진 마차로 갈아탔다. 10분쯤 지난 후, 그는 꼬르차긴 댁의 웅장한 저택 현관 앞에 도착할 수 있었다.

26

「어서 오십시오, 나리. 모두 기다리고 계십니다.」꼬르차긴 댁의 친절하고 뚱뚱한 하인이 영국식 돌쩌귀가 달린 참나무 대문을 조용히 열며 말했다. 「지금 식사 중이십니다만, 나리만큼은 모시라고 분부하셨습니다.」

하인은 층계로 다가가서 2층으로 통하는 초인종을 눌렀다.

「어떤 분들이 와 계신가?」네흘류도프가 외투를 벗으며 물었다.

「꼴로소프 씨와 미하일 세르게예비치 씨께서 오셨고, 나머지는 모두 집안 식구들이십니다.」하인이 대답했다.

연미복 차림에 흰 장갑을 낀 잘생긴 하인이 층계 위에서 그를 내려다보았다.

「어서 올라오십시오, 나리!」그가 말했다. 「모시라는 분부를 받았습니다.」

네흘류도프는 익숙한 계단을 오르고 넓고 호화로운 홀을 지나 식당으로 들어갔다. 식당 안에는 자기 방에서조차 꼼짝하지 않으려는 소피야 바실리예브나 공작 부인을 제외한 온 가족이 식탁에 둘러앉아 있었다. 위쪽으로는 꼬르차긴 노인이 앉아 있었고 그 왼쪽에는 의사가, 그리고 오른쪽에는 한때 이 지방 귀족 회의 의장이었으며 지금은 은행의 중역인 이반 이바노비치 꼴로소프가 손님으로 나란히 앉아 있었다. 꼴로소프는 자유주의자로 꼬르차긴의 친구였다. 그리고 왼쪽에 미시의 막내 동생을 가르치는 가정 교사 레제르 양과 네 살짜리 막내 동생, 그 맞은편 자리에는 미시의 남동생이며 꼬르차긴의 외아들인 중학교 6학년생 뻬쨔와, 대학생인 그의 가정 교사가 앉아 있었다. 온 가족이 이 도시에 머물러 있는 것은 뻬쨔의 시험 때문이었다. 다시 그 왼쪽에는 마흔 살 노처녀로

슬라브주의자[38]인 까쩨리나 알렉세예브나가, 그 맞은편에는 미시의 사촌 오빠인 미하일 세르게예비치와 미샤 쩨레긴이 그리고 그 아래쪽에는 미시가 앉아 있었으며, 그녀의 옆자리에는 아직 손대지 않은 식기 한 벌이 놓여 있었다.

「아, 마침 잘 왔소. 이리 앉으시오. 우리도 지금 막 생선 요리를 들려던 참이었는데.」꼬르차긴 노인은 흐릿하고 핏발선 눈으로 네흘류도프를 바라보며, 틀니로 힘들고 조심스럽게 음식을 우물거리면서 말했다.

「스쩨빤!」그는 입안 가득 음식을 문 채, 빈 접시를 가리키며 체격이 당당한 주방장에게 눈신호를 보냈다.

네흘류도프는 꼬르차긴 노인을 잘 알고 있을 뿐 아니라 식사하는 모습도 여러 차례 본 적이 있었는데, 오늘따라 조끼에 끼운 냅킨 위로 관능적이고 두툼한 입술을 우물거리는 시뻘건 그의 얼굴과 기름기가 흐르는 목, 특히 뚱뚱한 장군 같아 보이는 외모에서 심한 불쾌감을 느꼈다. 문득 그의 잔인성에 관해 들은 이야기가 네흘류도프의 머리에 떠올랐다. 무슨 까닭에서인지 모르지만(부유한 명문가 출신인 그에게 직책상의 입신출세 같은 것은 필요치 않았다) 지방 장관으로 근무할 때 그는 사람들을 마구 태형에 처하고 교수형까지 서슴지 않았다고 했다.

「곧 가져가겠습니다, 나리.」은제 식기가 가득한 찬장에서 큰 스프용 국자를 꺼내면서 스쩨빤이 말했다. 그가 구레나룻을 기른 잘생긴 하인에게 고개를 끄덕거리자 하인은 곧 미시의 옆자리에 놓인 주인 없는 식기와, 문장이 바깥으로 드러나도록 정성껏 접은 빳빳한 냅킨을 반듯하게 고쳐 놓았다.

네흘류도프는 식탁을 한 바퀴 돌면서 사람들과 일일이 악

38 1830~1840년대에 나타난 러시아 사상의 한 조류로, 서구주의와 대립하여 고대 러시아의 공동체에 따른 독자적인 발전 노선을 주장했다.

수를 교환했다. 꼬르차긴 노인과 부인들을 제외한 나머지 사람들은 그가 다가서자 자리에서 일어났다. 그러는 동안 그는 전에 이야기도 한 번 나눈 적 없는 대부분의 사람들과 그 같은 예의를 갖추면서 악수를 교환한다는 사실이 오늘따라 몹시 언짢고 우스꽝스러웠다. 그는 늦게 와서 미안하다고 사과한 후 식탁 끝 미시와 까쩨리나 알렉세예브나 사이에 마련된 빈자리에 앉으려고 했다. 그러자 꼬르차긴 노인은 보드까부터 마시고 싶은 생각이 아니라면 옆 식탁에 차린 새우와 생선알과 치즈와 청어 등을 먼저 들라고 권했다. 네흘류도프는 별로 배고프지 않았으나 버터 바른 빵에 입을 댔다가 남기기도 민망해서 다 먹어 치웠다.

「그래, 어떻게, 사회의 기반을 흔들어 놓진 않으셨습니까?」꼴로소프는 배심원제에 반대하는 보수 신문[39]의 표현을 인용하며 비아냥거리듯 말했다. 「범죄자들에게는 무죄 평결을 내리고, 선량한 사람들에게는 유죄 평결을 내리셨겠지요, 그렇지 않습니까?」

「사회 기반을 흔들었다……. 기반을 흔들었다…….」꼬르차긴 공작은 낄낄거리며 반복했다. 그는 진보적인 자기 친구의 재치와 학식에 대해 확고한 믿음을 가지고 있었다.

모욕적인 언사란 걸 알면서도 네흘류도프는 아무 대꾸도 하지 않은 채, 금방 가져와 김이 무럭무럭 나는 수프를 우물우물 먹었다.

「이분이 식사하시게 좀 내버려 두세요.」미시는 〈이분〉이라는 대명사로 그와의 다정한 관계를 알리려는 듯 생긋 웃으며 말했다.

---

39 배심원제에 반대하는 반동적 신문을 가리킨다. 「모스크바 통보」는 1880년대에 무정부주의의 확산을 막는다는 명분 아래 배심원제와 재판 절차의 공개에 반대했다.

그러나 꼴로소프는 자신을 분노하게 만들었던 반(反)배심원제 기사에 관해 여전히 침을 튀기며 큰 소리로 떠들어 댔다. 꼬르차긴의 조카인 미하일 세르게예비치도 그의 말에 공감을 표하고는 같은 신문에 실린 다른 기사 이야기를 시작했다.

미시는 평상시와 다름없이 우아하면서도 눈에 띄지 않는 수수한 차림이었다.

「무척 피곤하시고 시장하셨나 봐요.」 그녀는 네흘류도프가 입안의 음식을 다 삼킬 때까지 기다렸다가 그에게 말했다.

「아니오, 별로. 그런데 당신은? 미술 전시회에는 가셨소?」 그가 되물었다.

「아니에요, 다음 기회에 가기로 했어요. 대신 살라마또프 씨 댁의 잔디 코트로 테니스를 치러 갔었죠. 정말이지, 끄룩스 씨는 테니스를 너무 잘 치세요.」

네흘류도프는 머리를 식히려고 이곳에 찾아온 것이었다. 이 집에 머무는 동안은 언제나 유쾌한 기분을 느꼈다. 이 집의 호화로운 분위기가 그의 마음을 가볍게 해줄 뿐 아니라, 보이지 않게 그를 감싸는 집안사람들의 아첨과 상냥한 태도 때문이기도 했다. 그런데 어쩐 일인지 오늘만큼은 이 집의 모든 것이 그의 눈에 거슬렸다. 문지기 하인은 물론 넓은 층계, 꽃다발, 식탁의 장식 그리고 미시에 이르기까지 모든 것이 초라하고 어색하게 느껴진 것이다. 자만심 넘치고 천박하며 자유주의자인 양 떠들어 대는 꼴로소프의 말투도 불쾌했고, 황소처럼 큰 체격에 거만하고 육감적인 꼬르차긴 노인의 용모도 불쾌했으며, 슬라브주의자인 까쩨리나 알렉세예브나의 프랑스어도 불쾌했고, 가정 교사들의 소심한 표정도 불쾌했다. 그리고 자신이 〈이분〉이라는 대명사로 호칭될 때 더없이 불쾌한 기분이 들었다. 네흘류도프는 언제나 미시에 대한 두 가지 태도 사이에서 갈팡질팡해 왔다. 눈을 가늘게 뜨거나 달빛 아래 있는 듯 착각에 빠질 때면 그녀가 무척 아름다워 보였고, 그러면 그녀는 발랄하고 매력적이며 지혜롭고 자연스럽기만 했다. 그러나 햇빛이 비치는 밝은 분위기에서는 그녀의 부족한 점이 눈에 띄지 않을 수 없었다. 오늘이 그에게는 바로 그런 날이었다. 오늘따라 그의 눈에는 그녀의 얼굴 잔주름 하나하나까지 두드러졌고, 부풀린 머리카락이며 툭 튀어나온 팔꿈치까지 거슬렸다. 특히 자기 아버지의 손톱을 연상시키는 넓적한 그녀의 엄지손톱은 더욱 그의 비위를 상하게 했다.

「여간 답답한 놀이가 아니죠.」 꼴로소프가 테니스에 관해 한마디 했다. 「그것보다는 어렸을 때 많이 했던 공치기 놀이가 훨씬 재미있어요.」

「모르시는 말씀이에요. 테니스는 정말이지 재미있는 놀이예요.」 미시가 곧 반박하고 나섰다. 이때도 〈정말이지〉라는 단어를 어색하게 발음했다고 네흘류도프는 생각했다.

이렇게 논쟁이 벌어지자 미하일 세르게예비치와 까쩨리나 알렉세예브나도 기회를 놓칠세라 끼어들었다. 여자 가정 교사와 남자 가정 교사 그리고 아이들만이 입을 다문 채 따분하게 듣고 있었다.

「말다툼이 끝이 없군!」 꼬르차긴 노인은 호탕하게 껄껄거리며 말했다. 그가 조끼에서 냅킨을 잡아 빼고 요란스럽게 의자를 뒤로 밀어젖히며 일어나자, 하인이 얼른 달려와 의자를 잡았다. 뒤이어 나머지 사람들도 자리에서 일어나 향기로운 더운물과 양치질할 물그릇이 준비된 탁자 쪽으로 다가가서 입안을 헹군 후 다시 아무 쓸모도 없는 논쟁을 계속했다.

「그렇게 생각하지 않으세요?」 미시는 네흘류도프를 향해 물었다. 그녀는 스포츠만큼 사람들의 성격을 잘 드러내는 것이 없다는 자기 의견에 대해 동의를 얻고 싶어 했다. 그러면서도 그녀는 그의 얼굴에 항상 자신을 불안에 떨게 하는, 진지하게 꾸짖는 표정이 나타나는 것 같아서 그 이유가 궁금했다.

「사실 난 잘 모르겠소. 그런 건 한 번도 생각해 본 적이 없어서.」네흘류도프가 대답했다.

「어머니한테로 가시겠어요?」미시가 물었다.

「네, 그럽시다.」그는 담배를 꺼내면서 이렇게 말했으나 그의 말투에는 별로 가고 싶은 생각이 없다는 의지가 다분히 섞여 있었다.

그녀가 입을 다문 채 의아한 눈초리로 쳐다보자 그는 민망스러웠다. 〈사람들을 지루하게 만들려고 찾아온 건 아니잖아〉라고 그는 마음속으로 생각했다. 그래서 부드러운 태도로 바꾸려고 노력하며 공작 부인께서 허락하신다면 기꺼이 만나 뵙겠다고 말했다.

「네, 물론이지요. 어머니께서도 기뻐하실 거예요. 그곳에서도 담배를 피우실 수 있어요. 그리고 이반 이바노비치 씨도 그곳에 계세요.」

이 저택의 안주인인 소피야 바실리예브나 공작 부인은 거동을 하지 못하는 환자였다. 벌써 8년째 그녀는 레이스와 리본이 달린 옷을 입고 비단, 도금한 장식품, 상아, 청동 조각품, 칠그릇, 꽃 등으로 둘러싸인 침대에 누운 채 손님을 맞이했다. 게다가 그녀는 외출이라고는 전혀 하지 않은 채, 다른 사람들보다 모든 면에서 뛰어나다고 믿는 〈자신의 친구들〉만 만났다. 네흘류도프도 그런 친구들에 포함되었는데, 그것은 그녀가 그를 명석한 젊은이라고 생각했고 그의 어머니가 이 집안과 친분이 두터웠을 뿐만 아니라 미시가 그와 결혼하게 된다면 얼마나 좋을까 하는 생각을 마음속에 품었기 때문이었다.

크고 작은 응접실 두 개를 지나면 소피야 바실리예브나 공작 부인의 방이 나왔다. 네흘류도프를 앞서 가던 미시는 큰 응접실에 이르자, 무슨 결심이라도 한 듯 걸음을 멈추고 금빛 의자의 등받이를 붙잡으며 그를 바라보았다.

미시는 몹시 결혼하고 싶어 했으며 네흘류도프는 훌륭한 신랑감이었다. 게다가 그녀는 그를 무척 좋아했고 그가 자기 남편이 될 것이라 믿었다(그의 아내가 되는 것이 아니라 그가 자기 남편이 될 것이라고 생각한 것이다). 그녀는 이런 생각에 너무 익숙해서 정신병자가 흔히 그러하듯 무의식적으로 끈질기고 교활한 지혜를 짜내 자신의 목적을 달성하려고 했다. 지금도 그녀는 그의 본심을 떠볼 속셈으로 말을 걸었다.

「무슨 일이 있는 것처럼 보이시는군요.」 그녀가 말했다. 「무슨 일이라도 있었나요?」

그는 법정에서의 기이한 인연이 머리에 떠올라 인상을 찌푸리며 얼굴을 붉혔다.

「그렇소.」 그는 솔직해지려 애쓰며 이렇게 대답했다. 「기이하고 이상하면서도 중요한 일이 있었소.」

「무슨 일이신데요? 제게 말씀해 주실 수는 없나요?」

「지금은 안 되겠소, 용서하시오. 내가 아직 그 일에 대해 충분히 생각해 보지 못했기 때문이오.」 그는 더욱 얼굴을 붉히며 말했다.

「제게 말씀해 주시지 않겠다는 건가요?」 그녀의 얼굴 근육이 약간 떨리는가 싶더니 잡고 있던 의자가 한순간 삐걱하고 움직였다.

「그렇소, 아직 말할 수 없소.」 그가 대답했다. 그는 이렇게 대답하는 것이 자신의 신변에 어떤 중대한 일이 벌어졌음을 스스로 시인하는 것이라고 생각했다.

「그렇다면 좋아요, 어서 가시죠.」

그녀는 쓸데없는 생각을 떨쳐 버리려는 듯 고개를 설레설레 흔들며 조금 전보다 더 빠른 걸음으로 앞서 나갔다.

그는 그녀가 쏟아지는 눈물을 억지로 참으려고 입술을 꼭 다문 것을 눈치챘다. 그녀를 슬프게 만든 것이 마음에 걸려서 그는 가슴이 아팠다. 그러나 조금만 마음을 약하게 먹으면 불행해질 뿐만 아니라 그녀에게 구속되고 만다는 사실을 잘 알고 있었다. 무엇보다 그것이 염려스러워 그는 아무 말 없이 그녀를 따라 공작 부인의 방으로 다가갔다.

27

소피야 바실리예브나 공작 부인은 매우 훌륭하고 영양가 높은 식사를 막 끝마쳤다. 그녀는 별로 아름답지 못한 자신의 모습을 누구에게도 보이기 싫어서 언제나 혼자 식사를 했던 것이다. 안락의자 옆에는 커피 잔이 놓인 작은 탁자가 있었는데, 그녀는 거기서 파히토스카[40]를 피우고 있었다. 소피야 바실리예브나 공작 부인은 마른 몸매에 키가 컸으며 길쭉한 치아와 검고 큰 눈을 가진, 전체적으로 젊어 보이는 갈색 머리의 여인이었다.

공작 부인과 의사 사이에는 좋지 못한 소문이 떠돌고 있었다. 네흘류도프는 예전에 모두 잊었으나 오늘은 그 일이 머리에 떠올랐을 뿐 아니라, 윤기가 흐를 정도로 기름을 바른 턱수염을 양쪽으로 갈라붙이고 공작 부인의 안락의자 옆에 앉아 있는 의사를 보는 순간 심한 불쾌감마저 느꼈다.

꼴로소프는 소피야 바실리예브나 공작 부인과 작은 탁자를 사이에 두고 낮고 폭신폭신한 안락의자에 나란히 앉아 커

---

40 옥수수 잎을 말려서 만든 길고 가느다란 궐련.

피를 젓고 있었다. 작은 탁자 위에는 리큐어 글라스가 하나 놓여 있었다.

미시는 네홀류도프와 함께 어머니 방으로 들어갔지만 오래 머물지는 않았다.

「어머니께서 피곤하다고 나가라고 하시면 제 방으로 오세요.」 그녀는 아무 일도 없었다는 듯 꼴로소프와 네홀류도프를 향해 이렇게 말하고 유쾌한 미소를 지은 후 두꺼운 양탄자를 살며시 밟으면서 방에서 나갔다.

「잘 지냈나요, 내 친구? 어서 이리 앉아 이야기나 합시다.」 소피야 바실리예브나는 진짜로 착각할 만큼 정교하게 만든 기다란 틀니를 드러내면서 위선으로 가득 찬 묘한 미소를 지었다. 「내가 듣기로, 당신이 재판소에서 몹시 우울한 기분이 되어 돌아왔다고 하던데. 그런 일은 확실히 마음씨 착한 사람들을 가슴 아프게 하죠.」 그녀는 프랑스어로 말했다.

「네, 맞습니다.」 네홀류도프가 말했다. 「종종 느끼고는 있지만, 다른 사람을 재판할 자격은 누구에게도 없는 것 같습니다……」

「맞아요.」 그의 진지한 말투에 감동했다는 듯 공작 부인은 평소처럼 상대의 환심을 사기 위한 탄성을 올렸다.

「그런데, 당신의 그림 공부는 어떻게 되었지요? 난 무척 관심이 많아요.」 그녀는 이렇게 덧붙였다. 「몸만 불편하지 않았어도 진작 당신 집으로 찾아가서 감상했을 텐데.」

「저는 그림 그리는 것을 완전히 포기했습니다.」 네홀류도프는 무뚝뚝하게 대답했다. 오늘따라 그에게는 공작 부인의 가식에 찬 아첨이 나이를 숨기려는 태도만큼이나 빤히 들여다보였다.

「저런! 알겠지만, 레삔[41]도 나한테 저 사람이 천재적 재능을 가졌다고 했답니다.」 그녀가 꼴로소프를 바라보며 말했다.

〈어떻게 저런 거짓말을 늘어놓을 수 있지?〉 네흘류도프는 인상을 찌푸리며 이렇게 생각했다.

네흘류도프의 기분이 언짢아서 유쾌하고 지성적인 대화에 그를 끌어들일 수 없다는 사실을 깨달은 소피야 바실리예브나는, 당신의 의견이야말로 모든 의문을 풀어 주며 한 마디 한 마디가 명언이 될 것이라는 어투로 새로운 연극에 관한 꼴로소프의 의견을 물었다. 꼴로소프는 그 연극을 비난하는 입장에서 자신의 예술적 비평을 밝혔다. 소피야 바실리예브나 공작 부인은 그의 정확한 비평에 감탄하기도 하고, 그 극작가를 두둔하다가 이내 입을 다물기도 하고, 절충된 의견을 내놓기도 했다.

때로는 소피야 바실리예브나의 이야기에, 때로는 꼴로소프의 이야기에 귀를 기울였으나 소피야 바실리예브나도 꼴로소프도 연극은 물론 그들 자신과도 전혀 관계없는 이야기를 하고 있으며, 단지 식사 후에 혓바닥과 목구멍의 근육을 움직여 보려는 생리적 욕구를 채우기 위해 말을 뱉어 낼 뿐이라는 사실을 네흘류도프는 깨달았다. 게다가 꼴로소프는 보드까와 포도주를 한잔 걸친 터여서 약간 술기운이 올라 있었다. 그것은 어쩌다가 술을 한잔하고 취해 버린 농부들의 술주정과는 달리, 늘 술독에 빠져 사는 주정뱅이들처럼 비틀거리지도 않고 어리석은 이야기를 늘어놓지도 않지만 평소보다 흥분하여 자만심에 빠진 상태였다. 게다가 소피야 바실리예브나 공작 부인은 자신의 노쇠한 모습을 햇빛 아래 선명히 드러내기 싫은지, 대화를 나누다 말고 불안한 표정으로 자신 쪽으로 햇살이 들어오는 창문을 바라보았다.

「옳으신 말씀이에요.」 그녀는 꼴로소프의 의견에 건성으로

41 Ilya Yefimovich Repin(1844~1930). 힘찬 화풍으로 역사적 주제를 그린 러시아의 사실주의 화가.

대답하고는 안락의자 쪽 벽면에 붙은 벨을 눌렀다.

그 순간 의사는 마치 하인처럼 자리에서 벌떡 일어나 조용히 방에서 나갔다. 소피야 바실리예브나는 줄곧 그의 모습을 바라보며 이야기를 계속했다.

「필립, 어서 저 커튼을 내려 줘.」 그녀는 벨소리를 듣고 달려온 잘생긴 하인을 향해 창문에 달린 커튼을 눈으로 가리키며 말했다.

「아뇨, 뭐라고 하셔도 그 속엔 신비스러운 것이 있어요. 만일 신비스러운 것이 없다면 시(詩)도 존재할 수 없겠죠.」 그녀는 검은 눈으로 커튼을 내리는 하인의 동작을 짜증스럽게 쫓으며 말했다.

「시가 없는 신비주의란 미신에 불과하고, 신비주의가 없는 시는 산문에 지나지 않아요.」 그녀는 애처로운 미소를 지으며 커튼을 내리는 하인으로부터 시선을 떼지 않은 채 말을 이었다.

「필립, 그 커튼이 아니라 저 커다란 창문의 커튼을 내리란 말이야.」 소피야 바실리예브나는 그런 말까지 일일이 해야 하는 자신의 처지가 딱했는지 침통한 표정으로 이렇게 지시했다. 그러고는 곧 마음을 누그러뜨리기 위해, 여러 개의 반지를 낀 손으로 향기로운 연기가 피어오르는 담배를 집어 입에 물었다.

가슴이 넓고 단단한 근육질의 잘생긴 필립은 용서를 구하듯 가볍게 고개를 숙인 후 장딴지 단단한 두 다리로 날렵하게 양탄자를 밟으면서 공손하고 얌전하게 다른 창문으로 걸어가서는, 공작 부인의 얼굴을 조심스럽게 바라보며 한 줄기 햇빛도 그녀의 얼굴에 비치지 않도록 커튼을 내리기 시작했다. 그러나 거듭 실수를 했으므로 소피야 바실리예브나 공작 부인은 다시 신비주의에 관한 이야기를 하다 말고 자기 의도를 이해하지 못하고 속을 썩이는 우둔한 필립에게 커튼을 고치라고 지시해야만 했다. 그 순간 필립의 눈에서는 불똥이 튀었다.

〈빌어먹을, 대체 어떻게 해달란 말이냐고 속으로 투덜거리는 것 같군.〉 네흘류도프는 시종 이 광경을 지켜보면서 생각했다. 그러나 잘생기고 건장한 필립은 이내 치미는 화를 숨긴 채, 지치고 허탈한 표정을 짓는 허풍쟁이 소피야 바실리예브나 공작 부인의 지시대로 묵묵히 일할 뿐이었다.

「물론 다윈의 학설에 수긍할 만한 진리가 상당히 있는 것도 사실입니다.」 꼴로소프는 낮은 의자에서 일어서서 졸린 눈빛으로 소피야 바실리예브나 공작 부인을 바라보며 말했다. 「그러나 그는 어떤 한계점을 넘고 말았습니다. 그건 사실입니다.」

「당신도 유전설을 믿나요?」 소피야 바실리예브나 공작 부인은 네흘류도프의 침묵이 부담스러운지 그에게 질문을 던졌다.

「유전설 말입니까?」 네흘류도프가 되물었다. 「아닙니다, 전 믿지 않습니다.」 이렇게 대답하면서도 그는 그 순간 머릿속에 떠오르는 낯선 상상에 심취해 있었다. 잘생기고 건장한 필립과 나란히, 수박 모양의 둥근 배와 훌렁 벗겨진 대머리와 채찍처럼 가는 두 팔을 가진 꼴로소프의 나체를 상상했던 것이다. 그리고 지금은 비단과 우단으로 감싼 소피야 바실리예브나의 노출된 어깨도 어렴풋이 떠올랐으나 그런 상상은 너무나 끔찍해서 머릿속에서 지우려고 애썼다.

소피야 바실리예브나는 그를 훑어보았다.

「지금 미시가 당신을 기다리고 있을 거예요.」 부인이 말했다. 「어서 가보세요. 슈만의 새로운 작품을 연주해 드리고 싶어 하던데…… 무척 흥미로울 거예요.」

〈피아노를 연주하고 싶다는 말은 한 적도 없는데, 저 여자는 무슨 거짓말을 하는 거야.〉 네흘류도프는 이런 생각을 하면서 자리에서 일어나 여러 개의 반지를 낀 소피야 바실리예브나의 손을 잡았다.

응접실에서 만난 까쩨리나 알렉세예브나는 그를 보자마자 입을 열었다.

「배심원이란 자리가 무척 힘들었나 보군요.」 그녀는 늘 그렇듯 프랑스어로 말했다.

「네, 죄송했습니다. 오늘따라 기분이 좋지 않았지만 다른 사람들까지 불쾌하게 할 생각은 아니었거든요.」 네흘류도프가 말했다.

「무슨 일 때문에 그렇게 기분이 언짢으신 거죠?」

「제발 그 이유는 묻지 말아 주시지요.」 그는 모자를 찾으며 대답했다.

「하지만 전부터 당신은 진실을 숨겨서는 안 된다고 말하셨잖아요. 지난번에는 사람들은 진실을 이야기해야 한다고 우리에게 고집스러울 만큼 단호하게 말하셨고요. 그런데 지금은 어째서 아무 말씀도 안 하시는 거죠? 그렇지 않니, 미시?」 까쩨리나 알렉세예브나가 그들을 향해 다가온 미시에게 물었다.

「그땐 장난이었습니다.」 네흘류도프는 진지하게 대답했다. 「장난도 칠 수 있으니까요. 우리 인간들은 현실이, 아니, 나 자신이 너무 추악하기 때문에 진실을 그대로 밝힐 수 없지요.」

「둘러대지 마시고, 어떤 점에서 우리가 추악한지 말씀해 주세요.」 까쩨리나 알렉세예브나는 네흘류도프의 진지한 이야기를 건성으로 들었는지 농담조로 이야기했다.

「불쾌한 일을 스스로 고백하는 것보다 나쁜 일은 없을 거예요.」 미시가 말했다. 「전 그런 일은 스스로 고백하지 않아요. 그래서 언제나 유쾌하답니다. 이제 제 방으로 가시죠. 우리가 당신의 우울한 기분을 깨끗이 씻어 드릴게요.」

마치 말에게 재갈을 물리고 안장을 얹기 위해서 쓰다듬어 줄 때 말이 느낄 법한 그런 감정을 네흘류도프는 그 순간 맛보았다. 그래서 오늘따라 더욱 마차를 끌고 싶지 않았다. 그는 볼일이 있어서 집에 가봐야겠다며 용서를 구했다. 미시는 여느 때보다 더 다정하게 그의 팔에 매달렸다.

「당신에게 중요한 일은 당신의 친구에게도 중요한 일이란 걸 잊지 마세요.」 그녀가 말했다. 「내일 다시 오시겠죠?」

「글쎄요.」 네흘류도프는 이렇게 말하고는 자신에 대해서인지 그녀에 대해서인지 모를 부끄러운 감정에 얼굴을 붉히며 허겁지겁 그 집을 빠져나왔다.

「무슨 일이지? 어쩐지 걱정스러운데.」 떠나는 네흘류도프의 모습을 지켜보며 까쩨리나 알렉세예브나가 말했다. 「꼭 알아내야지. 자존심을 건드리는 일이 있었던 것 같아. 미쨔는 매우 직선적인 성격이잖니.」

〈추악한 애정 문제가 틀림없어요〉라고 미시는 말하고 싶었으나, 입을 다문 채 네흘류도프를 대할 때와는 다른 우수에 잠긴 표정으로 멍하니 앞만 바라보았다. 그녀는 까쩨리나 알렉세예브나 앞에서 차마 그런 추잡한 말을 꺼낼 수 없어서 그저 이렇게 이야기하고 말았다.

「누구에게나 궂은 날이 있고 맑은 날도 있는 법이잖아요.」

〈정말 그분은 나까지 속이는 걸까?〉 그녀는 생각했다. 〈이렇게 된 마당에 내게 그런 행동을 보인다면, 그건 정말 참을 수 없는 일이야.〉

만일 미시에게 〈이렇게 된 마당에〉라는 말을 설명하라고 했다면, 그녀는 아무 답변도 하지 못했을 것이다. 그러나 그녀는 네흘류도프가 자기에게 희망을 안겨 주었을 뿐 아니라 결혼 약속을 한 것과 다를 바 없다고 굳게 믿고 있었다. 이 모든 것이 구체적인 언어로 표현되지는 않았지만, 그의 시선과 미소와 암시와 침묵 따위에서 판단할 수 있었다. 그래서 그를 자기 남편감으로 생각했고, 그를 잃는다는 것은 그녀에게 생각할 수조차 없는 괴로운 일이었다.

28

〈창피하고 비열한 일이야, 비열하고 창피한 일이야.〉 네흘류도프는 집으로 향하는 낯익은 거리를 터벅터벅 걸으며 생각에 잠겼다. 미시와 대화를 나눌 때 느꼈던 괴로운 감정이 그의 마음속에서 사라지지 않았다. 이렇게 표현해도 좋을지 모르겠지만, 외적인 상황으로 그는 그녀에게 거리낄 만한 것이 하나도 없다고 생각했다. 그는 그녀를 구속할 이야기는 한마디도 한 적이 없고 그녀에게 구혼한 사실도 없었다. 하지만 실제로는 그녀에게 접근했고 약속이나 다를 바 없는 행동을 했다. 그런데 오늘 자신이 그녀와 결혼할 수 없다는 것을 깨닫게 된 것이다. 〈창피하고 비열한 일이야, 비열하고 창피한 일이야.〉 그는 미시와의 관계뿐 아니라 자신의 모든 행동에 대해서도 이렇게 되뇌었다. 〈어느 것 하나 비열하지 않고 창피하지 않은 것이 없군〉이라고 그는 자기 집 앞의 현관 계단에 들어서면서 되풀이했다.

「식사 준비는 하지 않아도 돼.」 뒤를 따라 식당으로 들어온 꼬르네이에게 그가 말했다. 식당 안에는 식기와 차가 준비되어 있었다. 「나가 봐.」

「알겠습니다.」 꼬르네이는 이렇게 대답했으나 물러가지 않고 식탁을 치우기 시작했다. 여전히 꼬르네이의 모습이 눈에 띄자 네흘류도프는 기분이 몹시 상했다. 자기를 그냥 내버려 두길 바라는데도 모든 사람들이 일부러 심술궂게 자기 꽁무니만 따라다니는 것 같았다. 꼬르네이가 접시를 들고 나가자, 네흘류도프는 차를 한 잔 마시려고 찻주전자 쪽으로 걸어갔다. 그러나 아그라페나 뻬뜨로브나의 발소리가 들리자 그녀와 마주치기 싫어서 응접실로 자리를 피하고는 문을 걸어 잠갔다. 그 응접실은 바로 석 달 전에 어머니가 임종한 방이었다. 지금 그 방에 들어서서 아버지의 초상화와 어머니의 초상화 앞에서 밝게 타오르는 두 개의 램프를 보자 그는 임종 때의 어머니에 대한 자신의 태도가 머릿속에 떠올랐다. 그리고 그 태도가 어딘지 모르게 어색하고 꺼림칙했다는 느낌이 들었다. 그 태도 역시 창피하고 비열한 것이었다. 그는 어머니가 임종하시기 직전에 진심으로 어머니의 죽음을 바랐던 일이 기억에서 되살아났다. 그가 마음속으로 어머니의 죽음을 바랐던 것은 어머니가 고통에서 빨리 벗어나길 원했기 때문이었다고 변명해 봤지만, 사실은 어머니가 고통스러워하는 모습을 보고 싶지 않아서였다.

그는 어머니에 대한 즐거운 추억을 되살리기 위해 유명한 화가에게 5천 루블을 주고 그린 어머니의 초상화를 한동안 바라보았다. 초상화 속의 어머니는 가슴이 파인 까만 비단옷을 입은 모습이었다. 화가는 움푹 파인 가슴과 가슴 사이, 그리고 하얗게 빛나는 어깨와 목을 특히 정성껏 그린 것이 틀림없다. 이런 사실 또한 창피하고 비열하게 느껴졌다. 반라의 젊은 부인으로 그려진 어머니의 초상화는 성스러운 무언가가 결여되어 있었고 설명할 수 없는 불쾌감마저 불러일으켰다. 게다가 바로 석 달 전 그 방에서 초상화 속의 젊은 부인이 미라를 연상시킬 정도로 깡마른 모습으로, 그 방뿐 아니라 집 전체를 괴롭고 답답한 악취로 뒤덮으며 누워 있었다고 생각하니 그 그림이 더욱 역겹게 느껴졌다. 그림을 바라보는 순간에도 악취가 코를 찌르는 기분이었다. 그는 돌아가시기 전날 어머니가 뼈가 앙상하게 드러난 까무잡잡한 손으로 자신의 희고 억센 팔을 붙잡고는 눈을 올려다보며, 〈미쨔, 내가 네게 잘못한 점이 있더라도 너무 원망하지 마라〉라고 하며 병마에 시달린 눈에 눈물을 글썽이던 일이 생각났다. 〈정말 끔찍한 일이었어!〉 그는 대리석처럼 하얗게 빛나는 아름다운 어깨와 팔을 드러낸 채 승리감에 도취된 미소를 띤 반라의 젊은 부인의 영정을 바라보며 다시 중얼거렸다. 가슴을 노출한 초상화의 그 모습은 최근 만나던, 똑같은 반라의 다른 젊은 여자를 연상시켰다. 그녀는 무도회에 입고 갈 야회복을 선보이고 싶다는 핑계로 자신을 집에 초대했던 미시, 바로 그 여자였다. 그녀의 아름다운 어깨와 팔이 역겨움과 함께 머릿속에 떠올랐다. 잔혹한 과거를 가진 거친 야수 같은 그녀의 아버지와 재주 많은 미인이라는 의심스러운 평판을 얻고 있는 어머니 등, 그 모든 것이 역겹고 창피했다. 창피하고 비열한 일이며, 비열하고 창피한 일이었다.

〈아, 안 돼!〉 그는 이렇게 생각했다. 〈벗어나야만 해. 꼬르차긴 집안과 마리야 바실리예브나와 유산과 그리고 다른 자질구레한 일들과의 관계에서도 벗어나야만 해. 그러고서 마음껏 숨을 쉬어야지. 외국으로 떠나자. 로마로 가서 그림이나 그리자……〉 그러자 새삼 자신의 재능에 대해 회의를 느꼈던 일이 떠올랐다. 〈그래, 아무려면 어때, 내 마음대로 숨을 내쉴 수만 있다면. 일단 콘스탄티노플로 갔다가 나중에 로마로 옮겨야지. 그러려면 배심원직에서 빨리 벗어나야 해. 아무튼 이 문제는 변호사와 함께 처리해야만 하겠군.〉

그런데 갑자기 그의 머릿속에 까만 사팔눈의 여자 죄수가 생생하게 떠올랐다. 아, 피고의 최후의 진술이 허락되었을 때 그녀는 얼마나 슬피 울었던가! 그녀의 흐느끼는 모습이 떠오르자 그는 급히 꽁초를 재떨이에 비벼 끄고는 곧 새 담배를 꺼내 입에 문 채 방 안을 서성거리기 시작했다. 그러자 그녀와 함께 보냈던 옛 추억이 꼬리를 물고 그의 기억 속에서 되살아났다. 그는 그녀와의 마지막 밀회 때 걷잡을 수 없는 동물적 욕망에 빠졌던 일과 그 욕구를 채운 뒤 느꼈던 허무한 감정을 떠올렸다. 흰 옷에 푸른 띠를 두른 모습과 부활절의 이른 아침도 생각났다. 〈사실 난 그녀를 사랑했어. 진실로 아름답고 순결한 마음으로 그날 밤 그녀를 사랑했어. 아니, 그 이전에, 그러니까 논문을 쓰려고 고모 집을 방문한 첫날부터 그녀를 사랑했던 거야!〉 그러자 그 옛날 자신의 모습이 머릿속에 떠올랐다. 솟구치는 젊음으로 생명력이 충만하던 시절이 생생하게 떠오르자 그는 몹시 괴롭고 가슴이 답답해졌다.

그 시절과 현재의 모습 사이에는 커다란 차이가 있었다. 그것은 교회에서 기도를 드리던 당시의 까쮸샤와 오늘 재판을 받은, 상인을 상대로 술을 마시는 창녀 까쮸샤와의 차이만큼이나 커다란 것이었다. 당시 그는 의협심이 강하고 자유로운 인간이었으며 앞길에는 무한한 가능성이 열려 있었으나, 지금은 어리석고 공허하며 아무런 목적도 없이 생활의 노예로 전락하여 출구도 찾지 못했고 그 생활에서 벗어나려고 하지도 않았다. 그는 한때 강직한 생활 태도에 자부심을 느꼈고 정직을 신조로 삼았으며 또 실제로도 정직하게 살았으나, 지금은 온통 위선으로 뒤덮여 있다고 생각했다. 그것은 주위 사람들이 모두 진실이라 여기는, 하지만 정작은 위선으로 뒤덮인 생활이었다. 그는 그런 위선에서 벗어날 수 없었으며 적어도 그런 위선에서 벗어날 출구조차 찾지 못했다. 심지어는 그런 생활에 물들고 익숙해진 채 안일하게 살아왔던 것이다.

마리야 바실리예브나와의 관계를 끊어 버리고 그녀의 남편이나 그 자식들 앞에서 떳떳해질 수 있는 길은 없을까? 미시와의 관계까지도 시원하게 정리해 버릴 길은 없을까? 토지의 개인 소유는 부당하다는 인식과 어머니의 영지를 상속받은 사실 사이의 모순에서 어떻게 하면 빠져나갈 수 있을까? 까쮸샤에게는 어떻게 속죄할 수 있을까? 이대로 내버려 둘 수는 없는 일이다. 〈사랑했던 여자를 버릴 수는 없어. 변호사에게 돈을 지불하고 억울한 유형 판결로부터 그녀를 구하는 것으로 만족할 수 없는 일이야. 그때 내가 그녀에게 돈 몇 푼을 쥐여 주고 내 의무를 다했다고 생각한 것처럼 또 돈으로 속죄할 수는 없지.〉

그러자 복도에서 그녀에게 돈을 쥐여 주고 도망쳤던 그 순간이 그림처럼 되살아났다. 〈아, 그 돈!〉 그는 당시 느꼈던 두려움과 역겨움을 느끼며 옛일을 회상했다. 「아아! 얼마나 비열한 짓이냐!」 그때와 마찬가지로 그는 울부짖었다. 「비열한 인간, 악당 같은 놈들이나 할 수 있는 짓을! 그러고 보면 나는, 나는 그런 비열한 인간이나 악당에 지나지 않아!」 그는 크게 소리쳤다. 〈나는 정말……〉 그는 걸음을 멈추었다. 〈나는 정말 악당에 지나지 않는 것일까? 아니라면 대체 뭐란 말인가?〉 그는 자신에게 질문을 던졌다. 〈그리고, 내가 저지른 일은 이것뿐일까?〉 그는 끊임없이 자신을 책망했다. 〈마리야 바실리예브나나 그녀의 남편에 대한 나의 태도는 추잡하거나 비열하지 않다는 말인가? 재산에 대한 나의 태도는 또 어떻고? 어머니로부터 물려받은 유산이라는 구실로 부당한 부를 마음껏 누리지 않았던가! 그렇게 나는 게으르고 사악한 생활을 해오지 않았나! 그중에서도 가장 용서받을 수 없는 일은 까쮸샤에 대한 소행이야. 불한당, 비열한 인간! 원한다면 그들(사람들)이 나를 비난해도 괜찮아. 설령 내가 그들을 속일 수 있다 해도 나 자신까지 속일 수는 없지.〉

최근 들어서, 특히 오늘 공작이나 소피야 바실리예브나나 미시, 그리고 꼬르네이에게 느꼈던 역겨움이 다름 아닌 자기 자신에 대한 거부감에서 비롯되었다는 사실을 그는 문득 깨달았다. 그리고 놀라운 것은, 자신의 비열함을 인정하는 그런 감정 속에 고통과 동시에 기쁘고 마음을 편하게 해주는 무언가가 내포되어 있다는 사실이었다.

살아오는 동안에 네흘류도프에게는 스스로 〈영혼의 정화〉라고 부르는 현상이 여러 차례 일어났다. 그가 〈영혼의 정화〉라고 일컫는 현상은 오랜 시간이 흐르다가 갑자기 찾아오는 것으로, 내면 생활의 지체 또는 정체를 인식하고 영혼 속에 쌓여 그 정체의 원인이 된 모든 찌꺼기를 단숨에 깨끗이 씻어 내는 일을 가리키는 것이다.

그런 각성을 하고 난 후면 언제나 네흘류도프는 생활 신조를 만들고 영원히 지키기로 마음먹었다. 그는 일기를 썼고, 앞으로는 결코 변심하지 않겠노라 다짐하며 새로운 생활을 시작했다. 그것이야말로 〈새로운 장〉을 여는 일이라고 그는 말해 왔다. 그러나 매번 세상의 유혹에 휘말려 자신도 모르는 사이에 다시 타락했고 전보다 훨씬 더 깊은 수렁에 빠져들고 말았다.

이런 식으로 그는 수차례 자신의 마음을 정화시키고 분발했다. 여름 방학 때 고모 집을 방문하던 당시가 그 첫 번째 시기였다. 그것은 가장 혈기왕성하고 의욕에 넘친 각성이었고, 그 결과는 상당히 오랫동안 지속되었다. 두 번째 각성은 전쟁이 벌어졌을 때 문관직을 그만두고 목숨을 바칠 각오로 입대한 일이었다. 그러나 그곳에서는 너무 쉽게 오염되고 말았다. 끝으로 그가 복무를 마치고 외국 생활을 하며 그림 공부를 시작할 때도 각성한 적이 있었다.

그 이후부터 오늘날까지 그는 영혼을 정화하지 못한 채 상당히 오랜 세월을 보냈다. 그런데 이처럼 더러운 구덩이 속으로 빠졌던 적은, 다시 말해서 그의 양심이 갈구하는 것과 현실 생활 사이의 간격이 이토록 심하게 벌어졌던 적은 그동안 한 번도 없었다. 그 간격을 깨달은 그는 두려움에 몸을 부르르 떨었다.

그 간격이 너무 심하게 벌어졌을 뿐 아니라 너무 지독하게 오염되었기 때문에, 처음에 그는 영혼을 정화할 가능성에 대해 상당히 회의적이었다. 〈자기완성이나 개선을 위한 노력을 벌써 여러 차례 시도해 보았지만 아무것도 이루지 못했잖아.〉 마음속에서는 그를 유혹하는 목소리가 이렇게 울려 왔다. 〈다시 시도해서 뭘 어쩌자는 거야? 너만 그런 것도 아니고, 모두 다 그렇게 하는데 말이야. 그게 인생이야.〉 유혹의 목소리는 계속 말했다. 그러나 네흘류도프는 자유로운 정신적 존재만이 진실하고 전능하며 영원하다는 사실을 깨달았다. 그는 그것을 믿지 않을 수 없었다. 현실과 이상 사이의 간격이 비록 엄청나게 벌어졌다고 해도 일단 정신적 존재를 깨달은 그에게 불가능한 일이란 없는 것처럼 보였다.

「어떤 대가를 치르더라도 나를 압박하는 이 위선을 떨쳐 버려야 해. 그리고 모든 것을 인정하고 모든 사람들에게 진실을 말하며 진실을 행해야만 해.」 그는 단호한 목소리로 크게 소리쳤다. 「미시에게도 진실을 말해 버리자. 난 타락한 사람이고 결혼할 자격도 없는 몸이며 공연히 심려만 끼치고 말았다고. 마리야 바실리예브나(귀족 회의 의장의 부인)에게도 모두 말하자. 그러나 사실 그녀에게는 더 이상 할 말이 없구나. 차라리 그녀의 남편에게 나는 악당에 지나지 않으며 당신을 속였다고 말하자. 또 진실을 인정한다면 유산도 정리하자. 까쮸샤에게도 나는 비열한 인간이라 당신에게 나쁜 짓을 저질렀으며, 이제부터라도 당신의 운명의 짐을 덜어 주기 위해서라면 무슨 일이든 하겠다고 말하자. 그렇다, 그녀를 만나서 용서를 구하자. 그렇다, 체면 차리지 말고 어린아이처럼 용서를 구하자.」 그는 걸음을 멈췄다. 「필요하다면 결혼이라도 하자.」

그는 소년 시절에 그랬듯이 제자리에 서서 가슴에 손을 얹고 허공을 바라보며 누군가에게 말하듯 중얼거렸다.

「주여, 저를 도와주시고 인도해 주소서. 제 마음속에 자리하시어 악의 구렁텅이에서 벗어나게 해주소서!」

그는 기도했고, 하느님께 도와 달라고 간청했으며, 자기 마음속에 들어와서 죄를 깨끗이 씻어 달라고 빌었다. 그때 그의 소망은 이미 성취되어 있었다. 그의 마음속에서 잠자던 하느님이 의식 속에서 깨어났던 것이다. 마음속에서 하느님이 깨어난 것을 느꼈기 때문에, 그는 자유와 용기와 삶의 기쁨을 맛보았으며 선의 무한한 가능성을 맛보았다. 사람이 할 수 있는 일 가운데 가장 훌륭한 일을 해낼 수 있다고 믿게 된 것이다.

이렇게 중얼거리는 동안 그의 눈에는 눈물이 고이기 시작했다. 그것은 선한 눈물인 동시에 악한 눈물이기도 했다. 선한 눈물인 까닭은 최근 몇 년간 그의 마음속에 잠자던 정신적 존재가 깨어났다는 기쁨으로 인한 것이었기 때문이며, 반면에 악한 눈물인 까닭은 자신의 선량함에 대한 만족감에서 나온 것이었기 때문이다.

그의 몸은 뜨거운 열기로 달아오르기 시작했다. 그는 창문 앞으로 다가가서 문을 열었다. 창문은 마당 쪽으로 나 있었다. 달빛 흐르는 고요한 밤이었다. 거리에서 마차 바퀴 소리가 들리더니 얼마 후 다시 조용해졌다. 창문 바로 밑에는 키 크고 가지 앙상한 포플러의 그림자가 깨끗이 청소된 조그만 광장의 모래 위에 비치고 있었다. 왼쪽에는 헛간 지붕이 밝은 달빛에 새하얀 모습을 드러내고 있었다. 앞쪽에는 서로 꼬이고 엉킨 나뭇가지 사이로 울타리의 검은 그림자가 드리워 있었다. 네흘류도프는 달빛이 비치는 마당과 지붕, 그리고 포플러의 그림자를 바라보며 맑고 신선한 공기를 들이켰다.

「정말 기분이 좋군! 정말 기분이 좋아! 오, 하느님, 정말 기분이 좋습니다!」 그는 자신의 심정을 이렇게 토로했다.

29

마슬로바는 저녁 6시쯤에야 자기 감방으로 돌아올 수 있었다. 이렇게 많이 걸어 본 적이 없었던 그녀는 15킬로미터나 되는 자갈길을 걷느라 피곤해지고 발이 부어올랐으며, 예상과 달리 가혹한 중형을 선고받은 탓에 낙담했고 거기에 배까지 고파 왔다.

휴식 시간에 보초병들이 빵과 삶은 계란을 먹는 것을 봤을 때 그녀는 군침이 돌고 몹시 시장기를 느꼈으나, 그들에게 먹을 것을 구걸하는 것은 비굴한 짓이라는 생각이 들었다. 3시간가량 더 지나자 배가 고프다는 생각도 들지 않았고 다만 온몸이 피곤하기만 했다. 그런 상태에서 전혀 예상치도 못한 판결을 받은 것이다. 그녀는 처음에는 자신이 잘못 들은 거라고 생각했다. 〈죄수〉라는 용어가 자신과 어떠한 연관을 가지리라고는 꿈에도 생각해 본 적이 없었던 것이다. 그러나 재판관들과 그 선고를 당연하게 받아들이는 배심원들의 침착하고 사무적인 표정을 보고는 너무 분해서 자신은 결백하다고 법정이 떠나갈 듯 소리쳤었다. 그들은 그녀의 항의를 예상했던 일로 받아들였다. 항의로 사태를 뒤집을 수 없다는 사실을 깨닫자, 그녀는 자신에게 씌워진 무자비하고 엄청난 부정 앞에 무릎 꿇지 않을 수 없음을 감지하고 통곡했다. 특히 그녀가 믿을 수 없었던 것은 이토록 가혹한 판결을 내린 사람들이 늙은이들도 아니고, 언제나 자신에게 부드러운 눈길을 보내던 젊은 사내들이라는 사실이었다. 물론 검사보만은 전혀 다른 생각을 가지고 있다는 사실은 그녀도 눈치챘지만 말이다. 그녀가 개정을 기다리며 죄수 대기실에 앉아 있을 때나 휴식 시간에 그 사내들은 다른 볼일이 있는 것처럼 문 옆을 지나가기도 하고 방 안까지 들어왔지만, 사실은 그녀를 훔쳐보기 위해 그랬던 것임을 마슬로바는 알고 있었다. 그런데 무슨 까닭에서인지 바로 그 사내들이 그 사건에 대해서 무죄인 그녀에게 별안간 유죄 판결을 내리고 말았다. 처음에 그녀는 몹시 울었으나 얼마 후 눈물을 거두고 죄수 대기실에 멍하니 앉아 호송을 기다리는 수밖에 없었다. 당시 그녀의 유일한 소원은 담배나 한 대 피우는 것이었다. 그녀가 그런 심정이었을 때 선고를 받은 보치꼬바와 까르찐긴이 같은 방으로 끌려왔다. 보치꼬바는 방 안에 들어서자마자 마슬로바에게 욕설을 퍼부으며 유형수라고 조롱했다.

「그래 기분이 어때? 넌 빠져나갈 수 없어, 이 화냥년아! 그런 죄를 저질렀으니 당연한 결과지. 유형 생활을 하면 화장이나 할 수 있을 것 같아?」

마슬로바는 두 손을 죄수복 주머니에 찔러 넣고 고개를 숙인 채 두어 발자국 앞의 마룻바닥을 응시하며 이렇게 말할 뿐이었다.

「난 당신들을 자극하지 않잖아요. 그러니 당신들도 날 내버려 둬요……」 그녀는 같은 말만 몇 번이고 되풀이하다가 입을 다물어 버렸다. 까르쩐낀과 보치꼬바가 어디론가 끌려가고 보초병이 들어와 그녀에게 3루블을 건넸을 때 그녀는 겨우 기운을 차렸다.

「마슬로바인가?」 그가 물었다. 「자, 어떤 부인이 보낸 거야.」 그는 돈을 건네며 말했다.

「어떤 부인이죠?」

「어서 받기나 해. 너희들하고는 상대하기도 싫으니까.」

그 돈은 그녀를 데리고 있던 여주인 끼따예바가 보낸 것이었다. 재판소에서 돌아가는 길에 그녀는 정리를 붙잡고 마슬로바에게 약간의 돈을 전해 달라고 부탁했다. 정리가 그러겠노라고 대답하자 그녀는 단추가 세 개 달린 사슴 가죽으로 만든 장갑을 벗어 토실토실 살이 오른 흰 손으로 비단 치마 뒷주머니에서 고급 지갑을 꺼내서는 유곽에서 벌어들인, 수표책에서 방금 뜯어낸 상당히 많은 쿠폰[42]들 가운데 2루블 50꼬뻬이까짜리 한 장을 고르더니 거기에 20꼬뻬이까짜리 은화 두 닢과 10꼬뻬이까짜리 은화 한 닢을 보태어 정리에게 주었다. 그러자 정리는 보초병을 불러서 그녀가 지켜보는 가운데 그 돈을 건넸다.

「부탁드립니다. 꼭 좀 전해 주세요.」 까롤리나 알베르또브나 끼따예바가 보초병에게 말했다.

보초병은 자기를 못 믿는 것 같은 그녀의 태도에 화가 치밀어 마슬로바에게 그런 식으로 분풀이를 했던 것이다.

마슬로바는 돈을 보자 매우 반가웠다. 돈이 있어야 절실히 필요한 물건 하나를 구할 수 있기 때문이었다.

〈담배를 구해서 한 모금 빨았으면.〉 그녀는 이렇게 생각했

42 이자표(利子票). 제정 러시아에서는 돈과 함께 유통되었다.

다. 그녀의 온 신경은 담배를 피우고 싶다는 욕망에 사로잡혀 있었다. 그 마음이 너무나 간절할 때 복도를 통해 사무실로부터 담배 냄새가 흘러들자 그녀는 심호흡으로 공기를 들이마셨다. 그러나 다시 오랜 시간을 기다려야 했다. 그녀를 돌려보내야 할 서기가 피고에 대해서는 잊은 채 어느 변호사와 금지된 기사에 대해 의견을 나누다가 끝내는 논쟁을 하기에 이르렀기 때문이다. 몇몇 젊은 사내들과 늙은이들은 재판이 끝난 뒤에 그녀를 구경하려고 찾아와서는 저희끼리 무언가 쑥덕거렸다. 그러나 그녀는 이제 그들에게 신경조차 쓰지 않았다.

4시가 다 되어서야 그녀를 유치장으로 돌려보내라는 명령이 떨어졌다. 니즈니 노브고로트 출신의 호송병과 추바쉬족 출신의 호송병이 재판소 뒷문으로 그녀를 끌고 나왔다. 재판소 문을 나서기도 전에 그녀는 호송병들에게 20꼬뻬이까를 주면서 흰 빵 두 개와 담배를 사다 달라고 부탁했다. 추바쉬족 출신의 호송병은 씩 하고 웃더니 돈을 받으며 말했다.

「좋아, 사다 주지.」 그는 정말로 담배와 빵을 사다 주고는 잔돈까지 거슬러 주었다.

길거리에서 담배를 피울 수는 없었으므로 마슬로바는 담배를 피우고 싶은 욕망을 해소하지 못한 채 감옥으로 돌아갔다. 그녀가 정문에 이르렀을 때 기차로 호송된 약 1백 명가량의 죄수들이 도착했다. 문을 들어서면서 그녀는 죄수들과 마주쳤다.

턱수염을 무성하게 기른 죄수, 말끔하게 면도한 죄수, 젊은 죄수, 늙은 죄수, 러시아인, 이민족, 머리를 반만 깎은 죄수[43] 등 가지각색의 죄수들이 발에 찬 쇠고랑을 철거덕거렸고, 입

43 유형수의 표식으로 머리를 세로로 반만 박박 밀었다.

구는 먼지와 요란한 발소리와 떠드는 소리와 코를 찌르는 땀 냄새로 가득했다. 죄수들은 모두 까쮸샤 옆을 지나면서 그녀를 힐끔힐끔 쳐다보았다. 어떤 죄수들은 욕정 어린 얼굴로 다가와서 그녀의 몸을 툭툭 건드리기도 했다.

「야, 예쁜데. 멋있어!」 어떤 죄수가 말했다.

「아가씨, 안녕하시오!」 다른 죄수가 윙크하며 말했다.

뒷머리를 파랗게 면도하고 까무잡잡한 얼굴에 콧수염을 기른 한 죄수가 쇠고랑을 철거덕거리며 달려들어 그녀를 끌어안았다.

「옛 애인도 몰라보기야? 이렇게 시치미 떼지 말라고!」 그녀가 떠밀자 그는 이빨을 하얗게 드러내고 눈을 부라리면서 소리쳤다.

「이 녀석이 무슨 짓을 하는 거야!」 부소장이 뒤에서 다가오며 고함을 질렀다.

그 죄수는 몸을 움찔하더니 얼른 물러났다. 부소장은 마슬로바를 윽박질렀다.

「넌 어째서 여기 있는 거야?」

마슬로바는 재판을 받고 돌아오는 길이라고 말하고 싶었으나 너무 지쳐서 입을 떼는 것조차 싫었다.

「법원에서 돌아오는 길입니다.」 고참 호송병이 걸어가는 죄수들 사이를 헤치고 뛰어나와 경례를 올리며 말했다.

「그렇다면 어서 교위에게 인계하도록 해. 뭐야, 이 추태가?」

「네, 알겠습니다.」

「소꼴로프! 인계받아!」 부소장이 외쳤다.

교위가 가까이 다가와 성난 얼굴로 마슬로바의 어깨를 툭 치고는 고갯짓을 하더니 여자 감방이 있는 복도로 그녀를 끌고 갔다. 사람들은 여자 감방 복도에서 그녀의 온몸을 더듬으며 꼼꼼히 뒤지고, 아무것도 나오지 않자(담뱃갑은 빵 속에 찔러 넣었다) 오늘 아침에 나왔던 그 감방으로 그녀를 다시 밀어 넣었다.

30

마슬로바가 구금된 감방은 길이가 9아르신, 폭이 7아르신에 이르는 매우 긴 방으로, 창문이 두 개 달려 있었고 빛바랜 벽난로가 튀어나와 있었으며 바닥이 갈라진 나무 침대가 일렬로 놓여 공간의 3분의 2정도를 차지하고 있었다. 감방 문 맞은편에는 까맣게 때 묻은 성상 하나가 걸려 있었고 그 앞에는 양초가 타고 있었으며 먼지가 뽀얗게 쌓인 국화 한 다발도 걸려 있었다. 문 뒤편 왼쪽으로는 까맣게 빛바랜 마룻바닥에 변기통이 놓여 있었다. 점호가 끝난 지 얼마 되지 않았기 때문에 여자 죄수들은 밤새 갇혀 있어야 했다.

그 감방에 수용된 사람은 전부 열다섯 명이었는데, 여자 죄수 열두 명에 나머지 세 명은 어린애들이었다.

아직 날이 어둡지 않아서인지 두 여자만이 나무 침대에 누워 있었다. 한 여자는 죄수복을 머리끝까지 뒤집어쓰고 있었는데 그녀는 증명서를 소지하지 않았다는 이유로 체포된 백치로 언제나 누워서 잠만 잤다. 또 다른 여자는 절도죄로 복역 중인 폐병 환자였다. 그 여자는 죄수복을 베고 누웠으나 잠들어 있지는 않았다. 그녀는 목구멍이 근질거릴 정도로 입안에 가래가 가득 괴어 있었으나 기침이 나오는 것을 억지로 참으며 눈을 동그랗게 뜬 채 누워 있었다. 나머지 여자들은 모두 머리에 아무것도 쓰지 않은 채 투박한 베옷을 입고 있었는데 어떤 여자들은 나무 침대 위에 앉아서 바느질을 했고, 어떤 여자들은 창문 옆에 서서 마당을 지나는 남자 죄수들의 모습을 물끄러미 바라보기도 했다. 바느질을 하는 세 여자 가운데 하나는 아침에 마슬로바를 전송했던 꼬라블료 바라는 노파였다. 노파의 주름진 얼굴은 침통한 데다가 잔뜩 일그러져 있었고 턱 밑으로 쭈글쭈글한 피부가 축 늘어져 있었다. 키가 크고 몸이 단단해 보였으며 관자놀이 주변에 새치가 드문드문 나 있었고 볼에는 털이 난 사마귀가 달려 있었다. 노파는 도끼로 남편을 살해한 죄로 징역을 살고 있었다. 그녀가 남편을 살해한 것은 자기가 데려온 딸을 남편이 건드렸기 때문이었다. 감방의 반장인 그녀는 몰래 술을 거래했다. 그녀는 안경을 쓰고 막일꾼 같은 커다란 손으로 시골 아낙네들처럼 손가락을 몸 쪽 방향으로 돌려 바느질을 하고 있었다. 그녀와 나란히 앉아서 자루를 꿰매는 여자는 작달막한 키에 코는 형편없이 납작했으며 조그맣고 까만 눈에 얼굴빛은 까무잡잡한, 마음씨 곱고 수다스러운 여자였다. 그녀는 철도 안전원이었으나 기차가 지나갈 때 깃발을 들고 나가지 않았다가 불행하게도 사고가 일어나자 석 달간의 금고형을 선고받았다. 바느질을 하는 세 번째 여자는 페도시야였는데 (사람들은 그녀를 페니치까라고 불렀다), 흰 피부와 발그스레한 두 볼에 맑고 어린애처럼 순수한 푸른 눈과 두 갈래로 길게 땋아 내린 아마 빛 머리카락이 돋보이는 앳되고 귀여운 여자였다. 그녀는 남편 독살 미수죄로 수감되었다. 그녀는 열여섯 살이 되던 해에 시집을 갔는데 시집을 가자마자 곧 남편을 독살하려고 시도했다. 그러나 보석으로 풀려나 재판을 기다리던 여덟 달 동안에 남편과 사이가 좋아졌을 뿐 아니라 진심으로 그를 사랑하게 되어 재판이 시작될 무렵에는 더욱 각별한 정을 나누게 되었다. 그래서 남편과 시아버지, 그리고 그녀를 특히 아끼는 시어머니는 그녀가 무사히 풀려나도록 재판소에 두루 힘을 썼으나 그런 노력은 모두 허사로 돌아갔고 그녀는 시베리아 유형이라는 판결을 받고 말았다. 마음씨 곱고 명랑하며 늘 웃는 얼굴의 페도시야는 마슬로바 옆의 나무 침대를 쓰고 있었는데, 마슬로바를 좋아했을 뿐 아니라 그녀를 걱정하고 돌보는 게 자신의 의무라고 생각했다. 나무 침대 위에는 다른 두 여자가 멍청히 앉아 있었다. 그 중 한 여자는 마흔 살가량 된 중년 여인으로 한때는 상당한 미인이었던 것 같지만 지금은 안색이 파리하고 몹시 여위었다. 그녀는 한 손에 어린애를 안은 채 힘없이 늘어진 젖을 물리고 있었다. 그녀의 마을에서 신병을 차출했을 때 농민들은 그것이 위법이라 판단해서 여러 사람이 경찰관을 가로막고 한 청년을 빼돌렸는데, 그녀는 그때 그 청년을 태운 말고삐를 맨 처음으로 붙잡고 실랑이를 벌인 사람이었다. 아무 일도 하지 않고 낮은 나무 침대에 앉아 있는 또 다른 여자는 머리가 희끗희끗하고 등이 굽은 주름살투성이의 마음씨 착한 노파였다. 노파는 벽난로 옆 나무 침대에 앉아 있었는데, 배가 툭 튀어나온 네 살배기 까까머리 사내아이가 깔깔거리며 그 앞으로 뛰어가자 아이를 잡는 시늉을 했다. 아이는 조그만 셔츠 하나만 달랑 걸친 채 노파의 주위를 뛰어다니며 〈어때요, 날 잡지 못할걸!〉 하고 같은 말만 되풀이했다. 그 노파는 아들과 함께 방화죄로 체포되어 보기 드물 정도로 얌전히 형기를 보내며, 오로지 함께 수감된 아들 생각에 마음을 졸였고 두고 온 남편 생각에 몹시 가슴 아파했다. 며느리가 달아나서 빨래해 줄 사람이 없기 때문에 이가 들끓지나 않을까 하는 걱정이었다.

이 일곱 여자를 제외한 나머지 네 여자는 활짝 열린 창문에 달라붙어 쇠창살을 붙잡고 정문 앞에서 마슬로바와 마주 쳤던 남자 죄수들이 마당을 지나가는 모습을 바라보며 신호를 보내거나 고함을 질러 대화를 주고받았다. 그들 중 절도

죄로 복역하고 있던, 몸집이 매우 크고 살찐 빨간 머리 여자
는 느슨하게 풀어 헤친 옷섶 사이로 주근깨투성이의 누런 얼
굴과 두 손 그리고 굵은 목덜미를 드러내고 있었다. 그녀는
창문에 대고 목쉰 소리로 상스러운 욕을 내뱉었다. 그녀의
옆에는 키가 열 살짜리 계집애 정도밖에 안 되는, 허리가 길
고 다리는 짧은 여자 죄수가 서 있었는데 그녀의 피부는 새
까맣고 몸매는 엉망이었다. 불그스름한 얼굴에는 여드름 자
국이 가득했고 새까만 두 눈 사이의 미간은 넓었으며 두툼하
고 조그만 입술에 하얀 앞니가 튀어나와 있었다. 그녀는 마
당에서 벌어지는 광경을 내려다보며 깔깔거렸다. 멋깨나 부
린다고 해서 호로샤브까(멋쟁이)라고 불리는 그 여자 죄수는
절도와 방화 혐의로 기소되었다. 그들 뒤에는 힘줄이 튀어나
온 바싹 마른 몸에 몹시 더러운 회색빛 옷을 걸친 배부른 임
신부가 서 있었다. 장물 은닉 혐의로 기소된 그녀는 아무 말
도 하지 않았지만, 마당에서 벌어지는 일에 흥미를 느끼는지
계속 미소 짓고 있었다. 창가에 서 있는 나머지 한 여자는 술
을 밀매하다가 체포된 시골 아낙네로 자그마한 키에 퉁방울
눈을 가진, 몹시 인정이 많아 보이는 여자였다. 그녀는 노파
와 어울려 뛰놀고 있는 사내아이와 일곱 살짜리 계집애의 어
머니였는데, 아이들을 맡아 줄 사람이 없어서 감방에 함께
수용되어 있었다. 그녀도 다른 여자들처럼 창밖을 내다보았
지만 양말 짜는 손은 잠시도 멈추지 않았고, 마당을 지나는
남자 죄수들이 듣기 거북한 욕설을 퍼부을 때마다 눈을 지그
시 감곤 했다. 그녀의 일곱 살짜리 딸은 먼지 범벅인 머리카
락을 헝클어뜨리고 셔츠 하나만 걸친 채 빨간 머리 여자 옆
에 나란히 서서 가늘고 조그만 손으로 그녀의 치맛자락을 붙
잡고 여자 죄수들이 남자 죄수들과 이야기를 주고받는 모습
을 응시하며, 머릿속에 모두 담아 두려는 듯 욕지거리에 열

심히 귀를 기울이고 중얼중얼 따라했다. 자기가 낳은 사생아를 우물에 던졌다는 열두 번째 여자 죄수는 교회 머슴의 딸로 키가 크고 몸매도 뛰어났다. 그녀는 헝클어진 갈색 머리카락을 짤막하고 굵게 땋았는데 눈은 무언가를 주시하듯 튀어나와 있었다. 그녀는 주위에서 벌어지는 일에 조금도 관심을 기울이지 않고 더러운 잿빛 셔츠 하나만 걸친 채 맨발로 감방 안의 빈 곳을 이리저리 서성거리며 벽까지 다가갔다가는 재빨리 되돌아오곤 했다.

31

철컥하는 자물쇠 소리와 함께 마슬로바가 감방 안으로 들어오자 모두 그녀를 향해 고개를 돌렸다. 교회 머슴의 딸까지 순간적으로 걸음을 멈추고 눈썹을 치올리며 감방으로 들어온 사람을 쳐다보았다가, 다시 커다란 걸음걸이로 묵묵히 걷기 시작했다. 꼬라블료바는 거친 천으로 만든 자루에 바늘을 꽂으며 재판 결과가 어땠는지 궁금하다는 눈빛으로 안경 너머 마슬로바를 쳐다보았다.

「가엾어라! 다시 돌아왔군. 난 틀림없이 석방될 거라고 믿었는데.」 그녀는 사내처럼 거칠고 낮은 목소리로 말했다. 「아마도 징역형을 언도받은 게로군.」

그녀는 안경을 벗으며 바느질감을 나무 침대 옆으로 밀쳐놓았다.

「안 그래도 저 할머니하고 아가씨 이야기를 하던 참인데. 그대로 석방될지도 모른다고 말이야. 우리가 들은 바로는 그런 일도 종종 있었거든. 재수만 좋으면 돈까지 받게 될지도 모른다고 말이야.」 철도 안전원이었던 여자가 흥얼거리듯 입을 열었다. 「쯧쯧, 가엾게도 우리 예상이 빗나간 모양이지. 하느님께서도 무슨 생각이 있으시겠지.」 그녀는 상냥하고 부드러운 말로 위로했다.

「어때요, 형은 언도받았나요?」 페도시야는 진심으로 동정하는 어린애처럼 맑고 푸른 눈으로 마슬로바를 쳐다보며 말했다. 그녀의 명랑하고 앳된 얼굴은 금방이라도 울음을 터뜨릴 듯 변해 있었다.

마슬로바는 아무 대답도 하지 않고 입을 꼭 다문 채 구석에서 두 번째에 있는 자기 자리로 다가가서 꼬라블료바와 나란히 나무 침대 위에 앉았다.

「아직 아무것도 못 먹었겠군요.」 페도시야가 몸을 일으켜 마슬로바 쪽으로 다가오면서 말했다.

마슬로바는 아무 대답도 하지 않고 흰 빵을 머리맡에 내려놓고는 먼지투성이가 된 죄수복과 검은 고수머리에 썼던 머릿수건을 벗기 시작했다.

한쪽 구석에서 사내아이와 놀고 있던 등이 굽은 노파도 다가와 마슬로바 앞에서 걸음을 멈추었다.

「쯧쯧쯧!」 노파는 가슴 아프다는 듯 고개를 절레절레 흔들며 혀를 찼다.

노파 뒤를 따라온 사내아이는 눈을 크게 뜨고 입술을 삐죽거리며 마슬로바가 가져온 흰 빵을 뚫어질 듯 바라보았다. 오늘 온갖 일을 겪고 돌아와 이렇게 동정 어린 눈길을 접하자, 마슬로바는 설움이 북받쳐 입술을 파르르 떨기 시작했다. 그러나 그녀는 눈물을 보이기 싫어서 노파와 사내아이가 다가올 때까지는 억지로 울음을 참았다. 그런데 노파의 인자하고 온정 어린 혀 차는 소리가 들리고, 거기에 시선을 흰 빵에서 자기 얼굴로 진지하게 옮겨 오는 사내아이를 바라보는 순간 그녀는 더 이상 참지 못하고 안면 근육에 경련을 일으키며 오열을 터뜨렸다.

「그럴 것 같아서 내가 그럴듯한 변호사를 찾아보라고 했잖아.」 꼬라블료바가 말했다. 「그래, 시베리아행이야?」 그녀가 물었다.

마슬로바는 무언가 대답하고 싶었으나 혀끝이 말을 듣지 않았다. 그녀는 여전히 흐느끼며, 머리를 가운데로 땋아 올리고 세모꼴로 가슴을 판 옷을 입고 있는 귀부인이 새겨진 담뱃갑을 흰 빵 속에서 꺼내어 꼬라블료바에게 건넸다. 꼬라블료바는 그 그림을 얼핏 보더니 그런 식으로 돈을 낭비하는 마슬로바에게 실망했다는 듯이 고개를 가로저으며 담배 한 개비를 뽑아 등불로 불을 붙인 다음 한 모금 빨고 나서 마슬로바에게 건네주었다. 마슬로바는 계속 흐느끼면서 빼앗기지 않으려는 듯 연방 담배를 빨아 대며 연기를 뿜기 시작했다.

「징역형을 선고받았어요.」 그녀는 흐느끼며 말했다.

「하늘이 무섭지도 않은가, 나쁜 놈들, 저주받을 놈들!」 꼬라블료바가 말했다. 「무고한 처녀에게 형을 선고하다니.」

그때 창가에 서 있던 여자들 사이에서 깔깔대는 웃음소리가 들려왔다. 계집아이도 따라 웃었지만 가냘픈 어린애의 웃음소리는 다른 세 여자들의 탁하고 쩌렁쩌렁한 웃음소리에 뒤섞여 버렸다. 남자 죄수 한 사람이 마당에서 이상한 동작을 취해서 창밖을 내다보던 여자들을 웃긴 모양이었다.

「까까머리 잡놈 같으니! 저게 무슨 짓이람.」 빨간 머리 여자가 이렇게 말하고는 뚱뚱한 몸을 흔들며 쇠창살에 얼굴을 붙인 채 온갖 상스러운 욕설을 퍼부었다.

「이 망할 놈의 여편네야! 입 닥치지 못해!」 꼬라블료바가 빨간 머리를 향해 고개를 저으며 이렇게 말하고는 다시 마슬로바에게 물었다. 「대체 몇 년 형을 선고받았는데?」

「4년이요.」 이렇게 대답한 마슬로바는 다시 비 오듯 눈물을 흘렸고 눈물방울은 담배 위로 떨어져 내렸다.

마슬로바는 화가 치미는지 담배를 비벼 끄고는 다시 새 담배를 꺼냈다.

철도 안전원이었던 여자는 담배를 피울 줄도 모르면서 얼른 꽁초를 집어 들더니 주름을 펴며 쉬지 않고 떠들어 댔다.

「저런, 정말 그렇게 됐군, 아가씨.」 그녀가 말했다. 「진실 따위는 돼지가 처먹은 모양이지. 자기들 마음대로군. 마뜨베예브나는 석방될 거라고 말했지만, 아가씨, 난 그렇지 않을 거라고 했어. 그자들이 아가씨를 잡아먹을 거라고 예감했지. 그런데 결국은 그렇게 되었군.」 그녀는 자신의 목소리에 만족스러워하며 말했다.

그때 남자 죄수들이 마당을 다 지나가자 그들과 맞장구를 치던 여자들도 창가에서 물러나 마슬로바 주위로 몰려들었다. 술을 밀매하던 퉁방울눈의 여자가 계집아이와 함께 제일 먼저 다가왔다.

「뭐, 중형이야?」 그녀는 마슬로바 옆에 앉아서 재빠른 솜씨로 양말을 뜨면서 말했다.

「다 돈이 없어서 그렇게 된 거야. 돈만 조금 있어서 유능한 변호사를 구했더라면 틀림없이 무죄 판결을 받았을 텐데.」 꼬라블료바가 말했다. 「그래, 그자 있잖아. 이름이 뭐더라? 머리는 더부룩하고 코가 큰 작자 말이야. 아가씨, 그자는 물 속에서도 건초를 끄집어낸다고 하던데, 그자한테 변론을 의뢰해야 했어.」

「아니, 어떻게 그 사람에게 의뢰해요.」 호로샤브까가 그들 곁에 자리를 잡고 앉아 하얀 이빨을 드러내며 말했다. 「그 사람은 1천 루블짜리 사건 아래로는 맡지도 않을 텐데.」

「어쩌면 당신 팔자가 사나운 건지도 몰라.」 방화죄를 저지른 노파가 말했다. 「괴롭기는 다 마찬가지지 뭐. 며느리하고 떨어져 이 감방 안에서 이한테 물어뜯기는 일이 벌써 한두 해도 아니고 말이야.」그녀는 벌써 수백 번도 더 반복한 신세 타령을 다시 늘어놓기 시작했다. 「감옥이나 비렁뱅이 신세를 면할 수 없나 봐. 비렁뱅이 신세가 아니면 감옥이니.」

「그 작자들이 하는 말이란 뻔하지.」술을 밀매하던 여자는 뜨개질하던 양말을 옆에 내려놓더니 다리 사이로 계집아이를 끌어 앉히고는 부지런히 손가락을 놀려 머리에서 이를 잡기 시작했다. 「왜 밀주를 팔았느냐고? 안 그러면 애들을 어떻게 먹여 살려?」그녀는 익숙한 손놀림으로 계속 이를 잡으며 말했다.

술을 밀매하던 여자의 이 말에 마슬로바는 술 생각이 났다.

「술이나 한잔 마셨으면.」그녀는 흘러내리는 눈물을 셔츠 소매로 훔치며 이따금 흐느끼다가 꼬라블료바에게 말했다.

「가므르이까?[44] 그래 가져다주지.」꼬라블료바가 말했다.

32

마슬로바는 흰 빵 속에서 쿠폰을 꺼내 꼬라블료바에게 주었다. 글을 읽을 줄 모르는 꼬라블료바는 쿠폰을 이리저리 들여다보기만 했다. 만물박사 호로샤브까가 2루블 50꼬뻬이까짜리라고 하자 그녀는 그제야 믿음이 갔는지 환기통에 숨겨 둔 술병을 꺼내러 갔다. 침대에서 나와 있던 여자들은 이 모습을 지켜보다가 모두 자기 잠자리로 돌아갔다. 그사이에 마슬로바는 머릿수건과 죄수복에 묻은 먼지를 털어 낸 후 침대 위에 올라가서 흰 빵을 먹기 시작했다.

44 러시아 술의 한 종류.

「당신에게 주려고 차를 얻어 놓았는데 벌써 다 식어 버렸을 거야.」페도시야는 각반으로 싼 양철 주전자와 찻잔을 선반에서 꺼내며 말했다.

차는 완전히 식어서 차 맛보다 양철 냄새가 더 심하게 났지만, 마슬로바는 찻잔에 차를 따라 흰 빵과 함께 먹었다.

「피나쉬까, 자, 받아.」그녀는 자기 입만 물끄러미 쳐다보는 사내아이에게 빵을 떼어 주었다.

그러는 사이에 꼬라블료바는 술병과 잔을 가져왔다. 마슬로바는 꼬라블료바와 호로샤브까에게 술을 권했다. 이 세 사람은 돈을 가지고 있었고 서로 거래도 하는, 감방의 귀족 같은 존재였다.

얼마간 시간이 흐르자 마슬로바는 생기를 되찾았는지 재판하는 동안 자신을 곤경에 빠뜨렸던 검사보 흉내를 내면서 하나씩 이야기를 풀어 놓기 시작했다. 법정 안의 모든 사람들이 호기심 어린 눈초리로 자신을 쳐다보았으며, 또 자신 때문에 일부러 죄수 대기실을 드나들더라고 그녀가 말했다.

「호송병도 말했지만, 그 모든 게 날 보기 위한 수작이었대요. 내가 보기엔 별 필요도 없는 서류의 어디가 어떻게 되었다느니 하면서 나를 훔쳐보더군요.」그녀는 미소를 짓고는 의아하다는 듯 고개를 가로저으며 말했다. 「배우들이 따로 없다니까요.」

「당연히 그랬을 거야.」철도 안전원이었던 여자가 끼어들며 흥얼거리듯 떠들었다. 「설탕에 꼬이는 파리 같은 놈들이지. 다른 일에는 그렇지 않다가도 그런 일이라면 정신없이 달려든다니까. 어이없는 일이야. 밥은 굶어도—」

「여기도 다를 바 없어요.」마슬로바가 말을 가로챘다. 「여기서도 곤경에 빠졌었거든요. 돌아오는 길에 역에서 호송되는 남자 죄수들과 마주쳤는데, 어찌나 치근거리던지 빠져나올 수가 없었어요. 고맙게도 부소장이 그들을 쫓아 주었죠. 어떤 놈이 덥석 끌어안는 것을 겨우 떼어 버린걸요.」

「대체 어떻게 생긴 녀석인데?」 호로샤브까가 물었다.

「얼굴이 까무잡잡하고 콧수염을 기른 사내예요.」

「틀림없이 그놈일 거야.」

「누구 말이야?」

「시체글로프란 놈 말이야. 조금 전에 여길 지나갔거든.」

「시체글로프라니?」

「아니, 시체글로프를 모른단 말이야? 시체글로프는 벌써 두 번이나 탈옥했던 놈이야. 붙잡혀 왔지만 다시 도망칠 거야. 그놈을 지키는 교도들도 잔뜩 겁을 먹고 있거든.」 남자 죄수들의 편지를 배달하고 있어서 감옥에서 일어나는 일은 모르는 게 없는 호로샤브까가 말했다. 「틀림없이 또 도망치고 말 거야.」

「도망친다고 하더라도 우리까지 데려가진 못하겠지.」 꼬라블료바가 말했다.

「그보다 어떻게 됐는지 이야기나 계속해 봐.」 그녀가 마슬로바를 향해 말했다. 「변호사는 틀림없이 상소하라고 했을 테니, 어서 상소해야 하잖아?」

마슬로바는 아무것도 아는 게 없다고 대답했다.

그때 빨간 머리 여자가 숱 많은 머리카락 사이로 손을 넣어 머리를 긁적거리며 술을 마시는 감방의 귀족들에게 다가왔다.

「이봐, 까쩨리나, 내가 알려 줄까?」 그녀가 입을 열었다. 「제일 먼저 판결에 응할 수 없다는 상소장을 써야 해. 그러고서 그걸 검사에게 보내야 하는 거야.」

「대체 왜 온 거야?」 꼬라블료바가 화가 난 듯 거친 목소리로 그녀를 향해 말했다. 「술 냄새를 맡고 온 거지? 내 눈은 못 속여. 네가 없어도 그런 일은 어떻게 해야 되는지 알고 있단 말이야.」

「당신한테 볼일이 있는 게 아니니까 참견 마!」

「술이 마시고 싶은 거지? 그러니까 이렇게 슬그머니 다가왔지.」

「너무 그러지 말고 그녀에게도 한 잔 주세요.」 자기가 가진 것은 언제나 사람들과 기꺼이 나누는 마슬로바가 말했다.

「저런 년한테도 술을 주라니……!」

「뭣이 어째?」 빨간 머리 여자가 꼬라블료바에게 대들면서 말했다. 「난 너 같은 할멈 따윈 하나도 겁 안 난단 말이야.」

「죄나 짓고 돌아다니는 년이!」

「남 얘기 하고 있네.」

「이런 망할 강도 년이!」

「날 보고 강도라고? 넌 유형수에 살인마야!」 빨간 머리 여자가 소리쳤다.

「어서 꺼져 버려!」 꼬라블료바가 무섭게 인상을 쓰며 말했다.

그러나 빨간 머리 여자는 오히려 더욱더 대들었다. 꼬라블료바가 드러난 그녀의 풍만한 앞가슴을 확 떠밀자, 빨간 머리 여자는 기다렸다는 듯 한 손으로 재빨리 꼬라블료바의 머리채를 붙잡으며 다른 손으로 얼굴을 한 대 쥐어박으려 했다. 그러나 꼬라블료바는 그 손을 벌써 낚아챘다. 마슬로바와 호로샤브까가 빨간 머리 여자의 팔을 붙잡으며 그녀를 떼어 놓으려 했으나, 빨간 머리 여자는 머리채를 붙잡은 손을 놓지 않았다. 그녀는 한 번 멈칫하다가 머리채를 놓았으나, 그것은 머리채를 손에 감기 위한 동작일 뿐이었다. 꼬라블료바는 머리채를 끌리면서도 한 손으로 빨간 머리 여자의 온몸을 할퀴며 그녀의 팔을 물어뜯기 시작했다. 나머지 여자들은 뒤엉켜 있는 두 사람 주위에 몰려들어 이들을 떼어 놓으려고 고함을 질렀다. 폐병을 앓는 여자까지 다가와서 콜록거리며 한데 엉켜 싸우는 두 사람을 바라보았다. 아이들은 서로 몸을 의지하며 울음을 터뜨렸다. 그때 싸우는 소리를 들은 여자 교도가 남자 교도를 데리고 들어왔다. 두 여자는 싸움을 멈추었다. 꼬라블료바는 허옇게 센 머리를 풀어 헤치고 잡아 뜯긴 머리 뭉치를 골라내고 빨간 머리 여자는 찢어진 속옷 자락 사이로 드러난 노란 앞가슴을 여미며, 서로 소리 높여 변명과 하소연을 늘어놓았다.

「그래, 알고 있어. 이 모든 게 술 때문이겠지. 내일 소장님께 모두 말씀드려서 너희들 소지품을 수색하겠어. 이것 봐, 술 냄새가 풍기잖아.」 여자 교도가 말했다. 「명심해. 깨끗이 치워 버려. 안 그러면 신상에 좋지 않을 거야. 일일이 시시비비를 가릴 시간이 없단 말이야. 모두 제자리로 돌아가서 입 다물고 있어.」

그러나 조용해지기까지는 상당히 오랜 시간이 걸렸다. 여자들은 한동안 누가 먼저 잘못했다느니 하는 이야기로 서로 욕지거리를 퍼부으며 언성을 높였다. 마침내 남자 교도와 여자 교도가 돌아가자 여자들은 차츰 입을 다물다가 잠자리에 들 준비를 했다. 노파는 성상 앞에 서서 기도를 드렸다.

「두 유형수 계집년들하고 같은 방에서 지내야 한다니.」 빨간 머리 여자가 한쪽 구석에 있는 침대에서 걸걸한 목소리로 한 마디 한 마디 독이 서린 욕설을 퍼부었다.

「조심하지 않으면 다시 혼날 줄 알아.」 꼬라블료바도 지지 않으려는 듯 맞받아쳤다. 그리고 두 사람 다 입을 다물었다.

「사람들이 날 말리지만 않았어도 네년의 눈깔을 뽑아 버렸을 거야……」 빨간 머리 여자가 다시 입을 열자, 꼬라블료바도 질세라 똑같은 식의 욕설로 되받았다.

다시 한동안 잠잠하더니 또 한참 욕설이 오갔다. 그 간격은 조금씩 더 길어지더니 그러다가 마침내 완전히 침묵 속에 빠져들었다.

모두 잠자리에 누웠다. 곳곳에서 코를 골았으나 언제나 오랜 시간 기도하는 노파만은 여전히 성상 앞에 머리를 숙이고 있었고, 교회 머슴의 딸 역시 교도가 나가자 자리에서 일어나 감방 안을 이리저리 서성거렸다.

잠이 오지 않았던 마슬로바는 자신이 유형수라는 사실을 계속 생각하기 시작했다. 보치꼬바를 비롯해서 빨간 머리 여자까지 벌써 두 차례나 자신을 그렇게 부르지 않았던가. 그러나 그 사실은 쉽게 용납되지 않았다. 등을 돌리고 누워 있던 꼬라블료바가 몸을 돌렸다.

「정말이지 일이 이렇게 되리라곤 꿈에도 생각하지 못했어요.」마슬로바가 나직한 목소리로 말했다. 「어떤 사람들은 죄를 짓고도 멀쩡하게 살아가는데, 난 아무 죄도 없이 이 고생을 해야 하니 말이에요.」

「아가씨, 너무 걱정하지 마. 시베리아도 사람 사는 곳이니까. 그곳에 간다고 해서 죽는 건 아니야.」꼬라블료바는 그녀를 안심시키려고 애를 썼다.

「물론 죽지야 않겠지만, 너무 억울해요. 난 그런 운명에 빠질 수 없어요. 이미 편안한 생활에 젖어 있었거든요.」

「하지만 하느님을 거역할 수는 없는 법이지.」꼬라블료바가 한숨을 쉬며 되풀이했다. 「하느님을 거역할 수는 없는 법이야.」

「알고 있어요, 할머니, 하지만 만사가 괴로운걸요.」

그들은 잠시 입을 다물었다.

「들려? 저 비곗덩어리 같은 계집년이 내는 소리 말이야.」꼬라블료바가 말했다. 마슬로바는 맞은편 침대 쪽에서 들려오는 이상한 신음 소리에 주의를 기울였다.

그 신음 소리는 빨간 머리 여자가 숨을 죽이며 내는 흐느
낌이었다. 빨간 머리 여자는 욕을 먹고 얻어터진 데다가 그
토록 마시고 싶었던 술도 한 잔 얻어먹지 못한 것이 분해서
울고 있었다. 그녀는 지금까지 살아오면서 욕설과 비웃음과
조롱과 매질뿐, 한 번도 인간 대접을 받아 보지 못했다는 생
각에 서글퍼서 우는 것이었다.

그녀는 자신의 첫사랑인 직공 페지까 몰로존꼬프를 회상하
며 위안을 삼고 싶었으나 그 추억은 사랑의 종말까지 생각나
게 했다. 술에 취한 페지까는 장난 삼아 그녀 신체의 가장 민
감한 급소에 황산을 바르고 그녀가 고통에 몸부림치는 모습
을 친구들과 함께 지켜보면서 재미있게 웃어 댔었다. 그렇게
그녀의 첫사랑은 깨지고 말았다. 옛 추억이 떠오르자 그녀는
자신의 처지가 너무 서글퍼졌다. 그래서 아무한테도 들키지
않을 거라고 생각하며 혼자 흐느껴 운 것이다. 그녀는 어린애
처럼 훌쩍거리다가 짭짤한 눈물을 삼키면서 울고 있었다.

「가엾은 여자로군요.」 마슬로바가 말했다.

「정말 가엾은 여자야. 하지만 그렇다고 다른 사람들을 괴
롭혀서는 안 되지.」

33

다음 날 자리에서 일어난 네흘류도프가 제일 먼저 느낀 감
정은 자신의 마음속에 무언가 변화가 일어났다는 점이었다.
어떤 변화가 일어났는지 생각하기 전에, 그는 그것이 중요하
고도 좋은 일일 거라고 예감했다. 〈까쮸샤…… 재판.〉 그렇
다, 더 이상 거짓말을 하지 말고 모든 진실을 밝혀야겠다. 그

런데 어떤 우연의 일치인지는 모르겠지만, 고대하던 편지가 그날 아침 귀족회의 의장의 부인인 마리야 바실리예브나로 부터 도착했다. 그 편지야말로 지금 이 시점에서 무엇보다 필요한 것이었다. 그녀는 그에게 완전한 자유를 허락했고 가까운 장래에 거행될 결혼의 행복을 빌어 주었다.

〈결혼!〉 그는 빈정대는 말투로 중얼거렸다. 〈하지만 지금의 나와는 거리가 먼 이야기지!〉

그는 모든 사실을 그녀의 남편에게 고백하고 용기를 빌며 어떤 처벌이라도 달게 받을 준비가 되어있다고 말하려던 어제의 결심을 떠올렸다. 하지만 오늘 아침 천천히 생각해 보니, 그건 어제 생각했던 것처럼 쉬운 일이 아니라는 걸 깨달았다. 〈굳이 불행한 사람으로 만들 필요가 있을까? 그는 아무것도 모르고 있는데 말이야. 그가 내게 물어본다면 그때 가서 이야기하자. 고백하기 위해 일부러 그를 찾아갈 필요가 있을까? 아니야, 쓸데없는 짓이야.〉

그리고 오늘 아침이 되자, 미시에게 모든 진실을 털어놓는 문제 역시 그리 쉬운 일만은 아니라는 생각이 들었다. 이 역시 먼저 이야기를 꺼낼 필요는 없다. 그건 너무 가슴 아픈 일이니까. 세상일이 흔히 그렇듯이, 때론 확실하지 않은 상태 그대로 남겨 두는 경우도 필요한 법이다. 오늘 아침 그는, 이제 그들의 집에 찾아가지도 않고 상대가 묻기 전에는 먼저 진실을 이야기하지 않겠다고 새롭게 결심했다.

그러나 까쭈샤와의 관계만큼은 애매한 상태로 남겨 둘 수 없었다.

〈감옥으로 가서 그녀에게 용서를 빌자. 그리고 필요하다면, 그렇다, 필요하다면 그녀와 결혼이라도 하자.〉 그는 이렇게 생각했다.

오로지 도덕적 만족을 충족시키기 위해 모든 것을 희생하고 그녀와 결혼하겠다는 생각은 오늘 아침 그 스스로를 특히 감동시켰다.

그가 그토록 활기찬 하루를 맞은 것은 정말 오랜만의 일이었다. 아그라페나 뻬뜨로브나가 방으로 들어왔을 때, 그는 자신도 전혀 예상하지 못했을 만큼 단호하게 이 집과 그녀의 시중이 더 이상 필요없다고 말했다.

그가 이렇게 크고 호화로운 저택을 소유한 것은 신혼살림이라는 명목하에 지금까지 은연중에 묵인되고 있었다. 그러므로 이 집을 내놓는다는 말은 특별한 의미를 지닌 것이었다. 아그라페나 뻬뜨로브나는 깜짝 놀라며 그의 얼굴을 쳐다보았다.

「당신에겐 신세를 많이 졌소, 아그라페나 뻬뜨로브나. 여러 모로 날 돌봐 주었지만, 난 이런 저택이나 많은 하인들이 더 이상 필요하지 않게 되었소. 만일 당신이 나를 도와주고 싶다면 어머니께서 살아 계셨을 때처럼 당분간 눈에 띄는 물건들을 정리해 주면 좋겠소. 그러면 나따샤(그녀는 네흘류도프의 누이였다)가 도착해서 처리할 거요.」

아그라페나 뻬뜨로브나는 고개를 가로저었다.

「어떻게 정리하라는 말씀이신가요? 곧 다시 필요하게 될 텐데요.」 그녀가 말했다.

「아니오, 필요치 않을 거요, 아그라페나 뻬뜨로브나. 정말이오.」 네흘류도프는 고개를 가로젓는 그녀에게 이렇게 대답했다. 「미안하지만, 꼬르네이에게도 두 달 치 월급을 선불로 지급할 테니 이제 그만두라고 전해 주시겠소?」

「드미뜨리 이바노비치, 이건 쓸데없는 짓이에요.」 그녀가 나무라듯 말했다. 「외국으로 떠나신다고 해도 어차피 집은 있어야 하잖아요.」

「뭔가 잘못 생각하고 있군, 아그라페나 뻬뜨로브나. 나는 외국으로 떠나는 것이 아니오. 만일 떠난다 해도, 그곳은 완전히 다른 곳이 될 거요.」

갑자기 그의 얼굴이 빨갛게 물들었다.

〈그렇다, 이 여자에게 말해야 한다.〉 그는 생각했다. 〈입을 봉하고 있을 것이 아니라, 모든 사람들에게 다 말해야 한다.〉

「어제 무척 기이하고도 중대한 의미를 지닌 일이 내게 일어났소. 혹시 마리야 이바노브나 고모님 댁에 있던 까쮸샤를 기억하시오?」

「물론이죠, 그 애한테 바느질을 가르치기도 했던걸요.」

「그런데 어제 바로 그 까쮸샤가 재판을 받았고, 나는 그 재판의 배심원이었소.」

「아, 세상에, 그렇게 안타까운 일이 있다니!」 아그라페나 뻬뜨로브나가 말했다. 「그 애한테 무슨 일이라도 있었나요?」

「살인 사건에 연루되었소. 그 모든 것이 다 내 잘못이지.」

「나리께서 무슨 잘못을 하셨다는 거예요? 참 이상한 말씀도 다 하시는군요.」 아그라페나 뻬뜨로브나는 장난기 섞인 늙은 눈을 반짝이며 말했다.

그녀는 까쮸샤와 네흘류도프의 관계를 알고 있었다.

「그렇소, 내가 모든 원인의 제공자요. 그래서 그 일로 내 모든 계획을 바꾸기로 한 거요.」

「도대체 어떻게 그까짓 일로 나리의 계획을 바꾸실 수 있단 말이에요?」 아그라페나 뻬뜨로브나는 새어 나오는 웃음을 억지로 참으며 말했다.

「그녀가 그런 길로 빠지게 된 원인을 내가 제공했으니, 그녀를 도울 수 있는 일이라면 무엇이든 할 생각이오.」

「훌륭한 생각이긴 하지만, 그 문제에 대해 나리께서 잘못하신 점은 없어요. 그건 누구에게나 일어날 수 있는 일이니, 이성적인 사람이라면 쉽게 처리하고 잊고 살아야죠.」 아그라페나 뻬뜨로브나는 강경한 어조로 진지하게 말했다. 「그러니

나리 생각대로만 하실 일이 아니에요. 그 애가 그런 길로 빠졌다는 소문이야 저는 오래전부터 들었지만, 그걸 누구의 잘못이라고 할 수야 있나요?」

「내 잘못이오. 그래서 다시 바꿔 놓으려는 거요.」

「하지만 다시 바꿔 놓는다는 게 쉬운 일이 아니에요.」

「그건 내 문제요. 아무튼 당신에 관해서는 어머니께서 원하셨던 대로…….」

「제 문제는 신경 쓰지 마세요. 저는 돌아가신 마님께 커다란 은혜를 입었으니, 더 이상 바랄 게 없습니다. 리잔까(결혼한 그녀의 조카딸이었다)가 오라고 하니, 제가 필요치 않으시다면 그 애한테로 가면 되지요. 단지 나리께서 그런 일로 쓸데없이 심려하시다니 걱정이네요. 그건 누구에게나 흔히 일어날 수 있는 일이에요.」

「하지만 난 그렇게 생각하지 않소. 어쨌거나 당신한테는 미안한 일이지만, 이 집을 내놓고 물건을 처분하는 일을 도와주시오. 그렇다고 내게 화를 내진 말아요. 이제까지 당신이 해준 일에 대해서는 고맙게 생각하고 있으니까.」

이상한 일이었다. 스스로를 추악하고 역겹다고 느끼는 순간부터 다른 사람들에 대한 네흘류도프의 혐오감은 사라져 버렸다. 게다가 아그라페나 뻬뜨로브나나 꼬르네이에게 다정한 경외심이 생겼다. 그는 꼬르네이에게도 사과하고 싶었으나 그의 모습이 너무 준엄하고도 공손하여 그런 생각을 그만두지 않을 수 없었다.

늘 타고 다니는 마차로 언제나 지나치는 길을 따라 재판소로 향하면서, 네흘류도프는 오늘 자기가 마치 완전히 다른 사람처럼 느껴진다는 사실에 스스로 놀라지 않을 수 없었다.

바로 어제까지만 해도 미시와의 결혼은 확고하다고 생각했으나, 지금 그 일은 도저히 생각조차 할 수 없는 것으로 받아들여졌다. 어제까지만 해도 그는 그녀와 결혼하면 행복할 거라는 생각을 조금도 의심치 않던 자신의 입장을 인정했었다. 그러나 오늘은 결혼은커녕 그녀와 가까이 사귈 자격조차 없다고 생각했다.

〈만일 내가 어떤 사람인지 알게 된다면, 그녀는 결코 만나 주지 않을 거야. 그러면서 난 그녀가 다른 사내와 장난만 쳐도 비난을 퍼부었다니. 그래, 그녀가 만일 나와 결혼하겠다고 해도, 다른 한 여자가 감옥에 갇혀서 내일이나 모레라도 죄수들 무리에 섞여 유형을 간다는 사실을 알고 있는 한 난 결코 행복해질 수도 없고 편안하게 살 수도 없어. 나 때문에 신세를 그르친 여자가 유형을 가는데, 내가 무슨 낯으로 새 신부와 함께 축하를 받으며 인사를 다닐 수 있겠어? 뿐만 아니라 귀족 회의 의장을 교활하게 속여 넘기며 함께 지방 장학 제도와 그 밖의 안건에 대한 찬반 투표를 따지면서도, 다른 한편으로는 그의 아내와 밀애를 나누다니! 이건 정말 추악한 짓이야! 그리고, 결코 완성하지 못할 것이 분명한데도 계속 그림을 그려야 하나? 그런 사소한 일에 시간을 낭비할 수도 없거니와, 그런 일 따위는 이제 내게 아무 의미도 없잖아.〉 가슴속에 느껴지는 내면의 변화에 끝없이 기뻐하면서 그는 이렇게 생각했다.

〈우선 당장 변호사를 만나서 그의 의견을 들어 보고…….그러고 나서 어제의 그 여자 죄수를, 그녀를 만나 모두 이야기해야지.〉

자신이 그녀를 만나서 모든 걸 고백하고 자기 죄를 용서해 달라고 빌며 자기가 할 수 있는 일이라면 무엇이든 할 생각이고 또 용서를 구할 수 있는 길이라면 결혼까지도 하겠다고 말하는 모습을 혼자 상상하는 순간, 말로 형용할 수 없는 뜨거운 감격에 젖은 그의 두 눈에 눈물이 흥건히 고였다.

34

재판소에 도착한 네흘류도프는 복도에서 어제의 그 정리를 만나 재판을 받은 피고들이 지금 어디에 구금되었는지, 또 면회를 하려면 누구의 허락을 받아야 하는지 물었다. 현재 피고들은 여러 곳에 구금되어 있으며 최종적인 절차인 결심 판결이 있기까지는 검사로부터 면회 허가를 받아야 만날 수 있다고 정리는 설명했다.

「재판이 끝나면 자세히 말씀드리고 안내해 드리겠습니다. 검사님께서는 아직 나오시지 않았거든요. 그럼 재판 후에 뵙겠습니다. 지금은 법정으로 가십시오. 곧 개정합니다.」

네흘류도프는 오늘따라 유난히 초라해 보이는 정리의 친절에 고마움을 표한 후 배심원실로 향했다. 그가 배심원실로 가고 있을 때 배심원들은 법정으로 들어가기 위해 나오고 있었다. 어제처럼 여전히 인자해 보이고 술도 한잔 들이켠 것 같은 모습의 상인이 마치 오랜 친구라도 만난 듯 네흘류도프를 맞았다. 오늘따라 뾰뜨르 게라시모비치의 거침없는 언행이나 너털웃음도 그에게 불쾌감을 주지 않았다.

네흘류도프는 모든 배심원들에게도 어제의 그 여자 피고와 자신과의 관계를 말해 버리고 싶었다. 〈사실은 어제 재판 도중에 일어서서 솔직히 내 죄를 밝혔어야 했는데.〉 그는 이렇게 생각했다. 그러나 배심원들과 함께 법정에 들어서자마자 어제와 다를 바 없는 재판 절차가 시작되었다. 〈개정!〉 하는 소리와 함께 금술로 장식된 법의를 입은 세 명의 재판관이 모습을 드러내자 법정 안은 잠잠해졌으며 등받이 높은 의자에 배심원들이 앉았고 헌병들과 사제가 입장했다. 그는 이러한 절차가 반드시 필요하다고 느꼈고, 물론 어제도 이런 엄숙한 분위기가 깨져서는 안 된다고 느낀 바 있었다.

개정 절차는 어제와 같았다(그러나 배심원 선서와 배심원들에 대한 재판장의 주의 전달은 생략되었다).

오늘의 사건은 주거 침입과 절도에 관한 것이었다. 피고는 장검을 빼어 든 두 헌병의 호위를 받으며 들어왔는데, 그는 회색 죄수복을 입었고 얼굴빛은 창백했으며 바싹 마른 체구에 좁은 새가슴을 가진 스무 살가량 된 청년이었다. 그는 피고석에 혼자 앉아서 입장하는 사람들을 힐끔힐끔 쳐다보았다. 그 청년은 자물쇠를 부수고 남의 창고로 들어가 시가(時價) 3루블 67꼬뻬이까짜리 낡은 돗자리를 훔친 혐의로 기소되었다. 기소장에는 청년이 어깨에 돗자리를 메고 친구와 함께 걸어가다가 경찰의 불심 검문을 당했다고 적혀 있었다. 청년과 친구는 곧 자백했고 두 사람 모두 구속되었다. 그런데 자물쇠 공장 직공인 청년의 친구는 감옥에서 사망했기 때문에 그 청년 혼자 재판을 받아야 했다. 낡은 돗자리가 증거물로 책상 위에 놓여 있었다.

사건은 어제와 똑같은 방식으로 다루어져 증빙 서류, 증거물 제출, 증인 선서, 인정 심문, 전문가 감정, 대질 심문 등이 이어졌다. 재판관과 검사와 변호사의 질문에 증인으로 나선 경찰은 〈네, 그렇습니다〉, 〈모르겠습니다〉 또는 〈틀림없습니다〉와 같은 식으로 무뚝뚝하게 대답했다. 그러나 군대식 우둔함과 기계적인 자세에도 불구하고 경찰은 청년을 동정하는 듯했고 체포 경위에 대한 진술도 내키지 않아 하는 것처럼 보였다.

피해자이자 또 다른 증인으로 나선 노인은 집주인이며 돗자리 주인이기도 했는데, 아마도 신경질적인 사람인 것 같았다. 그는 돗자리가 누구의 것이냐고 묻자 몹시 귀찮다는 투로 자기 것이라고 대답했다. 검사보가 그 돗자리를 무엇에 쓰려고 했는지, 또 반드시 필요한 것인지 물었을 때도 그는 몹시 화가 난 말투로 이렇게 대답했다.

「그까짓 물건이야 잃어버리면 또 어떻습니까. 그런 돗자리 따위는 아무 짝에도 쓸모없는 걸요. 만일 이렇게 골칫거리가 될 줄 알았더라면 찾으려 하지도 않았을 겁니다. 차라리 붉은 지폐[45] 한 장, 아니 두 장을 주고서라도 심문에 끌려 나오지 않는 건데. 공연히 마차 삯으로만 벌써 5루블이나 썼단 말입니다. 그리고 나는 몸도 성치 못해요. 탈장 증세에 류머티즘까지 앓고 있으니까요.」

증인들은 모두 이런 식으로 진술했다. 그러나 피고는 자기 죄를 모두 시인하고 마치 사냥꾼에게 잡힌 조그만 짐승처럼 멍하니 사방을 두리번거리면서 더듬거리는 목소리로 모든 것을 고백했다.

사건의 윤곽이 뚜렷하게 드러났지만 검사보는 어제와 마찬가지로 어깨를 들썩거리며 교활한 범인의 정체를 폭로하고야 말겠다는 듯 교묘한 질문 공세를 퍼부었다.

그는 논고에서 이런 절도 행위는 주인이 있는 집을, 더구나 자물쇠로 잠가 놓은 집을 침입하여 저지른 것이므로 청년은 당연히 엄벌에 처해야 한다고 주장했다.

이에 맞서 국선 변호인은 범행을 부인할 수는 없으나 절도 행위는 사람이 살고 있는 건물 내부에서 이루어진 것이 아니므로 검사보의 주장처럼 사회적으로 위협적인 범죄는 아니라고 변론했다.

재판장 역시 어제와 똑같은 식으로 공평과 정의를 내세웠고, 배심원들 모두가 이미 잘 알고 있으므로 더 이상 이야기할 필요도 없는 사실을 꼼꼼히 설명하며 그들을 설득하려고 애썼다. 어제와 다름없이 휴식 시간에는 모두 담배를 피웠으

45 제정 러시아의 10루블짜리 지폐를 가리킨다.

며 또다시 정리가 〈개정!〉 하고 외쳤다. 헌병들은 쏟아지는 졸음을 억지로 참으며 장검을 빼어 들어 피고를 위협하는 자세로 앉아 있었다.

조서를 보면, 청년은 소년 시절 아버지 손에 이끌려 담배 공장에 보내져서 그곳에서 5년이나 일하게 되었다. 그런데 올해에는 공장주와 노동자들 사이에 분쟁이 일어나 청년은 쫓겨나고 말았다. 그는 하릴없이 거리를 돌아다니며 몇 푼 안 남은 돈으로 술을 퍼마셨고, 그러다가 어느 선술집에서 술고래이며 자기보다 먼저 실직한 자물쇠 공장 직공을 만나게 되었다. 그날 밤 두 사람은 함께 술을 퍼마셨고 취한 김에 공모해서 자물쇠를 부수고 들어가 손에 잡히는 첫 물건을 훔쳤다. 그들은 곧 체포되었고 사실대로 자백했다. 그들은 구속되었고 자물쇠 공장 직공은 재판이 열리기 전에 죽고 말았다. 그리고 지금 청년은 사회에서 격리될 필요가 있는 위험한 존재로 취급되어 재판을 받는 것이었다.

〈저 사람도 어제의 여자 죄수만큼이나 위험한 존재라는 거지?〉 네흘류도프는 눈앞에 전개되는 일을 주시하며 이렇게 생각했다. 〈그들은 위험한 존재이고 우리들은 위험한 존재가 아니란 말이지? 나는 탕아이고 간부(姦夫)이며 거짓말쟁이인데! 그런데 모두 내가 어떤 사람인지 다 알고 있으면서도 나를 욕하기는커녕 오히려 존경하고 있지 않은가! 그러나 상식에 비추어 볼 때, 저 청년이 체포될 당시에 무슨 죄를 저질렀든 그가 이 법정 안의 어느 누구보다도 사회적으로 더 위험한 존재라고 말할 수 있을까?

분명한 사실은 저 청년이 별난 악당이 아니라, 모두 알고 있듯이 그저 평범한 한 인간에 불과하다는 점이다. 저 청년이 그런 처지에 놓인 것은 단지 그런 인간이 되지 않을 수 없게 만든 환경의 탓이다. 내 생각에는 저런 청년을 사라지게 하려면 그런 불행한 인간을 만들어 내는 환경을 말끔히 제거할 수 있도록 노력해야 하는 것이 마땅하다.

하지만 우리는 무슨 짓을 하고 있는 걸까? 체포되지 않은 그런 부류의 청년들이 수없이 많다는 점을 잘 알면서도 우연히 걸려든 불행한 청년을 붙잡아 감방에 처넣고 무기력하고 건강을 해치는 무의미한 노역 환경으로 내몰아 그와 마찬가지로 삶에 취약하고 방황하는 사람들의 무리에 섞어서, 가장 타락한 인간들을 처벌하듯 모스크바 현에서 시베리아 땅 이르쿠츠크로 유배시키려고 하지 않는가.

사실 우리는 그처럼 불행한 사람들을 만들어 내는 환경을 제거하는 데는 아무 노력도 기울이지 않고, 오히려 그 같은 사람들을 양성하는 시설들을 장려하고 있다. 그런 시설들은 알다시피 크고 작은 공장, 작업장, 선술집, 여관, 매음굴 등이다. 그런데도 우리는 그런 시설들을 없애지는 않고 반드시 필요한 것이라고 생각하여 권장하고 정상화시키고 있지 않는가.

우리는 한 사람도 아니고 수백만 명의 그런 인간들을 훈육하려고 하고, 그중 몇몇 사람을 체포해서 우리에게 더 이상 필요치 않다며 모스크바 현에서 이르쿠츠크 현으로 유배시켜 울타리를 치고, 그렇게 함으로써 무언가를 성취하고 우리 자신을 보호한다고 생각하고 있다.〉 대령의 옆자리에 앉은 네흘류도프는 검사와 변호사, 그리고 재판장의 확신에 찬 몸짓과 다양한 목소리에 귀를 기울이며 평소와는 다른 혈기와 신념으로 가득 차 이렇게 생각했다. 〈이런 위선을 위해 얼마나 많은 노력을 들였을까!〉 거대한 법정, 초상화, 램프, 안락의자, 법의, 두꺼운 벽, 심지어 창문까지 하나하나 둘러보면서 네흘류도프는 이런 생각을 이어 갔고 거대한 규모의 건물과 엄청난 시설, 이곳뿐 아니라 러시아 전역에서 불필요한 코미디를 벌이며 봉급을 타먹는 서기, 교도관, 전령, 관리들에 대해 돌아보았다. 〈아니, 만일 지금이라도 손과 발을 들여다보듯이, 아무렇게나 방치된 사람들을 돕는 데 이런 노력의 1백분의 1만이라도 기울인다면 좋으련만. 그런데 단지 죄수 한 사람을 잡아들이는 일에 이런 노력을 바치다니.〉 네흘류도프는 겁에 질린, 병색이 완연한 청년의 얼굴을 바라보며 이렇게 생각했다. 〈그가 절박한 생활고 때문에 시골에서 도시로 보내져 도시 생활을 시작했을 때 누군가 그를 동정하고 도와주었다면, 아니면 그가 도시 생활을 하면서 공장에서 하루 12시간의 노동이 끝난 후에 나이 먹은 동료들 손에 잡혀 선술집으로 끌려갈 때 누군가가 《쫓아가지 마, 바냐, 그건 나쁜 짓이야》라고 이야기해 주었다면 저 청년은 술집에 가지 않았을 것이고 나쁜 길로 빠져들지도, 또 나쁜 짓을 저지르지도 않았을 텐데.

그러나 저 청년이 머리에 이가 들끓는 것을 막으려고 머리를 짧게 깎은 채 직공들의 심부름을 하며 들짐승처럼 살아온 수년 동안, 이 도시에서 그의 처지를 동정한 사람은 한 사람도 없었다. 오히려 그의 동료나 직공들은 사람들을 속이고 술 마시고 욕하고 남을 때리고 방탕한 생활을 하는 사람이 똑똑한 사람이라는 얘기만 들려줄 뿐이었다.

건강을 해치는 노동과 음주와 방탕 때문에 몸이 쇠약해지고 마치 꿈을 꾸듯 몽롱한 상태에서 목적 없이 거리를 헤매다가 급기야 남의 창고로 들어가 아무 짝에도 쓸모없는 낡은 돗자리를 들고 나왔을 때, 사람들은 청년을 지금과 같은 환경으로 빠지게 만든 원인은 규명하지 않고 다만 엄벌에 처함으로써 일을 해결하려고 한다.

무서운 일이다! 잔인함이나 불합리 가운데 어느 것이 더 크다고 말할 수 없을 정도로, 양쪽 다 극한에 이른 것이 틀림없어.〉

네흘류도프는 눈앞에서 벌어지는 일 따위엔 전혀 관심도 기울이지 않은 채 이런 생각에 골몰했다. 그러다가 문득 자신에게 일어난 변화를 발견하고는 몸을 부르르 떨었다. 예전에는 그도 이런 사실들을 모르고 지나쳤으며, 다른 사람들도 역시 마찬가지라는 사실에 깜짝 놀란 것이다.

35

첫 번째 휴정이 선포되자 네흘류도프는 다시는 법정으로 돌아오지 않겠다고 결심하고 자리에서 일어나 복도로 나갔다. 그들이 하고 싶은 대로 내버려 둘지언정 이처럼 끔찍하고 추악한 광대놀음에 참여할 수는 없었다.

검사실이 있는 곳을 알아낸 네흘류도프는 그곳을 찾아갔다. 사환이 지금은 검사님께서 바쁘시다며 들어갈 수 없다고 말했지만 네흘류도프는 못 들은 척 문을 지나 방 안으로 들어가서는 자신을 쳐다보는 서기에게, 배심원인데 중요한 용무로 검사를 꼭 만나야 한다고 말했다. 공작이라는 칭호와 훌륭한 옷차림이 도움이 되었다. 검사는 자리에서 일어나 그를 맞으며, 반 강제로 면회를 신청한 네흘류도프에게 노골적으로 불만을 터뜨렸다.

「무슨 일이시죠?」 검사가 퉁명스럽게 물었다.

「저는 배심원입니다. 성은 네흘류도프라고 하지요. 피고 마슬로바를 꼭 만나야겠기에 찾아왔습니다.」 네흘류도프는 이런 행동이 자신의 삶에 결정적인 영향을 미치리란 사실을 감지했는지 얼굴을 벌겋게 붉히며 결심을 굳힌 듯 재빨리 말했다.

검사는 키가 작달막하고 까무잡잡한 사내였는데, 짧게 깎은 머리카락은 허옇게 세어 있었고 반짝거리는 눈동자를 재빠르게 굴렸으며 뾰족한 아래턱에는 숱 많은 짧은 수염을 기르고 있었다.

「마슬로바요? 아, 알고 있습니다. 독살죄로 기소되었지요.」검사는 조용히 말했다. 「그런데 어째서 그녀를 만나시려는 거지요?」부드러운 태도를 보여 주려는 듯 그는 이렇게 덧붙였다. 「만나시려는 이유를 모르면 면회를 허락할 수 없습니다.」

「상당히 중요한 일 때문에 만나려는 겁니다.」네흘류도프는 얼굴을 붉히며 말했다.

「그런데……」검사를 고개를 들어 네흘류도프를 조심스럽게 훑어보며 말했다. 「그 사건의 공판은 끝났습니까?」

「어제 재판을 받았는데, 4년 유형이라는 부당한 판결이 내려졌습니다. 무죄인데도 말입니다.」

「그렇습니까? 어제 선고를 받았다면……」검사는 마슬로바가 무죄라는 네흘류도프의 주장에는 아무 흥미도 없다는 듯 전혀 관심을 기울이지 않고 말을 이어 갔다. 「그녀는 최종 선고 공판이 있기까지 예심의 구류 상태로 유치장에 남게 됩니다. 그리고 그곳에서의 면회는 정해진 날에만 허용됩니다. 직접 그곳으로 가서서 의논하시는 편이 나을 겁니다.」

「그러나 될 수 있는 대로 빨리 그녀를 만나야만 합니다.」결정적인 순간이 점점 다가오는 것을 느낀 네흘류도프는 아래턱을 부르르 떨며 말했다.

「저로선 그 이유를 알아야 합니다.」약간 마음의 동요를 일으킨 듯 검사가 두 눈을 치켜뜨며 말했다.

「그 이유는 그녀가 아무 죄도 없이 유형 선고를 받았기 때문입니다. 잘못을 저지른 사람은 바로 접니다.」네흘류도프는 말할 필요가 없는 것까지 말한다고 생각하면서 떨리는 목소리로 대답했다.

「어째서 그렇습니까?」 하고 검사가 물었다.

「제가 유혹했기 때문에 그녀가 지금과 같은 처지에 놓인 겁니다. 만일 제가 그녀를 버리지 않았더라면 이런 처지에 놓이지도 않았을 것이고, 유죄 판결도 받지 않았겠지요.」

「그렇더라도 저로서는 그 사실과 면회가 무슨 상관인지 이해할 수 없군요.」

「그건 제가 그녀를 따라가서…… 결혼할 생각이기 때문입니다.」 네흘류도프는 대답했다. 이런 생각을 할 때면 언제나 그렇듯 눈물이 났다.

「예? 그럴 수가!」 검사가 말했다. 「정말이지, 너무 뜻밖이군요. 전 당신을 끄라스노뻬르스끄 지방 의회의 의원으로 알고 있습니다만.」 검사는 지금 이상한 결심을 한 네흘류도프를 잘 안다는 투로 말했다.

「죄송합니다만, 그 말씀은 제 부탁과 아무 관계가 없는 것 같습니다.」 네흘류도프는 얼굴을 붉히며 못마땅하다는 듯 대답했다.

「물론, 그렇습니다.」 검사는 은근한 미소를 지으며 조금도 당황하지 않고 말했다. 「하지만 당신의 의도가 너무 뜻밖이고, 흔한 일이 아니어서……」

「그러면 면회를 허락해 주시겠습니까?」

「허락 말입니까? 물론입니다. 곧 통행증을 써드릴 테니, 잠깐만 앉아 계십시오.」

그는 책상으로 가 자리에 앉더니 무언가 쓰기 시작했다.

「좀 앉아 계시지요.」

그러나 네흘류도프는 여전히 서 있었다.

통행증을 다 쓴 검사는 그것을 네흘류도프에게 건네며 호기심에 찬 눈으로 그의 얼굴을 바라보았다.

「그리고 덧붙여 말씀드리고 싶은 것은…….」네홀류도프가 말했다.「앞으로는 더 이상 재판에 참석할 수 없다는 점입니다.」

「그러시다면, 아시다시피 그에 대한 이유서를 법원에 제출하셔야 합니다.」

「모든 재판이 백해무익할 뿐 아니라 비도덕적이라는 것이 제 생각이고, 이유입니다.」

「그렇습니까?」검사는 그런 식의 이유는 익히 들어 왔으며 오히려 웃기는 이야기에 지나지 않는다는 의미로 은근한 미소를 지으며 대답했다.「물론 당신은 그렇게 생각하실 수도 있겠죠. 하지만 법원의 검사로서 저는 당신의 견해에 동의할 수 없습니다. 따라서 그런 사유는 재판부에 제출하시는 편이 나을 겁니다. 그러면 재판부에서는 당신의 사유가 적합한지 부적합한지 판정을 내릴 것이고, 만일 당신의 생각이 부적합하다는 판정이 나오면 벌금을 부과하겠죠. 아무튼 재판부에 제출하십시오.」

「이렇게 말씀드렸으니, 더 이상 다른 곳을 찾아다니지는 않을 생각입니다.」네홀류도프는 화를 내며 말했다.

「안녕히 가십시오.」검사는 이런 이상한 방문객으로부터 어서 해방되고 싶다는 듯 고개를 숙이며 말했다.

「방금 저 사람이 누구죠?」네홀류도프가 밖으로 나가자 방으로 들어오던 배석 판사가 물었다.

「네홀류도프라고, 왜 끄라스노뻬르스끄 지방 의회에서 여러 가지 괴상한 선언을 한 사람 있잖소. 지금은 여기에서 배심원을 맡고 있는데, 그 사람 말로는 이번에 유형 선고를 받은 아줌마인지 처녀인지를 자기가 한때 농락한 적이 있다면서 그녀와 결혼하겠다고 합니다.」

「어떻게 그럴 수가……?」

「내게 그렇게 말하더군요. 이상한 흥분 상태에 빠진 것 같습니다.」

「요즘 젊은이들은 약간 비정상적인 구석이 있지요.」

「하지만 그 사람은 그리 젊은 편도 아닙니다.」

「그건 그렇고, 여보시오, 당신네 그 유명한 이바쉔꼬프는 정말 성가신 친구더군요. 보통 시달린 게 아닙니다. 한번 입을 열었다 하면 도대체 끝이 없으니.」

「그냥 발언을 중지시켜야죠. 안 그랬다가는 정말 훼방만 놓으니…….」

36

네흘류도프는 검사실을 나서자마자 유치장을 찾아갔다. 그러나 그곳에 마슬로바라는 여자 죄수는 없었다. 소장의 말에 따르면 그녀는 오래된 유형수 감옥에 수감된 것이 틀림없었다. 네흘류도프는 그곳으로 갔다.

예까쩨리나 마슬로바는 과연 그곳에 수감되어 있었다. 약 6개월 전에 극도로 자극적인 어떤 정치적인 문제와 관련한 헌병들의 탄압으로 폭동이 일어났는데, 그 때문에 유치장이 학생, 의사, 노동자, 여학생, 간호원 등으로 가득 차 있다는 사실을 검사는 잊고 있었던 것이다.

미결수 감옥에서 유형수 감옥까지의 거리는 상당히 멀어서 네흘류도프가 그곳에 도착했을 때는 벌써 거의 저녁 무렵이 다 되어 있었다. 거대하고 음산한 건물의 문으로 그가 다가가려고 하자, 위병이 앞을 가로막으며 벨을 눌렀다. 벨 소리를 들은 교도가 문 밖으로 나왔다. 네흘류도프가 허가증을 제시했지만 교도는 소장의 승낙 없이는 들여보낼 수 없다고 했다. 네흘류도프는 소장을 찾아갔다. 계단을 오르는 동안 문 안쪽에서는 난해하고 웅장한 곡을 연주하는 피아노 소리가 들려왔다. 한쪽 눈에 안대를 쓴 신경질적인 하녀가 문을 열자, 요란한 연주 소리가 문 안쪽에서 쏟아져 나오며 귀가 먹먹해졌다. 귀가 따갑도록 들어 온 리스트의 광상곡이었는데, 멋진 연주이긴 했지만 한 소절만 되풀이되고 있었다. 연주는 어느 대목에 이르면 처음부터 다시 반복되었다. 네흘류도프는 안대를 쓴 하녀에게 소장이 집에 있는지 물었다.

소장은 지금 외출중이라고 하녀가 대답했다.

「곧 돌아오시나?」

광상곡은 잠시 중단되었다가 다시 화려하고 요란한 음색을 내며, 마술에 걸린 듯 갑자기 끊어져 버리는 그 대목까지 계속되었다.

「들어가서 여쭈어 보겠습니다.」

하녀는 집 안으로 들어갔다.

광상곡은 다시 날렵한 솜씨로 연주되었으나 이번에는 그 대목에 이르기 직전에 갑자기 중단되었고, 이어서 말소리가 들려왔다.

「지금은 집에 계시지도 않고 오늘은 돌아오시지 않을 거라고 말씀드려. 놀러 가셨단 말이야. 아이, 귀찮아 죽겠네.」 여자 목소리가 방 안에서 들려왔다. 그리고 다시 광상곡이 흘러나오다가 중단되더니 의자를 밀치는 소리가 났다. 약이 오른 피아노 연주자가 성가시게 구는 방문객을 직접 꾸짖으려는 것 같았다.

「아빠는 안 계세요.」 어두운 눈 밑에 푸른 점이 있고 머리는 헝클어진, 어딘가 가엾어 보이는 창백한 처녀가 밖으로 나오자마자 성난 목소리로 말했다. 그러나 훌륭한 외투를 걸치고 서 있는 젊은 신사를 보자 그녀의 목소리는 곧 누그러졌

199

다. 「안으로 좀 들어오시죠……. 그런데 무슨 일이신가요?」

「수감 중인 한 여자 죄수를 면회하려고 합니다.」

「들으나 마나 정치범이겠죠?」

「아니오, 정치범이 아닙니다. 저는 검사의 허가증을 가져 왔습니다.」

「글쎄, 아빠가 안 계셔서 잘 모르겠어요. 자, 어서 들어오세요.」 그녀는 다시 좁은 현관에서 청했다. 「아니면 부소장님을 만나 보시지요. 그분은 지금 사무실에 계실 테니, 그분과 이야기해 보세요. 성함이 어떻게 되시죠?」

「감사합니다.」 네흘류도프는 그녀가 묻는 말에는 아무 대답도 하지 않고 밖으로 나왔다.

문이 미처 닫히기도 전에 조금 전의 그 발랄하고 요란한 피아노 소리가 다시 울려 나오기 시작했다. 피아노 소리는 연주 장소나 열심히 연습하는 볼품없는 그 아가씨의 얼굴과는 조금도 어울리지 않았다. 마당으로 나오다가 네흘류도프는 염색한 콧수염을 위풍당당하게 말아 올린 한 젊은 장교를 만나 부소장에 관해 물었다. 그런데 그가 바로 부소장이었다. 그는 서류를 들여다보더니 유치장 통행 허가증으로는 이곳을 통행할 수 없다고 말했다. 그리고 시간도 너무 늦었다고 했다.

「죄송하지만 내일 다시 오셔야겠습니다. 내일 10시에는 누구에게나 면회가 허용됩니다. 그때 오시면 소장님께서도 자리에 계실 겁니다. 그땐 면회를 허가받을 수도 있고, 소장님께서 허락만 하신다면 사무실에서 면회하실 수도 있습니다.」

그래서 네흘류도프는 면회를 하지 못한 채 집을 향해 발걸음을 옮겨야 했다. 하지만 얼마 후면 그녀를 만나게 되리라는 생각에 설레는 마음으로, 그는 지금 진행 중인 재판에 대해서는 생각도 않고 검사와 부소장 등과 나누었던 대화만 머릿속에 떠올리며 걸어갔다. 면회 허가증을 받으려던 일, 자신의 생각을 검사에게 모두 털어놓은 일, 그녀를 만나기 위해 감옥을 두 군데나 들렀던 일 등으로 흥분하여 마음을 진정시킬 수가 없었다. 집에 도착하자마자 그는 곧바로 한동안 묵혀 두었던 일기장을 꺼내 몇 페이지 뒤적이다가 다음과 같이 적었다. 〈2년 동안이나 나는 일기를 쓰지 않았다. 이런 어린애 같은 짓은 결코 하지 않겠노라고 생각해 왔다. 그러나 이것은 어린애 같은 짓이 아니라, 모든 사람들의 마음속에 살아 있는 참되고 성스러운 자기 자신과의 대화였다. 나는 지금까지 너무 깊이 잠들어 있어서 함께 대화할 상대가 없었다. 4월 28일, 그러니까 내가 배심원으로 법정에 출두했던 날 벌어진 이 기이한 우연이 나를 깨우쳤다. 나는 배심원석에 앉아서 내게 버림받은 까쮸사가 죄수복을 입은 모습을 보았다. 그녀는 이상한 오해와 나의 실수 때문에 유형 판결을 받고 말았다. 나는 곧바로 검사를 만나 보기도 했고 감옥을 찾아가기도 했다. 비록 그녀를 만나지는 못했지만, 나는 그녀에게 용서를 구하고 결혼을 해서라도 내 죄를 속죄하기로 결심했다. 주여, 도와주소서! 지금 내 기분은 매우 상쾌하고 영혼은 기쁨으로 충만해 있다.〉

37

그날 밤 마슬로바는 오랫동안 잠이 오지 않아 뜬눈으로 누운 채 교회 머슴의 딸이 감방 안을 서성거릴 때마다 시야에서 가려지는 문을 바라보며, 또 빨간 머리 여자의 거친 숨소리를 들으며 깊은 생각에 잠겼다.

그녀는 유형수와는 죽어도 결혼하지 않을 것이고, 일이 아무리 잘못 꼬인다 해도 사할린에서 교도소 관리나 서기, 그것도 안 되면 교도나 부교도 정도는 되는 사람과 결혼할 거라고 마음먹었다. 그런 사내들은 모두 그것에 굶주렸을 것이다. 〈절대 몸이 여위어선 안 돼. 그러면 끝장이니까.〉 이어서 그녀는 변호사와 재판장은 물론 오가다 마주치는 사람들이 자신을 유심히 쳐다보던 일과 재판소에서 사람들이 일부러 자기 곁을 지나가며 흘끔흘끔 쳐다보던 일을 떠올렸다. 감옥에 면회 온 베르따가 자신이 끼따예바의 유곽에 있을 때 좋아하던 대학생의 소식을 전해 준 일도 생각났다. 그 대학생은 그녀를 찾아왔다가 근황을 듣고는 몹시 가슴 아파 하더라고 했다. 그리고 빨간 머리 여자와 싸우던 일을 생각하자 그녀가 가여워졌다. 흰 빵을 덤으로 얹어 주던 빵 가게 주인도 생각났다. 그녀는 그 밖에도 여러 가지 상념에 잠겼지만 네흘류도프에 대해서만은 결코 생각이 미치지 않았다. 그녀는 절대로 소녀 시절이나 처녀 시절, 더구나 네흘류도프와의 사랑에 대해서는 생각하지 않았다. 그것은 너무나 고통스러운 일이었다. 그 추억은 그녀의 마음 깊은 곳에 고이 간직되어 있었다. 꿈속에서조차 네흘류도프의 모습이 떠오르지 않았다. 오늘 법정에서 그녀가 그를 알아보지 못한 이유도, 마지막으로 본 그의 모습은 턱수염 없이 콧수염만 짧게 기른 숱 많은 고수머리 군인의 모습이었지만, 지금은 원숙한 얼굴에 턱수염까지 기른 데다 그녀가 그동안 단 한 번도 그의 생각을 해본 적이 없기 때문이었다. 그가 군대에서 돌아오던 길에 고모 집에 들르지 않고 그냥 지나친 날, 그녀는 그와 함께한 모든 추억을 바로 그 칠흑 같은 공포의 밤에 묻어 버렸다.

적어도 그날 밤까지는 그가 자신을 찾아오리라고 믿었기에 그녀는 배 속에서 자라는 아기를 괴로운 짐이라고 여기기는커녕, 아기가 부드럽게 그리고 때로는 갑자기 꿈틀거릴 때마다 신비한 감동을 맛보곤 했다. 그러나 그날 밤 이후로 모든 상황이 완전히 뒤바뀌고 말았다. 곧 태어날 아기는 그저 방해물에 지나지 않았다.

네흘류도프를 기다리던 고모들도 지나는 길에 꼭 들르라고 편지까지 보냈다. 그러나 그는 기일 안에 뻬쩨르부르그에 도착해야 하기 때문에 찾아뵐 수 없다며 전보를 보내 왔다. 그 사실을 안 까쮸샤는 먼발치에서나마 그를 보려고 기차역에 나가기로 마음먹었다. 기차는 새벽 2시에 통과할 예정이었다. 까쮸샤는 여주인이 잠든 틈을 타 식모의 딸인 마시까를 구슬려서 낡은 구두에 머릿수건을 두르고 옷자락을 걷어붙인 채 역으로 달려갔다. 거센 비바람이 몰아치는 캄캄한 가을밤이었다. 따뜻하고 굵은 빗줄기가 갑자기 쏟아지다가 잦아들곤 했다. 들판에서부터 발아래 있는 길조차 구분할 수 없더니 숲속으로 들어서자 굴속처럼 어두워져서, 낯익은 길이었음에도 불구하고 까쮸샤는 길을 잃었다. 그래서 기차가 3분밖에 정차하지 않는 조그만 역에 간신히 도착했을 때에는, 미리 도착해서 기다리려던 애초의 마음과는 달리 이미 열차가 두 번째 기적을 울린 뒤였다. 플랫폼으로 달려가던 까쮸샤는 곧 일등실 객차의 창가에서 그의 모습을 발견했다. 객실 안은 무척이나 밝았다. 장교 두 사람이 윗도리를 벗은 채 우단 덮개를 씌운 안락의자에 마주 앉아 트럼프 놀이를 하고 있었다. 창가에 붙은 작은 탁자 위에는 굵은 양초가 녹아내리며 타고 있었다. 몸에 착 달라붙는 승마용 바지에 하얀 셔츠를 걸치고 안락의자 손잡이에 걸터앉은 네흘류도프는 의자 등받이에 기대어 뭐가 그리 좋은지 껄껄거리고 있었다. 그를 발견한 그녀는 얼어붙은 손으로 창문을 두드렸다. 그러나 바로 그 순간 세 번째 기적이 울리더니 기차가 서서히 움직이기 시작했다. 객차는 덜커덩하며 뒤로 약간 흔들렸다가 서로 밀착되며 조금씩 앞으로 나아갔다. 한 장교가 카드를 손에 든 채 자리에서 일어나 창문 쪽을 돌아보았다. 그녀는 한 번 더 창문을 두드리며 유리창에 얼굴을 디밀었다. 바로 그 순간 그녀 앞에 있는 그 객차가 떠나기 시작했다. 그녀는 창문을 바라보며 뒤따라갔다. 장교는 창문을 열려고 애를 썼으나 잘 열리지 않았다. 그러자 이번에는 네흘류도프가 장교를 밀어내고 창문을 열기 시작했다. 그때 기차가 조금 더 빨라지기 시작했다. 그녀는 뒤처지지 않으려고 더욱 빠른 걸음으로 따라갔지만 기차도 점점 속력을 냈다. 창문이 열리는 순간 차장이 그녀를 밀치며 기차에 올라탔다. 까쮸샤는 뒤처졌으나 온 힘을 다해 플랫폼의 젖은 판자 위를 달렸다. 얼마 후 플랫폼이 끝났지만 그녀는 넘어지지 않으려고 안간힘을 쓰면서 흙바닥으로 난 계단을 따라 계속 달려갔지만 일등실은 아득히 멀어져 갔다. 벌써 이등실이 그녀의 곁을 지나쳐 갔으며 곧이어 삼등실이 더욱 빠른 속도로 지나갔다. 그래도 그녀는 무작정 따라갔다. 신호등을 단 마지막 객차가 지나갔을 때 그녀는 이미 울타리를 지나 급수 탱크 앞까지 와 있었다. 바람이 거세게 몰아쳐 머릿수건이 벗겨지고 치맛자락이 발에 휘감겼다. 바람에 머릿수건이 날아갔지만 그녀는 계속 달렸다.

「까쮸샤 아줌마!」계집애가 그녀의 뒤를 간신히 뒤쫓으면서 소리쳤다.「수건이 떨어졌어요!」

〈그분은 호화로운 객실에서 우단 덮개를 씌운 안락의자에 앉아 떠들며 술이나 마시는데, 나는 여기 이 캄캄한 진흙탕 속에서 이렇게 비바람을 맞으며 눈물을 흘려야 하다니.〉생각이 여기에 이르자 까쮸샤는 걸음을 멈추고 고개를 들어 계집애를 붙잡고는 울음을 터뜨렸다.

「가버리셨어!」그녀가 외쳤다.

잔뜩 겁을 먹은 계집애가 비에 흠뻑 젖은 그녀를 껴안았다.

「아줌마, 집으로 가요.」

〈기차가 지나가면 바퀴 밑으로 뛰어들자. 그러면 모든 게 끝나겠지.〉 까쭈샤는 계집애의 말에 아무 대답도 하지 않은 채 이렇게 생각했다.

그녀는 그렇게 하기로 굳게 마음먹었다. 그러나 그 순간, 흥분이 지나고 잠시나마 평온한 마음이 찾아올 때면 흔히 그랬듯이, 배 속에 있는 그의 아기가 갑자기 찌르고 차며 부드럽게 몸을 뻗었다가 다시 작고 미세하고 날카롭게 찌르기 시작했다. 그러자 한순간 그녀를 괴롭혔던 것, 더 이상 살아갈 수 없을 것 같던 기분, 그에 대한 모든 증오, 죽음으로라도 그에게 복수하고 싶다는 원망 따위가 갑자기 모두 사라져 버렸다. 마음의 안정을 되찾은 그녀는 옷매무새를 고치고 수건을 머리에 쓴 다음 서둘러 집으로 돌아갔다.

지친 몸을 이끌고 그녀는 비를 맞으며 흙투성이가 되어 집으로 돌아왔고, 그날부터 그녀를 오늘과 같은 여자로 만든 정신적인 변화가 일어났다. 그 무서운 날 밤 이후 그녀는 선(善)을 믿지 않게 되었다. 예전에 그녀는 선을 믿었고 다른 사람들도 선을 믿는다고 생각했으나, 그날 밤 이후로는 아무도 선을 믿지 않으며 사람들이 하느님이나 선에 대해 언급하는 건 단지 다른 사람들을 기만하기 위해서라고 확신하게 되었다. 그녀가 사랑했고 그녀를 사랑했던(그녀는 그렇게 알고 있었다) 그가 그녀의 육체를 마음껏 농락하고 그녀의 감정을 모욕한 채 그녀를 버린 것이다. 하지만 그는 그녀가 알고 있던 모든 사람들 가운데 가장 훌륭한 사람이었다. 따라서 나머지 사람들은 더 나쁜 사람들이었다. 그녀에게 일어난 모든 일들이 그 사실을 입증했다. 신앙심 깊은 노부인인 그의 고모들조차 그녀가 예전처럼 집안일을 거들 수 없게 되자 그녀를 내쫓았다. 그녀가 만난 모든 사람들 가운데 여자들은 그녀를 이용해 돈을 벌려고 안달이었고, 남자들은, 늙은 경찰서장에서부터 교도소 교도에 이르기까지 세상의 모든 남자들은 하나같이 욕망을 채우기 위한 대상으로 그녀를 보았다. 그녀가 집을 나와 자유로운 생활을 시작한 지 2년째로 접어들던 해에 만난 어느 늙은 작가로 인해 이런 생각은 더욱 굳어졌다. 작가는 모든 행복이 바로 이 욕망(그는 그것을 시라고 부르기도 하고 미학이라고 부르기도 했다) 속에 있다고 공공연히 이야기하곤 했다.

세상 사람들은 모두 자기 자신만을 위해 그리고 자신의 욕망만을 위해 살고 있을 뿐이며, 하느님이나 선에 대한 언급은 모두 거짓에 지나지 않았다. 어째서 세상 사람들 모두가 어리석은 짓을 저지르고 서로 해악을 끼치며 괴로워하는지 의문이 생겨도 그녀는 곧 그런 생각을 그만두어야 했다. 마음이 울적할 때면 그녀는 담배를 피우거나 술을 마셨지만 가장 좋은 것은 사내들과 더불어 쾌락에 빠지는 일이었다. 그러면 괴로움은 모두 사라져 버렸다.

38

일요일인 다음 날 아침 5시, 여자 죄수 감방의 복도에는 평소와 다름없는 호각 소리가 울려 퍼졌다. 일찌감치 깨어 있던 꼬라블료바가 마슬로바를 흔들어 깨웠다.

〈나는 유형수야.〉 눈을 비비며 지독한 악취가 풍기는 감방의 아침 공기를 들이마신 마슬로바는 공포에 떨면서 이렇게 생각했다. 다시 잠을 청해서 무의식의 세계로 빠져들고 싶었으나 습관이 된 공포가 더 이상 잠을 이룰 수 없게 만들었다.

그녀는 몸을 일으켜 발을 가지런히 모으고 앉아 사방을 둘러보았다. 여자 죄수들은 벌써 일어났으나 아이들은 아직 잠들어 있었다. 술을 밀매하던 여자는 눈이 퉁퉁 부은 채 아이들이 잠에서 깨지 않도록 조심스럽게 아이들 밑에 깔린 죄수복을 잡아당겼다. 징병대를 공격했던 여자는 벽난로 옆에서 기저귀로 쓰는 누더기를 널었고, 그녀의 갓난아기는 파란 눈의 페도시야 팔에 안겨 울고 있었다. 페도시야는 팔을 좌우로 흔들며 다정한 목소리로 아기를 달랬다. 폐병을 앓는 여자는 가슴을 쥐어뜯으며 뻘겋게 상기된 얼굴로 콜록거리다가 신음을 토하듯 숨을 몰아쉬었다. 빨간 머리 여자는 다리를 꼰채 여전히 침대에 누워서 지난밤 꾼 꿈 이야기를 즐거운 목소리로 떠들어 댔다. 방화범인 노파는 다시 성상 앞에 서서 똑같은 말을 중얼거리며 성호를 긋고 고개를 숙였다. 교회 머슴의 딸은 아직 잠에서 완전히 깨지 않은 듯 게슴츠레한 눈으로 멍하니 앞을 바라보며 꼼짝도 하지 않고 침대 위에 앉아 있었다. 호로샤브까는 기름기가 흐르는 뻣뻣한 검은 머리카락을 손가락으로 빗고 있었다.

장화를 질질 끄는 발소리가 복도를 따라 울리더니 자물쇠가 철컥하고 열렸다. 그러자 짧은 상의에 발목까지도 닿지 않는 회색 바지를 입은, 변기 청소 당번인 두 죄수가 들어왔다. 그들은 골이 난 얼굴로 들어와 악취 풍기는 변기통을 막대기에 걸쳐 어깨에 둘러메고는 감방 밖으로 나갔다. 여자 죄수들은 세수를 하기 위해 복도의 수돗가로 몰려 나갔다. 빨간 머리 여자는 수돗가에서도 이웃 감방의 여자 죄수와 싸움을 벌였다. 다시 욕설이 오가고 고함 소리와 비명 소리가 울려 퍼졌다.

「독방으로 가고 싶나?」 교도가 이렇게 소리치며 맨살이 하얗게 드러난 빨간 머리 여자의 투실투실한 등짝을 복도 전체가 울릴 만큼 큰 소리가 나게 후려갈겼다. 「싸우는 소리가 한 번만 더 들려 봐라!」

「원, 노인네가 장난이 심하시네.」 빨간 머리 여자는 교도가 이런 태도로 자신을 희롱하는 것이라고 생각하면서 말을 되받았다.

「자, 어서 움직여! 아침 예배에 갈 준비를 하란 말이야.」

마슬로바가 머리를 빗기도 전에 소장이 부하와 함께 들이닥쳤다.

「점호!」 교도가 소리쳤다.

그러자 다른 감방에서도 여자 죄수들이 복도에 나와 두 줄로 늘어섰다. 뒷줄에 선 여자들은 앞줄에 선 여자들의 어깨를 향해 팔을 들었고, 모든 여자 죄수들이 점호를 받았다.

점호를 마치자 여자 교도관이 나와서 여자 죄수들을 교회로 인솔했다. 마슬로바는 페도시야와 함께 각 감방에서 몰려나온 1백 명이 넘는 여자 죄수 대열 한복판에 끼었다. 여자 죄수들은 모두 하얀 머릿수건을 쓰고 하얀 상의와 하얀 치마를 입었다. 멋대로 알록달록한 옷을 입은 여자들도 간간이 눈에 띄었는데, 그들은 남자 죄수들을 따라온 부인과 아이들이었다. 모든 계단이 죄수들의 행렬로 넘쳐 났다. 죄수화의 경쾌한 발소리와 소곤거리는 말소리, 그리고 가끔 울려 나오는 웃음소리가 뒤섞였다. 계단을 돌아서면서 마슬로바는 저 앞에서 걸어가는 자신의 앙숙 보치꼬바의 험상궂은 얼굴을 발견하고 페도시야에게 알려 주었다. 계단이 끝나는 곳까지 내려오자 여자 죄수들은 묵묵히 성호를 긋고 고개를 숙여 예의를 갖춘 후 텅 빈 교회의 활짝 열린 황금빛 문 안으로 들어갔다. 여자 죄수들의 자리는 오른쪽이었다. 그들은 서로 밀고 밀리면서 자리를 차지했다. 여자 죄수들의 뒤를 이어 회색 죄수복을 입은 남자 죄수들(시베리아로 이송되는 자, 복역 중인 자, 유형 판결을 받은 자 등)이 큰 소리로 기침을 하면서 무리를 형성했고, 교회 안의 왼쪽과 가운데 자리를 잡았다. 위쪽에 있는 성가대석에는 먼저 인솔된 죄수들이 서 있었다. 한쪽에는 머리를 반만 깎은 유형수들이 자신들의 존재를 알리려는 듯 쇠고랑을 찔렁거리며 서 있었고, 다른 쪽에는 머리를 깎지 않고 쇠고랑도 차지 않은 미결수들이 있었다.

교도소 안에 있는 교회는 어느 부유한 상인이 수만 루블을 들여 새로 짓고 장식한 것으로, 그 내부는 몹시 밝고 찬란한 금빛으로 빛났다.

얼마간 침묵이 흘러 교회 안에서는 코 푸는 소리, 기침 소리, 아이들이 홍얼거리는 소리, 간간이 쇠고랑 찔렁거리는 소리가 들릴 뿐이었다. 이윽고 가운데 자리를 잡고 서 있던 죄수들이 서로 밀치면서 중앙에 통로를 만들었다. 그러자 그 통로를 따라 소장이 걸어 들어와 교회 한복판의 맨 앞자리에 자리를 잡았다.

39

예배가 시작되었다.

예배는 몹시 낯설고 불편해 보이는 비단 제의를 입은 사제가 여러 성인들의 이름과 기도문을 웅얼거리면서 빵을 조각조각 떼어 포도주가 담긴 잔에 집어넣는 것으로 시작되었다. 그러는 사이에 부제는 기도문을 낭독했고 죄수들로 구성된 성가대가 낭독 사이사이에 찬송가를 불렀다. 부제는 자신도 거의 이해하지 못하는 슬라브어 기도문을 빠른 속도로 낭독하여 더욱 알아들을 수 없게 만들었다. 그러고는 다시 찬송가와 기도문이 이어졌다. 기도문의 내용은 황제와 황족의 무사 안녕을 기원하는 것이었다. 그 기도문은 따로 분리되어 다른 기도문과 함께 다시 여러 차례 반복되었으며 그때마다 죄수들은 무릎을 꿇었다. 그 밖에도 부제가 「사도행전」 가운데 몇 구절을 긴장된 목소리로 낭독했지만 무슨 말인지 도통 이해할 수 없었다. 이어서 사제가 또랑또랑한 발음으로 「마르코의 복음서」 중 한 구절을 낭독했다. 그것은 부활한 예수 그리스도가 승천하여 하느님의 오른편에 앉기 전에 막달라 마리아에게 먼저 나타나 그 몸에서 일곱 귀신을 몰아내고 그 다음엔 열한 명의 제자들 앞에 나타나 생명을 가진 모든 만물에게 복음을 전하라고 일렀다는 내용 이외에도, 믿지 않는 자는 파멸하나 믿고 세례를 받은 자는 구원을 얻을 것이며 병자에게 손을 얹으면 병이 낫고 방언을 하고 뱀을 잡아 그 독을 마셔도 죽지 않고 건강하리라는 내용이었다.[46]

예배가 지닌 본래의 의미는 사제가 조그맣게 떼어 낸 빵 조각을 포도주 속에 넣고 어떤 형식적인 절차와 기도를 드리면 하느님의 살과 피로 바뀐다는 믿음에서 출발했다. 이 의식은 사제가 금빛 제의의 소맷자락에도 불구하고 하늘을 향해 두 팔을 서서히 쳐들어 잠시 멈추었다가 무릎을 꿇고 제단 위에 놓인 물건과 제단에 입을 맞추는 일로 이루어졌다. 그중에서도 가장 중요한 행위는 사제가 두 손으로 냅킨을 들고 접시와 금잔 위에서 일정한 속도로 흔드는 것이었다. 바로 이 순간에 빵과 포도주가 하느님의 살과 피로 변한다고 믿었으므로 예배 의식 중에서도 가장 장엄하게 거행되는 행위였다.

「성스럽고 지순하시며 축복을 받으신 성모 마리아를 위하

---

46 「마르코의 복음서」 16장 9절, 14~20절에 해당함.

여!」 사제가 칸막이 뒤에서 큰 소리로 외치자 성가대는 장엄한 찬송가를 불렀다. 순결한 처녀의 몸으로 그리스도를 잉태한 동정녀 마리아를 찬양하고, 동정녀 마리아는 케루빔[47]보다 더 많은 존경과 세라핌[48]보다 더 큰 영광을 누릴 것이라는 내용이었다. 이런 의식이 끝나면 성찬의 기적이 이루어진 것으로 여겨, 사제는 접시 위에서 냅킨을 들어내고 가운데 놓인 빵을 네 조각으로 잘라서 먼저 포도주에 적셨다가 자기 입속에 넣었다. 그러면 하느님의 살 한 점과 보혈 한 모금을 마시는 것과 같은 의미를 갖는다. 그러고서 사제는 장막을 걷어 가운데 문을 연 다음, 한 손에 금잔을 들고 문 밖으로 나와 하느님의 피와 살을 먹고 싶어 하는 희망자들을 불러냈다.

몇몇 아이들이 희망자로 나섰다.

우선 사제는 아이들의 이름을 하나하나 물은 후 잔 속에서 포도주 적신 빵 조각을 숟가락으로 조심스럽게 떠서 아이들의 입에 넣어 주었다. 그러면 부제가 아이들의 입을 닦아 주며 환희에 넘치는 목소리로 아이들이 하느님의 살을 먹고 그 피를 마셨다는 내용의 노래를 불렀다. 이런 의식이 끝나자 사제는 잔을 칸막이 뒤로 가져가서 나머지 살과 피를 깨끗이 털어 먹은 후, 콧수염을 털고 입과 잔을 열심히 닦아 내고는 무척이나 흐뭇한 표정을 지으며 가죽 구두 뒤축이 울릴 만큼 경쾌한 걸음걸이로 칸막이 뒤에서 나왔다.

이로써 기독교 예배 의식의 중요한 부분은 끝났다. 그러나 사제는 불행한 죄수들을 위로하기 위해 일반 예배 의식에 특별한 의식을 추가하여 거행했다. 특별한 의식이란 다음과 같

47 *cherubim.* 지품천사(智品天使)라고도 함. 날개가 달린 아기 천사로 9품 천사 가운데 제2위의 천사.
48 *seraphim.* 치품천사(熾品天使)라고도 함. 9품 천사 가운데 최상위의 천사.

은 것이었다. 사제는 방금 자기가 먹은 하느님의 형상대로 만든 황금빛 성상(검은 얼굴과 검은 손을 가진)과 불이 환하게 커진 열 자루의 양초 앞에서 노래라고도, 낭송이라고도 할 수 없는 기묘한 어조로 무언가 웅얼거리기 시작했다.

「인자하신 예수여, 사도의 영광이여, 우리들의 예수여, 순교자들의 찬송을 받으시는 전능하신 주 예수 그리스도여, 우리들을 구원하소서! 구주이신 예수여, 거룩하신 예수여, 당신의 품으로 모여드는 자들을 구원해 주소서! 구주이신 예수여, 당신을 낳으신 분과 당신의 거룩한 선지자들의 기도처럼 우리들을 불쌍히 여기소서! 구주 예수여, 하늘나라의 기쁨을 깨닫게 하소서! 인류를 사랑하시는 예수여!」

여기까지 말하고서 사제는 입을 다물고 잠시 숨을 돌린 다음 성호를 긋고 땅에 닿을 정도로 깊이 고개를 숙여 절을 했다. 모든 사람이 똑같이 따라했다. 소장이나 교도들이나 죄수들에 이르기까지 모두 절을 했다. 위층에서는 철컥거리는 쇠고랑 소리가 쉬지 않고 들려왔다.

「천사들의 창조자이시며, 모든 권능의 주이신 예수 그리스도여!」 그는 계속했다. 「경이로운 기적의 천사이시며, 우리 선조들의 구원자이자 전능하신 예수여, 주교들의 찬송이자 더없이 감미로우신 예수여, 왕들의 보루이자 더없이 명예로우신 예수여, 모든 선지자들의 현현이자 더없이 인자하신 예수여, 순교자들의 요새이자 더없이 아름다우신 예수여, 수도자의 즐거움이자 더없이 선량하신 예수여, 성자들의 기쁨이자 더없이 인자하신 예수여, 정진자의 절제이자 더없이 자비로우신 예수여, 사제들의 기쁨이자 더없이 즐거우신 예수여, 동정자들의 순결이자 지순하신 예수여, 죄인들의 구원이자 영원하신 예수여, 하느님의 외아들이신 예수여, 우리들을 불쌍히 여기소서!」 사제는 예수라는 말을 되풀이할 때마다 점점 숨이 넘어갈 듯 헐떡거리며 간신히 말을 마쳤다. 그는 비단 제의 자락을 손에 붙들고 한쪽 무릎을 땅에 굽히며 절을 했다. 그러자 성가대는 사제의 말 중 마지막 구절을 노래로 바꿔 부르기 시작했다. 「하느님의 외아들이신 예수여, 우리들을 불쌍히 여기소서……」

죄수들은 반만 깎은 머리를 흔들고 뼈만 앙상한 발목에 찬 쇠고랑을 쩔렁거리면서 무릎을 꿇었다가 일어서곤 했다. 이렇게 예배는 상당히 오랫동안 진행되었다. 〈우리들을 불쌍히 여기소서……〉 하는 찬송가가 끝나자 성가대는 이어서 새로운 찬송가 「할렐루야」를 불렀다. 죄수들은 성호를 긋고 허리를 굽혀 절을 했다.

처음에 죄수들은 찬송가의 한 소절이 끝날 때마다 절을 했지만 얼마 후부터는 두 소절이 끝날 때 절을 했고 나중에는 세 소절이 끝나야 절을 했다. 찬송가가 모두 끝나고 사제가 숨을 몰아쉬면서 성경을 덮고 칸막이 뒤로 들어가자 모두가 기뻐했다. 이제는 한 가지 의식만이 남았다. 사제는 커다란 제단에 놓인, 칠보 메달로 장식된 황금 십자가를 들고 회당 한복판으로 걸어 나왔다. 소장이 먼저 사제 앞으로 다가가 십자가에 입을 맞추었고, 다음으로 부소장과 교도들이 입을 맞추었다. 마지막으로 죄수들이 서로 밀치고 욕설을 퍼부으며 앞으로 나왔다. 사제는 소장과 이야기를 나누느라 십자가를 쥔 자기 손을 죄수의 입에 들이대기도 하고 때로는 죄수들의 코에 불쑥 들이대기도 했다. 그래도 죄수들은 십자가와 사제의 손에 입을 맞추려고 버둥거렸다. 이렇게 하여 길 잃은 어린 양들을 위안하고 교화하려는 기독교의 예배 의식은 모두 끝이 났다.

40

사제가 이빨 사이로 바람 새는 소리를 내며 수없이 반복해서 이름을 불러 대고 온갖 기묘한 말로 찬양하던 예수가 실제로는 그곳에서 행해지는 모든 것을 금했다는 사실을 아는 사람은 사제나 소장이나 마슬로바를 비롯해 예배에 참석한 모든 사람들 가운데 아무도 없었다. 예수는 사제라는 성직자가 빵과 포도주를 차려 놓고 무의미하고 불경한 주문을 늘어놓는 일을 금했을 뿐 아니라, 어떤 사람이 다른 사람을 스승이라고 부르는 일이나 교회에 모여 기도드리는 것을 금했고, 대신 신자 개개인이 각자 기도를 드리라고 말했다. 예수는 교회 자체를 부정하면서 기도는 교회에서 드리는 것이 아니라 각자의 영혼과 진리 안에서 드리는 것이며, 자신은 바로 그러한 성전을 헐어 버리기 위해서 왔다고 말했다. 특히 예수는 지금 여기서 행해지는 것처럼 사람들을 재판하고 투옥하고 괴롭히고 고문하고 처형하는 행위를 금했고 타인에 대한 일체의 폭력을 금했으며, 자신은 죄인들을 해방시키기 위해 세상에 왔다고 말했던 것이다.

예배에 참석한 사람들 가운데 그리스도의 이름으로 행한 모든 의식이 예수를 모독할 뿐만 아니라 웃음거리로 만든다는 사실을 깨닫는 사람은 아무도 없었다. 사제가 죄수들에게 입맞춤을 하라고 내밀던, 끝에 칠보 메달이 달려 있는 황금 십자가 역시 실제로는 예수가 조금 전에 행한 그런 의식을 금한 대가로 처형될 때 짊어진 형틀을 본떠서 만든 것이라는 사실을 깨닫는 사람조차 없었다. 또한 사제들이 빵과 포도주를 먹으며 그리스도의 살을 먹고 그 피를 마셨다고 생각함으로써 실제로는 예수의 피를 빨아먹고 뼈를 갉아먹고 있다는 사실마저 아무도 생각하지 못했다. 게다가 사제들은 그리스

214

도가 세상 사람들에게 가져다준 복음을 덮어 버림으로써 그
들의 가장 커다란 축복을 빼앗고 그들을 혹독한 고통 속에
빠뜨렸던 것이다.

그러나 사제는 조금 전에 행했던 의식이 옛날부터 모든 성
자들이 행해 온 유일하고도 신실한 종교 의식이라고 어릴 때
부터 교육받았고, 지금도 교단과 교황청에서는 이와 똑같은
방식으로 의식을 거행했기 때문에 자기가 행하는 모든 일에
대해 양심의 가책 같은 것은 조금도 느끼지 않았다. 그는 빵
조각이 살로 변한다거나 장황한 설교가 영혼을 살찌게 한다
거나 또 지금 자기가 먹은 것이 하느님의 살이라는 것을 실
제로 믿지 않았고 결코 믿을 수도 없었다. 그가 믿은 것은 그
러한 신앙을 믿는 것이었다. 그가 그러한 신앙에 확신을 갖
게 된 중요한 이유는, 이런 종교 의식을 집행한 대가로 무려
18년 동안이나 또박또박 월급을 받았고 그 돈으로 가족을 부
양했으며 아들을 중학교에, 딸을 신학교에 보낼 수 있었기
때문이다. 교회의 부제 역시 그러한 신앙을 믿었고 사제보다
더 확신하고 있었다. 그는 교리의 본질은 완전히 잊어버린
채, 장례식이나 추모식이나 미사나 일반 기도나 찬송 기도의
대가로 독실한 기독교인이라면 기꺼이 헌납해야 하는 금액
이 얼마인지의 문제나 기억하고 있었는데, 그래서 장작이나
밀가루나 감자 따위를 파는 장사꾼처럼 그 필요성을 은연중
확신하며 〈자비를, 자비를〉이라고 외치고 찬송가를 부르며
성경을 낭독했다. 소장이나 교도들의 경우에도 교리가 무엇
인지, 또 교회에서 행하는 일이 어떤 의미를 갖는지 전혀 알
지 못했고 알려고 하지도 않았지만 상관들이나 황제가 믿는
다는 이유만으로 그런 신앙을 가져야 한다고 생각했다. 그
밖에도 막연하긴 하지만(그 이유를 그들은 설명하지 못한다)
그 신앙이 자신들의 슬픈 직업을 정당화해 준다고 마음속으

로 생각했다. 만일 그들에게 그러한 신앙마저 없었다면 자신들의 의지와는 관계없이 온 힘을 다해 사람들을 괴롭히는 소임을 지금처럼 눈 하나 깜빡하지 않고 해내지는 못했을 것이다. 사실 알고 보면 소장의 성격도 원래는 유순해서, 만일 그가 그러한 신앙을 받아들이지 않았다면 그 일을 제대로 해내지 못했을지도 모른다. 그래서 그는 예배를 드릴 때에도 꼼짝하지 않고 열심히 절을 하고 성호를 그었으며, 〈케루빔과 더불어〉라는 제목의 찬송가를 부를 때면 진심으로 감격하는 것처럼 보이려고 애썼고, 또 아이들에게 성찬을 나누어 줄 때면 제단 앞으로 나아가 어린애를 번쩍 치켜들어 사제 앞으로 올려 주기도 했다.

사람들 앞에서 거행되는 이런 의식이 일종의 기만에 지나지 않는다는 사실을 뚜렷이 간파하고 마음속으로 비웃는 몇몇을 제외한 대부분의 죄수들은 금빛 찬란한 성상과 양초, 술잔, 제의, 십자가는 물론 〈거룩하신 예수〉라든가 〈자비를 베푸소서〉라고 수없이 반복되는 이해하기 힘든 단어 속에 어떤 신비한 힘이 간직되어 이 세상이나 저세상에서 많은 행복을 가져다줄 거라고 믿고 있었다. 그들 가운데 대부분의 죄수들은 이 세상에서 행복을 누려 보려고 기도와 특별 예배와 양초 헌납을 벌써 여러 차례 시도해 보았으나 그것들은 아무런 효험도 없었다. 그러나 그런 무응답은 우연한 것일 뿐이며 학자들이나 사제들이 권장하는 이 의식은 이 세상이 아니면 저세상에서라도 꼭 필요한 중요한 것임이 틀림없다고 그들은 확신하고 있었다.

마슬로바 역시 그렇게 믿었다. 예배를 드리는 동안 그녀는 다른 사람들과 마찬가지로 경건함과 지루함을 동시에 느꼈다. 처음에 그녀는 칸막이 뒤에 있는 죄수들 틈에 끼어 있었으므로 동료들밖에 보이지 않았다. 그러나 성찬을 받는 시간에 페도시야와 함께 앞으로 걸어갔을 때 소장과 교도들 틈에 끼어 있는 아마 빛 머리에 흰 수염을 기른 농부가 눈에 들어왔다. 그는 페도시야의 남편으로, 내내 자기 아내를 바라보고 있었다. 마슬로바는 성모 찬송가를 부르면서 그를 열심히 쳐다보기도 하고 페도시야와 속삭이기도 하다가 다른 사람들이 성호를 긋고 고개를 숙일 때면 얼른 따라했다.

41

네흘류도프는 일찌감치 집을 나섰다. 골목길에서는 시골 농부가 마차를 타고 다니며 이상한 목소리로 외쳐 댔다.

「우유, 우유, 우유가 왔습니다!」

지난밤에는 올해 들어 처음으로 따뜻한 봄비가 내렸다. 포장되지 않은 곳마다 파란 풀이 자라나기 시작했다. 자작나무에는 파릇한 솜털이 돋아났고, 벚나무와 포플러는 향긋한 이파리를 내밀었다. 가정집이나 상점이나 할 것 없이 모든 창문이 깨끗이 닦여 있었다. 네흘류도프가 지나가는 고물 시장에는 많은 상점이 일렬로 늘어서 있었고, 그 주변은 수많은 사람들로 붐볐으며, 양쪽 겨드랑이에 장화를 낀 사람이나 곱게 다림질한 바지와 조끼를 어깨에 걸친 남루한 차림의 사람들이 오가고 있었다.

공장 일에서 벗어난 직공들이 모여들어 술집 부근은 일요일답게 혼잡스러웠다. 사내들은 깨끗한 반코트 차림에 반질반질하게 닦은 장화를 신고 있었고, 여자들은 화려한 비단 머플러로 머리를 감싸고 유리구슬로 장식된 재킷을 입었다. 노란 권총 혁대를 두른 경찰들은 제각기 담당 구역에서 따분함을 쫓아 줄 만한 사건이 없을까 싶은 생각에 사방을 주시했다. 가로수가 늘어선 사잇길이나 파란 잔디가 돋아난 풀밭에서는 어린애들과 개들이 이리저리 뛰놀았으며 유모들은 벤치에 앉아서 즐겁게 담소를 나누었다.

그늘진 왼쪽 길은 아직도 한기가 돌고 축축하게 젖어 있었지만 표면이 마른 길 한복판에는 육중한 짐마차가 시끄러운 소리를 내며 끊임없이 포장도로 위를 달렸고, 승용 마차와 철도마차가 뒤따라 지나갔다. 지금 감옥에서 거행되는 것과 똑같은 예배로 사람들을 끌어 모으려는 교회의 종소리가 요란한 여러 소음과 뒤섞여 사방에서 울려 퍼졌다. 그리고 정장한 사람들은 저마다 교회로 향했다.

네흘류도프를 태운 마차는 교도소 정문까지 가지 않고 길 모퉁이에서 멈추었다.

조그만 보따리를 손에 든 몇몇 남녀가 감옥에서 1백 보쯤 떨어진 그 모퉁이에 서 있었다. 오른쪽에는 아담한 목조 건물이 늘어서 있었고, 왼쪽에는 간판을 내건 이층집이 한 채 있었다. 바로 그 맞은편이 거대한 석조 건물로 된 교도소였지만, 면회객들은 그곳까지 갈 수 없었다. 총을 멘 보초병이 오가면서 그쪽으로 지나가려는 사람들에게 불벼락이라도 내릴 듯 호통을 쳐댔다. 보초병 맞은편에 있는 목조 건물 문 옆에는 금술 장식의 제복을 입은 교도가 장부를 들고 의자에 앉아 있었다. 면회객들이 그에게 다가가 면회하고 싶은 사람의 이름을 대면 교도가 기록했다. 네흘류도프도 그에게 다가가서 까쩨리나 마슬로바의 이름을 댔다. 금술 장식의 제복을 입은 교도는 수첩에 이름을 적었다.

「왜 지금은 면회할 수 없는 거죠?」 네흘류도프가 물었다.

「예배를 드리는 중입니다. 예배가 끝나면 곧바로 면회하실 수 있습니다.」

네흘류도프는 기다리는 사람들 쪽으로 물러났다. 그때 사람들 사이에서 낡은 옷차림에 구겨진 모자를 쓰고 맨발에 너덜거리는 구두를 신은, 얼굴에 붉은 반점이 있는 사내가 교도소 쪽으로 뛰어가려고 했다.

「이봐, 대체 어딜 가겠다는 거야?」 총을 멘 병사가 그에게 소리쳤다.

「네까짓 게 뭔데 호통이야!」 교도소 쪽으로 뛰어가려던 사내는 병사의 고함 소리에 조금도 기가 죽지 않고 이렇게 대들면서 되돌아왔다. 「들여보내지 않겠다면 기다리지 뭐. 자기가 무슨 장군이라도 되는 것처럼 고함을 지르고 있어.」

사람들 사이에서는 그를 지지하는 의미의 폭소가 터져 나왔다. 면회객들 대부분은 남루한 차림이었고 몇몇 사람들은 누더기를 걸쳤으나, 고상한 옷차림을 한 신사들과 부인들도 더러 끼어 있었다. 네흘류도프의 옆에는 멋지게 차려입고 혈색 좋은 얼굴을 말끔히 면도한 뚱뚱한 사내가 서 있었다. 그의 손에 들린 보따리는 속옷 같아 보였다. 네흘류도프는 사내에게 이곳에 처음 오느냐고 물었다. 보따리를 손에 든 사내는 일요일마다 찾아온다고 대답했다. 이렇게 해서 두 사람은 이런저런 이야기를 나누기 시작했다. 어느 은행의 수위인 그는 사기죄로 수감된 동생을 만나러 왔다고 했다. 선량하게 생긴 이 사내는 네흘류도프에게 자기의 사정을 전부 이야기한 후에 이번에는 그의 사연을 듣고 싶어 했다. 그러나 때마침 몸집 큰 순종의 검은 말이 끄는, 고무바퀴가 달린 마차가 다가왔으므로 그들은 시선을 그쪽으로 돌렸다. 마차 안에는 대학생 한 명과 베일로 얼굴을 가린 여자가 타고 있었다. 대학생은 큼직한 보따리를 팔에 안고 있었다. 그는 네흘류도프에게 다가오더니, 자선을 베풀기 위해 빵을 가져왔는데 죄수들에게 나눠 줄 수 있는지 또 그러려면 어떻게 해야 하는지 등을 물었다.

「이건 제 약혼녀의 부탁이거든요. 이 사람이 제 약혼녀입니다. 그녀의 부모님께서 죄수들에게 빵을 나눠 주라고 하셨습니다.」

「사실 저도 오늘 처음 왔기 때문에 잘 모르겠습니다. 하지만 저 사람에게 물어보면 알 수 있을 겁니다.」 네홀류도프는 오른편에서 장부를 들고 앉아 있는 금술 장식의 제복을 입은 교도를 가리키며 말했다.

네홀류도프가 대학생과 이야기를 나누고 있을 때 가운데 조그만 창문이 달린 교도소의 커다란 철문이 열리더니 그 안에서 제복을 입은 장교가 다른 교도들과 함께 나타났다. 그러자 수첩을 든 교도가 면회객들에게 안으로 들어가도 좋다고 알렸다. 보초병이 옆으로 물러서자 면회객들은 행여 조금이라도 늦을까 싶어 날랜 고양이 같은 걸음걸이로 교도소 문을 향해 몰려갔다. 교도 한 명이 문 옆에 서서 면회객들이 옆을 지나갈 때마다 〈열여섯, 열일곱⋯⋯〉 하고 커다란 목소리로 수를 세었다. 건물 안에서도 교도 한 명이 지키고 서서 다음 문을 지나가는 사람들을 손으로 일일이 체크하며 수를 세었다. 그것은 면회객들의 수를 세었다가 그들이 돌아갈 때 한 사람이라도 감옥 안에 남거나 죄수가 탈옥하는 일이 없도록 하기 위한 조치였다. 그 교도는 얼굴은 거들떠보지도 않고 네홀류도프의 등을 손으로 찍었다. 교도의 손이 몸에 닿는 순간 네홀류도프는 몹시 불쾌했지만, 곧 그곳에 온 목적을 생각하고는 불쾌감과 모욕감을 느낀 자신을 오히려 부끄럽게 여겼다.

문 안쪽으로 들어서자 천장이 둥그런 첫 번째 큰 방이 나타났는데, 그곳에는 쇠창살이 달린 조그만 창문 여러 개가 달려 있었다. 네홀류도프는 집합소라고 불리는 그 방의 움푹 파인 벽면에서 놀랍게도 커다란 그리스도상을 발견했다.

〈어째서 이것이 여기에 있는 걸까?〉 네흘류도프는 생각했다. 그는 자기도 모르게 그리스도상을 죄수가 아닌 자유로운 사람들과 연결시켜 생각했던 것이다.

급히 서두르는 면회객들의 뒤에 처진 채 네흘류도프는 느린 걸음으로 그들을 따라갔다. 그는 여기 수감된 죄수들에 대한 공포와 어제 법정에서 본 젊은이나 까쮸샤 같은 억울한 사람들에 대한 동정, 그리고 그녀와의 대면을 앞두고 마음속에서 일어나는 두려움과 감동 등이 뒤섞인 이상한 기분을 느꼈다. 첫 번째 방을 지나갈 때 한쪽 구석에 있던 교도가 그에게 뭐라고 말을 걸어 왔다. 그러나 네흘류도프는 깊은 생각에 잠겨 있느라 그의 말소리를 듣지 못했고 그쪽에 주의를 기울이지 않은 채 무심코 면회객들이 많이 가는 방향으로 따라갔다. 그러나 그쪽은 그가 가야 할 여자 죄수 감방으로 가는 길이 아니라 남자 죄수 감방으로 가는 길이었다.

서두르는 사람들을 먼저 들여보내고 그는 제일 마지막으로 면회실에 들어갔다. 문을 열고 방으로 들어간 그는 수백 명에 가까운 사람들의 목소리가 하나로 뒤엉켜 귀청이 떨어질 듯 터져 나오는 아우성에 깜짝 놀라고 말았다. 설탕에 내려앉은 파리 떼처럼 철망에 매달린 사람들 옆으로 다가간 네흘류도프는 그제야 그 이유를 알 수 있었다.

뒷벽에 여러 개의 창문이 난 이 방은 바닥에서 천장까지 철망, 그것도 한 겹이 아니라 두 겹으로 된 철망에 가로막혀 양쪽으로 분리되어 있었고 두 철망 사이로는 교도들이 걸어다녔다. 철망 저편에는 죄수들이 있었고 이쪽에는 면회객들이 있었다. 철망 두 개 사이의 간격이 약 2미터나 되었으므로 무엇을 건넬 수 있기는커녕 시력이 나쁜 사람은 얼굴을 똑똑히 알아볼 수도 없었다. 서로 대화를 나누기도 힘들었기 때문에 상대편이 알아듣도록 하려면 기를 쓰고 고함을 질러야 했다. 하고 싶은 말을 전하려는 아내와 남편, 아버지와 어머니 그리고 아이들이 철망 양쪽에 얼굴을 들이대고 달라붙어 있었다. 옆 사람도 상대방에게 잘 들리게 하려고 악을 썼으므로 사람들은 서로에게 방해가 되었고, 그래서 더더욱 남보다 큰 소리를 지르려고 안간힘을 썼다. 네흘류도프가 이 방에 들어섰다가 깜짝 놀란 것은 고함 소리가 어우러진 바로 그 아우성 때문이었다. 그들이 뭐라고 지껄이는지 알아듣기란 매우 힘든 일이었다. 그저 그들의 표정을 보고 무슨 말을 하는지, 또 마주 보고 이야기하는 사람들이 서로 어떤 관계인지 대충 짐작할 수 있을 뿐이었다. 네흘류도프의 옆에서는 수건을 쓴 한 노파가 철망에 얼굴을 들이대고 턱을 부들부들 떨면서 머리를 반만 깎은 창백한 얼굴의 젊은이에게 무언가 소리치고 있었다. 그 죄수는 눈썹을 치올리고 이맛살을 찌푸린 채 열심히 이야기를 들었다. 노파 옆에는 민소매 외투를 걸친 젊은 사내가 서 있었는데, 그는 희끗희끗한 수염을 기른, 자신과 닮은 죄수가 불만스러운 표정으로 말하는 내용을 귀에 손을 대고 고개를 끄덕이며 듣고 있었다. 조금 떨어진 곳에서는 누더기를 걸친 사내가 서서 손을 흔들기도 하고 무엇인가 소리치기도 하고 웃기도 했다. 그리고 그 옆에는 고급 모직 숄을 걸친 여자가 어린애를 품에 안은 채 마룻바닥에 주저앉아 흐느껴 울고 있었다. 죄수복 차림에 머리를 깎고 쇠고랑을 찬 백발 사내의 첫 면회를 와서 그 몰골을 확인하자 눈물이 왈칵 쏟아진 것 같았다. 그녀 옆에는 조금 전에 네흘류도프와 이야기를 나누었던 은행 수위가 맞은편에 서 있는 눈매가 매서운 대머리 죄수에게 목청껏 소리를 지르고 있었다. 자신도 이런 상태로 대화하지 않으면 안 된다는 사실을 깨닫자 네흘류도프는 이런 규정을 만들어 낸 사람들, 그리고 이것을 시행하는 사람들에 대한 분노가 치밀어 오르는 것을 느꼈다. 그는 이처럼 무서운 상태, 인간 감정을 모독하는 상태에 아무도 수치심을 느끼지 않는다는 사실이 오히려 이상했다. 병사들이나 교도들은 물론 면회객들이나 죄수들도 그것을 당연한 것으로 받아들였고 그렇게 행동하고 있었다. 네흘류도프는 자신이 얼마나 무력한가를 깨닫고 세상과 너무 동떨어져 있었다는 느낌을 받으며 안타깝고 우울한 기분에 젖어 약 5분가량 그 방에 서 있었다. 그러자 마음속에서 뱃멀미 같은 현기증이 일어나는 것이 느껴졌다.

42

〈그러나 여기에 온 목적만은 달성해야 해.〉 그는 스스로를 격려하며 중얼거렸다. 〈그런데 어떻게 해야 하나?〉

사방을 두리번거리면서 그는 담당자를 찾기 시작했다. 그러다가 장교 견장을 달고 콧수염을 기른, 키 작고 여윈 사내가 눈에 띄자 그에게로 다가갔다.

「말씀 좀 여쭙겠습니다.」 그는 공손한 태도로 말했다. 「여자 죄수들은 어디에 수감되어 있습니까? 그리고 면회는 어디에서 할 수 있죠?」

「여자 죄수 면회실을 찾으십니까?」

「네, 저는 어느 여자 죄수를 만나려고 하는데요.」 네흘류도프는 계속 공손히 말했다.

「그렇다면 조금 전에 지나치신 방에서 말씀하셨어야죠. 대체 누구를 만나시려는 겁니까?」

「예까쩨리나 마슬로바를 만나고 싶은데요.」

「정치범인가요?」 부소장이 물었다.

「아닙니다, 그녀는 그저……」

223

「그럼 확정 판결을 받은 사람인가요?」

「네, 이틀 전에 판결을 받았습니다.」네흘류도프는 행여 자신에게 호의적인 이 부소장의 신경을 건드리지나 않을까 우려하며 고분고분 대답했다.

「여자 죄수를 만나시려면 이리로 오십시오.」부소장은 네흘류도프의 외모를 보고 정중히 대접할 필요가 있다고 생각했는지 이렇게 말했다. 「시도로프!」그는 가슴에 훈장을 여러 개 단 턱수염 많은 하사관을 불렀다. 「이분을 여자 죄수 면회실로 안내하게.」

「알겠습니다.」

바로 그때 철망 옆에서 누군가의 비통한 통곡이 들려왔다.

네흘류도프에게는 모든 것이 다 이상했지만, 그중에서도 이 건물 안에서 벌어지는 잔혹한 모든 행위의 장본인임이 틀림없는 소장과 교위에게 은혜를 느끼고 감사해야 하는 자신의 처지가 무엇보다도 낯설었다.

교도는 네흘류도프를 데리고 남자 죄수 면회실을 나와 복도를 거쳐 반대편 문을 열고는 그를 곧장 여자 죄수 면회실로 안내했다.

남자 죄수 면회실처럼 이 방도 두 겹의 철망으로 분리되어 있었다. 방은 훨씬 작고 면회 신청자들이나 죄수들의 수도 적었지만 아우성만큼은 남자 죄수 면회실 못지않았다. 여기에서도 철망 사이로 교도들이 돌아다녔다. 이곳의 책임자는 소맷부리에 레이스가 달리고 옷깃이 파란 천으로 박음질된 제복 차림에 남자들처럼 혁대를 두른 여자 교도였다. 남자 죄수 면회실과 마찬가지로 이곳에서도 철망 양쪽에 많은 사람들이 매달려 있었다. 철망 이편에는 다양한 옷차림의 도회지 사람들이, 그리고 철망 저편에는 하얀 죄수복이나 사복을 입은 여자 죄수들이 있었다. 철망 앞은 사람들로 가득했다.

어떤 사람들은 목소리를 들으려고 다른 사람의 머리 위로 발
돋움을 했고, 또 어떤 사람들은 마룻바닥에 주저앉아 이야기
를 주고받기도 했다.

　여자 죄수들 가운데 날카로운 외침과 옷차림으로 가장 눈
에 띄는 사람은 머릿수건이 흘러내려 고수머리를 산발한 가
냘픈 집시 여인이었다. 그녀는 면회실 거의 한복판인 저편
철망 기둥에 매달려 푸른 코트를 입고 허리에 혁대를 두른
집시 사내에게 부지런히 손짓을 하며 소리치고 있었다. 집시
사내 옆에서는 한 병사가 바닥에 주저앉아 여자 죄수와 이야
기를 나누고 있었고, 다시 그 옆에는 윤기 흐르는 턱수염을
기르고 짚신을 신은 젊은 농부가 눈물이 흘러내리는 것을 억
지로 참으며 빨갛게 상기된 얼굴을 철망에 들이댄 채 매달려
있었으며 귀엽게 생긴 금발의 여자 죄수는 반짝거리는 푸른
눈으로 농부를 바라보며 이야기하고 있었다. 이들은 페도시
야와 그녀의 남편이었다. 그 옆에는 누더기를 걸친 사내가
넓적한 얼굴에 머리를 산발한 여자와 이야기하고 있었다. 그
다음에는 여자가 두 사람, 그리고 다시 남자와 여자가 있었
고, 그 맞은편에는 여자 죄수가 한 사람씩 그들과 마주 서 있
었다. 그중에 마슬로바의 모습을 보이지 않았다. 그러나 여
자 죄수들 뒤편에 한 여자가 서 있으며 그녀가 바로 마슬로
바임을 네흘류도프는 알아챘다. 그러자 갑자기 심장이 고동
치기 시작했고 숨이 턱턱 막혀 왔다. 운명의 시간이 다가온
것이다. 그는 철망으로 다가가서 그녀를 확인했다. 그녀는
파란 눈의 페도시야 뒤편에 서서 입가에 미소를 띤 채 그녀
의 이야기를 열심히 듣는 것 같았다. 마슬로바는 이틀 전의
죄수복 차림 대신 하얀 상의에 허리를 잘록하게 졸라매어 그
때보다 앞가슴이 더욱 풍만해 보였고, 검은 머리카락은 법정
에서처럼 머릿수건 밑으로 여전히 물결치고 있었다.

〈지금 결단을 내려야 해.〉 그는 생각했다. 〈그녀를 뭐라고 부르면 좋을까? 혹시 먼저 다가오지는 않을까?〉

그러나 그녀는 다가오지 않았다. 그녀는 친구인 끌라라가 면회를 오지 않았을까 싶어서 그녀를 기다리고 있었던 것이다.

「누구를 찾아오셨습니까?」 철망 사이를 걸어다니던 여자 교도가 네흘류도프에게 다가오며 물었다.

「예까쩨리나 마슬로바입니다.」 네흘류도프는 겨우 입을 떼었다.

「마슬로바, 면회!」 여자 교도가 소리쳤다.

43

마슬로바는 이쪽을 돌아보더니 고개를 쳐들고 가슴을 내밀며 낯익은 침착한 표정으로 두 여자 죄수 사이를 빠져나와 철망 앞으로 다가섰다. 하지만 네흘류도프를 알아보는 대신 놀랍고도 뜻밖이라는 눈길로 쳐다볼 뿐이었다.

그러나 차림새로 보아 그가 돈 많은 사람이라는 사실을 눈치채자 그녀는 금방 미소를 지었다.

「저를 찾아오셨나요?」 그녀는 미소 짓는 사팔눈의 얼굴을 철망에 들이대면서 말했다.

「만나고 싶었소⋯⋯.」 네흘류도프는 〈당신〉이라고 해야 좋을지 〈너〉라고 해야 좋을지 몰라 망설였으나, 〈당신〉이라고 부르기로 마음먹었다. 그는 평소처럼 크지 않은 목소리로 말했다. 「당신을 만나고 싶었소⋯⋯. 난⋯⋯.」

「날 속이려고 하지 마.」 그의 옆에서 남루한 옷을 걸친 사내가 소리쳤다. 「훔쳤어? 안 훔쳤어?」

226

「죽어 가는 마당에 그런 게 그 사람에게 무슨 소용이 있었겠어요?」 다른 쪽에서 누군가가 소리쳤다.

마슬로바는 네흘류도프가 무슨 말을 하는지 잘 알아들을 수 없었지만 말하는 얼굴을 보는 순간 갑자기 그의 옛 모습이 떠올랐다. 그러나 그녀는 믿지 않았다. 그녀의 얼굴에서 웃음은 사라지고 이마에는 고민하는 빛이 역력히 드러나기 시작했다.

「뭐라고 말씀하시는지 잘 안 들려요.」 그녀는 눈을 가늘게 뜨고 점점 더 고민스러운 표정으로 소리쳤다.

「내가 온 것은……」

〈그래, 나는 지금 해야 할 일을 하는 거야. 회개하는 거라고.〉 네흘류도프는 이렇게 생각했다. 생각이 여기에 미치자 그는 눈물이 핑 돌고 목이 메었지만 손가락으로 철망을 부여잡은 채 눈물을 애써 참았다. 그는 아무 말도 하지 못했다.

「왜 여기 들어왔어? 그러지 말라고 했잖아……」 한쪽에서 호통 소리가 들려왔다.

「하느님 앞에 맹세해요. 나는 아무것도 몰라요.」 다른 쪽에서 여자 죄수가 소리쳤다.

상기된 그의 모습에 마슬로바는 비로소 확실하게 그를 알아보았다.

「뵌 것 같긴 하지만, 누구신지 잘 모르겠어요.」 그녀는 그의 얼굴을 피하며 소리쳤다. 갑작스레 더욱 붉어진 그녀의 얼굴은 점점 더 일그러져 갔다.

「당신에게 용서를 빌러 왔소.」 그는 교과서를 낭독하듯 큰 소리로 말했다.

이렇게 외치고 나서 그는 부끄러움에 주위를 둘러보았다. 그러나 그 순간, 부끄러운 건 당연한 일이니 차라리 마음껏 부끄러워하는 편이 더 낫다는 생각이 들었다. 그래서 계속 큰 소리로 외쳤다.

「날 용서해 주오. 내가 정말 잘못했소……」그는 다시 소리쳤다.

그녀는 사팔눈으로 그를 응시하며 미동도 없이 서 있었다.

가슴을 뒤흔드는 오열을 겨우 참으며 그는 더 이상 아무 말도 하지 못하고 철망에서 물러났다.

조금 전에 네흘류도프에게 여자 죄수 면회실을 가르쳐 준 부소장이 그에게 흥미를 느꼈는지 이곳을 찾아왔다가 네흘류도프가 철망에서 물러나는 것을 보고는, 왜 찾고 있던 여자와 이야기를 나누지 않느냐고 물었다. 네흘류도프는 기운을 내서 애써 태연한 표정을 지으며 코를 팽 풀고는 대답했다.

「철망 너머로는 이야기를 할 수가 없군요. 아무 말도 알아들을 수가 없어요.」

부소장은 잠시 생각에 잠겼다.

「그러시다면 지금 그녀를 이리로 불러 드리죠.」

「마리야 까를로브나!」그는 여자 교도를 향해 소리쳤다. 「마슬로바를 이리 데려와요.」

얼마 후 옆문이 열리면서 마슬로바가 나타났다. 그녀는 경쾌한 걸음걸이로 네흘류도프의 코앞까지 다가와 걸음을 멈추고는 눈을 치켜뜨고 그의 얼굴을 바라보았다. 이틀 전처럼 그녀의 검은 머리는 스카프 밑으로 삐져나와 있었고, 병색이 감도는 창백한 얼굴은 아름답고 침착해 보였다. 반짝이는 검은 사팔눈이 약간 부은 눈꺼풀 밑에서 유난히 빛나고 있었다.

「여기서 이야기하셔도 좋습니다.」부소장은 이렇게 말하고서 나가 버렸다.

네흘류도프는 벽 옆에 놓인 긴 의자 쪽으로 걸음을 옮겼다.

마슬로바는 의아한 눈초리로 부소장을 쳐다본 후 놀란 듯 어깨를 약간 떨며 네흘류도프를 따라 긴 의자 쪽으로 걸어가서는 치맛자락을 매만지며 그의 옆에 나란히 앉았다.

「물론 용서받을 수 없다는 건 잘 알고 있소.」 네흘류도프는 이렇게 말을 꺼냈으나 눈물이 솟구쳐 다시 입을 다물고 말았다. 「지난 일을 되돌릴 수는 없겠지만, 지금 내가 할 수 있는 일이라면 무엇이든 하겠소. 그러니 어서…….」

「어떻게 절 찾아내셨나요?」

그의 말에는 아무 반응도 보이지 않은 채 그녀가 사팔눈을 굴리며 물었다.

〈하느님! 저를 도와주십시오. 제가 어떻게 하면 좋을지 가르쳐 주십시오.〉 네흘류도프는 이제 완전히 변해 버린 그녀의 얼굴을 바라보며 속으로 외쳤다.

「이틀 전 당신이 재판받는 법정에 내가 배심원으로 참석했었소…….」 그가 말했다. 「그런데 당신은 날 알아보지 못했소?」

「네, 알아보지 못했어요. 알아볼 만한 여유가 전혀 없었어요. 그럴 수도 없었고요.」 그녀가 대답했다.

「어린애는 어떻게 됐소?」 그는 자신의 얼굴이 뜨겁게 달아오르는 걸 느끼며 물었다.

「하느님의 뜻에 따라 금방 죽고 말았어요.」 그녀는 시선을 돌리며 독기 어린 대답을 짧게 뱉어냈다.

「아니, 어쩌다가?」

「병에 걸려서 저도 거의 죽다가 살아났어요.」 그녀는 시선을 내리며 말했다.

「고모들은 왜 당신을 쫓아낸 거요?」

「아기 밴 하녀를 누가 데리고 있겠어요? 눈치를 채자마자 곧 쫓아냈어요. 무슨 이야기를 하는 건지 모르겠군요. 난 모두 잊어 버렸어요. 이미 끝난 일이에요.」

「아니오, 끝나지 않았소. 나는 그 일을 이대로 모르는 체할 수 없소. 당신에게 속죄하고 싶소.」

「그러실 필요 없어요. 지난 일은 어디까지나 지난 일이니까요.」그녀가 말했다. 순간 그는 전혀 예상치 못한 일을 겪고 말았다. 그의 얼굴을 쳐다보며 그녀가 갑자기 유혹적이면서도 애처로운 불쾌한 미소를 지은 것이다.

하필 지금, 이런 자리에서 그를 만나리라고 마슬로바는 전혀 생각하지 못했다. 그래서 그를 알아본 순간 그녀는 몹시 충격을 받았으며, 한 번도 기억하지 않았던 지난 일을 떠올렸다. 한때 자신을 사랑했고 또 자신의 사랑을 받던 멋진 청년, 그가 눈뜨게 해준 감정과 사고의 새롭고 경이로운 세계에 대한 추억이 먼저 그녀의 머릿속에 어렴풋이 떠올랐다. 그리고 뒤따라 이해할 수 없는 그의 잔인한 처사와 그로 인해 느꼈던 동화 같은 행복 뒤의 온갖 모멸과 고통이 생각났다. 가슴이 아팠다. 그러나 그녀는 그 문제를 일일이 따지지 않고 태연하게 행동했다. 그것은 추억을 지워 버리고 그 자리를 타락한 생활의 기묘한 안개로 덮으려는 노력이었다.

그녀는 지금 그렇게 행동하고 있었다. 처음에는 지금 자기 앞에 앉아 있는 사람을 한때 사랑했던 청년과 관련 지어 보려 했으나, 얼마 후 그것이 너무나 가슴 아픈 일이라는 사실을 깨닫고는 그런 생각을 그만두었다. 지금 깔끔하고 훌륭한 옷차림으로 턱수염에 향수를 뿌리고 나타난 이 신사는 지난날 자기가 사랑했던 네흘류도프가 아니라, 자기 같은 존재들을 필요한 만큼 이용해 먹는, 따라서 자신도 역시 가능한 만큼 이용해 먹어야 하는 그런 부류의 인간에 불과했다. 그래서 그녀는 유혹의 미소를 지어 보였던 것이다. 그에게서 무엇을 얻어 낼까 하는 생각에 골몰하며 그녀는 침묵했다.

「모두 끝난 일이에요.」그녀가 말했다. 「이제는 유형 판결이 났어요.」

이 무서운 말을 내뱉을 때 그녀의 입술은 파르르 떨리고 있었다.

「알고 있소. 하지만 난 당신이 결백하다는 것을 확신하오.」 네흘류도프가 말했다.

「정말이지, 전 죄가 없어요. 제가 어떻게 절도범이나 살인범이 될 수 있겠어요? 모든 것이 변호사에게 달렸다고 하더군요.」 그녀가 계속 말했다. 「상소하지 않으면 안 된다나 봐요. 하지만 돈이 너무…….」

「그렇소, 상소해야 하오.」 네흘류도프가 말했다. 「벌써 변호사한테 들렀다가 오는 길이오.」

「돈을 아끼지 말고 훌륭한 변호사를 구해야 한대요.」 그녀가 말했다.

「내가 할 수 있는 일은 모두 하겠소.」

잠시 침묵이 흘렀다.

그녀는 다시 조금 전과 같은 미소를 지었다.

「그런데 당신에게 부탁이 있어요……. 가진 게 있으면 돈을 좀 주실 수 있나요? 조금만이라도……. 10루블 정도면 되는데요.」 그녀가 불쑥 이런 말을 꺼냈다.

「아, 그래요.」 네흘류도프는 당황하여 지갑을 꺼냈다.

그녀는 방 안을 이리저리 돌아다니는 부소장을 힐끗 쳐다보았다.

「저 사람이 있을 땐 안 돼요. 저 사람이 안 볼 때 주세요. 안 그러면 빼앗기고 말아요.」

네흘류도프는 부소장이 저쪽으로 몸을 돌리는 사이 지갑에서 10루블짜리 지폐를 꺼내려고 했으나 그 순간 부소장이 다시 몸을 돌렸다. 그는 돈을 움켜쥐었다.

〈이제 죽은 여자나 다름없군.〉 과거에는 사랑스러웠지만 지금은 볼썽사납게 부은 얼굴, 자신의 손에 들린 돈과 부소장의 거동에 흘끔흘끔 눈길을 돌리는 그녀의 까만 사팔눈을 바라보면서 그는 이렇게 생각했다. 잠시 그는 머뭇거렸다.

무엇을 할 것인지의 문제에서부터 어떤 행동을 취하는 것이 유리한지의 문제에 이르기까지, 네흘류도프의 마음속에서는 어젯밤 그 유혹의 목소리가 다시 들려오며 평소의 생각으로 그를 설득했다.

〈네가 무슨 짓을 한다 해도, 이 여자는 이미 틀렸어.〉그 목소리는 속삭였다. 〈그건 너를 익사시키려는, 그리고 타인에게 유익한 존재가 되는 걸 방해하려는 바위를 목에 매다는 짓이나 다름없어. 너를 진창에 빠뜨리고, 유익한 인간이 되는 것을 방해할 뿐이지. 가진 돈을 몽땅 주고 그녀와 이별한 다음, 영원히 모든 인연을 끊는 게 좋지 않을까?〉그는 이렇게 생각했다.

그러나 동시에, 그는 바로 지금 자신의 영혼 속에서 가장 중요한 무엇인가가 이루어지고 있으며, 이 순간 자기 내면의 삶은 최소한의 힘만으로 어느 쪽으로든 기울 수 있는 저울대 위에 놓여 있다고 느꼈다. 그는 어제 하느님을 부르던 그 힘을 모았다. 그러자 마음속에서 곧 하느님의 응답이 들려왔다. 그는 지금 그녀에게 모든 이야기를 털어놓기로 결심했다.

「까쮸샤! 나는 네게 용서를 구하러 왔는데, 너는 나를 용서해 준다든지, 아니면 언젠가 용서해 주겠다든지 하는 말은 안 하는군.」그는 갑자기 〈너〉라고 호칭을 바꾸면서 말했다.

그녀는 그의 손과 부소장을 훔쳐보느라 이야기를 듣지 못했다. 부소장이 몸을 돌리자 그녀는 재빨리 그의 손에서 돈을 낚아채 허리춤에 찔러 넣었다.

「근사해요. 근데 무슨 말씀이신지…….」그녀가 미소를 지으며 이렇게 말했다. 그 미소는 그에게 모욕적으로 느껴졌다.

네흘류도프는 그녀에게 그를 향한 적개심과 현재의 입장

에 대한 방어 심리, 그리고 마음 깊은 곳으로 들어오려는 그의 침투를 막는 어떤 방해물이 존재한다고 느꼈다.

그러나 놀랍게도 그것은 그의 마음을 돌려놓지 못했고, 오히려 어떤 새로운 에너지가 되어 점점 그녀에게로 끌어당겼다. 그는 그것이 비록 엄청나게 어려운 일이 될지라도 그녀를 정신적으로 일깨워야 한다고 느꼈다. 바로 그 일의 어려움이 그의 마음을 끌어당긴 것이다. 지금 그는 이제까지 그녀는 물론 다른 사람에게서도 한 번도 느낄 수 없었던 그런 감정을 느꼈다. 그 감정은 전혀 이기적인 것이 아니었다. 그는 아무것도 바라지 않고, 다만 현재와 같은 그녀가 아니라 각성하여 옛날로 돌아간 그녀가 되어 주기를 기대할 뿐이었다.

「까쮸샤, 어째서 그런 말을 하는 거야? 난 너를 알고 있고, 또 그때 빠노보에서의 너를 기억하는데…….」

「지난 일을 기억한들 무슨 소용이 있겠어요.」 그녀가 차갑게 말했다.

「지난 일을 기억하는 이유는 내 죄를 속죄하고 네게 보상하고 싶어서야, 까쮸샤!」 그는 결혼하겠다는 이야기를 꺼내려 했으나 순간 그녀의 눈빛에서 그의 입을 막아 버리는 무섭고 도전적이며 적개심 가득한 무언가를 읽을 수 있었다.

그때 면회 신청자들이 돌아가기 시작했다. 부소장이 네흘류도프에게 다가와 면회 시간이 끝났다고 일러 주었다. 마슬로바는 자리에서 일어나 그가 돌아가기를 조용히 기다렸다.

「잘 있소. 할 말이 너무 많지만, 보다시피 지금은 그럴 수가 없군.」 네흘류도프는 이렇게 말하며 손을 내밀었다. 「다시 오겠소.」

「더 이상 할 말이 없을 것 같은데요…….」

그녀는 손을 내밀었지만 건성으로 쥐었다.

「아니오, 나는 당신과 충분히 대화를 나눌 수 있는 장소에서 다시 만나도록 노력하겠소. 그때 가서 당신에게 꼭 해야할 대단히 중요한 문제에 대해 이야기하겠소.」 네흘류도프가 말했다.

「그러세요, 그럼 찾아오세요.」 그녀는 사내들을 유혹하는 조금 전의 그 미소로 되돌아가며 말했다.

「당신은 내게 누이보다 더 가까운 사람이오.」 네흘류도프가 말했다.

「좋은 말씀이군요.」 그녀는 이렇게 말한 후, 고개를 가로저으며 철망 뒤로 사라졌다.

44

네흘류도프는 첫 재회에서 까쮸샤가 자신을 만나고 그녀를 돕고자 하는 자신의 의도와 참회 사실을 알게 되면 몹시 기뻐하고 감동하여 옛날의 까쮸샤로 돌아갈 거라고 기대했었다. 하지만 끔찍하게도 까쮸샤의 존재는 이미 사라져 버렸고 이제는 마슬로바라는 여자만 남아 있다는 사실을 깨달았다. 그것은 그를 당황스럽고 두렵게 만들었다.

그를 가장 놀라게 한 점은 마슬로바가 창녀라는 처지는 전혀 수치스러워하지 않으면서도 죄수라는 처지는 수치스러워한다는 것이었다. 뿐만 아니라 그녀는 창녀라는 처지에 만족하고 오히려 자부심마저 가지고 있는 것처럼 보였다. 그러나 그것은 누구든지 어떤 일을 하기 위해서는 자기가 하는 일이 중요하고 훌륭한 일이라는 생각을 가지지 않을 수 없기 때문일 것이다. 인간이라면 누구나 어떤 입장에 놓이든 자신이 하는 일이 중요하고 훌륭하다고 생각하는 그런 인생관을 반드시 갖기 마련이다.

대체로 사람들은 도둑이나 살인자나 스파이나 창녀 따위라면 자기 일을 어리석은 짓이라고 인식하고 수치스러워하는 게 당연하다고 생각한다. 하지만 사실은 정반대이다. 운명 혹은 자신의 과오와 죄악으로 인해 어떤 입장에 놓이게 되면, 그것이 아무리 그릇된 일이라고 해도 대부분의 사람들은 자신들에게 훌륭하고 존경스러운 것이라는 인생관을 갖는 법이다. 그런 인생관을 고수하기 위해 사람들은 본능적으로 자신의 인생, 혹은 인생에서의 입장을 인정해 주는 동료들의 편에 서게 된다. 도둑이 도둑질 솜씨를, 창녀가 음탕함을, 살인자가 잔학성을 뽐내는 것을 볼 때 우리들은 무척 놀라고 만다. 하지만 우리가 놀라는 이유는 그들 집단의 환경이 제한적이라는 사실에서 비롯된 것이며, 우리가 그 세계의 바깥에 놓여 있기 때문에 더욱 그렇다. 약탈로 얻은 재물을 자랑하는 부자들이나 살인으로 획득한 승리를 뽐내는 군대의 사령관들이나 폭력으로 구축한 위세를 뽐내는 집권자들 사이에서도 본질적으로는 그와 조금도 다를 바 없는 현상이 일어나고 있지 않은가? 하지만 우리는 그런 사람들에게서는 자신들의 입장을 정당화하려는 인생관이나 선악관의 왜곡 현상을 발견하지 못한다. 그것은 단지 그런 왜곡된 관념을 가진 집단이 수적으로 더 많고 또 우리 자신 역시 그런 집단에 속해 있기 때문이다.

　마슬로바 또한 세상에서의 자신의 인생과 처지에 대해 그러한 견해를 가지고 있었다. 그녀는 유형 선고를 받은 창녀에 지나지 않았지만, 그럼에도 불구하고 자기 자신을 인정하며 자신의 입장을 사람들 앞에서 당당하게 여기는 그런 인생관을 가지고 있었다.

　그 인생관이란 다음과 같은 것이다. 늙은이나 젊은이나 중학생이나 장군이나 교양 있는 사람이나 무식한 사람을 막론하고 모든 사내들의 가장 커다란 행복은 아름다운 여자와 육체적 관계를 맺는 것이기 때문에 사내들은 다른 일에 열중하는 척하면서도 본질적으로는 오로지 그것에만 신경을 쓰고 있고, 아름다운 그녀는 사내들의 그런 욕망을 만족시켜 줄 수도 있고 그러지 않을 수도 있으므로 매우 중요하고 꼭 필요한 사람이라는 것이다. 지금까지의 그녀의 모든 생활이 그녀의 그런 생각을 입증해 왔다.

10년 동안 어디에 머물든 네흘류도프를 비롯해 늙은 경찰서장에서부터 교도소 교도들에 이르기까지, 모든 사내들이 그녀의 육체를 탐하고 요구하는 것을 그녀는 보아 왔고 경험해 왔다. 자신의 육체를 요구하지 않는 사내란 본 적도 들은 적도 없었다. 따라서 세상이란 사방에서 그녀에게 눈길을 주면서 속임수와 강압과 거래와 간계라는 온갖 수단을 동원해서라도 그녀를 소유하려는 음탕한 사내들의 집합체라고 그녀는 생각했다.

마슬로바는 인생을 그렇게 이해했으며, 그렇게 이해하는 순간 자신은 인간쓰레기가 아니라 매우 중요한 사람이라는 생각이 들었다. 그래서 마슬로바는 그런 인생관을 세상에서 무엇보다 존중했고, 존중하지 않을 수 없었다. 만일 그녀가 인생관을 바꾼다면 그녀에게 그런 인생관을 부여한 사람들 사이에서 존재 가치를 잃을 수 있었다. 따라서 인생의 가치를 잃지 않기 위해 그녀는 본능적으로 자기와 똑같은 인생관을 가진 사람들의 견해에 집착했다. 그런데 네흘류도프에게서는 그녀를 다른 세계로 인도하려는 의도가 느껴졌고, 그가 인도하려는 세계에서는 그녀에게 신념과 자존심을 불어넣어 주던 인생의 위상을 잃을 것 같은 불안감이 들었기 때문에 마슬로바는 반항했던 것이다. 그런 이유로 그녀는 소녀 시절이나 네흘류도프와의 첫사랑에 대한 기억을 잊었다. 완전히 지워졌다기보다는, 현재의 인생관과는 공존할 수 없는 것이었기에 손이 닿지 않는 어딘가에 감추어져 있었던 것이다. 꿀벌들이 노동의 산물을 지키기 위해 아무도 침입할 수 없도록 애벌레 집을 밀봉하듯이, 그것은 봉쇄되고 밀폐되었다. 현재의 네흘류도프는 그녀가 한때 순수한 애정으로 사랑하던 사람이 아니라 다른 사내와 똑같은 관계를 맺었던, 그저 이용할 수도 있고 이용해야만 하는 부유한 신사일 뿐이었다.

〈아니야, 중요한 이야기를 못 했어.〉 네흘류도프는 사람들과 함께 출구로 나가면서 생각했다. 〈그녀와 결혼하겠다고 이야기하지 못했어. 이야기는 못 했지만, 어쨌든 그렇게 실천해야 해.〉 그는 이렇게 생각했다.

교도들은 정문 옆에서 더 많은 사람들이 교도소에서 나가지 못하도록, 혹은 남아 있는 사람들이 없도록 면회객들의 수를 세고 있었다. 이번에도 그 교도는 네흘류도프의 등을 찍었으나 그는 예민하게 반응하지 않았을 뿐만 아니라 심지어는 그것을 깨닫지도 못했다.

45

네흘류도프는 커다란 집은 세를 주고 하인들을 해고한 후 자신은 여관으로 이사하는 등 외적인 생활 방식에 변화를 주고 싶었다. 그러나 아그라페나 뻬뜨로브나는 겨울이 오기 전에 생활 환경을 바꿀 이유가 없다며 만류했다. 여름엔 세가 나가지도 않을 뿐더러 가구며 세간 따위는 생활에 꼭 필요한 것이라고 그녀는 설명했다. 그렇게 외적인 생활 방식에 변화를 주려던(그는 그저 대학생처럼 살고 싶었을 뿐이다) 그의 모든 노력은 허사로 돌아가고 말았다.

모든 것이 옛날 그대로였을 뿐 아니라 집 안의 일거리는 오히려 늘어나기 시작했다. 문지기며 조수며 요리사며 심지어 꼬르네이까지 가담해서 온갖 모직류나 모피류 등을 밖에 널어 말리고 소독했던 것이다. 처음에는 한 번도 입지 않은 여러 예복들과 이상한 모피 의류가 들려 나와 줄에 널렸으며 곧이어 양탄자와 가구가 밖으로 끌어내어졌고, 문지기는 조수와 함께 근육질의 팔을 걷어붙이고 장단을 맞춰 가며 열심히 먼지를 털어 냈다. 나프탈렌 냄새가 방마다 진동했다. 마당을 서성거리기도 하고 창밖을 내다보기도 하던 네흘류도프는 살림살이가 엄청나게 많을 뿐 아니라 그것이 하나같이 불필요한 것이라는 사실에 깜짝 놀랐다. 〈이런 살림살이의 유일한 용도와 목적은…….〉 네흘류도프는 생각했다. 〈아그라페나 뻬뜨로브나와 꼬르네이와 문지기와 조수와 요리사에게 운동할 기회를 주는 것이로군.〉

〈마슬로바 문제가 해결되기 전에 생활 방식을 바꿀 필요는 없겠지.〉 네흘류도프는 생각을 이어 갔다. 〈그래, 그건 보통 어려운 일이 아니니까. 하긴 그녀가 석방되든지, 아니면 내가 그녀를 따라 유형지로 가게 된다면 모든 게 자연히 변하겠지.〉

변호사 파나린과 약속한 날, 네흘류도프는 그를 찾아갔다. 커다란 정원수가 있고 창문에는 화려한 커튼을 드리운, 대체로 값비싸 보이는 세간으로 장식한 웅장한 저택으로 그는 들어섰다. 뜻밖에 벼락부자가 된 사람의 집에서 흔히 볼 수 있듯이, 그 모든 것은 집주인이 별로 힘들이지 않고 돈을 벌어들인 어리석은 인간임을 증명하고 있었다. 마치 병원 대기실처럼 지루함을 달래기 위한 그림 잡지가 놓인 테이블 주변에서 의뢰인들이 어두운 표정으로 자리에 앉아 차례를 기다리고 있었다. 네흘류도프는 응접실에서 그들을 바라보았다. 응접실의 높은 책상에 앉아 있던 변호사의 조수가 네흘류도프를 알아보고는 그에게 다가가서 인사를 하며 변호사에게 곧 알리겠다고 말했다. 그러나 조수가 사무실 문 앞에 도착하기도 전에 문이 열리더니, 붉은 얼굴에 콧수염을 기르고 새 옷으로 멋을 낸 땅딸막한 중년 사내와 함께 파나린이 큰 소리로 떠들며 밖으로 나왔다. 두 사람의 얼굴에는 부정한 방법으로 돈을 번 인간에게 흔히 나타나는 표정이 서려 있었다.

「이봐, 그건 자네 잘못이야.」 파나린이 웃으면서 말했다.

「이렇게 죄를 지어서야, 천당 문턱도 못 밟겠군.」

「물론이지, 물론이야, 우리가 잘 알잖아.」

그러고서 두 사람은 어색한 미소를 지었다.

「아, 공작님, 어서 오십시오.」 네흘류도프를 본 파나린은 돌아가는 상인에게 다시 목례를 하고 세심하게 꾸민 사무실로 그를 데리고 들어갔다.「자, 담배 피우시죠.」 변호사는 네흘류도프의 맞은편에 앉으며 말했다. 그는 조금 전의 사건이 성공적으로 마무리되었다는 의미로 흐뭇한 미소를 짓고 있었다.

「감사합니다, 저는 마슬로바 사건 때문에 왔습니다.」

「네, 네, 그 얘길 해야죠. 아이고, 정말이지, 저 뚱보는 정말 대단한 악당이에요.」 그가 말했다. 「공작님께서도 저 굉장한 친구를 보셨지요? 저 친구는 1천2백만 루블이나 되는 재산을 가지고 있습니다. 하지만 표준어 발음은 엉망이지요. 그래도 25루블짜리 지폐 한 장이라도 빼앗을 수만 있다면 물어뜯어서라도 빼앗을 겁니다.」

〈저 사람의 발음을 지적하고 있지만,《25루블짜리 지폐》라고 말한 당신의 발음도 틀렸소.〉네흘류도프는 이렇게 생각했다. 직업상 온갖 계층의 고객을 상대하고 있지만 사실은 당신과 동등한 신분이라는 식의 건방진 말투를 은근히 내비치는 이 무례한 작자에게 네흘류도프는 지독한 혐오감을 느꼈다.

「그자한테 보통 시달린 게 아닙니다. 정말 무서운 악당이죠. 훈계 한마디 하려고 했습니다만……」 변호사는 업무에서 벗어난 이야기를 한 것에 대해 변명하듯 우물거렸다. 「그런데 공작님의 사건에 대해서는……. 저도 주의 깊게 읽어 보았습니다만, 뚜르게네프가 말했듯이 〈그 내용에 동의할 수 없다〉[49]라는 결론이 아니겠습니까. 다시 말해서 변호사가 형편없었고, 그래서 판결 파기의 모든 사유를 놓쳐 버린 겁니다.」

「그래서 어떤 결정을 내리셨습니까?」

「잠깐 실례합니다. 그분한테 이렇게 전하게.」 변호사는 방에 들어온 조수를 향해 말했다. 「내가 말한 대로 하겠다면 사건을 맡을 거라고. 그렇게 한다면 좋은 일이고, 그렇지 않으면 할 수 없는 일이지.」

「그분은 동의하지 않았습니다.」

「그렇다면 절대로 안 돼.」 변호사가 말했다. 명랑하고 선량한 그의 얼굴이 갑자기 어둡고 심술 가득한 표정으로 바뀌었다.

「사람들은 변호사가 공짜로 남의 돈을 먹는 줄 아는데……」 조금 전처럼 명랑한 표정을 지으려고 애쓰며 그는 네흘류도프에게 말했다. 「지불 능력도 없는 채무자를 부당한 판결에서 구해 주었더니, 이제는 별의별 사람들이 다 몰려드는군요. 하지만 사건 하나하나에 엄청난 노력이 들어요. 어느 작가도 말했듯이, 우리들도 잉크병 속에 살점을 담가 두는 겁니다.[50] 그건 그렇고, 공작님의 사건은, 아니 공작님께서 흥미를 갖고 계신 그 사건은……」 그는 말을 이어 갔다. 「너무나 끔찍하게 처리되어서 적당한 상소 이유를 찾을 수가 없었습니다만, 그래도 판결을 파기하기 위한 노력으로 이렇게 작성해 보았습니다.」

49 이반 뚜르게네프의 소설 『잉여 인간의 일기』에서 인용한 구절.
50 일에 엄청난 노력을 기울인다는 의미.

그는 빽빽하게 써넣은 서류를 집어 들더니 무미건조하고 상투적인 말은 대충 넘기고 핵심적인 줄거리만 인상적으로 발음하면서 읽기 시작했다.

「여차여차하여 원로원 형사부에 이러저러한 상소를 제출함. 평결은 어찌어찌 되었으며 이러저러한 판결문에 따르면 피고 마슬로바는 상인 스멜리꼬프의 독살 사건에 대해 유죄로 평결되어 형법 제1454조에 따라서 그러그러한 유형 판결 등을 받았음.」

그는 잠시 숨을 돌렸다. 평소에 늘 해오던 일이지만 그래도 스스로 작성한 서류가 몹시 만족스러운지, 자기 목소리에 귀를 기울이는 것이 분명했다.

「이런 판결은 중대한 절차적 위반이자 과실의 결과로……」 그는 격앙된 목소리로 계속 낭독했다. 「당연히 취소되어야 함. 첫째, 심리 도중 스멜리꼬프의 부검 결과 보고서가 낭독되자 재판장은 이를 중지시켰음. 이것이 첫 번째 이유입니다.」

「하지만 보고서 낭독을 요구했던 사람은 검사입니다.」 네흘류도프가 깜짝 놀라며 말했다.

「그건 상관없습니다. 변호사도 똑같이 요구할 수 있으니까요.」

「그렇지만 그 낭독은 아무 필요도 없는 것이었습니다.」

「어쨌든 이게 상소 이유입니다. 또 두 번째로, 마슬로바의 국선 변호인이……」 그는 계속해서 읽어 나갔다. 「변론을 하며 마슬로바의 성품을 설명하기 위해 그녀가 타락한 일련의 원인에 대해 이야기하려고 하자, 변호사의 발언이 사건과 직접적인 관련이 없다며 재판장이 이를 중지시켰음. 그러나 원로원에서도 이미 여러 차례 지적했듯이 형사 사건에서 피고의 도덕성과 성품을 설명하는 것은 정확한 책임 소재를 규명하는 데 무엇보다 중요한 자료가 되는 것임. 이것이 두 번째 이유입니다.」 그는 네흘류도프를 바라보며 말했다.

「그 변호사의 변론이 워낙 서툴러서 무슨 이야기를 하는지 전혀 이해하지 못했습니다.」 네흘류도프는 한층 더 놀라며 말했다.

「너무 멍청해서 아무것도 제대로 말할 수 없었겠지요.」 파나린은 미소를 지으며 말했다. 「아무튼 이것도 상소 이유입니다. 자, 그다음으로 넘어갑니다. 세 번째로, 재판장은 결론에서 유죄 개념이 어떤 법률적 요소로 구성되는지 배심원들에게 설명하지 않았을 뿐 아니라, 마슬로바가 스멜리꼬프에게 독약을 먹였다는 증언을 인정하더라도 살해 의도가 없었다면 그 행위는 유죄로 볼 수 없으며 상인의 죽음이 마슬로바가 기대하지 않은 뜻밖의 결과이자 부주의로 인한 것이라면 형사상 범죄가 아닌 일반 과실로 그녀를 평결할 권리가 있음을 배심원들에게 알리지 않음으로써 형법 제801조 제1항의 절차적 요구 사항을 위반하였음. 이것이 가장 중요한 이유입니다.」

「우리들도 뒤늦게 그걸 깨달았죠. 그게 우리들의 실수였습니다.」

「마지막으로…….」 변호사는 계속했다. 「마슬로바의 유죄여부에 대한 재판부의 질의서에 관한 배심원들의 답변서는 형식상 명백한 모순을 보여 줌. 마슬로바는 단지 금전적 동기 때문에 계획적으로 스멜리꼬프를 독살했으며 그것이 유일한 살해 동기인 것으로 기소되었으나, 배심원들은 피고가 절도할 의사나 절도에 공모한 사실이 없다고 평결했음. 이로써 배심원들은 그녀에게 살해할 의도가 없었음을 인정하려 했으나, 재판장의 불충분한 보충 설명에서 야기된 오해로 인하여 그것을 답변서에 구체적으로 명시하지 않은 것이 명백함. 따라서 배심원들의 답변서에는 당연히 형사 소송법 제

816조 및 제808조가 적용되어야 했음. 즉 재판장은 배심원들에게 그들의 과실을 설명하고 피고의 유죄 여부에 대한 재심과 새로운 답변서의 제출을 요청했어야 함.」 파나린은 낭독을 끝마쳤다.

「재판장은 어째서 그렇게 하지 않은 거죠?」

「그 이유를 알고 싶기는 저도 마찬가지입니다.」 파나린이 미소를 지으며 말했다.

「그렇다면 원로원에서 이 과실을 바로잡아 줄까요?」

「그건 그때 어떤 신의 사자가 이 사건을 다루느냐에 달린 문제지요.」

「신의 사자라뇨?」

「노인정 출신의 신의 사자들 말이죠. 자, 들어 보십시오. 추가로 이렇게 썼습니다. 지방 법원은 마슬로바를 형사 처벌할 판결권이 없으며……」 그는 재빨리 읽어 나갔다. 「형법 제771조 제3항을 그녀에게 적용하는 것은 현행 형법의 기본 원칙을 명백하고 심각하게 위반하는 것임. 위의 이유로 형사 소송법 제909조 및 제910조, 제912조 제2항 및 제928조에 의거하여 이 판결을 폐기하고……. 본 사건을 동 법원의 다른 법정으로 이관하여 재심해 줄 것을 청원하는 바임. 그렇지만 청원 내용이 모두 받아들여질 가능성은 매우 희박합니다. 모든 것은 원로원 재판부에 달려 있으니까요. 가능하면 미리 손을 쓰는 편이 나을 겁니다.」

「안면 있는 사람이 여럿 있기는 합니다만.」

「그렇다면 서두르십시오. 모두 치질을 치료하러 떠나 버리기라도 하면 적어도 3개월은 기다려야 하니까요……. 그래도 실패하면 황제 폐하께 탄원하는 수밖에 없습니다. 그런데 그것도 막후 작업 여하에 달려 있습니다. 그건 그때 가서 다시 도와 드리기로 하지요. 막후 작업이 아니라 탄원서 작성에 대해서 말입니다.」

「감사합니다, 그런데 사례금은 얼마쯤 드려야…….」

「그건 제 조수가 정서한 상소장을 드리면서 말씀드릴 겁니다.」

「한 가지 더 여쭙겠습니다. 제가 검사로부터 면회 허가증을 받아서 교도소에 찾아갔었는데, 면회 지정일이 아닌 평일에 면회실 밖에서 그녀를 만나려면 지사의 허락을 받아야 한다고 하더군요. 그게 사실입니까?」

「저도 그렇게 알고 있습니다. 지금 지사는 부재중이어서 부지사가 대신 일을 보고 있습니다. 그렇지만 그 작자는 보통 멍청한 위인이 아니니, 일을 제대로 할 수 없을 겁니다.」

「마슬렌니꼬프 말입니까?」

「그렇습니다.」

「그 친구는 저도 잘 알고 있습니다.」

네흘류도프는 돌아가려고 자리에서 일어섰다.

이때 정말 못생기고 안장코에 얼굴이 누렇게 뜬 데다 깡마르고 작달막한 여자가 빠른 걸음으로 사무실에 들어왔다. 변호사의 아내인 그녀는 못생긴 자기 얼굴에 조금도 콤플렉스를 느끼지 않는 것이 분명했다. 그녀는 연노랑과 녹색이 어우러진 우단과 비단으로 만든 이상한 옷으로 독창적인 패션을 연출했으며, 숱이 별로 없는 머리카락은 말아 올렸다. 그녀가 기세등등하게 방 안으로 들이닥치자, 그녀의 뒤를 따라 키가 크고 얼굴이 까무잡잡한 사내가 미소를 지으며 들어왔다. 그는 비단 깃이 달린 프록코트에 흰 넥타이를 매고 있었는데, 네흘류도프도 얼굴을 알고 있는 어느 작가였다.

「여보!」 그녀는 문을 열면서 빠나린을 불렀다. 「내 방으로 가요. 세묜 이바노비치께서 자작시를 낭독하겠다고 약속하셨어요. 당신도 함께 가서 가르신[51]에 관한 글을 꼭 낭독하셔야 해요.」

네흘류도프는 돌아가고 싶었으나 변호사의 아내는 남편과 무언가 속삭이더니 그에게 말을 건넸다.

「실례합니다만 공작님, 공작님에 대해서는 잘 알고 있으니 소개하실 필요는 없어요. 저희들의 문학회에 참석해 주시겠습니까? 굉장히 재미있을 거예요. 제 남편의 낭독은 아주 매력적이거든요.」

「보시다시피 이렇게 다방면에 손을 대고 있습니다.」 파나린은 두 팔을 벌리며 말했다. 그는 이렇게 매혹적인 여인의 요청을 어찌 마다할 수 있겠느냐는 듯 자기 아내를 가리키며 웃었다.

엄숙하고 안타까운 표정을 지으며 네흘류도프는 초대해 준 것은 고마운 일이지만 그럴 시간이 없다고 매우 공손한 태도로 변호사의 아내에게 사과한 다음 사무실을 나왔다.

「꽤나 잘난 척하는 사람이로군!」 변호사의 아내는 그가 나가자 투덜거렸다.

응접실에서는 조수가 미리 준비한 상소장을 네흘류도프에게 건네면서, 사례금이 얼마냐는 질문에 파나린 변호사가 1천 루블을 요구하더라는 말을 전했다. 파나린 변호사는 원래 이런 사건을 맡지 않지만 이번만큼은 공작님을 위해서 특별히 맡은 것이라고 그는 설명했다.

「이 상소장에는 누가 서명을 해야 하지요?」 네흘류도프가 물었다.

「당사자인 피고가 해야 하지만, 때에 따라서는 본인의 위임을 받아서 파나린 변호사께서 대신하실 수도 있습니다.」

---

51 Vsevolod Mikhailovich Garshin(1855~1888). 사회악에 대한 반항과 절망적인 번민을 주로 그린 러시아의 천재 소설가로, 33세의 젊은 나이에 요절했다.

「아니, 괜찮습니다. 내가 가서 그녀의 서명을 받지요.」 네 흘류도프는 정해진 면회일 이전에 그녀를 만날 수 있다는 사실에 기뻐하며 이렇게 대답했다.

46

언제나 같은 시각이면 교도소 복도에는 교도들의 호각소리가 요란하게 울려 퍼지고, 철컥 소리와 함께 복도와 감방의 문이 열린다. 그러면 맨발로 또닥또닥 걷는 잔걸음 소리와 신발 뒤축을 끄는 소리가 들리고, 변소 청소 당번이 악취를 물씬 풍기며 지나간다. 남녀 죄수들은 세수를 하고 옷을 갈아입은 다음 점호를 받기 위해 복도에 늘어섰다가, 점호가 끝나면 차를 마시기 위해 끓인 물을 가져온다.

그날 차를 마시는 시간에 어느 감방에서나 입에 오르내린 화제는 태형 처분을 받는 두 남자 죄수에 관한 이야기였다. 그중 한 사람은 교육도 약간 받은 바 있는 젊은 점원 바실리예프로, 순간적으로 질투심이 폭발해서 애인을 살해한 죄로 수감되어 있었다. 그의 감방 동료들은 동료들 사이에서 명랑하고 공손한 태도를 취하면서도 교도관들에게는 강직한 모습을 보이는 그를 좋아했다. 그는 법에 대해 알고 있어서 교도관들에게 법 준수를 요구했으며, 그 때문에 교도관들로부터 미움을 샀다. 3주 전에는 한 변소 청소 당번이 실수로 교도의 새 제복에 수프를 엎질렀다는 이유로 교도에게 실컷 매를 맞자, 바실리예프가 죄수를 구타하라는 법은 없다며 변소 청소 당번을 두둔했다. 그러자 교도는 〈네놈한테 법이 뭔지 보여 주지〉라고 하며 바실리예프에게 욕설을 퍼부었고, 바실리예프 역시 똑같이 대응했다. 이에 교도가 주먹을 휘두르려

고 하자 바실리예프는 그의 손목을 붙잡은 채 3분가량 놓아
주지 않다가 문밖으로 밀어냈다. 교도는 이런 사실을 일러바
쳤으며 소장은 바실리예프를 독방에 감금시켰다.

독방이란 바깥에서 빗장을 채운 어둠침침한 헛간 같은 곳
이었다. 어둡고 추운 독방에는 침대도 탁자도 의자도 없어서,
여기에 갇힌 사람은 더러운 땅바닥에 앉고 누울 수밖에 없었
다. 독방 안에는 들끓는 쥐들이 사람을 타 넘기도 하고 올라
타기도 했으며 겁도 전혀 없었기 때문에 어둠 속에서 빵을 지
키기란 불가능한 일이었다. 쥐들은 죄수들의 손에 들린 빵을
갉아먹었고 아무 움직임이 없으면 사람까지 물어뜯었다. 바
실리예프는 자신에겐 전혀 잘못이 없으며 따라서 독방에 가
지 않겠다고 항의도 해보았지만 강제로 끌려갈 위기에 처하
고 말았다. 그가 거세게 반항하기 시작하자 다른 죄수 두 명
도 교도들의 손아귀에서 벗어나도록 그를 도와주었다. 교도
들이 모여들었고, 그사이에 완력으로 소문이 자자한 뻬뜨로
프라는 교도가 나타났다. 그는 죄수들을 실컷 두들겨 팬 다음
독방에 처넣었다. 이 사건은 마치 폭동이라도 일어난 것처럼
포장되어 지사에게 즉각 보고되었고, 그 결과 두 명의 주모자
인 바실리예프와 부랑자 네쁨냐시치에게 각각 30대씩의 태형
을 내리라는 문서가 송달되었다.

형벌은 여자 죄수 면회실에서 집행될 예정이었다.

이 소식은 어젯밤부터 교도소 안에 수용된 모든 죄수들에
게 알려졌고, 잠시 후 집행될 형벌에 관한 이야기는 감방마
다 뜨거운 화제가 되었다.

꼬라블료바, 호로샤브까, 페도시야, 마슬로바도 감방 구석
에 둘러앉아서 차를 마시며 바로 그 화제에 대해 이야기를
주고받았다. 요즘 마슬로바가 항상 가지고 있는, 또 동료들
에게 아낌없이 나누어 주는 보드까를 이미 한 잔씩 들이켠

상태여서 네 사람 모두 얼굴이 벌겋게 달아오르고 화색이 돌았다.

「그 사람이 정말 난동을 피웠다는 거야, 뭐야?」꼬라블료바가 튼튼한 치아로 작은 설탕 조각을 깨물어 먹으며 바실리예프 이야기를 꺼냈다. 「그 사람은 단지 동료 죄수의 편을 든 것뿐이잖아. 요즘은 구타가 금지되어 있으니까.」

「착한 젊은이래요.」찻주전자가 놓인 침대 맞은편 널빤지 위에 앉아 있던, 머리를 길게 땋은 페도시야가 거들었다.

「그분한테 말씀드려 봐, 마슬로바.」철도 안전원이었던 여자가 네흘류도프를 〈그분〉이라고 칭하며 마슬로바를 향해 말했다.

「말씀드리죠. 그분은 저를 위해서라면 무슨 일이든 하실 거예요.」마슬로바는 미소 띤 얼굴로 고개를 끄덕이며 대답했다.

「그런데 언제 오시는 거지? 곧 그 사람들이 끌려갈 텐데.」페도시야가 한숨을 내쉬며 덧붙였다. 「정말 끔찍한 일이야.」

「언젠가 작은 마을에서 한 농부가 태형당하는 걸 본 적이 있어요. 시아버님께서 촌장한테로 심부름을 보내셔서 그곳에 갔더니만, 그 사람은 완전히……」철도 안전원이었던 여자가 장황하게 이야기를 늘어놓기 시작했다.

철도 안전원이었던 여자의 이야기는 위층 복도에서 들려오는 목소리와 발소리 때문에 중단되었다.

여자 죄수들은 입을 다물고 그 소리에 귀를 기울였다.

「끌어냈어, 나쁜 놈들.」호로샤브까가 말했다.

「이제 교도들한테 치도곤을 당할 거야. 교도들은 그 사람이 고분고분하지 않다며 눈엣가시처럼 여겨 왔으니까.」

위층이 잠잠해지자 철도 안전원이었던 여자는 촌장 집 헛간에서 농부가 태형당하는 광경을 목격했을 때 그녀가 얼마

248

나 놀랐는지 또 속이 얼마나 울렁거렸는지 설명하며 끊겼던 자신의 이야기를 마쳤다. 그러자 호로샤브까가 채찍으로 얻어맞으면서도 신음 소리 한 번 내지 않았다는 시체글로프란 사내 이야기를 꺼냈다. 그 이야기가 끝나자 페도시야는 찻잔을 치웠고, 꼬라블료바와 철도 안전원이었던 여자는 바느질을 시작했다. 그러나 마슬로바는 따분하고 울적하다는 듯 두 팔로 무릎을 꼭 안고 침대 위에 앉아 있었다. 그녀가 막 자리에 누우려는 순간 여자 교도관이 그녀를 부르더니 사무실로 면회객이 찾아왔다고 알려 주었다.

「우리 이야기를 꼭 해야 돼.」 수은이 반쯤 벗겨진 거울을 들여다보며 머릿수건을 만지작거리는 마슬로바를 향해 메니쇼바 할머니가 말했다. 「불을 지른 건 우리가 아니고, 바로 그 불한당 같은 놈이라고. 그걸 본 일꾼도 있어. 저주받을 거짓말 따윈 하지 않을 사람이지. 그러니 그분한테 미뜨리를 만나서 물어보시라고 해. 미뜨리가 손바닥 들여다보듯이 깡그리 말씀드릴 테니. 이게 대체 뭐야? 우린 감방에 갇혀서 있는데, 이럴 수가 있어? 그놈, 그 불한당 같은 놈은 낯선 여자하고 술집에서 놀아나고 있으니.」

「그럴 수는 없지!」 꼬라블료바가 맞장구를 쳤다.

「말씀드리죠. 꼭 말씀드릴게요.」 마슬로바가 대답했다. 「그러니 용기를 내기 위해서라도 한 잔 더 마셔야겠어요.」 그녀는 윙크를 하며 이렇게 덧붙였다.

꼬라블료바는 그녀에게 반 잔가량 더 따라 주었다. 마슬로바는 그것을 받아 입에 털어 넣은 다음 기분이 좋아진 듯, 〈용기를 내기 위해서라도〉라는 말을 되풀이하며 고개를 쳐들고 여자 교도관을 따라서 복도로 걸어갔다.

47

네흘류도프는 오래전부터 감옥 현관 앞에서 기다리고 있었다.

감옥에 도착한 그는 출입구로 다가가서 교도에게 검사의 면회 허가증을 제시했다.

「누구를 찾아오셨습니까?」

「여자 죄수 마슬로바입니다.」

「지금은 안 되겠는데요. 소장님께서 자리에 안 계십니다.」

「그럼 사무실에 계신가요?」 네흘류도프가 물었다.

「아닙니다, 이곳 여자 죄수 면회실에 계십니다.」 교도는 이렇게 대답했지만, 네흘류도프의 눈에는 그가 몹시 당황스러워하는 것처럼 보였다.

「오늘은 면회일이 아니지 않습니까?」

「그렇긴 합니다만, 다른 용무가 있어서요.」 그가 대답했다.

「어떻게 해야 소장님을 만날 수 있을까요?」

「소장님께서 나오시면, 그때 말씀하십시오. 조금 더 기다리시면 됩니다.」

그때 얼굴에 기름기가 번지르르 흐르고 담배 연기에 콧수염이 찌든 상사가 금줄 번쩍거리는 제복을 입은 채 쪽문으로 나와서 교도를 꾸짖었다.

「왜 이런 곳에 계시게 하는 건가? 사무실로 모시지 않고.」

「소장님께서 이곳에 계시다고 들었습니다만.」 네흘류도프는 역시 당황한 기색이 역력한 상사의 태도에 다시 놀라며 이렇게 말했다.

그때 안에서 문이 열리더니 교도 뻬뜨로프가 흥분한 모습으로 씩씩거리며 나왔다.

「이젠 알아들었을 겁니다.」 그가 상사를 향해 말했다.

상사가 얼른 눈짓으로 네흘류도프를 가리키자 뻬뜨로프는 입을 다물더니 얼굴을 찌푸리며 뒷문으로 사라졌다.

〈대체 누가 알아들었다는 걸까? 그리고 저들은 왜 저렇게 당황해하는 것일까? 또 상사는 왜 그에게 눈짓을 했을까?〉 네흘류도프는 생각했다.

「여기서 기다리실 수는 없으니 사무실로 가시죠.」 상사가 다시 네흘류도프에게 말했다. 네흘류도프가 막 자리를 뜨려는 순간 소장이 뒷문으로 나왔다. 그는 부하들보다 더 당황스러하는 모습이었다. 네흘류도프를 발견한 그는 교도를 바라보았다.

「뻬도또프, 여자 죄수 감방 5호실에 있는 마슬로바를 사무실로 데려오게.」 그가 말했다.

「이리 오십시오.」 소장은 네흘류도프를 향해 말했다. 그들은 경사가 가파른 계단을 올라가 창문이 하나 달리고 의자 서너 개와 책상이 놓인 조그만 방으로 들어갔다. 소장은 의자에 걸터앉았다.

「정말 힘든 직업입니다.」 그는 굵직한 담배를 꺼내면서 네흘류도프에게 말했다.

「피곤해 보이시는군요.」 네흘류도프가 말했다.

「처음부터 끝까지 피곤한 일뿐이지요. 정말 힘든 직업입니다. 누군가 짐을 좀 덜어 주면 좋으련만 갈수록 골치 아픈 일만 생기는군요. 이 일을 그만둬야겠다는 생각뿐입니다. 정말, 정말 힘든 직업입니다.」

소장이 무엇 때문에 그렇게 힘들어하는지 네흘류도프로서는 알 수 없었지만, 실제로 오늘따라 소장은 안쓰럽고 침울하고 절망적인 모습이었다.

「제 생각에도 몹시 힘드실 것 같습니다.」 그가 말했다. 「그렇다면 왜 이런 일을 계속하시는 거지요?」

「가족들이 딸려 있는 데다가, 달리 생활 대책이 없거든요.」

「하지만 너무나 힘든 일이라면…….」

「그렇지만 이렇게 말씀드릴 수 있을 것 같습니다. 어쨌든 전 전력을 다해 유익한 일을 하고 있고 사람들의 고통을 덜어 주기도 한다고 말입니다. 다른 사람이 제 자리에 있어도 이렇게까지는 할 수 없겠죠. 물론 입으로 떠들기는 쉬운 일입니다만, 쓰레기 같은 인간이 2천 명이나 되니 어쩌겠습니까. 그들을 다루는 방법도 알아야 합니다. 그들도 인간인지라 동정도 해야 하지요. 하지만 절대로 관대해선 안 됩니다.」

소장은 네흘류도프에게 최근 살인극으로 끝난 죄수들 사이의 싸움에 대한 이야기를 털어놓기 시작했다.

그의 이야기는 마슬로바가 교도의 손에 이끌려 들어오는 순간 중단되었다.

그녀는 아직 소장의 모습을 발견하지 못했다. 그녀의 얼굴은 빨갛게 물들어 있었다. 머리를 가로저으며 미소 짓는 얼굴로 그녀는 교도를 따라 씩씩하게 들어왔다. 소장을 발견한 그녀는 깜짝 놀라며 그의 얼굴을 쳐다보다가 곧 정신을 차리고는 유쾌하고 대담하게 네흘류도프에게 말을 걸었다.

「안녕하세요?」 그녀는 천천히 이렇게 말한 다음, 미소를 지으며 지난번과는 달리 그의 손을 힘껏 쥐었다.

「상소장에 당신의 서명을 받으러 왔소.」 네흘류도프는 오늘 자신을 대하는 그녀의 태도가 사뭇 대담해진 데 놀라며 말했다. 「변호사가 상소장을 작성했으니 서명해야 하오. 그래야 뻬쩨르부르그로 보낼 수 있소.」

「그래요. 서명하죠. 무엇이든 다 하죠.」 그녀는 한쪽 눈을 가늘게 뜨고 방긋 웃으며 말했다.

네흘류도프는 주머니에서 접힌 서류를 꺼내며 책상 앞으로 다가갔다.

「여기서 서명해도 될까요?」 네흘류도프가 소장에게 물었다.

「이리로 와서 앉아.」 소장이 마슬로바에게 말했다. 「자, 펜은 여기 있어. 글은 쓸 줄 아나?」

「옛날에는 알았어요.」 그녀는 빙그레 웃더니 치마와 소맷자락을 매만지면서 책상 앞에 앉았다. 그러고는 힘이 넘치는 조그만 손으로 서툴게 펜을 쥐고 방끗 웃으며 네흘류도프를 쳐다보았다.

그는 서명할 곳을 가르쳐 주었다.

그녀는 펜을 잉크병에 정성껏 담갔다가 몇 번 털더니 이름을 썼다.

「더 서명할 일은 없나요?」 그녀는 네흘류도프와 소장을 번갈아 가며 쳐다보면서 펜을 잉크병에 담갔다가 서류 위로 가져가며 이렇게 물었다.

「당신에게 할 말이 있소.」 네흘류도프는 그녀의 손에서 펜을 받아 들며 말했다.

「어떤 말씀인지는 모르겠지만, 어서 하세요.」 그녀는 무슨 생각이 떠올랐는지, 아니면 졸음이 몰려왔는지 갑자기 짜증스러운 말투로 대답했다.

소장이 일어나서 바깥으로 나가자 네흘류도프는 그녀와 마주 앉았다.

48

마슬로바를 데려왔던 교도는 책상에서 멀리 떨어진 창가에 앉아 있었다. 네흘류도프에게는 지금이 결정적 순간이었다. 처음 그녀를 면회하러 왔을 때 무엇보다 중요한 결혼 문제에 대해 아무 말도 못 한 것이 계속 마음에 걸렸으므로,

지금은 꼭 그 말을 해야겠다고 그는 마음먹었다. 그녀는 책상 한쪽 귀퉁이에 앉아 있었고 네흘류도프는 그 맞은편에 앉아 있었다. 방 안이 매우 밝았으므로 네흘류도프는 처음으로 가까운 거리에서 그녀의 얼굴을 똑바로 쳐다볼 수 있었다. 그녀의 눈과 입 주변에는 잔주름이 자글자글했고 눈두덩은 부어 있었다. 그는 이전보다 그녀가 더 가엾다는 생각이 들었다.

창가에 앉은, 유대인처럼 구레나룻을 기른 교도에게는 들리지 않도록 그는 책상에 팔꿈치를 괴고 그녀에게 말했다.

「만일 이 상소가 잘못되면 황제 폐하께 탄원할 생각이오. 할 수 있는 일은 무엇이든지 다 할 거요.」

「지난번에 변호사만 괜찮았어도…….」 그녀는 그의 말을 가로막았다. 「지난번에 제 변호를 맡은 변호사는 정말 바보였어요. 저한테 허풍만 늘어놓았죠.」 이렇게 말하더니 그녀는 까르르 웃어 댔다. 「그때 제가 당신과 가까운 관계라는 사실을 사람들이 알았더라면 일이 이렇게 되진 않았을 거예요. 그랬더라면 어떻게 됐을까요? 사람들은 이제 저를 도둑년으로 취급하거든요.」

〈오늘은 좀 이상한데.〉 이렇게 생각하며 네흘류도프가 막 이야기를 꺼내려는데 그녀가 다시 입을 열었다.

「저, 그런데 말이죠, 우리 감방에 할머니 한 분이 계시는데 누구도 믿기 힘든 일이 있어요. 훌륭한 할머니인데 아들과 함께 구속되었어요. 그분들에게 아무 죄도 없다는 건 모든 사람들이 다 알고 있는 사실이지만, 방화죄로 구속된 거예요. 할머니는 제가 당신과 가까운 사이라는 이야기를 듣고는…….」 마슬로바는 고개를 들어 그의 얼굴을 바라보며 말했다. 「이렇게 말씀하시는 거예요. 〈그분더러 내 아들을 좀 만나시도록 말씀드려 줘. 그러면 그 애가 모든 사실을 밝힐 거야〉라고 말이에요. 메니쇼프라고 한대요. 어때요, 만나 보시겠어요? 정말 훌륭한 할머니예요. 만나 보시면 그 사람들이 결백하다는 걸 금방 아실 거예요. 당신은 착한 분이시니, 그 사건을 좀 처리해 주세요.」 그녀는 그를 쳐다보다가 시선을 내리며 미소 지었다.

「좋소, 그렇게 하겠소. 알아보겠소.」 네흘류도프는 그녀의 당당한 태도에 더욱 놀라며 말했다. 「하지만 난 당신과 나 사이의 문제에 대해 이야기하고 싶소. 내가 지난번에 했던 말을 기억하오?」

「여러 말씀을 하셨는데, 지난번에 했던 말이라면 어떤 것 말씀이시죠?」 그녀는 여전히 미소를 지으며 고개를 갸웃거렸다.

「당신한테 용서를 구하러 왔다고 말했었소.」 그가 말했다.

「글쎄, 〈용서를 구한다, 용서를 구한다〉하시는데, 그럴 필요가 있나요⋯⋯. 당신은 차라리⋯⋯.」

「내가 지은 죄를 속죄하고 싶소.」 네흘류도프는 말을 이어 갔다. 「말이 아니라 행동으로 속죄하고 싶소. 난 당신과 결혼하기로 결심했소.」

그녀의 얼굴에 갑자기 당황한 기색이 역력했다. 그녀의 사팔눈은 미동도 하지 않아서 그를 보고 있는지 아닌지도 알 수 없었다.

「어째서 이제 와 그렇게 하셔야만 하죠?」 그녀는 마땅찮은 듯 이맛살을 찌푸리며 말했다.

「하느님 앞에 맹세코 그렇게 해야 한다고 느꼈기 때문이오.」

「그게 하느님과 무슨 상관인가요? 그건 정말 말도 안 돼요. 하느님이라뇨? 어떤 하느님 말씀이신가요? 하느님을 기억하려면 그때 하셨어야죠.」 그녀가 말했다.

네흘류도프는 그제야 그녀의 입에서 술 냄새가 심하게 나는 것을 느꼈고, 그녀가 흥분한 이유를 알 수 있었다.

「자, 진정해요.」그가 말했다.

「무얼 진정하란 말씀이세요? 제가 취했다고 생각하시나요? 그래요, 전 취했어요. 하지만 제가 무슨 말을 하는지는 알고 있어요.」그녀는 얼굴을 붉히면서 갑자기 빠른 속도로 말했다.「그래요, 전 유형수고…… 당신은 신사에다 공작님이시죠. 그러니 저 같은 것 때문에 명예를 더럽히실 필요는 없어요. 공작 따님들이나 찾아다니세요. 제 몸값은 10루블짜리 지폐 한 장에 불과해요.」

「잔인한 이야기를 하고 싶다면 얼마든지 해도 좋소. 하지만 당신은 내가 무슨 생각을 하는지 모를 거요.」네흘류도프는 온몸을 부르르 떨며 나직이 말했다.「내가 당신한테 얼마나 죄책감을 느끼는지 상상도 못 할 거요!」

「죄책감을 느끼신다?」그녀는 악의에 찬 목소리로 따라했다.「옛날에는 죄책감이 느껴지지 않아서 1백 루블을 던져 주셨죠. 바로 그것이 당신이 준 몸값──」

「알고 있소, 알고 있소. 하지만 이제 와서 무얼 어쩌겠소?」네흘류도프가 말했다.「이제 당신을 버리지 않기로 난 결심했소.」그가 되풀이해서 말했다.「그리고 내가 한 말을 실행에 옮기겠소.」

「분명히 말하는데, 제발 그만둬!」그녀는 이렇게 말하더니 깔깔거리며 웃기 시작했다.

「까쮸샤!」그는 그녀의 손목을 잡으며 이름을 불렀다.

「내게서 물러서. 난 유형수고 당신은 공작이야. 당신은 이곳에 아무런 용건도 없어.」그의 손을 뿌리치며 그녀는 분노에 찬 목소리로 외쳤다.「당신은 날 통해서 구원을 받고 싶은 거로군.」그녀는 가슴 속에 응어리진 것을 모두 뱉어 내려는 듯 계속 떠들어 댔다.

「이 세상에서 나를 희롱하더니, 저세상에서는 나를 통해 구원을 받겠다는 심보야! 난 당신이나 그 안경, 그 반질반질하고 추한 낯짝까지 모두 증오해. 돌아가, 돌아가란 말이야!」그녀는 벌떡 일어서며 소리쳤다.

교도가 그들이 있는 곳으로 다가왔다.

「웬 소동이야! 이래서야 어디―」

「부탁이니, 내버려 두시오.」네흘류도프가 말했다.

「제 분수를 모르기에……」교도가 말했다.

「아닙니다, 제발 조금만 더 기다려 주십시오.」네흘류도프가 말했다.

교도는 창문 쪽으로 되돌아갔다.

마슬로바는 눈을 내리깔며 다시 자리에 앉더니 깍지 긴 자신의 작은 두 손을 서로 꼭 쥐었다.

네흘류도프는 어찌할 바를 모른 채 그녀 앞에 서 있었다.

「날 믿지 못하는군.」그가 말했다.

「저하고 결혼하시겠다고요? 그런 일은 결코 없을 거예요. 차라리 목을 매고 말겠어요! 이게 저의 대답이에요.」

「당신이 무슨 말을 하든, 나는 당신을 위해 노력할 뿐이오.」

「그러세요, 그건 당신 마음이니까. 아무튼 저는 당신의 도움 따위 필요 없어요. 이건 진심으로 드리는 말씀이에요.」그녀가 말했다. 「왜 그때 죽어 버리지 않았을까?」그녀는 이렇게 덧붙이더니 서럽게 통곡하기 시작했다.

네흘류도프는 더 이상 이야기를 계속할 수 없었다. 그녀의 눈물이 그의 마음을 아프게 했던 것이다.

그녀는 무엇에 놀란 듯 갑자기 고개를 들어 그의 얼굴을 바라보더니, 뺨을 타고 흘러내리는 눈물을 머릿수건 한끝으로 닦기 시작했다.

교도가 다시 다가와 면회 시간이 끝났다고 말했다. 마슬로바는 자리에서 일어났다.

「오늘은 당신이 몹시 흥분한 것 같소. 가능하면 내일 다시 찾아오리다. 그러니 잘 생각해 보시오.」네흘류도프가 말했다.

그녀는 아무 대답도 없이 그를 거들떠보지도 않고 교도의 뒤를 따라 나갔다.

「그것 봐, 처녀, 넌 이제 살았어.」마슬로바가 감방으로 돌아오자, 꼬라블료바가 말했다. 「그 사람은 너한테 완전히 넋이 빠진 모양이야. 그러니 그 사람이 찾아오는 동안만이라도 정신을 바짝 차려야 해. 널 석방시켜 줄 테니 말이야. 부자들에게는 불가능한 일이 없거든.」

「그건 그래.」철도 안전원이었던 여자가 노래하듯 흥얼거렸다. 「가난뱅이들이야 결혼을 하려면 밤이 부족할 정도로 심사숙고하지만, 부자들은 마음만 내키면 뚝딱 해치운다니까. 우리 마을에도 한 신사가 살았는데, 그 사람이 어쨌느냐 하면 말이야……」

「그래, 내 말은 전했나?」노파가 물었다.

그러나 마슬로바는 아무 대답도 하지 않은 채 침대에 누웠다. 그러고는 사팔눈으로 한쪽 구석만 응시하며 밤이 될 때까지 꼼짝도 하지 않았다. 그녀의 마음속에는 괴로운 심경의 변화가 일고 있었다. 네흘류도프의 말은 너무나 괴로웠던, 그를 이해할 수 없어서 증오심만을 품은 채 떠났던 그 세계로 그녀를 다시 끌어들였다. 지금에 와서 자신이 살아온 그 망각의 세계에서 벗어나 지난날을 생생히 기억하며 살아가야 한다는 것은 너무나 고통스러웠다. 밤이 되자 그녀는 다시 술을 사서 동료들과 함께 마셨다.

49

〈그래, 그러는 것도 무리가 아니지, 무리가 아니야!〉하고 네흘류도프는 생각했다. 교도소를 나서면서 그는 비로소 자신이 어떤 죄를 저질렀는지 충분히 깨달을 수 있었다. 만일 그가 자신의 행위를 속죄하고 대가를 치르기 위해 노력하지 않았다면 결코 자신의 죄를 깨닫지 못했을 것이며, 그녀 역시 자신에게 어떤 악행이 가해졌었는지 감지하지 못했을 것이다. 이제야 비로소 자신의 모든 끔찍한 죄가 완전히 드러난 것이다. 지금 그는 자신이 그 여자의 영혼에 무슨 짓을 저질렀는지 깨달았고, 그녀도 자신이 어떤 피해를 입었는지 깨닫고 이해할 수 있었다. 이제까지 네흘류도프는 자신과 자신의 회개를 애정 어린 마음으로 즐겼지만, 지금은 완전히 공포에 휩싸여 있었다. 이제 그녀를 버린다는 것은 있을 수 없는 일이라고 느끼면서도, 다른 한편으로는 그녀와의 관계가 어떻게 진전될지 짐작도 할 수 없었다.

출구에 이르자 훈장과 메달을 가득 단, 불쾌할 정도로 간사하게 생긴 교도가 네흘류도프에게 다가와 은밀히 무언가를 전해 주었다.

「어떤 부인이 나리께 전해 달라고 했습니다만……」그는 네흘류도프에게 봉투를 건네며 말했다.

「어떤 부인이라뇨?」

「읽어 보시면 아실 겁니다. 수감된 정치범이죠. 저는 그 감방 담당입니다. 그래서 부탁을 받았죠. 금기 사항인 줄은 압니다만, 그래도 인정상……」교도가 어색하게 말했다.

네흘류도프는 정치범들을 감시하는 교도가 교도소에서, 그것도 많은 사람들이 지켜보는 가운데 편지를 전달한다는 사실에 놀라지 않을 수 없었다. 그때만 해도 그는 그 교도가 스파이라는 사실을 몰랐다. 편지를 받아 교도소를 나선 후 그는 그것을 읽었다. 연필로 휘갈겨 쓴 편지의 내용은 다음과 같았다.

당신이 어떤 형사범에게 관심이 있어서 교도소에 자주 들르신다는 소문을 들은 후로 저는 당신을 뵙고 싶어졌습니다. 저를 면회해 주십시오. 당신의 면회는 허락될 겁니다. 당신이 돌보는 분이나 우리 동료들에 관한 매우 중요한 사실을 알려 드리겠습니다.
베라 보고두호프스까야 올림

베라 보고두호프스까야는 옛날에 네흘류도프가 친구들과 함께 곰 사냥을 갔던 노브고로트 현에 있는 어느 외진 마을의 여선생이었다. 그녀는 네흘류도프를 찾아와 학비에 필요한 돈을 부탁한 적이 있었다. 네흘류도프는 학비를 대주고 그녀를 잊었다. 그런데 그녀가 지금 정치범으로 교도소에 투옥되어 있고, 그곳에서 네흘류도프에 관한 소문을 듣고는 그를 도와주겠다고 나선 것이다. 모든 일이 힘들고 복잡해진 지금에 비해 옛날에는 만사가 얼마나 쉽고 간단했는지 모른다. 네흘류도프는 지난 시절과 보고두호프스까야와 알게 된 당시의 일을 즐거운 마음으로 생생하게 떠올렸다. 그것은 사육제를 앞둔 어느 날 철로에서 약 60킬로미터 정도 떨어진 외진 벽촌에서 벌어진 일이었다.

사냥은 대성공이었으며, 곰을 두 마리나 잡았다. 점심 식사를 한 후에 막 출발하려고 할 때, 그들이 투숙하던 농가의 주인 노파가 들어와 교회 보제의 딸이 네흘류도프 공작을 만나고 싶어 한다는 말을 전했다.

「미인인가?」 한 친구가 물었다.

「농담하지 말게!」 네흘류도프는 진지한 표정으로 식탁에서 일어서며 말했다. 그리고 입가를 수건으로 닦은 후 보제의 딸이 무슨 일로 자기를 만나려 하는지 궁금해하면서 내실로 들어갔다.

방 안에는 펠트 모자를 쓰고 털외투를 입은 한 처녀가 서 있었다. 약간 마른 몸매에 그리 미인은 아니었지만 두 눈과 그 위로 난 눈썹만큼은 매우 아름다웠다.

「자, 베라 예프레모브나, 어서 말씀드려요.」 주인 노파가 말했다. 「이분이 바로 그 공작님이세요. 그럼 난 나가 있겠어요.」

「무슨 볼일이라도 있나요?」 네흘류도프가 물었다.

「저는…… 저는……. 당신은 부자이시고 또 사냥 같은 소일거리에 돈을 뿌리시는 걸로 저는 알고 있어요.」 그 처녀는 몹시 수줍음을 타며 말하기 시작했다. 「저는 사람들에게 유익한 존재가 되고 싶지만 아무것도 할 수 없어요. 아는 게 전혀 없거든요.」

그녀의 눈은 매우 진지하고 선량해 보였고, 그녀의 단호한 결심과 소심한 표현 모두가 그의 마음을 움직였다. 네흘류도프는 당시 자주 그러했듯이 갑자기 그녀의 입장이 되어 그녀를 이해하고 싶어졌고 가엾다는 생각까지 하게 되었다.

「제가 도와 드릴 일이라도 있습니까?」

「저는 선생인데, 대학 과정에 들어가고 싶어도 가지 못해요. 받아주지 않는 것이 아니라, 돈이 없어서 못 가는 것이죠. 제 학비를 좀 대주세요. 졸업한 후에 갚겠어요. 부자들은 곰 사냥을 하러 다니거나 농부들에게 술을 사주는데, 그건 모두 어리석은 짓이라고 생각해요. 그분들은 왜 좋은 일을 마다하는 걸까요? 제게 필요한 돈은 겨우 80루블에 지나지 않거든요. 그래도 싫으시다면 할 수 없고요.」 그녀는 입술을 삐쭉거리며 말했다.

「싫지 않습니다. 오히려 이런 기회를 주시니, 제가 감사드려야죠…… 지금 당장 드리겠습니다.」네흘류도프가 말했다.

문을 열고 나오다가 그는 두 사람의 대화를 엿듣던 친구들과 마주쳤다. 친구들의 비난에 아무 대답도 하지 않고 그는 지갑에서 돈을 꺼내 그녀에게 가져다주었다.

「자, 자, 어서 받으십시오. 고마워할 것 없습니다. 감사드려야 할 사람은 오히려 제 쪽이니까요.」

네흘류도프의 이런 행위를 어리석은 장난으로 치부하려는 한 장교와 하마터면 말다툼까지 할 뻔했던 일이나 다른 동료가 자기를 두둔하던 일, 그 일을 계기로 그 동료와 가까워진 일, 운이 좋았던 즐거운 사냥이나 밤늦게 기차역으로 돌아가면서 느낀 유쾌함 등이 지금 모두 기분 좋은 추억으로 머릿속에 떠올랐다. 두 마리의 말이 끄는 썰매의 행렬이 때로는 높고 때로는 낮은 좁다란 숲길과 마치 케이크처럼 눈이 덮인 전나무 사이를 기러기 떼가 날아가듯 조용히 미끄러져 나갔었다. 어둠 속에서 누군가 붉은 불꽃을 일으키며 향기롭게 담배를 피웠다. 몰이꾼 오시프는 눈밭에 무릎까지 푹푹 빠지며 이리저리 뛰어다녔고, 이 썰매 저 썰매 시중을 들면서 깊은 눈 속을 헤치며 사시나무 껍질을 먹는 순록 이야기와 울창한 숲 속 어느 굴에 틀어박혀 숨구멍으로 따뜻한 콧김을 내뿜는 곰 이야기를 들려주기도 했다.

이런 추억을 회상하는 네흘류도프를 무엇보다 행복감에 젖게 한 것은 건강하고 힘이 넘치며 아무 걱정도 없던 자신의 옛 모습이었다. 차가운 바깥 공기를 크게 들이마실 때마다 털외투가 몸을 조였고, 나뭇가지에서 날린 눈가루가 얼굴에 떨어지면 상쾌함이 느껴졌으며, 몸에서는 따뜻한 온기가 올라왔다. 걱정도 후회도 두려움도 욕망도 마음속에 일어나지 않았다. 아, 얼마나 멋진 시절이었던가! 그런데 지금은 어떤가? 딱하게도 만사가 모두 괴롭고 힘들지 않은가!

베라 예프레모브나는 혁명당원이 되었고 혁명 운동에 연루되어 투옥된 것이 틀림없었다. 그녀를 꼭 만나야 한다. 마슬로바를 도와줄 수 있는 방법을 알려 주겠다는 약속 때문에라도 말이다.

50

다음 날 자리에서 일어났을 때 네흘류도프는 어제 있었던 일을 돌아보다가 문득 두렵다는 생각이 들었다.

그러나 큰 두려움에도 불구하고, 그는 이미 벌여 놓은 일을 계속하기로 마음먹었다.

이런 의무감 속에 그는 집에서 나와 부지사 마슬렌니꼬프를 찾아갔다. 마슬로바 말고도 그녀의 부탁을 받은 메니쇼프와의 면회, 그리고 마슬로바 사건에 도움이 될지도 모를 보고두호프스까야와의 면회를 허락받기 위해서였다.

네흘류도프와 마슬렌니꼬프는 옛날 군대 시절부터 안면이 있던 사이였다. 당시 그는 연대 재무관으로서 군대와 황실 이외에는 아무것도 아는 바 없고 알려고도 하지 않는, 마음씨 곱고 세심한 장교였다. 지금 네흘류도프는 현청 주둔 연대에서 현청으로 자리를 옮긴 그 행정관을 만나러 가는 길이었다. 그는 부유하고 활달한 여자와 결혼했는데 그녀의 강요로 군 업무에서 문관으로 보직을 옮긴 상태였다.

그녀는 남편을 우습게 여겼고 마치 애완동물처럼 보살폈다. 네흘류도프는 작년 겨울 그의 집을 찾아간 일이 있었는데 그들 부부가 너무 재미없어서 그 뒤로는 발을 끊었다.

네홀류도프를 보자 마슬렌니꼬프는 반가운 미소를 지으며 그를 맞았다. 기름기가 흐르는 붉은 얼굴과 예나 다름없는 비대한 체구, 군 복무 시절과 똑같은 멋진 의복 등 모든 것이 옛 모습 그대로였다. 예전부터 그는 언제나 어깨와 가슴을 바짝 죄는 말끔한 최신식 제복이나 재킷 차림이었는데, 지금도 변함없이 뚱뚱한 몸과 도발적인 넓은 가슴에 꽉 끼는 최신식 문관복을 입고 있었다. 준정장 차림이었다. 나이 차이에도 불구하고(마슬렌니꼬프는 약 마흔가량이었다) 두 사람은 말을 트고 지내는 사이였다.

「아니, 이렇게 찾아 주다니 정말 고맙네. 아내한테 가보세. 회의에 나가기 전까지 10분 정도 여유가 있으니까. 지사가 부재중이어서 내가 업무를 맡아 보고 있거든.」 그는 반가운 기색을 감추지 못했다.

「용건이 있어서 찾아왔네.」

「대체 무슨 일인가?」 마슬렌니꼬프는 갑자기 경계하듯 당황스럽고 다소 사무적인 말투로 말했다.

「내가 무척 관심 있어 하는 사람이 이곳의 교도소에 수감되어 있는데(교도소라는 말에 마슬렌니꼬프의 표정은 더욱 딱딱하게 굳어 갔다) 일반 면회실이 아닌 사무실에서, 그것도 지정된 날짜뿐 아니라 더 자주 면회를 하고 싶어서 말일세. 그런 일이라면 자네의 허락을 받아야 한다더군.」

「물론이지, 이 친구야! 자넬 돕는 일인데 무슨 일인들 못 하겠나.」 마슬렌니꼬프는 자신의 위세를 누그러뜨리려는 듯 두 손을 네홀류도프의 무릎에 올리며 말했다. 「그 정도는 할 수 있지. 보다시피 난 지사 대행에 불과하지만.」

「그렇다면 내가 그녀를 만날 수 있도록 허가증을 만들어 주겠다는 이야기인가?」

「여자 죄수야?」

「그래.」

「무슨 죄를 지었는데?」

「독살이라네. 하지만 그녀는 부당한 판결을 받았어.」

「그래, 그게 공정한 재판이라는 거로군. 그 작자들이 하는
거라곤 그따위 짓뿐이라니까.」 그는 무슨 이유에서인지 프랑
스어로 지껄였다. 「자네가 동의하지 않을 거란 사실은 알지
만, 어쩔 수 없는 일이야. 이건 내 신념이거든.」 최근 1년 동
안 보수주의 반동 신문에 실린 다양한 내용의 기사를 읽은
자신의 견해를 피력하면서 그는 이렇게 덧붙였다. 「자네가
자유주의자라는 사실은 알고 있네.」

「내가 자유주의자인지 아닌지는 나도 잘 모르겠네만…….」
네흘류도프는 미소를 지으며 말했다. 한 인간을 재판할 때에
는 그 사람의 이야기에 귀를 기울여야 하고 모든 사람은 법
앞에서 평등하며 누구도 고문하거나 폭행해서는 안 된다고,
특히 유죄 판결을 받기 전에는 더욱 그렇다고 말한다는 이유
만으로 자신을 어떤 당파에 속한다고 매도하거나 자유주의
자로 낙인찍는 사실에 그는 언제나 경악을 금치 못했다. 「내
가 자유주의자인지 아닌지는 나도 잘 모르겠네만, 현재의 사
법 제도가 아무리 잘못되었다고 해도 과거의 제도보다 낫다
는 사실만큼은 알고 있다네.」

「그런데 어떤 변호사한테 의뢰했나?」

「파나린이라네.」

「뭐라고, 파나린!」 마슬렌니꼬프는 이맛살을 찌푸렸다. 그
는 작년에 증인으로 법정에 출두하여 파나린에게 심문을 받
으며, 정중하게 격식을 갖춘 가운데 무려 30분 동안이나 조
롱당했던 일을 떠올렸다. 「그런 작자와는 함께 일하지 않는
것이 좋을 걸세. 파나린은 더러운 인간이야.」

「부탁할 것이 한 가지 더 있네.」 네흘류도프는 그의 말에는

아무 대답도 하지 않고 이렇게 말했다. 「오래전에 어떤 여선생을 알게 되었어. 매우 가엾은 여자지. 그녀 역시 교도소에 수감되어 있는데, 한번 만나 보고 싶다네. 자네라면 그녀의 면회 허가증도 만들어 줄 수 있겠지?」

마슬렌니꼬프는 머리를 한쪽으로 기울인 채 생각에 잠겼다. 「정치범인가?」

「그렇다고 하더군.」

「알고 있겠지만, 정치범들에 대한 면회는 가족들에게만 허용된다네. 하지만 출입증을 만들어 주지. 자네라면 그걸 함부로 사용하지는 않을 테니까. 자네가 만나려는 여자의 이름이 뭔가? 보고두호프스까야라고? 미인인가?」

「못생겼어.」

마슬렌니꼬프는 못 믿겠다는 듯 고개를 절레절레 흔들며 책상 앞으로 다가가서 제목만 인쇄된 용지에 다음과 같이 휘갈겼다. 〈본 증명서의 소지자인 드미뜨리 이바노비치 네흘류도프 공작에게 평민 마슬로바와 간호 보조원 보고두호프스까야와의 교도소 사무실에서의 면회를 허가함.〉 그는 허가증을 완성하고 그 위에 씩씩한 필체로 서명했다.

「자, 이제 자네도 그곳의 질서가 어떤지 알게 될 거야. 그곳에서 질서를 유지하기란 쉬운 일이 아니지. 죄수들, 특히 이송 중인 죄수들이 넘쳐 나기 때문이야. 하지만 난 철저히 감독하고 있고 또 그런 업무를 좋아한다네. 자네도 알게 되겠지만 죄수들은 아주 잘 지내며, 모두 만족해하고 있다네. 그들은 잘 다루어야 하지. 얼마 전에도 불미스러운 항명 사건이 일어났었어. 다른 사람이었다면 폭동으로 간주하고 불행한 희생자를 많이 냈을 거야. 하지만 우린 모든 걸 잘 처리했지. 한편으로는 세심한 배려가, 다른 한편으로는 강력한 힘이 필요하다네.」 그는 금빛 단추가 달린 희고 빳빳한 와이

셔츠 소매 밖으로 나온, 푸른 보석이 박힌 반지를 낀 회고 토실토실한 주먹을 움켜쥐며 말했다. 「세심한 배려와 강력한 힘 말일세.」

「글쎄, 난 무슨 소린지 모르겠네.」 네흘류도프가 말했다. 「난 그곳에 두 번이나 가봤지만, 기분이 너무나 우울했어.」

「자네가 뭘 안다고 그래? 자네는 빠세끄 백작 부인을 찾아 뵈어야 하겠군.」 마슬렌니꼬프는 말 보따리라도 터진 듯 계속 지껄였다. 「그녀는 그런 일에 온 정성을 다 바치고 있어. 좋은 일을 많이 하는 거지. 공치사인 줄은 알지만, 아무튼 그녀 덕분에 나는 모든 문제를 개선할 수 있었어. 전과 같은 공포 분위기는 이미 찾아볼 수 없도록 개선시켰으니, 그곳 죄수들에게는 너무 잘된 일이지. 그건 자네도 인정하게 될 걸세. 그런데 파나린 말이야, 난 그자와 개인적으론 알지도 못하고 사회적 지위를 놓고 보더라도 서로 친하게 지낼 수는 없겠지만, 그자는 못된 인간이 확실해. 글쎄, 법정에서 이렇게 무례한 말을 지껄이지 않았겠나……」

「아무튼 고맙네.」 네흘류도프는 허가증을 집어 들고는 옛 친구의 이야기가 채 끝나기도 전에 작별 인사를 건넸다.

「아내한테는 가보지 않겠나?」

「아니, 용서하게. 지금은 시간이 없어서.」

「어쩌면 좋지! 아내가 나를 나무랄 텐데.」 마슬렌니꼬프는 옛 친구를 계단 앞까지 배웅하면서 말했다. 그는 일등 손님이 아니라 이등 손님을 여기까지 배웅하곤 했는데, 네흘류도프 역시 그에게는 이등 손님이었던 것이다. 「아니, 정말이지 잠깐만이라도 아내를 만나 보고 가게나.」

그러나 네흘류도프는 강경하게 뿌리쳤다. 하인과 문지기가 외투와 지팡이를 가져오고, 경찰 한 명이 지키고 있는 현관이 열리는 동안에도 그는 지금은 만날 수가 없다고 거듭 말해야 했다.

「그러면 목요일에는 와주게, 꼭이야. 그날은 아내의 손님 접대일이니까. 아내한테도 그렇게 말해 두겠네!」 마슬렌니꼬프가 계단에서 소리쳤다.

51

마슬렌니꼬프의 집에서 나온 후 곧장 교도소로 향한 네흘류도프는 이미 낯익은 교도소 소장의 관사를 찾아갔다. 지난번과 마찬가지로 그곳에서는 피아노 연주 소리가 들려왔다. 그러나 이번에는 광상곡이 아닌 클레멘티[52]의 연습곡이 역시 힘차고 또렷하고 빠른 선율로 연주되고 있었다. 안대를 한 하녀가 문을 열고 나타나더니 소장이 집 안에 있다며 누렇게 바랜 장밋빛 종이 갓을 씌운 커다란 램프가 놓여 있는, 털실로 짠 보가 덮인 테이블과 소파가 있는 응접실로 네흘류도프를 안내했다. 소장은 짜증스럽고 침통한 표정을 지으며 나왔다.

「이리 앉으십시오. 그런데 무슨 일이신가요?」 그는 제복의 가운데 단추를 채우면서 말했다.

「저는 부지사를 만났습니다. 자, 여기 허가증이 있습니다.」 네흘류도프는 허가증을 내밀면서 말했다. 「마슬로바를 면회하고 싶어서요.」

「마르꼬바요?」 소장은 피아노 소리 때문에 잘 들리지 않는다는 듯이 되물었다.

「마슬로바 말입니다.」

「아, 네! 네!」

---

52 Muzio Clementi(1752~1832). 이탈리아의 피아니스트. 피아노 연습곡의 작곡가로도 유명하다.

소장은 자리에서 일어나 클레멘티의 빠른 선율이 들려오는 문 쪽으로 다가갔다.

「마루샤, 잠깐만 중지해 주겠니?」 그는 피아노 소리가 자기 생활의 큰 골칫거리라는 투로 이렇게 말했다. 「대화를 나눌 수가 없잖아.」

피아노 소리가 멎고 이어 불만에 가득 찬 발소리가 들려왔다. 곧 누군가가 문틈으로 들여다보는 듯한 기척이 느껴졌다.

피아노 소리가 멎자 소장은 이제야 마음이 놓인다는 듯 굵직하고 순한 시가를 피우며 네흘류도프에게도 권했다. 네흘류도프는 사양했다.

「조금 전에도 말씀드렸지만, 마슬로바를 면회하고 싶어서요.」

「오늘은 마슬로바의 면회가 어렵겠습니다.」 소장이 말했다.

「아니, 왜요?」

「공작님의 실수 때문에 그렇게 된 겁니다.」 소장은 가벼운 미소를 지으며 말했다. 「공작님, 그녀에게 돈을 직접 주지 마십시오. 주고 싶으시면 제게 주십시오. 그러면 그녀를 위해서 쓸 테니까요. 아마 어제 공작님께서 돈을 주신 모양인데, 그녀는 술을 손에 넣어서 오늘 잔뜩 취해 있었습니다. 난폭해지기까지 했고요. 이런 폐단은 좀처럼 근절되질 않는군요.」

「그게 정말입니까?」

「물론입니다. 엄격한 조치를 취해서 독방으로 옮기기까지 했으니까요. 평소에는 몹시 유순한 여자입니다만, 제발 그녀한테 돈을 주지는 마십시오. 그런 여자들은……」

네흘류도프는 어제 일을 생생하게 기억하고는 다시 두려움을 느꼈다.

「그럼 정치범 보고두호프스까야는 만나볼 수 있을까요?」 네흘류도프는 잠시 쉬었다가 물었다.

「물론 만나실 수 있습니다.」소장이 말했다. 「그런데 넌 또 무슨 일이냐?」그는 방에 들어선 대여섯 살가량 되어 보이는 계집애를 향해 말했다. 계집애는 네흘류도프에게서 눈을 떼지 않은 채 자기 아버지 쪽으로 걸어갔다. 「저런, 넘어지겠다.」소장은 앞을 보지 않다가 양탄자에 걸려 휘청거리며 자신을 향해 달려오는 계집애를 보고 웃으며 말했다.

「만나 볼 수 있다면 이만 가보겠습니다.」

「네, 그러시죠.」소장은 아직도 네흘류도프를 쳐다보고 있는 계집애를 끌어안으면서 말했다. 그러고는 다시 계집애를 얌전히 옆에 내려놓은 후 자리에서 일어나 앞으로 걸어갔다.

안대를 한 하녀가 가져다준 외투를 입은 소장이 미처 문을 빠져나오기도 전에 다시 빠르고 또렷한 클레멘티의 선율이 흘러나왔다.

「저 애는 국립 음악 학교에 다니고 있습니다. 그곳은 무질서하더군요. 하지만 재능은 있는 것 같습니다.」소장이 계단을 내려가면서 말했다. 「연주회를 열고 싶어 하죠.」

소장은 네흘류도프와 함께 교도소 쪽으로 걸어갔다. 그가 가까이 다가가자 덧문이 활짝 열렸다. 교도들은 경례를 붙인 다음 그들을 지켜보았다. 입구에서 머리카락이 반쯤 깎인 죄수 네 사람이 무언가 들어 있는 통을 메고 나오다가 소장을 보자 몸을 움츠리며 물러섰다. 그중 한 사내는 유달리 몸을 움츠리고 인상을 찌푸리며 까만 눈동자를 반짝였다.

「물론 재능을 썩히지 않도록 해야겠지요. 하지만 보시다시피 집이 좁다 보니 괴로울 때가 한두 번이 아닙니다.」소장은 죄수들 따위는 거들떠보지도 않은 채 피곤한 다리를 이끌고 네흘류도프와 함께 면회실로 들어서며 계속 이야기했다.

「누구를 만나고 싶다고 하셨죠?」소장이 물었다.

「보고두호프스까야입니다.」

270

「그녀는 탑에 있습니다. 잠깐 기다리셔야겠군요.」그는 네흘류도프를 향해 말했다.

「그렇다면 그사이에 방화죄로 수감된 메니쇼프를 만나 볼 수는 없을까요?」

「21호 감방입니다. 불러다 드리죠.」

「그럴 것 없이 제가 메니쇼프의 감방으로 가볼 수는 없을까요?」

「면회실에서 만나시는 것이 더 나을 텐데요.」

「아닙니다, 감방으로 가는 게 더 흥미로울 것 같군요.」

「흥미롭다고요?」

그때 옆문에서 한껏 멋을 부린 부소장이 나왔다.

「공작님을 메니쇼프의 감방으로 모시게. 21호 감방이네.」소장이 부소장에게 말했다. 「끝나면 다시 사무실로 안내해 드리게. 그럼 저는 그동안 그녀를 불러 놓겠습니다. 참, 그녀의 이름이 뭐라고 하셨지요?」

「베라 보고두호프스까야입니다.」네흘류도프가 말했다.

부소장은 콧수염을 물들인 금발의 젊은 장교로, 그에게서는 꽃 향수 냄새가 풍겨 나왔다.

「자, 가시죠.」그는 즐거운 미소를 지으며 네흘류도프를 향해 말했다. 「저희 교도소에 관심이 많으신가 보죠?」

「네, 그리고 무고하게 이곳에 수감되어 있다고 들은 그 사내한테도 관심이 있습니다.」

부소장은 어깨를 움츠렸다.

「아, 그런 일도 종종 있지요.」그는 고약한 냄새가 풍기는 넓은 복도로 네흘류도프를 앞세우며 대수롭지 않다는 듯 말했다. 「하지만 그들의 말을 그대로 믿으시면 안 됩니다.」

감방 문은 열려 있었고, 죄수 몇 명이 복도로 나와 있었다. 부소장은 교도들에게 가볍게 목례를 하고 벽에 밀착해서 감방으로 돌아가는 죄수에게 눈인사를 건네고 지휘관에게는 군대식으로 두 손을 바지 솔기에 붙인 채 인사하고 문 옆에 서 있는 죄수들을 흘끔흘끔 쳐다보기도 하면서 복도를 지나 왼쪽으로 돌더니, 철문이 굳게 잠긴 다른 복도로 네흘류도프를 안내했다.

이 복도는 먼젓번 복도보다 훨씬 침침했고 누린내도 더 심하게 진동했다. 복도 양쪽으로 커다란 자물쇠가 채워진 문들이 있었고 문마다 〈눈 구멍〉이라고 불리는, 직경 3센티미터 가량의 감시용 구멍이 뚫려 있었다. 복도에는 주름살투성이의 우울한 얼굴을 한 늙은 교도만이 눈에 띄었다.

「메니쇼프는 어디에 있나?」 부소장이 물었다.

「왼쪽 여덟 번째 방입니다.」

52

「들여다봐도 괜찮겠습니까?」 네흘류도프가 물었다.

「좋을 대로 하십시오.」 부소장은 유쾌하게 웃으며 대답하더니 교도에게 무언가 묻기 시작했다. 네흘류도프는 한 구멍을 들여다보았다. 거기에는 까만 턱수염을 짧게 기른 키 큰 젊은 사내가 내의 바람으로 부산하게 서성거리고 있었다. 문 근처에서 인기척이 나자 그는 눈길을 돌리고 인상을 쓰더니 다시 서성거리기 시작했다.

네흘류도프는 다른 구멍을 들여다보았다. 구멍으로 밖을 내다보던 당황한 커다란 눈이 그의 눈과 마주치자, 안에 있던 사내는 재빨리 뒷걸음질을 쳤다. 세 번째 구멍 안에는 키가 몹시 작은 사내가 죄수복을 머리까지 푹 뒤집어쓴 채 몸을 구부리고 침대 위에 누워 있었다. 네 번째 감방에는 얼굴이 넓적하고 창백한 사내가 머리를 수그린 채 무릎 위에 팔꿈치를 괴고 앉아 있었다. 발소리가 들리자 사내는 고개를 들어 돌아보았는데 그의 얼굴 가득, 특히 커다란 눈에 절망과 우수가 서려 있었다. 누가 감방을 들여다보든 그에게는 아무 상관도 없는 듯했다. 어차피 좋은 소식을 가져올 사람은 아무도 없다는 태도였다. 네흘류도프는 무서운 생각이 들기 시작해서 구멍 엿보기를 그만두고 메니쇼프가 있는 21호 감방으로 걸어갔다. 교도가 자물쇠를 벗긴 다음 문을 열었다. 긴 목에 선량한 둥근 눈을 가진, 턱수염이 듬성듬성한 근육질의 젊은 사내가 깜짝 놀란 표정으로 침대 옆에서 급히 죄수복을 입으며 자기 방으로 들어오는 사람들을 쳐다보았다. 자신과 교도와 부소장을 번갈아 쳐다보는, 의심과 놀라움이 역력하면서도 선량해 보이는 그의 두 눈이 특히 네흘류도프를 당황하게 했다.

「이 신사분이 네 사건에 대해 물어볼 게 있다고 하신다.」

「정말 감사합니다.」

「당신 사건에 대해 이야기를 들었소.」 네흘류도프는 감방을 가로질러 쇠창살이 쳐진 더러운 창문 앞까지 가서 걸음을 멈추며 말했다. 「그래서 당신한테 직접 이야기를 듣고 싶소.」

메니쇼프는 창문 쪽으로 다가서며 곧바로 이야기를 시작했다. 처음에는 부소장을 흘끔흘끔 돌아보았으나 점점 용기를 냈다. 더구나 부소장이 다른 지시를 내리기 위해 복도로 나가자 그는 더욱 대담해졌다. 선량하고 평범한 시골 젊은이의 말투와 태도였다. 감방 안에서, 수치스러운 죄수복을 입은 죄수의 입을 통해 이런 이야기를 듣는다는 사실이 네흘류도프에게는 너무 낯설었다. 네흘류도프는 그의 이야기를 들으면서 동시에 지푸라기 요를 깐 낮은 침대와 굵은 쇠창살이 쳐진 창문과 습기에 찬 더러운 진흙 벽과 탈신에 죄수복을 입은 초췌하고 불행한 농민의 비참한 얼굴과 몰골을 둘러보았고, 그러면서 그는 점점 더 슬퍼졌다. 그는 마음씨 착한 그 젊은이의 이야기를 사실이라고 믿고 싶지 않았다. 아무 이유 없이 단지 모욕을 주기 위해 사람들을 체포해서 죄수복을 입히고 이 무서운 장소에 가둔다는 것이 너무나 끔찍했던 것이다. 하지만 더욱 무섭고 끔찍한 일은 이토록 착하게 생긴 젊은이의 이야기가 꾸며 낸 거짓일지도 모른다는 생각이었다. 그의 이야기는 결혼한 지 얼마 되지 않아 아내를 술집 주인에게 빼앗긴 데서부터 시작되었다. 그는 여기저기 찾아다니며 법에 호소했다. 술집 주인은 관청의 이런저런 사람들에게 뇌물을 썼고 무죄 판결을 받아 냈다. 하루는 아내를 강제로 데려왔는데 다음 날 그녀가 달아나 버렸다. 그래서 아내를 돌려 달라며 술집 주인을 찾아갔다. 술집 주인은 그곳에는 그의 아내가 없으니(그는 그의 집에 들어가다가 그녀를 발견했다) 돌아가라고 말했다. 그는 돌아가지 않았다. 일꾼들과 합세한 술집 주인은 그를 피투성이가 되도록 때렸고, 다음 날 술집 주인의 마당에서 불이 났다. 그러자 그는 어머니와 함께 기소되었다. 그러나 그날 그는 불을 지르기는커녕 대부의 집에 가 있었다고 했다.

「그럼 정말 자네가 불을 지른 것이 아니란 말이지?」

「나리, 맹세코 그런 일은 없었습니다. 그놈, 그 악당 같은 놈이 틀림없이 자기 집에 불을 지른 겁니다. 그놈이 보험에 가입한 직후였다고 사람들이 말하더군요. 그놈은 어머니와 제가 자기를 협박했다고 떠들어 댔습니다. 그건 사실이긴 합니다. 그때 전 참지 못하고 그놈에게 욕설을 퍼부었거든요. 하지만 불을 지른다는 건 생각할 수도 없는 일입니다. 불이 났을 때 저는 그곳에 있지도 않았습니다. 그놈은 어머니와 제가 찾아간 다음 날 일부러 자기 집에 불을 지른 겁니다. 보험금을 타먹으려고 자기 집에 불을 지른 다음 우리한테 뒤집어씌운 겁니다.」

「그게 정말인가?」

「정말입니다, 나리, 하느님 앞에 맹세합니다. 나리, 제발!」 그는 땅바닥에 머리를 숙이려고 했으나 네흘류도프가 억지로 말렸다. 「제발 도와주십시오. 전 아무 죄도 없이 인생을 망치고 있습니다.」

갑자기 그의 얼굴이 파르르 떨리더니 눈물이 흘러내렸다. 그는 죄수복 소매를 걷어 더러운 내의 소매로 눈물을 닦기 시작했다.

「이제 끝났습니까?」 부소장이 물었다.

「네, 끝났습니다. 자, 내가 힘닿는 데까지 노력할 테니 너무 낙심하지 말게.」 이렇게 말한 다음 네흘류도프는 감방을 나왔다. 메니쇼프는 문 옆에 서 있다가 교도가 닫는 문에 부딪쳤다. 교도가 다시 자물쇠를 채우는 사이에도 메니쇼프는 눈 구멍으로 밖을 내다보았다.

53

넓은 복도를 뒤로 하고(마침 점심 시간이어서 감방 문은 모두 열려 있었다) 연한 노란색 죄수복에 헐거운 짧은 바지와 털신을 신은 채 자신을 쳐다보는 죄수들 사이를 빠져나오면서, 네흘류도프는 이상한 기분에 사로잡혔다. 그것은 그곳에 수감된 죄수들에 대한 동정심과 그들을 체포해 감금한 사람들에 대한 두려움과 의혹, 그리고 이런 광경을 태연히 바라보는 자기 자신에 대한 묘한 수치심이 뒤섞인 이상한 감정이었다.

어느 복도에 이르렀을 때 한 죄수가 신발을 질질 끌면서 감방 문 안으로 뛰어 들어갔다. 그러자 곧이어 그곳에서 사람들이 우르르 몰려나오더니 네흘류도프의 앞길을 가로막으며 머리를 조아렸다.

「어떻게 불러야 좋을지 모르겠습니다만, 나리, 저희들 문제를 어떻게 좀 해결하도록 명령해 주십시오.」

「난 책임자가 아닙니다. 아무것도 모릅니다.」

「아무래도 좋습니다. 누군가에게, 당국에 말씀드려 주십시오.」한 사내가 분노에 찬 목소리로 말했다.「우린 아무 죄도 없이 벌써 두 달째 이런 고통을 겪고 있습니다.」

「어떻게? 아니, 왜죠?」네흘류도프가 물었다.

「이유 없이 교도소에 갇혀 있습니다. 하지만 두 달째 무슨 죄를 지었는지도 모르고 있습니다.」

「사실입니다. 상황이 그렇게 됐습니다.」부소장이 말했다. 「이 사람들은 증명서가 없어서 체포되었는데, 자신들의 현으로 송치되어야 했지만 해당 현의 교도소에 불이 나는 바람에 현 당국에서 당분간 송치하지 말고 이곳에 보호해 달라고 요청했습니다. 다른 현 출신들은 모두 송치됐고, 이들만 우리가 구속하고 있는 중입니다.」

「아니, 단지 그런 이유 때문입니까?」네흘류도프는 문 옆에서 걸음을 멈추며 물었다.

죄수복을 입은 마흔 명가량의 죄수들이 네흘류도프와 부소장을 둘러쌌다. 여러 사람이 동시에 한마디씩 떠들었다. 부소장은 가던 길을 멈추고 제자리에 섰다.

「아무나 한 사람만 이야기하도록 해!」

그러자 키가 크고 인상 좋은 쉰 살가량의 농부가 앞으로 나왔다. 그들 모두가 이송된 사람들로, 증명서가 없다는 이유로 교도소에 갇혔다고 그는 네흘류도프에게 설명했다. 그들은 증명서를 소지했으며, 단지 증명서 기한이 2주일 지난 것뿐이라고도 했다. 증명서 기한을 넘기는 것은 매년 반복되는 일이었으므로 보통 아무런 처벌도 받지 않았지만, 금년에는 이런 식으로 사람들을 체포해서 벌써 두 달째 범죄자처럼 교도소에 감금하고 있다는 것이다.

「우리는 모두 석공이며, 같은 조합원입니다. 우리 현의 교도소가 불탔다고 합니다. 하지만 그건 우리들 때문에 생긴 일이 아닙니다. 제발 자비를 베풀어 주십시오.」

인상 좋은 사내의 이야기를 듣긴 했으나 네홀류도프는 무슨 말인지 거의 이해하지 못했다. 그것은 발이 여러 개 달린 진회색의 커다란 이 한 마리가 인상 좋은 석공의 수염에서 나와 볼을 타고 기어오르는 모습에 정신을 빼앗겼기 때문이었다.

「어떻게 그런 일이! 단지 그런 이유 때문이라는 게 정말입니까?」 네홀류도프는 부소장을 향해 돌아서며 물었다.

「네, 상부의 과실로 일어난 일입니다. 그들을 석방시켜서 거주지에 살게 해야 하는데 말입니다.」 부소장이 말했다.

부소장이 말을 마치자마자, 죄수복을 입은 자그마한 사내가 사람들 사이를 헤치고 나와 입을 이상하게 삐죽거리며 무고하게 이곳에서 생고생을 한다고 말하기 시작했다.

「개보다도 못한……」 그가 말했다.

「저런, 저런, 쓸데없는 소리는 그만해. 입 닥치지 않았다간 맛 좀 보게 될 거야!」

「어쩌시겠다는 겁니까?」 자그마한 사내는 결사적으로 대들었다. 「우리가 대체 무슨 죄를 지었다는 겁니까?」

「닥쳐!」 부소장이 고함을 질렀다. 자그마한 사내는 입을 다물었다.

〈대체 이게 무슨 일일까?〉 문틈으로 내다보는 죄수들은 물론 도중에 마주치는 수백 명의 죄수들의 시선을 한몸에 받으며 감방을 나오면서 네흘류도프는 이렇게 생각했다.

「정말 아무 죄도 없는 사람들을 저런 식으로 감금한다는 게 사실입니까?」 네흘류도프가 복도를 벗어나며 물었다.

「어쩔 수 없지 않습니까? 그리고 저놈들 대부분은 거짓말을 하고 있습니다. 저놈들의 이야기를 들어 보면 모두 자신들에게 죄가 없다고 주장하지요.」 부소장이 말했다.

「아까 그 사람들은 사실 죄가 없지 않습니까?」

「그 사람들은 그렇다고 해두죠. 하지만 민중이란 너무 타락한 존재들입니다. 그러니 엄중히 다루지 않을 수 없죠. 물불 안 가리는 악당들도 있으니 잠시도 감시를 늦출 수 없는 일입니다. 어제도 두 놈을 처벌해야 했으니까요.」

「어떤 벌을 내렸습니까?」 네흘류도프가 물었다.

「명령대로 매질을 했습니다.」

「육체적 체벌은 금지되어 있지 않습니까?」

「물론 공민권이 없는 놈들이 아니라면 맞는 말씀입니다. 하지만 저놈들은 그렇지 않습니다.」

네흘류도프는 어제 현관에서 기다리면서 목격한 일이 모두 생각났고, 그제야 자신이 기다리는 동안 교도소 안에서 태형이 집행되었다는 사실을 깨달을 수 있었다. 그러자 호기심과 우수와 회의가, 거의 육체적 구토로 나타날 것 같은 정신적 구역질과 뒤엉켜서 괴상한 감정으로 변하며 그의 마음을 크게 뒤흔들어 놓았다. 전에도 그런 느낌을 받은 적은 있었지만 지금과 같지는 않았다.

부소장의 말을 귀담아듣지도, 주위에 눈길을 돌리지도 않은 채 그는 급히 복도를 빠져나와 사무실로 걸어갔다. 소장은 복도에 있었지만 다른 업무로 바빠서 보고두호프스까야를 부르는 일은 까맣게 잊고 있었다. 네흘류도프가 사무실로 돌아왔을 때야 소장은 그녀를 불러 주겠다던 약속을 기억했다.

「곧 그녀를 부를 테니, 잠깐만 앉아 계십시오.」그가 말했다.

54

사무실은 두 개의 방으로 나뉘어 있었다. 첫 번째 방 안에는 빛바랜 커다란 벽난로가 불룩 튀어나와 있었고, 더러운 창문이 두 개 나 있었다. 그리고 한쪽 구석에는 새까만 죄수용 신장 측정기가 세워져 있었고, 다른 한구석에는 고난의 장소라면 어디에서나 볼 수 있는 커다란 예수의 성상이 그리스도의 가르침을 비웃듯 매달려 있었다. 첫 번째 방에는 교도 서너 명이 서 있었고, 옆방에는 스무 명가량 되는 남녀가 두 사람씩 혹은 그룹으로 벽에 붙어서 조용히 대화를 나누고 있었다. 창문 옆에는 책상이 하나 놓여 있었다.

소장은 책상 앞에 앉으며 옆에 놓인 의자를 네흘류도프에게 권했다. 네흘류도프는 자리에 앉아서 방 안에 있는 사람들을 유심히 바라보기 시작했다.

그들 가운데 가장 먼저 네흘류도프의 주의를 끈 사람은 짧은 재킷 차림의 쾌활한 젊은이였다. 그는 눈썹이 짙은 중년 부인의 앞에 서서 손짓을 하며 무언가 열심히 떠들고 있었다. 그 옆에는 파란 색안경을 쓴 노인이 죄수복을 입은 젊은 여자의 손목을 꼭 쥔 채 미동도 하지 않고 그녀의 이야기에 귀를 기울였다. 중학생처럼 보이는 한 소년이 겁에 질린 듯 굳은 표정으로 시선을 고정하고 노인을 바라보았다. 그들로부터 멀지 않은 구석에는 연인 한 쌍이 앉아 있었다. 여자는 머리를 짧게 자른 앳된 금발 처녀로 생기 넘치는 귀여운 얼굴에 한창 유행하는 옷을 입었고, 남자는 이목구비가 뚜렷한 멋진 고수머리 청년으로 고무 재질의 잠바를 입었다. 그들은 한쪽 구석에 앉아서 속삭였는데 사랑에 빠져 있는 것이 틀림없었다. 책상에서 가장 가까운 곳에 앉은 사람은 까만 옷을 입은 백발의 부인이었다. 그녀는 자신과 같은 반코트를 입은, 결핵 환자인 듯한 청년을 바라보며 무슨 말인가 꺼내려다가 눈물 때문에 입을 다물었다. 그녀는 다시 입을 열려고 했지만 또 말문이 막혔다. 서류를 손에 든 청년은 어찌할 바를 모르고 성난 얼굴로 서류만 접었다 폈다를 반복했다. 그들 옆에는 눈이 튀어나오고 발그레한 뺨에 토실토실 살이 오른 예쁘장한 여자가 회색 옷에 숄을 걸친 채 앉아 있었다. 그녀는 흐느껴 우는 어머니의 곁에 앉아서 다정하게 어깨를 어루만지고 있었다. 그녀는 어느 한 군데 나무랄 데 없이 아름다웠다. 크고 새하얀 손이나 물결치는 짧은 머리칼이나 윤곽이 뚜렷한 코와 입술이 모두 아름다웠다. 그중에서도 가장 매력이 넘치는 것은 양처럼 온순하고 진지한 갈색 눈동자였다.

네흘류도프가 방에 들어왔을 때 그 아름다운 눈은 잠시 어머니의 얼굴에서 벗어나 그의 시선과 마주쳤지만, 곧 그녀는 고개를 돌리고 어머니에게 뭐라고 말하기 시작했다. 한 쌍의 연인들로부터 얼마 떨어지지 않은 곳에는 머리카락을 산발한 시커먼 사내가 괴로운 표정을 짓고 앉아서 스꼬뻬쯔 교도처럼 수염을 하얗게 민 남자에게 화를 내며 뭐라고 떠들어 댔다. 네흘류도프는 소장 옆에 앉아서 호기심에 찬 시선으로 주위를 둘러보았다. 그때 머리를 짧게 깎은 사내아이가 그에게 다가와서 가느다란 목소리로 질문을 던지는 바람에 정신을 차렸다.

「누구를 기다리시는 거예요?」

네흘류도프는 갑자기 이런 질문을 받아 깜짝 놀랐으나, 조심스럽고 또랑또랑한 눈을 가진 소년의 심각하고 진지한 얼굴을 보는 순간 잘 아는 여자를 기다린다고 솔직하게 대답하지 않을 수 없었다.

「그럼, 그분은 아저씨의 누이동생인가요?」 소년이 물었다.

「아니야, 누이동생은 아니란다.」 네홀류도프는 당황해하며 대답했다.「그런데 넌 누구와 함께 이곳에 왔니?」 그가 소년에게 물었다.

「엄마하고요. 우리 엄마는 정치범이거든요.」 소년은 자랑스럽게 대답했다.

「마리야 빠블로브나, 꼴랴를 데려가!」 소장은 네홀류도프와 소년이 불법적인 대화를 나눈다고 판단했는지 이렇게 말했다.

마리야 빠블로브나는 네홀류도프의 시선을 끌었던 양순한 눈을 가진 바로 그 아름다운 여자였다. 그녀는 늘씬한 몸을 일으켜 자리에서 일어서더니 네홀류도프와 소년이 있는 곳을 향해 사내처럼 힘찬 걸음으로 성큼성큼 다가왔다.

「당신에게 누구시냐고 물었겠지요?」 그녀는 가벼운 미소를 지으며 네홀류도프에게 물었다. 그를 쳐다보는 그녀의 정직한 눈은 너무나 순수해서, 어떤 사람과도 친형제처럼 다정하고 우호적인 관계를 맺어 왔으며 현재나 미래에도 그럴 것이라는 점을 조금도 의심할 수 없게 했다.

「이 애는 뭐든지 다 알고 싶어 해요.」 이렇게 말한 다음 그녀는 소년에게 너무나 따뜻하고 상냥한 미소를 보냈다. 그녀의 미소를 바라보던 소년과 네홀류도프는 저도 모르는 사이에 따라 웃었다.

「예, 누굴 만나러 왔느냐고 묻더군요.」

「마리야 빠블로브나, 외부 사람과 이야기해서는 안 돼. 잘 알고 있을 텐데.」 소장이 말했다.

「네, 네, 알겠습니다.」 그녀는 자신의 눈만 쳐다보는 꼴랴의 손을 크고 새하얀 손으로 잡더니 결핵을 앓는 청년의 어머니가 있는 쪽으로 돌아갔다.

「저 소년은 누구의 아이죠?」 네흘류도프가 소장에게 물었다.

「여자 정치범이 한 사람 있는데, 교도소에서 저 애를 낳은 거죠.」 소장은 자신의 교도소에서 일어난 희귀한 사례를 거론하며 다소 만족스럽다는 투로 말했다.

「그래요?」

「예, 저 애는 이제 어머니와 함께 시베리아로 보내질 겁니다.」

「그럼 저 처녀는 누구죠?」

「당신에게는 대답해 드릴 수 없습니다.」 소장은 어깨를 으쓱하며 말했다. 「아, 저기 보고두호프스까야가 나오는군요.」

55

머리를 짧게 깎은, 몰라볼 정도로 여위고 창백한 얼굴의 베라 예프레모브나 보고두호프스까야가 크고 선량해 보이는 둥근 눈을 반짝이며 뒷문으로 조심스럽게 들어왔다.

「이렇게 찾아 주셔서 정말 감사합니다.」 그녀는 네흘류도프와 악수를 나누며 말했다. 「절 기억하시겠어요? 우선 앉으시죠.」

「당신을 이런 곳에서 만나리라고는 꿈에도 생각하지 못했습니다.」

「아, 저한테는 얼마나 멋진 일인지 몰라요! 너무너무 행복해서 더 이상 아무것도 바랄 게 없을 정도예요.」 베라 예프레모브나가 말했다. 그녀는 전과 다름없는 모습으로 무언가에 놀란 듯 선량하고 커다란 눈을 동그랗게 뜨고 네흘류도프를 바라보면서, 더럽고 남루한 재킷의 마구 구겨진 옷깃 사이로 드러난 가늘고 창백하며 핏발이 선 목을 절레절레 흔들었다.

네흘류도프는 어쩌다가 이런 처지에 놓이게 되었느냐고 그녀에게 물었다. 그녀는 열을 올리며 자신에게 일어난 일을 이야기하기 시작했다. 그녀의 표현 속에는 〈선동〉, 〈혼란〉, 〈집단〉, 〈지부〉, 〈분회〉 등의 외국어가 뒤섞여 있었다. 말투로 미루어 그녀는 그런 표현 정도는 모든 사람들이 다 알 것이라는 확신에 차 있는 듯했으나 네흘류도프로서는 모두 처음 듣는 말이었다.

그녀는 네흘류도프가 〈인민의 의지파〉[53]의 비밀에 대해 관심도 있고 또 알고 싶어 한다고 확신하면서 이야기하기 시작했다. 그러나 네흘류도프는 그녀의 가느다란 목과 숱이 적고 헝클어진 머리칼을 바라보면서, 그녀가 어째서 그런 짓을 저질렀고 또 왜 이런 이야기를 꺼내는 걸까 하는 이상한 생각이 들었다. 그는 그녀를 동정했다. 하지만 그것은 아무 죄 없이 고약한 냄새가 진동하는 감방에 갇힌 농부 메니쇼프에 대한 동정과는 전혀 다른 것이었다. 그녀에 대한 동정은 무엇보다도 그녀의 머릿속에서 일어난 명백한 혼란에 관한 것이었다. 그녀는 스스로를 자신의 사업을 위해 기꺼이 목숨을 바칠 준비가 된 영웅이라고 생각하는 것이 분명해 보였으나, 그 사업이 무엇이며 또 그 성공이 무엇을 의미하는지는 설명하지 못했다.

베라 예프레모브나가 네흘류도프에게 말하고 싶었던 것은 자신들의 지부에 가입하지도 않았던(그녀의 표현에 따르면 그랬다) 슈스또바라는 여자가, 보관을 부탁받은 서적과 서류

53 Narodnaya Volya. 19세기 후반에 결성된 나로드니끼 단체로서 극도로 과격하여 테러로 정부 전복을 꾀했다.

가 집에서 발견되었다는 이유만으로 다섯 달 전에 자신과 함께 체포되어 뻬뜨로빠블로프스끼 요새 교도소[54]에 구금되어 있다는 사실이었다. 슈스또바가 구금된 데에는 어느 정도 자신에게도 책임이 있다고 판단했는지, 베라 예프레모브나는 발이 넓은 네흘류도프에게 여러 모로 그녀의 석방에 필요한 노력을 기울여 달라고 간청했다. 그 밖에도 보고두호프스까야가 부탁한 일은, 뻬뜨로빠블로프스끼 요새 교도소에 수감된 구르게예비치라는 남자가 부모들과 면회할 수 있도록 도와주고 그의 연구에 필요한 서적을 넣어 달라는 것이었다.

네흘류도프는 뻬쩨르부르그에 가면 힘닿는 데까지 노력하겠노라고 약속했다.

베라 예프레모브나는 자신의 내력에 대해서도 이야기했는데, 그녀는 산파 학교를 졸업하자마자 인민의 의지파와 관계를 맺어 그들과 함께 활동했다고 했다. 처음에는 만사가 순조로워서 선전문을 작성하기도 하고 대중 선동도 했지만, 간부 한 사람이 체포되는 바람에 결국은 서류를 압수당하고 모두 검거되기 시작했다는 것이다.

「저도 체포되었으니 곧 유형지로 보내지겠지요……」 그녀는 자신의 이야기를 끝마쳤다. 「하지만 그건 별거 아니에요. 지금 저는 기분이 너무 좋아요. 올림포스 산 정상에 선 기분이지요.」 하지만 이렇게 말하면서도 그녀는 애처로운 미소를 지었다.

네흘류도프는 양처럼 순한 눈을 가진 처녀에 대해 물었다. 베라 예프레모브나의 말에 따르면, 그녀는 어느 장군의 딸로서 이미 오래전에 혁명당에 가담했으며 헌병에게 총격을 가한 죄로 구속되었다고 했다. 그녀는 인쇄기가 설치된 비밀

---

54 상뜨뻬쩨르부르그를 건설하기 위해 뾰뜨르 대제가 세운 방어용 요새로, 나중에는 정치범을 수용했던 악명 높은 교도소.

아지트에 살고 있었다. 그런데 가택 수색을 당한 어느 날 밤, 그곳에 거주하던 동지들은 방어하기로 결정하고 등불을 끈 다음 증거물을 없애기 시작했다. 그러다가 헌병들이 집 안으로 밀어닥쳤고, 그중 한 동료가 총을 쏴서 헌병 한 사람이 중상을 입고 말았다. 그리고 총을 쏜 범인에 대한 심문이 시작되자, 그때까지 권총을 만져 본 일은 커녕 거미 한 마리 죽여 본 적도 없는 그녀가 자신이 범인이라고 나섰다. 결국 일은 그렇게 처리되었고 그녀는 수감되었다.

「타인을 사랑할 줄 아는 착한 여자예요……」 베라 예프레모브나는 공감한다는 듯이 말했다.

베라 예프레모브나가 세 번째로 하고 싶었던 말은 마슬로바에 관한 얘기였다. 교도소 안에는 온갖 소문이 공공연히 떠돌았으므로 그녀 역시 마슬로바의 일이나 그녀와 네흘류도프의 관계에 대해 훤히 알고 있었다. 그녀는 마슬로바를 정치범 감방으로 옮겨 주든지, 아니면 현재 환자가 너무 많아서 일손이 달리는 병원에 간호 보조원으로 옮겨 주라고 조언했다. 네흘류도프는 그녀의 조언에 감사를 표하고 가능하면 그렇게 하겠노라고 대답했다.

56

소장이 일어나 면회 시간이 끝났다고 알리면서 두 사람의 대화는 중단되었다. 네흘류도프는 자리에서 일어나 베라 예프레모브나와 작별 인사를 나눈 뒤 문 옆으로 다가가다가 마침 그곳에서 벌어지는 광경을 목격하고는 걸음을 멈추었다.

「여러분, 면회 시간이 끝났습니다, 끝났어요.」 소장은 자리에서 일어섰다 앉았다를 반복하면서 말했다.

소장의 재촉은 방 전체를 한층 더 술렁거리게 만들었을 뿐, 죄수들이나 면회객들은 아무도 헤어질 생각이 없었다. 어떤 사람은 일어서서 이야기했고 또 어떤 사람은 작별 인사를 나누며 울기 시작했다. 결핵을 앓는 청년과 그 어머니의 모습은 너무 가슴 아픈 광경이었다. 청년은 계속 서류를 만지작거렸는데, 그의 얼굴은 점점 일그러져 가고 있었다. 그는 어머니의 감정에 함께 휩쓸리지 않으려고 무던히 애썼다. 헤어져야 한다는 말을 들은 어머니는 청년의 어깨에 얼굴을 묻고 코를 훌쩍이며 통곡했다. 네흘류도프는 자기도 모르는 사이에 양처럼 순한 눈을 가진 처녀를 바라보았는데, 그녀는 울먹이는 어머니 앞에서 무엇인가 위로하고 있었다. 파란 색 안경을 쓴 노인은 딸의 손목을 잡고 그녀가 시키는 대로 고개를 끄덕거렸다. 젊은 연인은 자리에서 일어나 손을 꼭 붙잡고 서로를 마주 보았다.

「저 사람들은 무척 즐거워 보이는군요.」 네흘류도프의 곁에서 헤어지는 사람들을 바라보던 짧은 재킷의 청년이 연인을 가리키며 말했다.

네흘류도프와 청년의 시선을 느꼈는지, 고무 재질의 잠바를 입은 청년과 금발의 예쁘장한 처녀는 미소를 머금은 얼굴로 손을 마주잡고 상체를 젖혀 빙글빙글 돌기 시작했다.

「오늘 밤 이 교도소에서 결혼식을 올릴 예정이지요. 그러고서 남자를 따라 처녀도 함께 시베리아로 떠난다는군요.」 청년이 말했다.

「저 청년은 대체 어떤 사람이죠?」

「유형수입니다. 저 사람들이라도 즐거워해야지, 너무 가슴 아픈 이야기만 들리니……」 재킷을 입은 청년은 결핵을 앓는 청년의 어머니가 흐느끼는 소리에 귀를 기울이며 말했다.

「여러분! 이제 됐습니다. 그만하세요! 단호한 조치를 취하지 않도록 해주십시오.」 소장은 같은 말을 몇 번씩이나 되풀이했다. 「그만하세요, 자, 그만하세요.」 그는 망설이는 목소리로 나지막이 말했다. 「이러시면 안 됩니다. 벌써 시간이 지나지 않았습니까? 더 이상은 곤란합니다. 이게 마지막 경고입니다.」 그는 메릴랜드산 담배를 피웠다 껐다 하면서 심각한 표정으로 말했다.

아무 책임감 없이 악랄하게 행동할 수 있는 교묘하고도 오래된 관행적 근거가 충분했음에도, 소장은 이 방에서 벌어지는 슬픔에 자신 역시 또 한 사람의 죄인이 아닐 수 없다고 생각하는 듯했다.

마침내 죄수들과 면회객들은 안쪽 문과 바깥쪽 문을 통해 각각 헤어지기 시작했다. 고무 재질의 잠바를 입은 청년과 까무잡잡한 털투성이 사내 등이 문 안으로 들어갔고, 마리야 빠블로브나도 교도소에서 태어난 소년과 함께 들어갔다.

면회객들도 문밖으로 나가기 시작했다. 파란 색안경을 쓴 노인이 무거운 걸음을 이끌고 나갔고 네홀류도프도 그 뒤를 따라 나갔다.

「정말이지, 끔찍한 규칙입니다.」 수다스러운 청년이 네홀류도프와 함께 계단을 내려오면서 중단되었던 이야기를 계속했다. 「그래도 소장한테는 감사해야겠죠. 착한 사람이니까 사정을 봐주는 것 아니겠어요? 무엇이든 실컷 이야기하고 나면 속이 후련해지는 법이잖아요.」

「그럼 다른 교도소에서는 이런 식으로 면회하지 않습니까?」

「전혀요, 비슷하게 운영하지도 않습니다. 철망을 사이에 둔 채 한 사람씩 만나기도 쉬운 일이 아니지요.」

메드인쩨프라고 자신을 소개한 수다스러운 청년과 이렇게 대화를 나누며 네홀류도프는 현관으로 나갔다. 그때 소장이 피로한 기색을 보이며 그들에게로 다가왔다.

「마슬로바를 면회하고 싶으시면 내일쯤 오십시오.」 그는 네흘류도프에게 잘 보이려는 태도로 말했다.

「좋습니다.」 이렇게 말한 다음 네흘류도프는 급히 문을 빠져나왔다.

정말이지 메니쇼프의 무고한 고통은 너무 끔찍했다. 육체적인 고통도 고통이지만 아무 이유 없이 자신을 괴롭히는 사람들의 잔학한 행위를 보면서 그가 경험했을, 선(善)과 하느님에 대한 의혹과 불신이 더욱 끔찍했다. 그리고 증명서 기한이 지났다는 이유로 수백 명의 죄 없는 사람들이 받고 있는 모욕과 고통 또한 끔찍했다. 자기 동포를 괴롭히면서도 자신은 훌륭하고 중대한 임무를 수행한다고 믿는, 양심이 마비된 교도들 역시 끔찍했다. 그러나 무엇보다도 그가 끔찍하다고 생각한 것은 자기 자신이나 자식과 다름없는 사람들, 즉 어머니와 아들을, 아버지와 딸을 갈라놓아야 하는 점차 노쇠해 가는 착한 소장의 입장이었다.

〈왜 이래야만 하는 걸까?〉 네흘류도프는 교도소를 찾을 때마다 느끼는, 육체적인 것으로 전이되는 정신적인 구역질을 느끼며 이렇게 자문해 보았지만 해답을 찾지는 못했다.

57

다음 날 네흘류도프는 변호사를 찾아가서 메니쇼프 모자 사건을 설명하고 변론을 의뢰했다. 변호사는 이야기를 다 듣더니, 일단 사건의 진상을 조사한 연후에 네흘류도프의 말이 사실이라면 자신도 무료로 변호하겠다고 했다. 네흘류도프는 또 사소한 사무 착오로 인해 1백30여 명이나 되는 사람들이 수감된 사건의 내용을 변호사에게 설명한 후, 그것이 누구의 책임이며 누구의 잘못인지 물었다. 변호사는 정확히 대답할 생각인지 잠시 침묵했다.

「누구의 잘못일까요? 그건 누구의 잘못도 아닙니다.」그는 용단을 내리듯 말했다. 「검사에게 말하면 검사는 지사의 잘못이라고 말할 겁니다. 지사에게 말하면 검사의 잘못이라고 말하겠죠. 그러니 누구의 잘못도 아닌 셈입니다.」

「당장 마슬렌니꼬프한테 찾아가서 말해 보겠습니다.」

「쓸데없는 짓입니다.」변호사는 미소를 지으며 말렸다. 「그자가 친척이나 친구는 아니겠지요? 솔직히 말씀드려서, 그자는 바보인 데다가 교활하기까지 한 위인입니다.」

마슬렌니꼬프가 변호사에 대해 비난을 퍼붓던 일이 떠올라 네흘류도프는 아무 대답도 하지 않았다. 그리고 그와 헤어진 후 곧바로 마슬렌니꼬프를 찾아갔다.

네흘류도프는 마슬렌니꼬프에게 두 가지를 청탁할 생각이었다. 그것은 마슬로바를 병원으로 옮겨 줄 것과 증명서가 없는 1백30여 명의 무고한 사람들을 석방해 달라는 것이었다. 존경받지 못하는 인간에게 청탁을 한다는 것은 정말 괴로운 일이지만, 그것만이 유일한 방법이었으므로 목적을 달성하기 위해서는 어쩔 수 없이 그 관문을 거쳐야 했다.

마슬렌니꼬프의 저택에 도착한 네흘류도프는 현관 계단 옆에 서 있는 여러 대의 사륜마차와 포장마차와 승용 마차를 보면서 오늘이 바로 마슬렌니꼬프가 방문해 달라고 신신당부하던 부인의 손님 접대일임을 기억했다. 네흘류도프의 마차가 집 앞에 도착했을 땐 대형 쌍두마차가 입구에 서 있었고, 정복 차림에 모표 달린 모자를 쓴 하인이 어느 귀부인을 마차에 태우고 있었다. 귀부인은 길게 늘어진 옷자락을 살짝 들어서 검은 스타킹에 끈 없는 구두를 신은 복사뼈를 드러내며 마차에 올라탔다. 한 줄로 늘어선 마차들 사이에서 꼬르차긴 가족의 호화로운 승용 마차가 눈에 띄었다. 흰 머리의 건장한 마부가 몹시 낯익은 고객이라는 듯 모자를 벗더니 그를 향해 정중하고 상냥하게 인사했다. 미하일 이바노비치(마슬렌니꼬프)는 지금 어디에 있느냐고 네흘류도프가 하인에게 묻기도 전에, 층계 중간쯤이 아닌 맨 아래까지 내려가야 하는 몹시 귀한 손님을 전송하면서 그가 양탄자 깔린 층계에 모습을 드러냈다. 몹시 귀한 손님으로 보이는 군인은 계단을 내려오는 동안, 시에서 주최하는 고아원 후원금 모금을 위한 즉석 복권에 대해 프랑스어로 이야기하며 그건 〈즐거우면서도 돈도 한몫 줄 수 있는〉, 부인들에게 적당한 사업이라고 떠벌렸다.

「정말 즐거운 데다가 하느님의 축복까지 받는 일이죠……. 어이, 네흘류도프 공작, 잘 있었소? 요즘은 통 얼굴 보기가 힘들군.」 그가 네흘류도프에게 인사했다. 「안주인한테 인사하러 가셔야지. 꼬르차긴 집안 사람들도 지금 여기에 와 있소. 나딘 부끄스헤브덴 양도 와 있고, 도시의 모든 미인들이 다 와 있지.」 군인은 금줄을 두른 정복 차림의 문지기가 입혀 주는 외투를 약간 추어올린 자신의 군복 어깨에 걸치면서 말했다. 「잘 있게, 친구!」 그는 마슬렌니꼬프와 다시 악수했다.

「자, 어서 올라가세. 정말 반가워!」 마슬렌니꼬프는 뚱뚱한 몸집을 잽싸게 움직여 네흘류도프의 손을 잡고 위층으로 잡아끌며 말했다.

중요한 인물들의 주목을 받는 것이 매우 기쁜 듯, 마슬렌니꼬프는 활기찬 모습이었다. 황실과 밀접한 관계를 맺고 있는 근위 연대에 근무했었기 때문에 황족들과의 접촉에는 어느 정도 익숙해 있었지만, 비굴함이란 반복될 때마다 더 심해지듯이 그런 관심은 마슬렌니꼬프를 환희에 젖게 만들었다. 그것은 마치 주인이 쓰다듬거나 등을 토닥거리거나 귓등을 긁어 주면 좋아하는 귀여운 강아지가 느끼는 감정과 다름 없었다. 그러면 강아지는 꼬리를 흔들며 몸을 움츠리거나 비비 꼬고 또 귀를 비벼 대며 정신없이 주위를 맴돈다. 마슬렌니꼬프는 바로 그렇게 할 준비가 되어 있었다. 그는 네흘류도프의 심각한 표정이나 그의 이야기에는 아무 관심도 없다는 듯 그를 억지로 응접실로 데려갔다. 네흘류도프는 도저히 뿌리치지 못하고 그를 따라갔다.

「볼일은 나중으로 미루세, 무슨 부탁이든 다 자네가 하자는 대로 할 테니.」 마슬렌니꼬프는 네흘류도프와 함께 홀을 지나면서 말했다. 「네흘류도프 공작께서 오셨다고 장군 부인께 보고하게.」 그는 계속 걸어가며 하인에게 말했다. 하인은 보조를 맞추어 그들 곁을 걸어가다가 앞쪽으로 사라졌다. 「자네는 명령만 내리면 되는 거야. 하지만 우선 아내를 꼭 만나 주게. 지난번에 자네를 그냥 돌려보냈다고 내가 고역을 치렀어.」

하인이 이미 보고를 올린 터라, 그들이 방으로 들어가자 자칭 장군 부인인 부지사 부인 안나 이그나찌예브나는 미소를 지으며 자신을 둘러싼 사람들의 머리와 모자 사이로 네흘류도프에게 고개 숙여 인사했다. 방 한쪽 구석에는 찻잔이 준비된 테이블이 있었고 그 주위에는 부인들이 앉아 있었으며 군인이며 문관 등의 남자들은 서 있었는데, 남녀의 요란한 웃음과 이야기 소리가 끊이지 않았다.

「마침내 찾아 주셨군요! 왜 그동안 저희 집을 찾아오지 않으셨어요? 저희가 혹시 결례라도 범했나요?」

안나 이그나찌예브나는 네흘류도프와 가깝게 지낸 적이 없었음에도 마치 그와 내밀한 관계라도 되는 양 다정한 말투로 손님을 맞았다.

「서로 아시는 사이인가요? 알고 계세요? 이분은 벨리야쁘

스까야 부인, 그리고 이분은 미하일 이바노비치 체르노프 씨
예요. 가까이 와서 앉으세요.」

그녀는 갑자기 프랑스어로 말하기 시작했다.

「미시, 우리 테이블로 와요. 차를 가져다 드릴 테니…….
그리고 당신도…….」 그녀는 미시와 이야기하던 장교에게도
말을 걸었지만 그의 이름은 잊은 듯했다. 「어서 이리 오세요.
차를 드릴까요, 공작님?」

「안 돼요, 그럴 수는 없어요. 그녀는 그를 사랑하지 않았어
요.」 어느 부인의 목소리가 들려왔다.

「그녀는 짭짤한 수입을 사랑했죠.」

「정말 우스운 농담이에요!」 챙 없는 높은 모자를 쓰고 눈
부신 비단옷에 금과 보석 따위로 주렁주렁 치장한 다른 부인
이 깔깔거리며 말했다.

「정말 훌륭해요. 이 웨이퍼[55]는 맛이 정말 산뜻해요. 조금
더 가져다주세요.」

「뭐라고요, 곧 떠나신다고요?」

「네, 오늘이 마지막 날입니다. 그래서 이렇게 찾아왔어요.」

「정말 아름다운 봄이에요. 아, 시골은 지금 얼마나 멋질까!」

미끈한 몸매에 꼭 맞는 구김 없는 짙은 줄무늬 옷을 입고
모자를 쓴 미시는 마치 태어날 때부터 입고 있었던 것처럼
그 옷과 잘 어울렸다. 그녀는 네흘류도프를 발견하자 얼굴을
붉혔다.

「벌써 떠나신 줄 알고 있었어요.」 그녀가 네흘류도프에게
말했다.

「떠나려고 했습니다만…….」 네흘류도프가 대답했다. 「일
때문에 지체되었습니다. 이곳에도 볼일이 있어 왔습니다.」

---

55 묽은 반죽을 얇고 바삭하게 구워 잼이나 크림을 발라 먹는 과자.

「어머니께 들러 주세요. 당신을 무척 보고 싶어 하시거든요.」 그녀는 이렇게 말했지만 그가 자신의 거짓말을 눈치챘다고 느꼈는지 더욱 얼굴을 붉혔다.

「그럴 수 없을 것 같습니다.」 네흘류도프는 그녀의 얼굴이 붉어진 것을 짐짓 모르는 체하며 우울한 얼굴로 대답했다.

미시는 토라진 듯 얼굴을 찡그리며 어깨를 움찔하더니 우아한 옷차림의 장교를 향해 돌아섰다. 그러자 장교는 그녀의 손에서 빈 찻잔을 받아 든 후 군도(軍刀)를 안락의자에 부딪혀 가며 씩씩한 동작으로 다른 테이블에 옮겨 놓았다.

「당신도 고아원에 기부금을 내셔야 해요.」

「저도 싫은 건 아닙니다만, 복권 추첨 전까지는 제 모든 아량을 유보하고 싶습니다. 그때 가서 제 진면목을 아낌없이 보여 드리죠.」

「그래요, 두고 보겠어요!」 가증스러운 웃음소리가 들려왔다.

손님 접대는 성공적이었고 안나 이그나찌예브나는 흥분해 있었다.

「미까(그녀의 뚱뚱한 남편 마슬렌니꼬프)의 말에 따르면 당신은 교도소 일로 바쁘다고 하더군요. 전 충분히 이해할 수 있어요.」 그녀가 네흘류도프에게 말했다. 「미까는 단점도 있긴 하지만, 당신도 아시다시피 착한 사람이에요. 불행한 죄수들을 자기 자식들처럼 여기지요. 죄수들을 달리 생각하지는 못해요. 너무 착한 사람이라서⋯⋯.」

그녀는 사람들을 매질하라고 명령한 남편의 선의를 표현할 적절한 단어를 찾지 못했는지 입을 다물고는 곧바로 미소를 지으며 그때 막 응접실로 들어선, 보랏빛 리본을 단 쪼글쪼글한 노부인을 향해 돌아섰다.

네흘류도프는 필요한 만큼의 무의미한 대화를 필요한 만

다. 그녀는 야릇하게 빛나는 사팔눈으로 그를 올려다보았다. 순간 네흘류도프는 그녀의 얼굴에서 다시 적개심으로 가득한 시선을 읽을 수 있었다.

「왜 당신을 그대로 내버려 두라는 거요?」

「별 이유는 없어요.」

「어째서 별 이유가 없다는 거요?」

그녀는 다시 조금 전과 똑같은 적개심 가득한 시선으로 그를 바라보았다.

「아니, 아무튼 그래요.」 그녀가 말했다. 「그러니 절 이대로 내버려 두세요. 진심으로 말씀드리는 거예요. 더는 견딜 수가 없어요. 그러니 제발 이대로 내버려 두세요.」 그녀는 입술을 바르르 떨며 이렇게 말하더니 잠시 입을 다물었다. 「진심이에요. 차라리 목을 매고 죽는 편이 더 나아요.」

네흘류도프는 그녀의 이 거절 속에서 자신을 향한 증오와 용서할 수 없는 원망을 느꼈으나, 그것 외에 고결하고 중요한 다른 무엇도 존재한다는 걸 알 수 있었다. 그녀가 이처럼 평온한 상태에서도 예전처럼 다시 고집스럽게 거절하는 모습은 네흘류도프의 가슴속에 있던 모든 의혹을 말끔히 걷어갔다. 그는 다시 옛날처럼 진지하고 엄숙한 감동을 찾았다.

「까쮸샤, 내가 이미 했던 말을 다시 반복하겠소.」 그는 더욱 진지한 태도로 말했다. 「나와 결혼해 주오. 만일 당신이 원치 않는다면, 아직은 원치 않는다면, 나는 예전처럼 당신이 사는 곳에 살 것이고 당신이 유형을 떠나는 곳으로 따라갈 생각이오.」

「마음대로 하세요. 전 더 이상 아무 말도 하고 싶지 않아요.」 이렇게 말하고 나서 그녀는 다시 입술을 부르르 떨었다.

그도 더 이상 말을 계속할 용기가 나지 않아 입을 다물었다.

「나는 지금 시골로 내려갔다가, 그길로 뻬쩨르부르그로 가겠소.」 그는 애써 기운을 차리며 말했다. 「당신의 문제를, 아니 우리들의 문제를 위해 노력하겠소. 틀림없이 판결은 취소될 거요.」

「취소되지 않아도 좋아요. 전 그 사건이 아니라 다른 죄 때문에라도……」 그녀가 말했다. 그는 그녀가 말을 하면서 애써 눈물을 참는다는 걸 알았다. 「그건 그렇고, 메니쇼프는 만나셨나요?」 그녀는 흔들리는 마음을 감추려고 갑자기 엉뚱한 질문을 던졌다. 「그분들이 결백하다는 게 사실인가요?」

「그렇소, 나도 그렇게 생각하고 있소.」

「정말 좋은 할머니예요.」 그녀가 말했다.

그는 메니쇼프로부터 들은 이야기를 모두 전해 준 다음, 혹시 더 필요한 것은 없는지 물었다. 그녀는 아무것도 필요 없다고 대답했다.

그들은 다시 침묵에 빠졌다.

「참, 병원에 관한 일 말이에요.」 그녀는 사팔눈을 치켜뜨며 그의 얼굴을 쳐다보면서 갑작스레 말문을 열었다. 「당신이 그리로 가는 것이 좋겠다고 하시면, 그렇게 하겠어요. 그리고 앞으로는 술도 마시지 않겠어요……」

네흘류도프는 조용히 그녀의 눈을 바라보았다. 그녀의 눈에는 미소가 담겨 있었다.

「잘 생각했소.」 그는 이렇게 말할 수 있을 뿐이었다. 그리고 그녀와 헤어졌다.

〈그래, 그녀는 완전히 다른 사람이 되었어.〉 네흘류도프는 생각했다. 이제까지의 의혹이 사라지면서, 지금까지 한 번도 느끼지 못했던 불굴의 사랑에 대한 자신감이 생겼다.

면회가 끝난 다음 악취가 풍기는 감방으로 돌아온 마슬로바는 죄수복을 벗고 침대에 앉아서 두 팔을 무릎 위에 올려놓았다. 감방에는 갓난애를 품에 안은 폐병을 앓는 여자 죄수와 메니쇼프 할머니와 두 아이를 거느린 철도 안전원이었던 여자 죄수뿐이었다. 교회 머슴의 딸은 어제 정신 착란증이라는 의사의 진단을 받고 병원으로 이송되었으며, 나머지 여자 죄수들은 모두 빨래를 하러 가고 없었다. 노파는 나무침대에 누워서 낮잠을 자고 있었다. 철도 안전원이었던 여자와 함께 아이들을 데리고 나무 침대에 앉아 능숙한 솜씨로 양말을 뜨던 블라지미르 지방 출신의 여자(폐병을 앓는 여자)가 손을 쉬지 않고 놀리면서 마슬로바 곁으로 다가왔다.

「그래, 어때? 만나 보았어?」그녀가 물었다.

마슬로바는 아무 말 없이 높은 침대 위에 앉아서 바닥에 닿지 않는 발을 그저 흔들어 댔다.

「속상해할 것 없어.」 철도 안전원이었던 여자가 말했다. 「용기를 내야 해. 이봐, 까쮸샤! 어서!」 재빨리 손을 놀리며 그녀가 말했다.

마슬로바는 아무 대답도 하지 않았다.

「다른 사람들은 모두 빨래하러 갔어. 오늘은 빨랫감이 많이 들어온 모양이야. 엄청나게 많이 가져왔다고 하던데.」 블라지미르 지방 출신의 여자 죄수가 말했다.

「피나쉬까!」 철도 안전원이었던 여자 죄수가 문을 향해 소리쳤다. 「이 장난꾸러기가 어디로 갔지!」

이렇게 말하고 나서 그녀는 뜨개바늘을 뽑아서 실몽당이와 양말에 꽂고 복도로 나갔다.

그때 복도에서 발소리와 여자들의 목소리가 들리더니, 맨발에 털신을 신은 감방의 동료 죄수들이 손에 흰 빵을 한 개혹은 두 개씩 들고 돌아왔다. 페도시야는 감방에 들어오자마자 마슬로바에게 다가갔다.

「무슨 일이야? 대체 뭐가 잘못된 거야?」 페도시야는 걱정스러운 듯 푸른 눈을 반짝이며 마슬로바를 바라보았다. 「자,

이리 와서 차 마셔.」 그녀는 흰 빵을 선반 위에 올려놓았다.

「왜 그래? 그 사람이 결혼하는 걸 망설여?」 꼬라블료바가 물었다.

「아뇨, 그 사람은 망설이지 않아요. 다만 내가 원치 않을 뿐이에요.」 마슬로바가 말했다.

「저런, 바보같이!」 꼬라블료바가 거친 목소리로 말했다.

「하기야, 같이 살 수도 없는데 결혼해 봐야 무슨 소용이겠어?」 페도시야가 말했다.

「네 남편은 너하고 같이 다니잖아.」 철도 안전원이었던 여자가 말했다.

「우린 법적인 부부잖아요.」 페도시야가 응수했다. 「그런데 그분은 함께 살 수도 없는데 왜 결혼을 하려고 들지?」

「이런 바보! 왜냐고? 결혼하면 그가 저 애를 호강시켜 줄 수 있잖아.」

「그분께서는 제가 가는 곳이면 어디든 따라가겠다고 하셨어요.」 마슬로바가 말했다. 「하지만 따라오면 따라오는 것이고, 말면 또 마는 거죠. 억지로 매달리진 않겠어요. 그분은 사건을 해결하러 뻬쩨르부르그로 곧 떠나신대요. 그곳 장관들은 모두 그분의 친척들이거든요.」 그녀가 계속 말했다. 「그렇지만 그분에게 전 쓸모없는 존재예요.」

「무슨 소리야!」 무슨 생각을 했는지 꼬라블료바는 보따리를 뒤적이다가 불쑥 이렇게 내뱉었다. 「어때, 우리 술이나 한잔할까?」

「난 됐어요.」 마슬로바가 대답했다. 「여러분들이나 드세요.」

〈하권에 계속〉

열린책들 세계문학 133 부활 상

옮긴이 이대우 서울에서 태어나 고려대학교 노어노문학과 및 동 대학원을 졸업했다. 프랑스 엑상─프로방스 대학 및 파리 제8대학에서 박사 과정을 수료했으며, 러시아 세계 문학 연구소에서 문학 박사 학위를 받았다. 현재 경북대학교 노어노문학과 교수로 재직 중이다. 논문으로 「예세닌과 한국 문학」, 「미래주의 시어」 등이 있으며, 저서 『러시아 문학 개론』(1996, 공저)과 역서 『그 후의 세월』(1991, 리바꼬프), 『삶이 그대를 속일지라도』(1999, 뿌쉬낀), 『까라마조프 씨네 형제들』(2000, 도스또예프스끼) 등이 있다.

지은이 레프 똘스또이 옮긴이 이대우 발행인 홍예빈 · 홍유진
발행처 주식회사 열린책들 주소 경기도 파주시 문발로 253 파주출판도시
전화 031-955-4000 팩스 031-955-4004 홈페이지 www.openbooks.co.kr
Copyright (C) 주식회사 열린책들, 2010, *Printed in Korea.*
ISBN 978-89-329-1133-5 04890 ISBN 978-89-329-1499-2 (세트)
발행일 2010년 7월 30일 세계문학판 1쇄 2023년 1월 30일 세계문학판 6쇄

이 도서의 국립중앙도서관 출판예정도서목록(CIP)은 서지정보유통지원시스템 홈페이지(http://seoji.nl.go.kr)와 국가자료공동목록시스템(http://www.nl.go.kr/kolisnet)에서 이용하실 수 있습니다.(CIP제어번호 : CIP2010002531)